KB156908

손잡고 더불어
신영복과의 대화

신영복 지음

2017년 1월 2일 초판 1쇄 발행

펴낸이	한철희
펴낸곳	돌베개
등록	1979년 8월 25일 제406-2003-000018호
주소	(10881) 경기도 파주시 회동길 77-20 (문발동)
전화	(031) 955-5020
팩스	(031) 955-5050
홈페이지	www.dolbegae.com
전자우편	book@dolbegae.co.kr
블로그	imdol79.blog.me
트위터	@Dolbegae79

주간	김수한
편집	이경아
디자인	김동신·이은정·이연경
마케팅	심찬식·고운성·조원형
제작·관리	윤국중·이수민
인쇄·제본	영신사

ISBN 978-89-7199-786-4 (03810)

책값은 뒤표지에 있습니다.

신영복과의 대화

손잡고 더불어

돌베개

정치란 무엇인가.

평화와 소통과 변화의 길이다.

광화문에서 다시 시작해야 하는 길이다.

— 신영복

신영복 사상으로 한 걸음 더

그럭저럭 긴 세월 살아오다 보니 멀리 가까이 알고 지내던 많은 분들이 어느새 한둘씩 세상을 뜨고, 그중 어떤 분들은 잘 살아 계시겠거니 싶은데 알고 보니 몇 년 전에 타계하셨다는 말을 듣는 경우도 적지 않다. 그들 대부분은 크고 작은 기억을 남긴다. 그러나 이 기억들은 조만간 세월의 독한 침식을 견디지 못하고 마멸되고 마는 경우가 대부분이다. 그것은 그 기억들이라는 게 '과거의 일'이기 때문에 어쩔 수 없는 일이다. 그런데 세월과 함께 이승을 떠난 이들 중에서 그 기억이 과거 한때의 일이 아니라, 지금까지도 지속되어 현재의 일로 남아 있는 사람들이 있다. 가까운 가족을 제외하고 내 생애에 그런 사람은 겨우 몇 손가락에 꼽힐 정도로 희소하다.

　신영복 선생이 가신 지 1년이 되었다. 그분 생전에 우연찮게 그분의 저술에 대한 짧은 글들을 몇 편 썼을 뿐이고 실제로 만나 뵌 일도 두 번 정도에 불과했던 나로서는 1주기라고 해서 무슨 개인적인 각별한 회한이 있다고 할 수는 없다. 그럼에도 불구하고 그분의 기억은 여전히 생생하다. 그것은 그 기억이 그저 '과거의 일'이 아니라 지금까지 그것도 내 삶에 적지 않은 영향을 끼치며 '현재의 일'로, 하나의 숙제와도 같은 형태로 살아 있기 때문일 것이다. 사사로운 관계도 맺은 적 없는 다른 이에게 이처럼 살아 있는 기억으로 남아 있을 수 있는 사람이 그리 흔할 리가 없다. 그것은 그의 삶이나 생각, 흔적이 웬만큼 예사롭지 않아서는 불가능한 일이다.

나는 '사상'이라는 말을 잘 쓰지 않는다. 당연히 누군가에게 '사상가'라는 이름을 붙이는 일에도 대단히 인색하다. 세상에는 남다른 상상력과 논리로 많은 이들에게 설득력 있고 세상에 쓸모 있는 생각을 펼쳐 나간 사람들이 참으로 많다고 할 수 있다. 나는 그런 사람들을 일단 이론가, 혹은 담론가라고 부른다. 그런 사람들 중에는 정말 놀라운 지혜와 상상력으로 한 시대를 들었다 놓을 만큼의 탁월한 생각을 펼친 이들도 많고, 그런 사람들은 통상적으로 '사상가'의 반열에 오르는 경우가 많을 것이다. 하지만 나는 그래도 좀처럼 그들의 생각을 사상이라고, 그들을 사상가라고 부르지 않는다.

물론 순전히 주관적인 기준이지만, 내가 생각하는 사상은 독창적이면서도 보편적 공감과 설득력, 그리고 쓸모를 지니되, 그것을 숙성시켜 낸 사람의 삶 속에서 실천적으로 검증되어 그 삶과 일체가 된 것, 즉 그럴만한 절실함 속에서 자신의 삶과 불가분의 일체가 된 생각이어야만 한다. 그것은 그 완성도나 세련성과는 무관하다. 그냥 머릿속에서 관념의 조작으로 만들어 낸 생각은 아무리 대단해도 내 기준으로는 사상의 자리에 오르지 못한다. 내 생각에 근대 이후 한국에서 이런 의미에서의 사상을 가진 사람은 김수영과 전태일 두 사람 정도라고 할 수 있다.

나는 이제 그 자리에 조심스럽게 신영복 선생의 이름을 올려놓고자 한다. 20년의 영어(囹圄)의 삶을 마치고 『감옥으로부터의 사색』 이후 대중적인 에세이스트로 각광을 받을 2000년대 초반 즈음까지는 솔직히 나는 그를 사상가로까지 여기지는 않았다. 하지만 그가 『강의』를 거쳐 『담론』의 경지에 이르는 동안, 그리고 내가 그를 한 사람의 젊은 좌파 엘리트 변혁운동가가 세상의 밑바닥을 다 들여다본 무기수 생활을 거치면서 그 젊은 날의 교의를 창조적으로 교정해 나가서 마침내 새로운 사상으로 변환시켜 나간 생애의 실천가로 인정하기에 이르면서, 나는 비로소 그에게 사상가라는 이름이 합당하다고 생각하게 되었다. 그것은 김수영과 전태일이 그랬듯이 신영복의 삶과 생각도 내 생애의 숙제 중의 하나가 되었다는 것을 의미한다.

　　나는 언뜻 들으면 싱겁도록 쉬운 것처럼 보이는 "머리에서 가슴을 거쳐 발까지 가는 길"이나 "애정에서 연대로, 연대에서 입장의 일치로"나, "나무에서 숲으로" 혹은 "존재론적 패러다임에서 관계론적 패러다임으로" 같은 그의 '사상'의 핵심 아포리즘들이 마르크시즘과 동양 사상을 머릿속에서 적당히 합성한 결과가 아니라, 그가 20여 년의 성장기, 20년의 영어 생활, 그리고 다시 20여 년의 현실 생활 속에서, 그 오랜 분노와 부끄러움의 세월 속에서 자신의 생명을 소진시켜 가면서 고통스럽게 일구어 낸 삶의 결과물이었다는 사실을 그의 만년에서야 비로소 깨달았다. 그리고 그때부터 나는 그의 삶과 생각을 내 내면 깊숙한 한 모퉁이에 전신거울처럼 세워 놓고 내 알량한 삶과 생각을 거기에 비춰 보기 시작했다. 그리고 되풀이하여 묻곤 한다. 분노와 부끄러움이라면 나도 그만 못하지 않은데 왜 나의 그것들은 사상으로 바뀌지 못하는가 하고.

마치 남은 이들이 그를 아직 다 보내드리고 싶지 않다는 듯이 신영복 선생이 남긴 흔적은 여전히 많다. 신영복 선생의 1주기에 맞춰 간행되는 이 책 『손잡고 더불어』는 그가 생전에 행한 대담들을 모아 놓은 대담집이다. 여기에는 그가 오랜 영어의 생활에서 풀려난 직후인 1989년부터 타계하기 직전인 2015년까지 25년 동안 김정수, 정운영, 홍윤기, 김명인, 이대근, 탁현민, 지강유철, 정재승, 이진순, 김영철 등 가톨릭 사제, 경제학자, 철학자, 문학평론가, 언론인, 문화기획자, 과학자 등의 인터뷰어들과 나눈 이야기들이 연대순으로 실려 있다.

대담이란 혼자 글쓰기와 달라서 인터뷰어들의 예기치 않은 질문과 그에 대한 미처 충분히 거르지 못한 즉답들 속에서 인터뷰이가 아직 충분히 생각하지 못한 것들, 혹은 숨기고 있던 것들이 날것으로 드러나기도 하고, 또 상호 대화의 과정에서 쉽지 않은 난제들이 풀려 나가기도 하는 등 정제된 에세이와는 다른 또 다른 열린 텍스트로서의 가치를 가지고 있다.

이 대담집 또한 마찬가지다. 이 책을 읽는 독자들은 신영복 선생의 정제된 텍스트들에서는 볼 수 없었던 그의 숨겨 왔던, 혹은 숨어 있던 면모들을 적지 않게 발견할 수 있을 것이다. 특히 정운영과의 대담에서는 본인 스스로 거의 밝히지 않았던 유년기와 성장기, 또 대학 재학 시절과 통혁당 연루 시기의 깨알 같은 전기적 사실들이 흥미롭게 펼쳐지고 있으며, 홍윤기, 김명인 등과의 대담에서는 "처음처럼"이나 "더불어숲"처럼 부드럽고 유연한 아포리즘으로 알려진 대중적 에세이스트 신영복이 아니라, 여전히 좌파 경제학자이자 변혁운동가로서의 지적 유산과 그로부터 기인한 현실에 대한 과학적 통찰력에 기초한, 신자유주의적 자본주의가 지배하는 현세계의 정세와 분단 한반도의 현실과 전망, 대안 체제를 모색하는 현실 운동의 원칙과 방향에 대한 깊고도 냉철한 진단이 펼쳐지고 있다.

그의 이러한 면모를 제대로 이해할 때에만 그 외 다른 이들과의 대담이나 그의 글에서 운위되는 삶과 사상의 일치라든가, 이념보다 양심이라든가, 속도보다 여백이라든가, 존재보다 관계라든가, 이론은 좌경이고 실천은 우경이라든가 하는 말들이 가진 깊은 사상적 배경을 제대로 알 수 있게 되며, 그럴 때 우리는 비로소 에세이스트 신영복이 아닌 사상가 신영복을 제대로 만날 수 있게 될 것이다.

신영복 선생의 1주기에 다시 옷깃을 여미며 이 새 책이 그를 사랑하고 따르던 남은 사람들에게 또 하나의 위안과 의지가 되기를 바란다.

김명인
인하대학교 국어교육과 교수

차례

일러두기

이 책은 신영복 선생(1941~2016)이 생전에 가진 많은 대담 중 10편을 가려 엮은 것이다. 1988년 감옥에서 나와 작고하시기까지 가진 인터뷰 가운데 선생의 육성과 사유가 오롯이 담긴 인터뷰를 꼽아 날짜순으로 수록하였다. 각 글머리에 대담자와 일시 및 발표 지면과 게재일을 밝혀 두었다. 주고받은 질문과 답변은 그대로 두되, 해당 지면의 제목과 편집자 지문들은 적절히 가감하였다. 대담 당시 찍은 사진을 함께 수록하여 기록의 생생함을 더했다. 이 책에 수록된 모든 글과 사진은 저작권자들에게 허락을 받았다.

삶과 종교

대담자　　김정수(한국천주교주교회의 신부)
일시·장소　1989년 1월 30일 한국천주교중앙협의회
게재지　　『사목』123호(1989년 3월)

신영복 씨는 천주교 신자가 아니다. 그러나 한국천주교주교회의가 펴내
는 기관지 『사목』은 양을 찾아가는 취지에 따라 수많은 고통을 겪어 온 이
분에게서 신선한 목소리, 참된 목소리를 들으려 하였다. 신영복 씨는 『감
옥으로부터의 사색』의 저자이기도 하다.

통혁당 사건에 대하여

바쁘고 귀중한 이 시간에 나와 주셔서 고맙습니다. 이번 달 특집
주제는 '삶과 종교'이기 때문에 20년간의 교도소 생활에서 우리
보다 더 많은 체험과 깨침을 가지셨다고 보아 이번 대담에 모시게
되었습니다. 그러면 첫 질문을 드리겠습니다. 통혁당 사건이란
1968년 6월에서 7월에 걸쳐 당시 중앙정보부에서 수사, 발표한
국가보안법 위반 사건으로 압니다. 이미 사형된 김종태, 김질락,

이문규 씨 등이 중심이 되어 지하당으로서 통일혁명당을 구축하려 했다는 혐의로 '청맥', '학사주점' 관련자가 수십 명 체포되어 구속되었습니다. 당시는 삼선 개헌을 앞둔 시기로 정국이 경화되는 시기여서 과다한 형량이 피고인에게 부과되었다고 생각됩니다. 그때 신영복 씨께서는 김질락 씨의 신빙성 없는 증언밖에 없었으나 사형선고를 받았고 뒤에 무기형으로 복역하시다가 1988년 8월 14일에 가석방되었다고 하는데, 통혁당 사건의 전말과 본인의 관련 문제를 요약해서 말씀해 주시면 좋겠습니다.

그 문제는 지금 이야기하기에도 상당히 조심스러운 문제입니다. 제 자신도 잘 모르는 부분이 훨씬 많습니다. 저는 4·19 때 2학년이었으니까 소위 4·19세대이지요. 그 이전까지는 소박한 민족의식 정도 외에는 별로 이렇다 할 그 이상의 의식은 없었는데, 그 이후인 4·19에서 5·16 사이가 저희 학창 시절의 청년들에게는 귀중한 시기였다고 생각됩니다. 그때가 소위 신동엽 선생의 시에서 표현을 빌리자면 '잠시 하늘을 보았던 시기', 우리들의 토론이라든가 독서라든가 이런 것들이 상당히 자유롭고 활발했던 시기였거든요. 그 시기에 4·19의 의미를 새로 받아들이는 과정에서 어떤 집권욕의 독재자 한 사람이 자기의 정권을 연장하려는 정치적인 측면보다는 사회의 억압 구조 다시 말해서 민중들이 어떠한 형태의 억압 속에 있는가 하는 구조적인 문제에 당연히 시각을 돌리게 되었습니다. 우리가 경제학도였기 때문에 그런 사회경제적인 구조 문제에 대해서 관심을 갖게 되었고, 따라서 종전과는 조금 다른 차원의 학생

운동의 필요성을 느끼고 학생운동을 계속했죠. 그 과정에서 여러 선후배들과 자연스럽게 연결이 되었는데, 대학 선배이고 또 '청맥'이라는 잡지사를 경영하고 있던 김질락 씨도 그중에 한 사람이었습니다. 나중에 통혁당 사건이 발표되면서 다른 사람들 이름도 알게 되고 제가 관여하고 있던 학생 서클이라든가 학생운동 전체가 통혁당의 이름 밑에 전부 망라되어서 커다란 피라미드의 하부를 이루는 형태로 받아들여지고, 저도 그 피라미드의 메커니즘 속에 일정한 자리를 찾아 도표에 올라 있게 되었습니다. 그래서 이 문제는 앞으로 좀 더 확실한 자료로써 다시 규명되어야 한다고 생각합니다.

죽음 앞에서: 삶과 재발견

서울대 상대 경제학과를 졸업하고 서울대 대학원 경제학과를 졸업하셨다고 한다면 사실 한국의 정규 코스를 다 밟았다고 볼 수 있습니다. 따라서 장래가 촉망되던 젊은 교수로서 처음에는 사형선고, 이후에 형량이 감소된 무기징역을 선고받으시고서 어떤 삶의 비애와 고뇌를 겪으셨는지요?

제가 1심에서도 사형, 2심에서도 사형을 받았습니다. 군법회의 설치 장관인 참모총장의 확정까지 받았습니다. 대법원의 최종 판결에서 원심을 파기해서 다시 고법으로 환송되었죠. 그리고 그 파기환송에서도 사형이 구형되고 그 판결에서 무기로 언도되었습니다. 그렇게 해서 제가 사형을 달고 있던 기간이 약 1년 반이었어요. 그때 제 주변 특히 남한산성 육군교도소에서는 여러 젊은 사람들이 사형 집행을 당했고, 가까이 한 방 또는 옆방에 있던 사람들이 한 명씩 죽어 가는 것을 보았습니다. 또 제 자신이 사형선고를 받은 상태에서 제가 사형을 당할 만큼 죄가 있는가 없는가를 따지기 이전에 고도한 정치성에 처음으로 눈뜨게 되니까 사형을 집행시킬 수도 있다는 가능성도 똑똑히 보게 되었습니다. 그래서 제 나름대로는 죽음을 준비했습니다. 죽음을 준비한다는 것이 어떤 의미로 받아들여질지 모르지만, 당시 제 나이가 스물일곱 살이었는데 죽는다는 것이 상당히 서운하게 느껴졌어요. 아직 더 공부해야 되고 세상에 태어나서 다른 사람을 위해서건 자기를 위해서건 무언가 만들어 놓고 가야 한다는 소망이 완벽하게 무너져 버리는 순간이니까 무척 서운했지요. 생 자체에 대한 애착보다는 자기가 할 수 있는 일, 또 자기가 해야 되는 일에 대한 바람이 철저하게 무너진다는 사실이 애석하게 느껴졌어요.

그런데 죽음의 준비는 어떻게 하셨어요?

죽음에 대한 준비로는 그 당시에 두 가지를 생각했습니다. 하나는 마지막으로 시 한 편을 남기고 싶다는 생각이었습니다. 학교 다닐 때 읽은, 필리핀 해방 운동을 한 호세 리살(José Rizal, 1861~1896)의 「사랑하는 나의 필리핀」이라는 시가 있습니다. 그 시가 기억나면서 저도 그렇게 조국과 민족에 대한 애정을 헌사하는 시를 하나 써야겠다고 시초를 조금 적었던 기억이 있습니다. 그 후에 무기징역으로 떨어지면서 없애 버려 지금은 기억이 없습니다. 또 하나는 도망을 쳐 볼까 하는 생각을 했어요. 소위 말하는 탈옥을 생각했습니다. 시를 남기면서 상당히 애석하지만 짧은 생애를 마감하는 일과 가능하다면 이 감옥을 어떤 식으로든지 뚫고 나가서 거기서 자기의 결백이라든가 자기가 하지 못했던 일을 어떤 형태로든 해봐야 하지 않겠느냐는 강렬한 도전 의욕 같은 것, 이 두 가지가 있었는데 두 번째는 실제로 결행하기에는 아직도 시간이 일렀습니다. 왜냐하면 대법원에서 최종 확정판결이 난 이후의 문제니까요. 그래서 시 한 편을 쓰는 것으로 준비하다가 다행인지 무기징역으로 감형되어 시고(詩稿)도 없애 버리고 말았습니다. 한 가지, 그 시에서 극적일 수 있는 요소는 그런 것이 있었습니다. 민간인 신분의 사형수들은 교수형에 처해지죠. 그래서 그들처럼 깜깜한 지하 교수대에서 목매달려 죽는 것보다는 햇빛이 비치는 이 땅 위에서 땅에다 피도 뿌리면서 총살당한다는 게 상당히 다행스럽게 생각되었습니다.

사실, 스물일곱 살에 들어가셔서 20년간 계셨는데, 친구들은 출세가도를 달리고 있었지만 신영복 씨는 인생의 가장 중요한 황금기를 교도소에서 보냄으로써 처음에는 뼈를 깎는 아픔과 고뇌가 있었으리라 생각됩니다. 무기징역의 절망을 딛고 오늘의 이런 삶을 살린 근본 바탕이 무엇이었다고 보십니까? 그러니까 신영복 씨를 죽음과 절망에서 살린 힘이 무엇이었다고 보세요?

무기징역이 선고되고 난 후에 일단 제가 맞서야 하는 것은 긴 징역 세월이었습니다. 그때 이 징역 세월을 가장 정직하게 살아 보자는 막연한 출발을 했습니다. 그리고 교도소라는 것이 사회의 밑바닥에서 가장 춥게 살아 온 사람들의 집합소가 아니겠습니까? 그래서 '이런 사람들의 삶에 대해서 정직하게 부딪히고 이 사람들 속에서 서자' 그런 각오로 임했는데 다행히도 그곳에는 그런 사람들이 많이 있다는 사실과 그 많은 사람들 속에 있다는 것이 든든하고, 또 자기를 세워 나가는 데 큰 힘이 되었습니다. 인생을 가장 춥게, 사회의 가장 낮은 곳에서 사는 사람들의 인생을 사는 태도를 보고, 이런 사람들에 비해서 내가 느꼈던 생각들은 매우 사치스럽고 관념적이었다는 것과 이런 것을 내가 여기서 떨어 버릴 수 있다는 것, 이러한 것들이 하나의 학교같이 새로 배우는 것 같은 느낌을 강하게 받았습니다. 가장 춥고 가난한 사람들의 체온으로 제 자신을 구원받았다고 생각됩니다.

신영복 씨는 삶과 사상의 일치를 이루려고 부단히 노력한 것으로 알고 있습니다. 그래서 『감옥으로부터의 사색』에 이런 말씀을 쓰셨더군요. "똥치골목, 역전앞, 꼬방동네, 시장 골목, 큰집 등등 열악한 삶의 존재 조건에서 키워 온 삶의 철학을 부도덕한 것으로 경멸하거나 중산층의 윤리 의식으로 바꾸려는 여하한 시도도 그 본질은 폭력이고 위선입니다"(1984년 8월 8일 편지), 그래서 윤락 여성에 대해서도 그저 정숙한 부덕(婦德)만 요구하지 말라고 말씀하셨습니다. 어떤 의미에서는 더 깊은 인생을 보셨으니까 이런 말씀을 하셨다고 봅니다. 그런데 그런 삶과 사상을 연결시키기 위한 노력, 이것이 정직이라고 풀이가 되겠습니까?

신부님의 풀이에 전적으로 동감합니다. 그래서 그 편지에서도 언급되어 있습니다만 그 개인이 갖는 어떤 사상이란, 사상이라고까지 개념 규정을 할 수 있을지 모르겠으나 자기대로의 어떤 정리된 생각, 어떤 인생관이든 사회관이든 그것은 역시 자기 삶의 결과로 나타나는, 개인적인 경험에 기초한 것이 아니겠습니까? 그래서 그 사람이 처해 있는 사회적인 조건과 맞지 않는 사상을 그 사람에게 공감시킨다는 것은 그것이 폭력이고 위선임은 물론, 기본적으로 불가능하다고 생각합니다. 물론 자기가 처해 있는 삶과 엉뚱한 생각을 가진 사람들이 상당히 많은데 그걸 깨우쳐 주는 것은 매우 중요합니다. 그러나 그 개인의 사상을 그야말로 건전한 사상으로 바꾼다는 노력은 그 사람이 처해 있는 삶의 조건을 도외시하고는 불가능하지 않겠는가, 삶 그 자체에 대한 보다 확실한 파악 이후에 그 사람의 사상을 파악해야 하지 않겠는가 하는 생각을 가지고 있습니다. 그렇기 때문에 삶과 사상에 대한 정직한 인식이 역시 모든 노력의 기본이라고 믿습니다.

이제 우리 인간에게 문제가 되는 삶과 죽음의 문제를 생각해 봅시다. 우리 인간이 체험하게 되는 것은 삶과 죽음의 문제인데, 산다고 할 때 단순히 생명을 유지하는 것이 아니고 또 죽는다고 할 때 단순히 육체가 떠나는 것이 아니라고 저는 생각합니다. 신영복 씨 어떤 노인이 그런 말씀을 하셨어요. 상갓집에 갔더니 할아버지 한 분이 사람을 시켜서 이런 부탁을 하더랍니다. 죽은 사람이 지옥에 갔는지 극락에 갔는지 가서 한번 보고 오라고 합니다. 그런데 그 부탁을 받은 젊은이가 그러겠노라면서 장지까지 가 더래요. 갔다 와서는 "틀림없이 극락에 간 것 같습니다"라고 이야기해요. 그래서 이상해서 물어 보니까, 시신을 묻는 일꾼 들이 "아, 그 사람 잘 죽었다. 그렇게 지독하더니……" 이렇게 나오면 그 사람은 지옥에 간 것이고, "아, 참 이분 좋은 일 많이 하셨지……"라며 서운해하면 틀림없이 극락에 간 것이라고 이 야기하는 걸 들었다고 그래요. 그래서 삶과 죽음이라는 것이 육신의 삶과 죽음이 아니라 그 사람의 일생이 어떻게 많은 사 람들의 가슴속에 남아 있는가, 이것이 그 사람이 죽었는가 살 았는가를 최종적으로 결정해 주는 기준이 된다고 생각합니다.

이제 삶의 의미에 대해서 여쭤보겠는데요, 어머니께 드린 이 편지 를 읽을 때 눈시울이 좀 따끔했습니다. "만약 제가 그때 죽어서 망 우리 어느 묘지에 묻혀 있다면, 10년 세월이 흐른 지금쯤에는 어 머님의 아픈 마음도 빛이 바래고 모가 닳아서 지금처럼 수시로 마 음 아프시지는 않고 긴 한숨 한 번쯤으로 달랠 수 있을 정도가 되 었을지 모를 일입니다만, 그러나 어제처럼 어머님의 손을 잡고 이 야기를 나누거나 어머님께서 손수 만드신 점심을 먹는 모습을 보 실 수는 없었을 것입니다. 비록 추석에 마음 아프시고, 겨울에는 추울까 여름에는 더울까 한밤중에 마음 아프시기는 하지만, 역시 징역 속이지만 제가 살아있음이 어머님과 더불어 마음 흐뭇한 일이 아닐 수 없습니다."(1980년 10월 1일 편지) 삶의 이런 고뇌를 겪으면서도 살 만한 가치가 있지요?

네, 역시 사람은 신이 아닌 이상 삶을 영위해 가는 과정에서 뭘 만들고 남기고 서로 주고받으며 살 수밖에 없는 존재 아니겠습니까. 그러나 사는 방식이 삶 그 자체의 의미를 오히려 통째로 뒤바꾸는 그런 삶도 있을 수 있습니다. 오히려 죽는 것만 못한 그런 삶의 방식도 있을지 모르겠습니다만, 일단 산다는 것은 모든 것의 기본이고 출발이 아니겠습니까?

네, 그래서 우리에게는 사형이 없어야 됩니다. 사람이 무슨 잘못을 저지르더라도 기다려 주고 참아 주어야 인간의 도리이지 우리가 생명을 끊을 수는 없는 것이지요.

사람이 갖고 있는 무한한 가능성을 생각한다면 사형이 갖는 비인간성 같은 것은 근본적으로 재검토되어야 할 것입니다.

그렇다고 한다면 어떻게 사는 것이 잘 사는 길이라고 보십니까?

저는 교도소에서 어떻게 살아야 되느냐 질문하는 사람들에게 이런 이야기를 했습니다. "너는 방에서 배척받지 않는 사람이 되어야 한다. 교도소에서는 방을 옮겨 가는 경우가 있는데 옮겨 가는 방에 있는 다른 동료들이 환영하는 사람만 되면 된다. 자기 이웃이 따뜻하게 맞아 주는 사람, 이웃 사람들이 좋아하는 사람이 되면 된다. 그러면 어려울 것이 하나도 없다." 바로 이웃들과 함께 살아갈 수 있는 사람, 이웃이란 개념을 넓혀 간다면 그 시대의 문제에 자기 몸을 완전히 동화할 수 있는 사람이 되어야 한다는 이야기입니다. 이것은 삶이 시류에 영합한다는 뜻이 아니라 그 시대에 가장 많은, 가장 밑바닥에 있는 사람들 속에서 충분히 화해되고 그 사람들과 서로 주고받을 수 있는 삶이 기본이 되어야 한다고 봅니다.

교도소 안에서의 인간관계

그런 의미에서 교도소에서의 인간관계를 말씀해 주시면 좋겠습니다.

교도소 자체에 대해서 제가 갖고 있는 생각을 먼저 말씀드리죠. 지난번 탈주범 사건 때도 사회의 많은 사람들은, 살인 강도범들이 소위 선량한 서울시의 어딘가에 잠복하고 가정집을 점거하고 있다는 사실에 대해서 상당히 전율을 느낀 경험이 있습니다만, 제 경우에는 교도소를 좀 다른 각도에서 규정하고 싶습니다. 소설『임꺽정』이나『장길산』에서 말하는 화적, 산적들은 그 당시 기름진 평야에서 살 수가 없는 사람들, 그래서 기름진 평야에서 쫓겨 산으로 들어간 사람들이라고 규정해야 될 것 같습니다. 마찬가지로 교도소에 들어와 있는 사람들도 현대의 기름진 평야인 사회의 여러 가지 제도와 구조 속에서 살지 못해 쫓겨서 들어온 사람들이라고 생각합니다. 그래서 교도소가 과거의 산적과 같은, 사회의 가장 포악하고 잔혹한 사람들의 집결처가 아니라 사회에서 밀려난 가장 약한 사람들이 모여 있는 장소가 아닌가 하는 생각입니다.

네, 교도소를 사회에서 밀려난 약한 이들의 집합처로 보신다면, 그 안에서도 나름대로 인간관계가 실현될 수 있다고 보시겠습니다.

그렇습니다. 그래서 그 사람들이 사실은 아주 약하다고 봅니다. 저는 언젠가 사람들이 혐오와 공포의 대상으로 삼는 문신에 대해서도 쓴 적이 있습니다. 사실 문신은 그 사람들이 약하기 때문에 생활의 방편인 돈이나 사회적인 지위나 학벌이 없는 상태에서 그래도 뭔가 다른 사람에게 밟히지 않기 위해서 강하게 보여야만 살 수 있지 않느냐는 약자의 아주 빈약한 생활의 방편이라고 저는 이해합니다. 약한 사람들끼리의 인간관계는 어깨동무와 나눔이 기본입니다. 많은 부정적인 요인들이 없지 않음에도 불구하고 상당히 깊은 인간관계를 실현할 수 있는 가능성이 그 속에 있습니다.

그리고 또 책에서도 나눈다는 말씀을 하셨는데, 기쁨과 고통을 나누고 접견물을 나누는 이런 사랑의 나눔의 폭이 어느 정도까지 깊어졌습니까? 우리 교회에서도 교도소 사목을 하는데 어떤 의미에

서는 허실이 많이 보이는 수가 있지요. 그런 물질적인 나눔과 정
신적인 나눔의 관계를 말씀해 주시지요.

물질적인 것을 나누는 것은 오히려 부차적이고 그렇게 중요하
지 않다고 생각합니다. 나눔의 관계라는 것은 우선 자기와 같
은 입장에 있다는 사실, 그러니까 그 처지, 자기가 선 자리를
같이 나누어 선다는 사실이 가장 중요합니다. 제가 징역살이에
서 처음에는 배우지도 못하고 가난하고 다른 사람들을 불신하
고 또 자신들이 불신 받고 있는 이런 사람들 속에 있었는데, 역
시 이질적일 수밖에 없었습니다. 한동안은 제가 아무리 노력해
도 받아들여지지 않더군요. 그래서 그 사람과 같은 평면에 서
있다는 사실이 상대방에 의해서 확인되고 긍정되기 이전에는
자기 처지를 같이하는 그런 나눔은 거의 불가능하다고 생각됩
니다.

그것이 몇 년 걸렸습니까?

그 기간이 4~5년은 걸리지 않았나 생각합니다. 교도소에 징역
살이하는 재소자라고 하지만, 재소자들도 그 속에서 사는 위치
가 여러 가지가 있습니다. 한 공장에서도 공장장, 반장이 있고,
또 반장 밑에서 보좌하는 조장이라든가 또는 그때 필요한 자그
마한 사무 기록을 맡은 위치, 또 말단의 그 노동자들보다는 조
금이라도 다른 역할을 분담 받는 사람들, 이런 층층의 여러 계
층이 있습니다. 그래서 철저하게 제일 말단에 서야 됩니다. 그

래야지 그 사람들로부터 신뢰받을 수 있고 같은 평면에 서 있다는, 같은 평면을 나누고 있다는 그런 확신과 믿음을 얻을 수 있다고 생각합니다.

그래서 편지에 존경하는 두 분 할아버지를 말씀하셨더군요. 항상 일을 먼저 하는 할아버지 두 분인데, 지금 나오셨습니까?

네, 두 분 모두 출소하신 것으로 알고 있습니다.

그분들은 별로 배우지 못한 것으로 되어 있던데요?

네, 그런 분들의 자세는 상당히 성실하고 정직합니다. 왜냐하면 일해서 먹고사는 사람들의 특성은 일로써 자기를 표현하려는 강한 욕구를 가지고 있고, 또 일로써 자기를 표현할 수밖에 없습니다. 다른 능력이 없기 때문에 일 그 자체로써 자기를 실현하려고 하는 그런 입장밖에 취할 수 없죠. 지식이 있거나 이야기를 잘하는 사람들은 일을 하지 않고도 자기와는 다른 어떤 이미지를 표현할 능력이 있기 때문에 다른 것이 가능하고 자기가 했던 과오에 대해서도 얼마든지 변명할 수 있는 많은 지식도 가지고 있습니다. 하지만 이 사람들은 그런 지식에서 소위 무능하기 때문에 그 무능이 오히려 그 사람들을 정직하게 만드는 것입니다.

벽의 체험과 극복

그런데 수인들은 늘 벽을 만난다고 하셨습니다. 벽의 기능은 그 속의 것을 한정하여 시야, 수족, 사고를 좁혀 버리는 것입니다. 그 벽을 다른 면으로는 인위적인 단절이라고 저는 표현하고 싶습니다. 단절은 우리의 계산법이나 어떤 계획으로 안 되는 세계를 체험하는 것이라고 한다면, 교도소 안에서는 벽과 부자유 때문에 인위적인 단절을 느끼지 않을 수 없습니다. 이런 단절, 소위 벽을 무너뜨리는 데 무엇이 필요했다고 보십니까?

가장 큰 벽은 물론 바깥 사회와 단절하는 15척의 옥 담, 이것이 큰 벽으로 우선 외견상 보입니다. 하지만 실제로는 인간관계 내부에 형성되어 있는, 그 사람들의 가슴속에 있는 벽이라고 생각합니다. 왜냐하면 범죄자들에 대한 지나친 경멸과 불신들을 자기가 자기 자신에 대해서 가져 버리는 것입니다. 그러한 벽들이 자기의 마음속에 있는 한은 인간관계가 서로의 벽을 허물 수 있는 최소한의 여지마저 없어지는 거죠. 그래서 그것을 깨 주어야 합니다. 그 사람이 갖고 있는 현재의 도덕적인 모멸이나 사회로부터의 냉대나 불신 같은 것들이 사실은 인간 자체하고는 구별된다는 사실을 깨우쳐야 합니다. 그래서 그것은 자기가 살아온 열악한 사회적인 조건에서 다른 사람들이 그것을 강요하고 자기가 그것을 수긍해 버려서 자기 자신 속에 만든 벽이라는 사실을 깨우쳐 주고 그것을 헐고 얼마든지 다시 새롭게 자기를 인식할 수 있게 하는 것이 가장 급선무라고 생각합니다. 사실 아주 찌들어 있고 자신감이 없고 다른 사람들의 시선을 피하고 싶어 하는 사람들도 서서히 같이 생활하면서 서로 주고받는 과정을 통해 그 사람의 표정이 밝게 피어오르는 아주 귀중한 경험들을 가지고 있습니다. 나아가서 인간성에 대한 신뢰감까지도 느끼게 해 주는 아주 흐뭇한 경험까지도 갖고 있습니다.

그렇다면 그곳의 삶도 가치가 있는 삶으로 변화되리라고 봅니다. 그런데 그렇게 말하기까지는 아까 말씀하신대로 4~5년이 걸렸다는데, 오랜 인내의 시간이 필요했군요.

네, 그렇습니다. 특히 저는 대학을 나오고 사회에서는 대학에서 강의도 했고, 사용하는 언어도 그 사람들과 다르며 어떤 의미에서는 피부 빛깔이라든가 이런 것들도 차이가 나서 잘 받아들이려고 하지 않았습니다. 그 사람들은 대개는 저와 같은 위치에 있거나 저와 같은 언어를 쓰거나 저와 같은 표정을 가진 사람들로부터 직접 간접으로 피해 받은 경험을 가지고 있습니다. 그리고 다른 사람의 말, 어떤 사람들의 설교도 마찬가지입니다만, 말과 글에 대해서는 일정하게도 아주 비판적이고 비수용적인 태도를 가지고 있습니다. 그래서 말 가지고는 그 사람들과 어떤 깊은 공감이라든가 유대를 형성할 수 없다고 저는 생각합니다. 그래서 작은 공간이지만 감옥 속에서의 이러저러한 전 생활을 통한 인간적인 어떤 결합, 교류가 형성될 때까지 사실은 불가능했습니다.

그렇다면 교도소 사목을 하는 성직자, 수도자가 긍정적인 방향 설정을 다시 해야 된다고 보는데요.

네, 물론 저도 신자는 아니지만 개신교 집회에도 더러 참석해 보고 불교 집회와 천주교 집회에도 참석해서 크리스마스나 사월초파일에 가까울 때에는 떡도 하나씩 얻기도 한 그런 경험이 있습니다. 설교하는 순간에는 그 말씀의 진리성에 대해서 충분히 공감하고 나오지만, 현실적으로 서 있는 자리가 아주 열악한 경우에 그 공간은 하나의 추억으로만 남아 있다가 점점 빛바래 가는 사진처럼 서서히 사라지고 자기 생활 속에 뿌리를 내려서 생활화하기는 상당히 어렵게 되어 있습니다. 비단 교도소뿐만 아니라 많은 사람에 대한 사목 자체도 역시 그런 문제점이 있지 않을까 생각합니다.

잃음과 얻음의 차이

그렇다면 신영복 씨 자신이 이런 벽으로 돌아가서 단절을 느끼는 체험은 없으셨는지요?

제 자신이 저한테 느끼는 거요? 그 부분은 지금까지도 상당한 부분을 허물지 못하고 있습니다. 저는 소위 사상범이지요. 그래서 반공을 국시로 하는 극도의 메커니즘 속에서 그런 이름표와 죄명을 가슴에 달고 생활했기 때문에, 많은 사람들이 선입견을 갖고 저를 경원하기도 하고 제 이야기의 약간의 부분에 대해서도 확대 해석하려는 경향들이 있었습니다. 그러나 그러한 경향에 대해서 솔직하게 모든 문제를 거론하거나 토론할 여건이 감옥에서는 없었습니다. 사회에서도 물론 자유롭지 못하리라고 생각됩니다만, 그 속은 더욱더 협소해서 그 부분에 대해서는 직접적으로 다루지는 못했습니다. 다만 저의 인간적인 면모나 생활의 자세를 통해서 사상은 어쨌건 인간적인 면에서는 신뢰할 수 있다는 정도의 벽밖에 허물지 못했어요. 그러나 사상과 인간은 둘이 아니라 하나라는 확신이 그런 여유를 가질 수 있게 했다고도 생각됩니다.

그래서 82년도 형수님께 보낸 편지에 "열다섯 해는 아무리 큰 상처라도 아물기에 충분한 세월입니다. 그러나 그 긴 세월 동안 시종 자신의 상처 하나 다스리기에 급급했다면 그것은 과거 쪽에 너무 많은 것을 할애함으로써 야기된 거대한 상실임이 분명합니다"라고 했더군요.

네, 그런 편지 기억납니다. 그렇습니다. 어떤 사람이 자기 아픔이라든가 상처를 치유하는 방법은 과거로 돌아가서 그 아픈 상처를 치유하고 아물게 하는 방법보다는, 지금부터 출발되는 오늘 또 내일의 자기 생활의 건강한 설계를 통해서 과거의 아픔이나 상처나 자기의 실패들이 발전적으로 해소되어야 한다고 봅니다. 과거에만 렌즈를 고정시켜서 그것을 자꾸 분석하고 치유하려는 노력은 오히려 상처를 더 장기화하거나 더 악화시킬 경향이 있다고 생각합니다.

좀 더 구체적인 질문을 드리겠습니다. 20년 사이에 무엇을 크게 잃
었으며 또 얻은 것이 있다면 무엇이라고 말씀하실 수 있겠습니까?

제가 잃은 것과 얻은 것에 대해서 비교해 보지는 않았지만, 얻
었다는 흐뭇함이 훨씬 크다고 생각합니다. 대부분은 당신이 교
도소에 안 갔으면 대학 교수라도 되었을 거고 유학 가서 박사
도 되고 또 어디 회사로 갔으면 전무나 사장쯤 되어서 신중산
층의 일원으로 유복한 가정도 가질 수 있지 않았겠느냐는 이야
기를 합니다만, 그런 것들은 사실은 인생을 살아가는 데 그렇
게 참되고 중요한 것이라고는 생각되지 않습니다. 그것을 잃은
것은 사실입니다. 그리고 만약 그러한 지위나 능력이 제게 있
다면, 그런 다른 사람들에게 실질적으로 도움이 될 수 있을지
모르겠습니다. 그러나 인간적인 끈끈한 공감은 오히려 그것을
잃음으로 해서 비로소 가능해지지 않았겠는가 하는 느낌이 있
습니다. 반면에 얻은 것이라면 제가 갖고 있던 책을 통한 공부,
학교나 가정에서 배웠던 이론의 관념성 즉 비현실성들을 시원
하게 버릴 수 있었다는 것, 또 그 사람들과의 구체적인 생활의
공유를 통해서 사회의 모순 구조를 통한 밑바닥 사회의 인식들
을 키웠다는 것이죠. 이것은 굉장히 뿌듯한 성취감을 느끼게
해 주는 것입니다. 이 이야기와 관련해서 생각나는 것이, 그 편
지에서도 잠깐 언급했습니다만 무의무탁한 젊은 재소자 한 사
람이 다음 날 출소를 하는데 저와 한 방에 있었습니다. 제 대학

친구들 중에는 회사 중역도 많을 테니 어디 일자리라도 하나 소개해 달라고 부탁했습니다. 하지만 그때 제가 사실 소개해 줄 수가 없었어요. 제가 소개해 준다고 해서 받아줄 친구도 없고, 그 친구들과 편지 왕래나 모든 것들이 단절된 상태로 10년, 20년이 지난걸요. 그러나 그때 제가 그 사람한테 물질적으로 도와줄 수는 없었지만 이 사람과의 대화를 가질 수 있었다는 사실이 더 크다는 것을 느꼈습니다. 이 대화라는 것은 금방 어떤 물질적인 사례라든가 어떤 형태로 도움은 못 주지만 그 사람의 인생에 있어서 언젠가는 상당한 자기의 어떤 힘의 일부가 되어 주지 않겠는가 하고 자위하기도 했습니다. 제가 잃은 것은 도와줄 수 있는 물질적인 능력이고, 얻은 것은 그 친구와의 공감과 튼튼한 인간적인 유대라고 할 수 있습니다.

이것을 제가 종합해 본다면. 신영복 씨는 우리 인간이 흔히 느끼는 그런 외적 단절인 벽을 정신적인 면으로 극복해서 연속화시키는 그런 삶을 살았다고 할 수 있겠습니다. 아무리 교도소에 오래 있었다고 하더라도 그 벽이나 단절을 뛰어넘어서 정신적으로 앞을 보는 삶이 아니었는가 생각합니다. 20년을 본다면 어떤 의미에서 깊이 산 삶, 사회에서 얻지 못한 삶이 아니었나 싶은데요.

그건 너무 과분한 말씀입니다. 오히려 저는 그 사람들에게 배웠다고 생각합니다. 그래서 가장 중요한 것은 자기가 대화하려는 사람에게 말씀을 전달하든 또는 어떤 물질적인 도움을 전달하든 그것이 인간적인 튼튼한 유대라든가, 그 사람들이 서 있는 처지에 대한 완벽하고 그리고 허심탄회한 이해와 공감의 기초 없이는 역시 모든 것이 헛수고가 될 가능성이 있다고 봅니다. 깊은 공감이 없는 경우에는 일시적인 위안을 줄 수 있을지언정 그 사람들이 걸어가는 데 힘이 되어 주기에는 약하지 않은가 생각합니다.

그런데 저는 말을 행동보다 더 중하게 여깁니다. 우리는 독재 정권 하에서 행동과 업적을 위주로 하는 생활을 보고 들어 왔기 때문에 흔히 업적과 행동이 생각과 깊이의 척도가 된다고 여기게 되었지요. 그러니까 고속도로 건설, 호텔, 경기장 등 자꾸 건설과 무역을 해야 하는 식으로 살아왔습니다. 그러나 우리 신앙인은 말씀 안에서 하느님을 만나고 생명을 발견합니다. 그래서 우리가 담는 말에도 구원과 비구원을 함께 지니고 있습니다. 물론 말에 어울리는 행동까지 일치된다면 더 바랄 것이 없겠지요. 그러나 말 자체만으로도 그 중요성이 대단함을 언급하고 싶은 것입니다.

그런데 그 말씀은 역시 말씀의 형태로 표현되고 말씀을 통해서 전달될 수밖에 없죠. 그런데 그 말씀 속에 인간이 담겨 있어야 됩니다. 인간이 담겨 있지 않은 말씀들은 일시적으로는 그 사람의 머릿속에서 상당한 위안을 줄지 모르지만 그 사람 속에서 재현되기에는 좀 어렵지 않겠는가 하는 것을 저는 체험으로 느끼고 있습니다.

『감옥으로부터의 사색』에서 사람은 나이를 더한다고 해서 터득

된 인간이 아니라고 하였습니다. 늙음이 원숙함이 되고 또 젊음이 청신함이 되고 안 되고는 체험과 사색의 갈무리 여하에 달려 있다고 말씀하신 것이 옳다고 봅니다. 교도소에서 이런 삶을 살고자 부단한 노력을 많이 하신 것으로 보는데, 사실 부딪쳐 오는 그런 잡념 잡사의 범위를 뛰어넘을 수 있는 바탕은 무엇이었습니까?

그것은 제 자신 내부에 있는 자기의 역량과는 관계없는 것입니다. 비슷한 사람들이 옆에 있어 준다는 사실이 저를 지탱시켜 주고, 그 사람들과 어떤 문제를 같이 고민하는 과정을 통해서 제 자신의 문제도 해결 받았습니다.

가족 관계

이제 삶과 가족에 대해서 여쭙겠습니다. 계수님, 형수님께 또 부모님께 드린 편지에서 끈끈한 인간애를 보았습니다. 삶과 가족의 관계를 어떻게 보십니까?

저도 직접 체험했고, 다른 학생들이나 친구들이 체험한 이야기를 하나 소개하겠습니다. 어떤 사람이 고문을 받고 지하실 땅바닥에 반죽음이 된 상태로 쓰러져 있는데, 바로 고문을 가한 사람은 자기 수첩에서 사랑하는 딸 사진을 꺼내 보는 그런 장면을 목격한 적이 있습니다. 또 의무실에 전화를 걸어서 둘째 아들 감기약 조제를 부탁하면서 퇴근길에 갖고 나갈 수 있도록 자기 책상에 갖다 놔 달라는 이야기를 그 자리에서 하더랍니다. 그때 제가 느꼈던 것은 가족이란 게 무엇인가? 자기 자식에 대한 뜨거운 애정이 다른 사람의 자식에 대한 잔혹한 행위로 나타날 수 있다는 사실에 대해서 굉장한 의혹을 느꼈습니다. 그래서 저는 '결혼을 하지 말아야 되겠다, 나라고 그런 무서운 가족 이기주의의 포로가 되지 않으리라는 자신이 있겠는가' 이런 생각을 한 적이 있었어요.

그런데 저는 몸을 나눈 사람, 피를 나눈 사람들만이 가족인가, 정신적으로 깊이 일치하는 사람, 신영복 씨가 말씀하신 공감을 나누는 그런 사람도 피를 나눈 사람 못지않게 가족이 되지 않겠는가 생각합니다. 그렇다면 우리가 보는 가족의 범위를 뛰어넘어서 이제는 정신적으로 일치하는 사람은 언제나 가족이 될 수 있고, 더 나아가 흑인 백인이 문제가 아니고, 서양 사람 동양 사람이 문제가 아니고, 또 마르크시즘의 문제가 아니고 누구나 다 한 가족, 나의 공동체, 같이 어울릴 수 있는 나의 짝이 될 수 있지 않나 이렇게 보고 싶은데요. 그 점에 대해서는 어떻게 생각하십니까?

그러한 가능성을 저도 충분히 인정합니다만 피도 나누고 젖을 나누는 가족적 애정이 그 속에 형성될 수 있기 위해서는 우선 같은 식구가 되어야 하지 않겠는가, 함께 나누어 먹는, 먹는 일이 바탕에 깔려야 되지 않겠는가 생각합니다. 그것도 교도소 경험에서 느낀 건데 같이 고추장 나누어 먹고, 미원도 나누어 먹고, 이렇게 나누어 먹는다는 사실이 바탕에 깔려 있을 경우에는 모든 허물 같은 것을 서로 덮어 주고 도와줍니다. 그런데 그것이 차별될 경우에는 상당히 어려운 문제가 수시로 빈발하게 됩니다. 그래서 그런 것들이 하나의 가족을 단위로 한 것이 아니라 그 가족의 좁은 울타리를 깨고 더 넓은 가족들로 확대되어 나가야 하며 그러기 위해서는 그 밑의 물질적 구조가 그런 가족적 성격을 실현할 수 있는 구조가 되어야 하지 않을까 합니다.

그런 의미에서 우리 신앙인에게도 한 가족이 되는 식사가 있습니다. 예수님이 돌아가시면서 우리에게 자기의 몸을 내주셨어요. 그것을 기념하는 세계성체대회를 10월에 개최하죠. 그러니까 전 세계 모두가 그리스도 안에서 하나가 되고 형제가 되는데 사실 방금 말씀하신 대로 더 깊어지기 위해서는 몸으로 체험하는 면을 무시할 수 없습니다.

그렇습니다. 서로 만나고 부딪고 일을 통해서 같이 땀을 흘리기도 하고 같이 나누어 먹고 싸우기도 하고 그래야죠.

그런데 신영복 씨의 가족관계는 어떻습니까?

저는 사실 20년 동안 감옥에 들어가 있었고 또 감옥에 들어가기 전에도 가정에는 무심한 편이었어요. 그리고 지금도 저희 어머님이 거동을 못하시니까 어머니이기 때문에 짜증도 냅니다. 오히려 그렇게 짜증을 드러내는 게 더 자연스럽습니다. 그것이 불효라고는 생각하지 않습니다. 앞으로도 계속 부모님이 돌아가실 때까지 제가 모시기로 작정하고 있습니다.

형제자매는 모두 몇이나 되십니까?

다섯입니다. 누님이 위로 두 분 있습니다. 큰 누님이 본당의 성모회 부회장이고 그 누님의 맏딸이 복자 수녀회 수녀로 지금 제주도에 가 있습니다. 위로 형님이 한 분 계시고 아래로 동생이 있습니다.

제가 듣기로는 부인께서는 천주교 신자이시고 두 분은 지난 1월 저명한 성서 신학자이신 정양모 신부님의 주례로 결혼하셨다고 하더군요. 부인을 어떻게 만나셨습니까?

저는 앞서 말씀드린 대로 가족 이기주의의 측면이 마음에 걸려서 결혼하지 않고 살겠다고 했는데, 아버님과 어머님을 모셔야 되고, 또 집안 어른들이 한사코 야단을 쳐서 하게 되었습니다. 주변에서 친구들과 여러 사람들이 소개하겠다고 했는데 아무도 만나지 않았습니다. 결혼한 사람은 제가 나오기 전부터 주변에 있는 분들이 미리 정해 둔 사람이라고 합니다. 결혼 상대자로는 단 한 사람만 만났고 그 사람과 결혼했습니다. 잘 모르는 사람입니다만 주변에 있는 분들은 신뢰하는 사람들입니다.

삶의 공동체

추상적으로밖에 말씀드릴 수 없는데, 저는 제 자신의 것은 잘 견디는 체질이고 제 고통은 잘 참는데, 제가 도와줄 길이 없고 해결할 능력이 없을 때 저는 그것을 벽이라고 생각했습니다. 그런 벽이 현실적으로 사회적인 성격을 띠기도 하고 정신적인 성격을 띠기도 하지만, 그런 벽 앞에 섰을 때 가장 제 자신이 작아지고 무력해지는 것을 느꼈습니다. 이때가 가장 안타깝고 힘든 때가 아니었나 생각합니다.

본인은 죄의 성립 이유도 알지 못한 채 이런 고통을 당하셨는데 그때의 정치 집권자, 그 하수인들의 행위를 용서할 수 있겠습니까? 그리고 소위 자기에게 직접적인 고통이 무엇이었습니까?

저도 아직은 잘 해내지 못하고 있는 일입니다만, 어떤 개인의 아픔이나 고통을 그것 자체로서 받아들이기보다는 그 개인적인 아픔이나 고통 속에서 그것의 사회성 나아가서는 역사성을 읽어 내야 한다고 믿습니다. 이렇게 각성되는 넓은 시각이 비로소 가해자와 피해자를 동시에 구원할 수 있는 길이 아니겠는가 생각합니다.

그런 벽을 느끼면서도 지금까지 살면서 도움을 받고 도움을 줄 수 있는 여건이 있지 않았습니까? 거기서 아까 말씀하신 대로 흐뭇한 인간의 정감이 흐르는 것을 느꼈다고 하셨는데, 앞으로 그것을 유지하기 위해서 어떤 식으로 교도소에 있는 분들과 아니면 교도소를 위해서 또 그런 사람들을 위해서 노력하시겠습니까?

이것은 그 사람들에 대한 문제이기도 하면서 제 자신의 문제이기도 합니다. 제가 20년 만에 친구들을 만나지 않았습니까. 만나면서 '참 많이 변했구나' 생각하고 또 한편으로는 '사람은 참 쉽게 변하지 않는구나' 하는 결론을 내리게 되었습니다. 그 사람의 외형, 또 그 사람의 지위라든가 입장 같은 것은 상당히 많이 변화했는데도 그 사람의 본질, 자질, 이런 부분은 쉽게 변하지 않았다는 것을 확인했습니다. 그래서 반대로 제 자신에게 그런 질문을 합니다. 저는 그동안 제 자신의 관념적인 면들을 의식적인 노력을 통해서 또 특수한 삶을 통해서 부단히 개조하려고 또 변화시키려고 노력했는데, 제 친구들을 만나보고 확인된 시각에서 제 자신을 보니까 제 자신이 그렇게 바뀌지를 못했어요. 즉 저는 굉장히 바뀐 것으로 착각을 했다는 것입니다. 사실은 이 문제가 저의 과제입니다. 그래서 제가 잠정적으로 내린 결론은 이렇습니다. 사람이 자기 자신을 바꾸어 간다는 것에서 자기 개인을 단위로 해서 개조하고 변화하려는 노력은 역시 개인주의적인 잘못이다. 사람은 어디에 설 것인가, 즉 어느 사람의 이웃에 자기를 세움으로써만이 자기가 의도했던 변화와 개조를 완성시켜 가는 것이 아닌가 생각합니다. 그래서 앞으로 어디에다가 제 삶을 세울 것인가를 지금까지 제가 추구해 온 저를 개조시키려고 해 왔던 노력의 연장선상에서 정하고 싶고, 어떤 이웃들 속에 저를 심을 것인가가 저의 과제입니다. 기본적으로는 가장 많은 사람, 건강하게 이 사회를 지탱시키고 있는 사람, 가장 힘든 자리에 있는 사람 옆에 제 자신을 세움으로써 저의 남은 과제도 그 사람들의 과제와 함께, 같은 정도의 수준으로 해결되지 않을까 생각합니다.

말씀 중에 친구들과의 만남에서 자신이 변화되었다고 생각했는데 실은 달라지지 않았다고 하셨습니다. 그 달라지지 않은 부분이 무엇입니까?

인간의 어떤 자질이라고 할까, 인간성이라고 할까, 그런 부분입니다. 그래서 그것이 어느 시기에, 몇 살 때부터 몇 살 때까지, 어느 환경에서, 또는 유전적으로 생긴 것인가 하는 의문까지도 갖게 될 정도로, 그 사람의 외형이라든가 언동이라든가 이런 것들은 상당히 많이 달라졌는데도 그 사람의 자질이라든가 본질적인 부분은 쉽게 달라지지 않았습니다. 그래서 저도 달라졌다고 생각해 왔던 것이 저의 개인적인 착각이었던가 하는 그런 생각을 많이 했습니다.

그렇다면 친구들의 삶을 한번 여쭤봅시다. 20년 만에 만났을 때 친구들이 어떻게 변화했던가요?

변화한 것은 그 사람의 외적인 형상이었습니다. 사고방식, 즉 언어의 구조, 사고의 틀 같은 것은 별로 변하지 않았습니다.

그렇다면 별 문제 없이 같이 상종할 수 있고 친구와 우정을 더 깊게 할 수 있으리라 봅니다.

네, 그렇습니다. 그런 아주 좋은 측면이 있는 반면에 제 자신이 부단히 달라졌으리라고 생각했고, 달라지려고 노력했는데, 그것이 그렇게 결정적이지 못했다는 반성을 갖게 했습니다. 이 과제를 해결하기 위해서는 역시 개인을 단위로 하는 노력은 미흡하고, 친구가 필요하며 이웃이 필요한 것이 아닌가 합니다. 그래서 이웃들 속에서 그 사람들과 함께 그 사람들이 변하는 만큼만 제가 변화할 수밖에 없는 것이 아닌가 하는 생각을 가지고 있습니다. 자기를 변화시키기 위해서도 사회와 역사를 변혁시켜 나가야 한다고 생각합니다.

양심수와 안보 문제

네, 저도 그렇게 봅니다. 혼자서는 할 수 없고 더불어서 공동체가 함께 해 나가야 한다고 생각합니다. 우리 인류의 문화 역사는 그 주위에 얼마나 깨인 사람이 있느냐에 따라서 성숙되기도 하고 답보하기도 하는 것이죠. 그래서 각 분야에서 해야 한다고 그러셨는데, 우리 전체가 높아지는 방향에서 일이 되어야지만 우리 국민

전체가 올라가지, 안 그러면 계속 이 군사 문화 내지 독재 문화에 젖어서 우리의 것을 드러내지 못하고 항상 종속되는 것으로 남아 있을 것입니다. 지금까지 수많은 양심수들이 교도소에 들어갔다 나왔지만 그 분단 시대의 광분하던 흑백논리 하에서 암묵적으로 공인된 간첩에 대한 가혹한 인권침해가 간첩 혹은 좌익수가 아닌 많은 양심수들의 숨통까지 조이게 했다고 봅니다. 사실 정권 연장의 하수인들 때문에 수많은 양심수들이 태어났다고 보는데, 우리 민족이 제대로 크기 위해서 양심수들을 근절하는 대책을 어디서 찾아야 할까요?

상당히 어려운 질문이긴 한데 감옥에 있을 때도 그랬습니다. 양심수 석방은 석방이라는 말 대신에 양심수 교체라는 말을 써도 됩니다. 그러니까 한 사람 나가는 대신 또 한 사람 들어오면 결국 마찬가지 아닙니까. 그러니까 석방이 문제가 아니라 이것이 근절될 수 있는 기본적인 노력과 싸움이 필요하다는 결론을 많은 사람들이 가지고 있었어요. 한 사람의 사상을 흑백논리로 규정한다는 것 자체가 모순이 아니겠어요? 상당히 복잡한 구조를 가지고 있는 한 사람의 사상을 흑백논리로 규정짓고, 남북·좌우의 논리로 규정한다는 것 자체가 양심수라든가 많은 사람들의 자유를 외압하는 구조가 아니겠습니까. 그래서 이 문제는 궁극적으로는 우리 조국의 통일, 나아가서는 국가와 국가 간의 자주적인 우호 관계 수립이 선행되지 않는 한 크든 작든 계속 생겨나지 않을까 이렇게 생각합니다.

그래서 저는 남북한이 무슨 일이든 몸 부딪치는 일이 자주 있어야 한다고 봅니다. 운동도 좋고 물건 사고파는 것도 좋고 하여간 부딪쳐 보라는 거죠. 자주 만나야 가까워지는 겁니다. 그런데 우리가 그렇게 될 때 정권 유지를 위한 구실을 반공에서 찾을 수는 없을 것입니다.

그렇죠. 그러면 안보 논리는 더 이상 설자리가 없어지죠. 마찬가지로 안보 논리가 설자리가 없으면 우리나라의 민주화의 속도도 훨씬 더 신속하고 광범위하게 발전하고 뿌리내리리라 생각합니다.

우리 사회의 근본 문제와 해결의 실마리

다음에 또 다른 질문인데 사실 독재 국가에서는 의식주 문제에 관계되는 것과 국가 유지를 위한 반공, 이런 것들을 삶의 요체로 규정지어 줍니다. 그렇게 해서 인간의 자유는 좀 유보시켜 놓은 채 반공을 위한다든가 이민족에 대한 자기들의 방어를 위해서 나라를 이끌어 가는 그런 형인데, 그렇게 되다 보니 인간의 자유가 절름발이가 되어 버리고 인간은 크지를 못하죠. 그런 것이 약 40년간 우리의 해방 이후 우리의 삶이었다고 보는데, 이러한 40년간의 삶에 대한 근본적인 해결이 어디에 있다고 보십니까? 교육에서, 아니면 예전에 처음 시도한 그러한 학생 활동에서, 어떤 근본적인 너무나 지금까지 조금만 하면 반공으로 몰면서 해 나온 이러한 한국의 현실에 대한 교정 작업을 우리 국민이 해야 하리라 봅니다.

사회의 각 분야에서의 모순들, 개별적인 모순들이 확실하게 제기되는 것이 우선 첫 단계라고 생각됩니다. 그리고 그 부분적인 모순이 보다 높은 차원에서 종합되고 그것이 우리가 향하고 있는 사회의 어떤 가치관들의 성격까지도 조명하는 차원으로 발전되어야 합니다. 그래서 우리 문명이 어떤 방향으로 발전되어 갈 것이냐 하는 이런 문명 비판, 문명에 대한 반성까지 연결되는 전체적인 종합 과정 속에서 개별 부분이 갖는 모순과 어떤 구조적인 문제들이 유기적으로 제시되어야 한다고 생각됩니다. 각 부문의 모순과 문제를 솔직하게 드러내고 그것을 인정하는 작업부터 선행되어야 합니다. 그러한 작업이 개별성을 벗어나기 위해서는 보다 높은 가치, 문명적 차원이라든가 또는 이데올로기적인 반성이라든가, 우리 국가의 어떤 개발 정책이라든가, 국가의 이념이라든가 이런 것까지, 다시 말해서 인간이 어떤 모습으로 살아가야 될 것인가 하는 인간학과 문명학의 종합 과정 속에서 개별적인 부문별 모순들이 종합되어야 하지 않을까요. 그렇다면 기본적으로는 아까 말씀드린 대로 첫 출발은 역시 각 분야별 많은 사람들이 살아가는 삶 속의 모순들이 정직하게 인식되고 정확하게 드러내지는 작업이 먼저 있어야 되지 않겠나 합니다. 말하자면 이것은 민주적인 노력입니다.

그런데 지금은 각 분야에서 드러내는 작업을 한다 해도 이것을 종합하고 마무리 짓는 어떤 핵심 단체나 제도가 별로 없습니다. 이

것이 없으니까 다 제각각 소멸되어 버리고 힘을 발휘하지 못하는
거죠. 그런 집합 단체를 어떤 것으로 생각하십니까?

지금 크게는 교육, 언론, 종교를 이야기하는 사람들이 많습니
다. 그러나 교육에 있어서의 문제점, 언론의 어용성, 또 종교에
있어서의 일부 종교 분야이겠습니다만 중산층화, 이런 것들이
실제로 각 분야별로 제시되는 모순들을 종합하고 인간적인 어
떤 방향, 가치를 제시해 주는 데는 실패하고 있다고 보는 시각
이 있고 저도 일부 공감하고 있습니다.

사실 어떤 의미에서 연구 단체에서는 이런 것을 종합하고 교회 단
체에서는 삶의 전체를 종합하는 것이 이루어져야 한다고 보는데
그것이 안 되고 있습니다. 우선 가톨릭에 대해서 비판적인 말씀을
해 주시죠.

앞으로 공부를 하겠습니다만, 현재는 가톨릭과 가톨릭의 활동
에 대해서 잘 모르기 때문에 특별하게 비판적으로 말씀드릴 것
은 없습니다. 다만 제가 만나 보고 같이 생활을 했던 많은 사람
들은 교회든 성당이든 아니면 절이든 찾아가지를 못합니다. 가
서 앉을 자리가 없습니다. 서 있을 자리도 없는 상태입니다. 그
리고 비단 그 사람들뿐만 아니라 우리 사회의 많은 사람들이
종교 생활의 여유가 없고, 또 그런 사람들은 자기 자신이 받아
들여지리라고 생각하지도 못하고 있습니다. 이런 상태에서는
오히려 가톨릭의 사목자들이 바로 그런 사람들을 가까이 찾아

가는 것이 선행되어야 하지 않을까 생각합니다. 현장에 내려서는 일이 먼저 이루어져야 우리 시대의 가장 많은 사람들이 느끼는 문제에 정통하게 되고, 사람들의 아픔을 같이 공감할 수 있지 않겠나 하는 생각입니다.

네, 고맙습니다. 나름대로 노력은 하고 있습니다만 우리 스스로도 벽을 깨기가 힘듭니다. 6~7천 명 되는 신자들을 혼자서 사목해야 하는 입장이니까 좀 힘든데, 우리가 민중을 생각하지 않고 함께 삶을 살지 못하면 한국 교회가 한국인을 위해서 서 있지 못하는 교회라고 봅니다. 또 다른 면에서 교회의 우리 사목자들에게 부탁이라든가 하시고 싶은 말씀을 좀 해 주시지요.

어느 사회든 어느 집단이든 민중들은 반드시 존재합니다. 예를 들면 교도소는 범법자들의 집합처라고 하는데 그 속에서도 반드시 서로 공감하는 다수가 존재하고 소위 말하는 민중의 층이 형성됩니다. 그래서 그 민중의 층은 양적인 면에서 다수이며, 그 사회를 지탱하는 가장 기본적인 층이 되고 그 사회의 가장 튼튼한 뿌리가 됩니다. 그래서 사목에 종사하는 분들은 그 사람들을 발견하고 그 사람들의 삶에 대해서 공감하고 같이 나눌 수 있는 그런 자세에서 출발해야 되지 않겠나 생각합니다. 성당에 앉아서 오는 신도들만 맞이한다면 성당이 민중들을 만날 수 있는 통로가 되지 못하리라고 저는 생각합니다.

처음 말씀하실 때 밑에 있는 분들과 깊은 마음을 터놓기까지

4~5년이 걸렸다고 그러셨는데, 우리 사목자들이 민중에게 간다
고 해서 그 터놓는 길이 이루어지겠습니까?

가서 노력해야지요. 기다리기도 하고 노력도 해야 합니다. 때
로는 백인이 흑인 운동하는 것 같은 이질감을 줄 수도 있고 받
을 수도 있습니다. 그러나 흑백과 같은 그런 뚜렷한 구별이 있
는 경우는 굉장한 애로가 되겠습니다만, 그렇지 않는 경우에
이쪽의 진실은 조만간 언제가 반드시 통하게 되리라는 그런 생
각을 가지고 있습니다.

이제 부(富)와 가난 문제에 대해서 여쭈어보고 싶습니다. 특히 교
도소에 있는 사람들은 육체적으로 물질적으로 가난할 뿐만 아니
라 정신적으로도 가난한 사람들입니다. 정신적으로 어렵고 가난
한 사람들, 교도소나 어려운 위치에 있는 사람들을 교회 혹은 어
떤 단체에서 구원할 수 있는 길, 가까이 할 수 있는 제도적인 길은
무엇이라고 보시는지요?

그런 제도적인 것까지 말씀드리기에는 사회 초년생으로서 잘
모르겠습니다만 교도소만 말씀드린다면 우선 교도소를 학교
로 만들어야 됩니다. 징역의 현장보다는 책도 읽고, 볼펜도 쓸
수 있고, 신문도 보고, 라디오 방송도 들을 수 있는, 그야말로
글자 그대로 교도소가 될 수 있게 해야지, 그 사람들을 응보 형
위주로 보복 형 위주로 해서 징역을 살린다는 이런 행형 정책
은 반드시 개선되어야 한다고 생각합니다. 그리고 사회의 절대

적인 빈곤층에게는 우선 시급한 것이 절대적인 빈곤으로부터의 구제이겠으나, 제가 잠깐 느낀 것이지만 더 중요하게는 그 사람들이 하는 일 자체에 대해 정직한 보상을 받을 수 있어야 하고, 또 하는 일에 대한 긍지를 느낄 수 있어야 합니다. 즉 돈으로 보상된 액수만큼 긍지를 느끼는 이러한 사회의 가치 풍토에 대해서 새로운 비판 같은 것이 일어나야 되지 않겠는가 봅니다. 돈 많이 받는 일은 사회적으로 가치 있고 돈 적게 받는 일은 가치가 없고, 또 자기가 일한 만큼 정직하게 보수도 받지 못한다면 가난하고 상당히 어려운 상태에 있는 사람들은 이중의 질곡 밑에 있는 것이 아니겠는가 하는 느낌이 듭니다. 그래서 그 사람들의 절대적인 궁핍의 문제, 빈곤의 문제도 중요하지만 그 사람들이 정직한 보수와 정직한 평가를 동시에 받을 수 있는 그러한 새로운 사회적인 가치 기준도 시급하게 확립되어야 하리라고 생각합니다.

참교육의 길

우리도 민주화가 되면 모든 삶에서 그것이 이루어지리라 봅니다. 그런데 우리나라 같이 교육이 잘된 나라, 어떤 면에서는 부모님들이 한이 맺혀서 교육에 대해서 얼마나 많이 노력해 왔습니까. 그런 나라인데도 불구하고 교육의 기본 방향에 문제가 있다고 봅니다. 그런데 신영복 씨는 우리나라가 교육면에서는 잘되어 있다고 보십니까?

학생의 수도 많고, 교육 기관도 많고, 교과 과정의 수준도 상당히 높다고 봅니다만, 교육을 시키는 부모나 공부를 하는 학생이나 또 가르치는 선생들이 기본적인 방향에 있어서는 실패하고 있다고 생각합니다. 교육이라는 것이 치열한 경쟁 사회에서 다른 사람은 실패하고 자기는 성공하려고 하는 소위 방법론의 차원으로 격하되어 있지 않나 싶습니다. 많은 사람들을 중학교 고등학교에서 차례차례 좌절시키고, 대학교에서 다시 좌절시키고, 또 대학을 졸업하고 사회에 나가면 그 사회에서 다시 많은 사람들이 좌절합니다. 그래서 교육이라는 것이 오히려 교육에 반대되는, 즉 경쟁 사회에서 이기기 위해서 남들의 실패 위에서 자기의 성공을 얻기 위해서, 더 많은 사람들에게 실망과 좌절을 주는 하나의 사회 체계가 아닌가 하는 부정적인 시각도 갖게 됩니다. 한마디로 교육의 전 체계 속에 인간의 얼굴을 찾아보기 어렵습니다. 학교만 탓하고 사회는 탓하지 않는 입장은 교육을 좁은 의미로 국한시키는 것이긴 합니다만.

그런데 우리가 근본적으로 봐야 할 것은 인간이 진실하고 자기 역량에 따라서 신바람 나게 살아갈 수 있는 일을 찾아서 생을 살아가도록 이끌어 주는 것이 교육이라고 보는데 요즈음은 그게 아니고 자기가 좋아하는 것과 관계없이 무조건 대학에 들어가야 한답니다. 그래서 교육의 근본 개혁이 요청된다고 봐요.

인간 교육을 흔히 많은 사람들이 부르짖고 있지 않습니까? 예를 들어서 등굣길에 학생 둘이 아주 무거운 짐수레를 만났다고 가정해 보겠습니다. 한 학생은 그것을 밀어 주느라 지각을 하고 다른 학생은 밀어 주지 않고 곧바로 학교에 가서 지각을 하지 않았습니다. 그런데 그 과정은 무시하고 한 사람에게는 지각을 하지 않았다고 해서 상을 주고 밀어 주느라 지각한 학생에게는 상을 주지 않는 일이 나타납니다.

네. 그래서 이 책에서도 최후 결과보다는 진행이 중요하다는 말씀을 하셨는데 저도 그렇게 봅니다. 하느님께서도 최후의 삶을 보시지 않고 인생을 어떻게 살아왔느냐는 삶 그 자체를 보시는 거죠. 그러니까 여기에서 어떤 자세로 어떤 마음으로 살아왔느냐가 중요한 것이죠. 우리 한국이 제대로 크기 위해서는 각 분야에서 공감대를 갖고 커야 된다고 하셨는데 그러기 위해서는 근본적인 교육의 개혁이 와야 되지 않겠는가 보는 것입니다. 그렇지 못하면 출세를 위해서 올라가다가 다 좌절하는데 이 좌절한 사람이 제대로 크겠습니까? 안 되거든요. 제가 보니까 유럽에서는 공부를 못하는 사람도 자기가 하고 싶은 일이 요리면 대학교에 들어가지 않고도 요리 학교에 들어가는 겁니다. 요리 학교에 들어가서 자기는 최고의 요리사가 되겠다는 거지요. 졸업하면 직장이 있고 자격이 있으니까 자기가 좋아하는 일을 한다는 거죠. 이러한 면이 우리에게는 별로 없지 않느냐는 거죠.

그렇습니다. 그러니까 영어로 표현한다면 work와 labor의 차이죠. 보수를 받기 위해 자기가 원하지는 않지만 하는 일을 labor라고 하며, 일 자체에서 긍지를 느낄 수 있고 어떤 가치를 느낄 수 있으며 또 재미를 느낄 수 있는 것을 work라고 합니다. 모든 사회의 일들이 소위 보람으로서의 일, 가치로서의 일로 종사할 수 있기 위해서는 교육의 기본적인 교육관, 교육의 기본 정책이 바뀌지 않으면 안 됩니다. 우리나라의 노동시장이 크게는 4개의 계층으로 구분되어 있다는 겁니다. 대졸층, 고졸층 그리고 고졸 이하층, 그다음에 학력과는 관계없이 소위 말하는 단순 노동에 종사하는 광범위한 노화된 노동력들. 이렇게 4개의 계층으로 되어서 처음부터 최상층 노동력을 지닌 사람으로 인정을 받아야 하니까 교육에 관한 과열한 경쟁이 생겨나는 것이지요. 그러니까 노동시장 자체의 계층의 경직성도 교육의 과열성을 부르는 하나의 사회적인 기초가 되기도 합니다.

종교와 신의 문제

저는 편지를 모은 이 책에서 신영복 씨의 고뇌와 삶에 대한 큰 체험을 보았습니다. 그리고 이 글은 우리에게 신영복 씨의 삶을 고백하는 사랑으로 받아들여졌습니다. 신영복 씨의 고백은 우리 천주교 신자의 고백성사처럼 정말 따스함을 느끼게 해 주었고, 또이 책은 어떤 의미에서 고통의 신비를 벗어난 하나의 터전을 보여주었습니다. 이 책을 통해서 신영복 씨가 겪은 그 고뇌가 악을 처이기면서 진리를 찾는 그런 모습으로 비쳐졌는데, 이 고뇌 속에서 구원으로 나갈 수 있는 어떤 절대자를 찾으신 적은 없는지요?

그 부분이 저에게 과제로 남아 있습니다. 무거운 짐을 지고 있는 사람들은 멀리 바라보지를 못합니다. 무거운 짐을 지고 산길을 오르는 지게꾼을 상상한다면, 그는 자기 발 디딜 곳 하나 찾기에 급급하지 않습니까. 그래서 산으로 오르는 길을 잃을 수도 있고 또는 훨씬 더 험한 길로 들어설 수도 있을 겁니다. 이 경우 우리의 시선을 당장의 현실로부터 영원한 어떤 것을 바라보게 하는 방법이 있을 수 있습니다. 그러나 그것이 자칫 좌절이나 그것의 다른 표현인 도피가 될 수 있다는 사실이 간과되어서는 안 된다고 생각합니다. 그래서 앞에서도 모든 말씀 속에 인간이 담겨 있지 않으면 그 말씀의 진실성, 즉 공감을 훨씬 줄인다는 말씀을 드렸는데, 마찬가지로 그 인간이란 존재 자체에 대해 좀 더 긴 눈으로 바라보는 그러한 시각이 필요한 것이 사실입니다. 지금 사목을 하고 계시는 신부님이나 종교인들이 인간을 일회적인 것이라든가 어떤 단기간의 존재로 보지 않고 긴 눈으로 보는 태도는 인간을 보다 높은 시점에서 바라본다는 점에서 아주 유익하리라고 생각합니다.

네, 사실 그렇죠. 저도 고통을 겪을 때는 미래를 생각할 수도 없었고 제 문제에만 집착해 있었어요. 그런데 그 집착된 상태에서 살다 보니까 나중에 결과적으로는 이 전체 암흑의 길 안에서도 또렷한 선이 있더군요. 물론 신영복 씨는 이 책을 통해서 그때그때의 고뇌와 아픔을 표현하신 것이지만, 그 속에서 어떤 것을 추구하고자 하는 열망이 보였기 때문에 초월자에 대해서 물어 보는 것입니다. 저는 우선 이웃을 생각하고, 인간의 삶을 이야기한다고 한다면 바로 이것이 하느님을 생각하는 길이라고 생각합니다.

저도 지금 하느님을 받아들이지 않은 상태에서 제 생활에 하나의 기초라든가 원칙 같은 것은 인간의 양심에 철저한 자세, 그것이 기본이고 상당히 중요한 삶의 원리라고 생각합니다. 그래서 인간의 양심이라는 것이 자기 개인의 양심에 끝나지 않고 그 양심 속에 이웃까지도 포괄되고 더 나아가서는 더 넓은 이웃, 또 먼 인류의 미래, 또 보다 발전된 인간의 상, 이런 것까지 확대해 나간다면 그 양심 문제가 신의 문제에까지도 연결될 수 있겠다는 소박한 생각을 가지고 있습니다.

예나 지금이나 흔히 신이 있다면, 어떻게 악인은 부와 명예, 권력 등을 누리며 잘만 살고, 선인은 오히려 하는 것마다 되는 것이 없고 더 고통과 모멸을 당하는 우리의 현실을 이해할 수 있겠습니까. 신영복 씨도 큰 잘못 없이 정권 유지의 희생 제물로 20년간 고뇌의 시기를 겪으셨는데 신에 대한 원망은 없으셨습니까? 신영복 씨는 신을 어떻게 이해하고 계시며 신영복 씨와 어떤 관련이 있다고 보십니까?

저도 방금 신부님께서 지적하신 바와 같은 현실에 대하여 여러 사람들의 견해를 접해 왔습니다. 악이 승리하고, 악인이 심판 받지 않고 있는 현실에 대한 불만, 나아가서는 그러니까 신은 없다는 결론까지 이끌어 내는 사람들도 많이 만났습니다. 이 점에 대하여 저는 두 가지 생각을 갖고 있습니다. 첫째는 처단

보다는 용서가 더 근원적인 해결 방법이라는 것입니다. 처단이 흔히 개인 또는 그 개인의 소행에 국한되는 것인 데 비하여 용서는 당자의 완전한 감화 그리고 나아가서는 사회 구조 자체에 대한 안목을 갖게 해 준다고 믿습니다. 둘째는 신의 심판을 소위 역사의 심판, 민중의 심판보다는 더 원대하고, 완벽하고, 근원적인 것이라고 믿습니다. 제 개인의 문제는 더 큰 문제, 더 뼈아픈 사람들과 아픔 속에 담금으로써 해결해 가야 한다고 믿습니다. 신의 문제는 제게 있어서 항상 진리의 기준, 정의와 사랑의 실체로 이해되고 있습니다.

인간을 철저하게 생각하다 보면 하느님에게까지 가는 것이 하나의 정상 코스가 아닌가 합니다. 왜냐하면 하느님이 사람이 되셨기 때문입니다. 하느님이 사람이 되셨다는 사실은 인간으로 하여금 하느님에 대하여 무관심할 수 없게 만드는 이유가 된다고 보겠습니다. 또 다른 말로 하느님에 대해서 말하고 그분을 염두에 둔다는 것은 우리 생활 속에서 이웃을 생각하는 것이라고 말할 수 있겠군요. 그러니까 인간이 고통 받고 있는 곳에 하느님이 함께 계셨다고 보겠습니다. 그렇다고 본다면 지금 신영복 씨의 말씀을 종합해 볼 때 교도소 안에 고난과 아픔이 있으나 어떤 의미에서는 가장 밑바닥에도 훈훈한 인간미가 있다고 하겠습니다.

저는 거기에 대해서는 확신하고 있습니다. 그리고 다른 사람들이 경원하고 불신하는 많은 사람들과의 인간적인 애정이나 공감 같은 걸 깊이 느꼈던 좋은 경험들을 많이 가지고 있습니다.

그래서 이런 경험들은 앞으로도 인간을 바라보는 데 상당히 긍정적인 시각을 지속적으로 줄 것으로 믿고 있습니다. 그것도 제가 얻은 것 중에 큰 것이라고 볼 수 있습니다.

신영복 씨의 이 책은 자기 삶을 적나라하게 드러낸 사랑의 고백 자체이면서 다른 한편으로는 인간의 한계에 대한 무능력의 고백 이라고도 생각되었습니다. 왜냐하면 어떤 의미에서 어떤 근본적인 면을 추구하고는 있되, 그러나 절대자에 관한 어떤 것은 나타나 있지 않기 때문에, 그런 의미에서 사실 언젠가는 하느님께서 계실 터, 장소가 마련된다면 나름대로 이것을 종합하는 계기가 되지 않겠는가 생각합니다. 그런데 한번은 이런 말씀을 하신 적이 있습니다. "저는 불제자도 기독도(基督徒)도 아닙니다. 이것은 제가 '믿는다'는 사고 형식에는 다소 서투르기 때문이라 생각됩니다."(1977년 7월 27일 편지) 그런데 그것과 관계없이 불교든 기독교든 아무 관계없이 믿는다는 그 자체는 어떻게 보십니까?

믿게 되는 과정은 생략되고 일종의 믿는다는 사고 행위 자체는 어떤 비약의 단계가 있는 것같이 생각됩니다. 제 경우에는 믿는다는 것보다는 이해한다는 쪽이 오랫동안 제 사고의 기본적인 패턴에 바탕이 되고 있어서 그런 구절을 써 놓았습니다.

온 몸으로 깨닫게 되면 자연스럽게 적응할 수 있지 않겠습니까?

네, 그런 가능성이 물론 있습니다.

그렇다고 한다면 이해와 어떤 의미에서의 믿음은 같은 맥락을 가질 수 있지 않을까요?

현재로서는 제가 이해와 믿음의 차이를 그 과정 속에서의 비약의 유무로 구별을 하고 있기 때문에 그렇게 말씀드렸습니다.

그런데 이 믿음을 신영복 씨께서는 비약으로 표현하셨지만 어떤 사람에게는 물론 비약은 비약이로되 그 비약이 자기 전체를 수용하는 비약 내지는 새로운 깨달음이기 때문에 저는 비약이라는 말보다 터득이라고 보고 싶은데요. 그렇다면 그 점에서는 일치가 가능하다고 보고 있습니다.

네, 그렇습니다. 사회의 발전에 있어서나 개인 의식의 발전 과정에 있어서도 일정하게 경험이나 자기의 이해가 축적되어 가면 그 전체 과정에서 비약의 단계가 반드시 있을 수는 있습니다. 그런데 현재 그러한 축적이 없는 상태에서 어떤 결론을 그 과정을 생략한 채 비약해서 믿음의 과정으로 받아들인다는 사실에 대해서 저로서는 조금 서투르죠.

그러니까 그러한 자기 나름대로의 터득 내지 이해가 안 될 때는 신앙을 무리하게 가져서는 안 된다고 생각합니다. 신앙을 가져도 아무런 의미가 없는 것이라 봅니다.

저도 그런 단계에서 한계가 있는 사람이고, 터득이 안 된 상태인 것은 확실합니다.

그렇다면 불도나 여기서 말하는 그리스도나 신에 대해서 어떻게
생각하십니까?

저는 신이라는 문제를 나름대로 어떤 진리, 참된 것으로 환원
시켜서 이해하고 있고, 그렇다면 제 자신의 삶 자체가 정직한
것이고 우리 시대를 외면하지 않는 것이고 그 한복판을 걸어가
는 것이라면 바로 그쪽으로 통하지 않겠는가 생각합니다. 그러
한 삶 자체에 충실한 것이 처음부터 신의 문제에 접근해서 고
민하는 것보다는 결론적으로 자연히 해결될 수 있다고 생각합
니다.

위에서 삶에 대해서 질문드릴 때, 신영복 씨는 자기 이웃이 따뜻
하게 맞아 주는 사람이 되면 된다고 하였습니다. 그런데 우리는
가끔 인간의 판단이 부정확하고 왜곡도 많음을 체험합니다. 인간
에게 마음에 드는 것을 넓혀서 변함없고 그르침 없는 절대자의 마
음에 드는 삶의 길은 없을까요?

네, 제가 깜박 지나쳐 버릴 뻔한 점을 잘 지적해 주셨습니다.
감사합니다. 이웃과의 화해가 영합이나 추종이 되어서는 안 되
리라고 생각합니다. 범람하는 상업주의는 우리 모두에게 이러
한 위험을 키워 주고 있습니다. 저는 이웃보다는 한 발 앞서서
가되 한 발만 앞서서 가라는 경위를 말씀 드리고 싶습니다. 같

은 선에서 영합하거나 두 발 앞서서 유리되어서도 안 된다는 거죠. 이 경우 신의 문제는, 제 경우에는 앞에서 말씀 드렸듯이 진리의 문제이지만, 그 방향을 정의, 진리의 뜻으로 이해할 수 있습니다. 그리고 신의 현실적인 모습과 자리는 바로 우리들의 한 발 앞선 자리, 즉 지극히 가까운 자리여야 하지 않는가 생각 됩니다.

결론적으로 한 가지 묻는다면 종교의 필요성이 있다고 보십니까?

신의 문제를 이야기하는 경우에 저에게 있어서는 그렇게 설득 력이 없고, 방금 신부님이 말씀하셨듯이 삶의 문제, 삶의 과정 의 문제, 또 인간의 문제 이런 것들을 진지하게 자기 과제로 삼 는 한 종교는 종교 본연의 자기 임무에 충실하리라고 봅니다.

마지막으로 결론을 내리면서 20년간의 교도소 생활을 종합적으 로 표현한다면 어떻게 말씀하시겠습니까?

20년간의 감옥살이는 사회를, 그 사회의 모순 구조를 통해서 인식할 수 있는 그런 새로운 시각을 주었던 자리이고, 그다음 에 우리 현대사의 어떤 역사적인 인식도 아울러 가질 수 있었 던 시기라고 봅니다. 이런 것들이 제 개인적으로 중요한 각성 의 시기였고, 또 한 가지는 그것이 고통이든 기쁨이든 함께 나 누어 가질 때, 이미 고통도 고통이 아니고 기쁨도 훨씬 더 크고 마음 편한 것일 수 있다는 사실을 알았습니다. 이런 것들을 통해서 인생에 대해 상당히 익은 어떤 결론을 제가 느낀 것 같습니다.

이런 만남과 고백의 시간을 내주신 신영복 씨께 진심으로 감사합니다. 이제 서서히 자신이 서야 할 자리를 찾게 되시기를 빌면서 아울러 지금까지 아픔과 고독, *끈끈한 인정*에서 체험된 모든 것을 널리 펴서 우리 사회에 정과 보살핌이 움트게 되기를 바랍니다. 그 정과 보살핌이 다음 세대에도 올바르게 확산되어 전승되는 제도 혹은 단체가 마련되어지기를 기원합니다. 이제 시작된 결혼 생활에 행복이 가득하시고 건강한 가운데 남은 생애는 원하시는 것을 성취하시어 보람의 시기가 되기를 빕니다.

감사합니다.

모든 변혁 운동의 뿌리는
그 사회의 모순 구조 속에 있다

대담자   故 정운영(1944~2005. 언론인·경제학자)
일시·장소 1992년 10월 22일과 11월 16일『이론』편집실에서
게재지   『이론』3호(1992년 겨울호)

지금 선생님이 받고 있는 법적 처분은 어떤 것입니까?

두 가지 처분을 받고 있습니다. 첫째는 가석방 처분입니다. 가석방자가 가석방 기간 중에 이런 일을 하면 가석방 처분이 취소되고 즉시 잔형(殘刑)이 집행됩니다. 예를 들면 감호 경찰서장의 허가를 받지 않고 주거지를 이전하거나 10일 이상 여행을 한 때, 사회적 불안을 야기할 우려가 있는 집회나 시위 기타 파괴 활동에 참가하거나 이를 지지·성원하는 따위의 법질서를 어지럽히는 행위를 한 때 등 10여 가지입니다. 제 경우 가석방 기간은 2000년 5월 5일까지입니다.

세기가 바뀐다는 말이군요.

그동안 무슨 감형이나 사면 조치가 없다면 그렇게 되는 셈입니

다. 둘째는 보안관찰 처분입니다. 보안관찰법에 관해서는 최근 그 내용의 일부가 알려졌습니다만, 3개월마다 주요 활동 사항, 통신·회합한 다른 보안관찰 처분 대상자의 인적 사항과 그 일 시 장소 및 내용 그리고 여행에 관한 사항도 파출소장을 거쳐 관할 경찰서장에게 신고해야 합니다.

오늘 이 대담이 그 '주요 활동'의 하나가 된다면 신고의 대상이 되 겠군요. 선생님이 아직은 아무 말이나 할 수 있을 만큼 자유롭지 못하다는 사정을 감안하여, 이 대담은 그 가석방 조건에 저촉되지 않는 아주 '부드러운' 내용으로 한정해야 할 것 같습니다.

그래요. 그렇게 해 주면 고맙겠습니다. 하하.

출생 당시의 집안 환경부터 좀 들려주시지요.

아버님은 자작농의 맏이로 일제 때 대구사범학교를 졸업한 교 사였고 어머님은 봉건지주의 막내 외동딸이었습니다. 저는 1940년 10월에 태어서 1941년 8월에 났습니다. 고향은 경남 밀양입니다만 아버님의 임지인 경남 의령군 유곡국민학교의 교장 사택에서 태어났습니다. 위로 누님 두 분과 형님, 그리고 아래로 남동생이 하나 있습니다.

출생 배경이나 성장의 환경이 뒷날의 삶에 미친 어떤 영향 같은 것이 있습니까?

방금 말씀드린 바와 같이 교장 사택에서 태어나서 고등학교 졸업까지 거의 전 기간을 계속 사택에서 생활했습니다. 학교 사택에서 '교장 선생님의 아들'로 성장했다는 사실이 한마디로 표현하기는 어렵지만 저의 삶에 상당한 영향을 미쳤으리라 생각됩니다. 대학 및 대학원 시절도 대부분 학교 연구실에서 살았고, 그 후 대학 강단에 섰다가 20년 동안 감옥이라는 '인생 대학'에서 살게 되었으니까요. 성장 환경이 주로 학교였습니다만 그 '학교'가 차츰 넓어져 결국은 인생 대학이라는 굉장히 넓은 학교로 진학한 셈이지요.

청소년기에 학교는 어디서 다녔습니까?

국민학교와 중학교는 고향인 밀양에서 마쳤습니다. 고등학교는 부산상업고등학교로 진학하여 이 학교를 1959년에 졸업했습니다.

그 시절의 사건으로 특히 기억에 남는 일들이 있습니까?

기억에 남는 일보다는 저의 정서와 성격에 영향을 끼쳤다고 생각되는 일을 이야기하라는 질문으로 받아들이겠습니다. 제게 영향을 끼쳤다는 사실도 그 당시에는 물론 느끼지 못했고 훨씬 후에야 깨닫게 된 것입니다. 우선 해방 당일의, 그러니까 1945년 8월 15일 밤이라고 생각됩니다. 밀양의 면소재지 국민학교의 일본인 교장 사택을 제가 점령했습니다.

점령이요?

예, 그렇습니다. 아버님은 일제 때 일본인 교장 배척 운동에 가
담하고 한글 연구 비밀 서클에 관계했다는 이유로 해직당했기
때문에, 얼마 뒤 복직이 되기는 했습니다만, 해방 당일 마을의
젊은이들이 자연스럽게 우리 집에 모였고, 그 젊은이들로부터
교장이 도망가고 비어 있는 집을 가서 지키고 있으라는 '명령'
을 받았습니다. 비 오고 바람 부는 그 밤을 꺼질 듯 까무라치는
접싯불 하나를 밝혀 놓고, 제법 무서운 다다미방을 지킨 것입
니다. 제가 41년생이니까 나섯 살 때의 일이지요. 밤중에 횃불
을 든 동네 청년들이 이상 유무를 확인하고는 보급품(?)으로
자두 몇 개를 주고 갔습니다. 저는 어려서부터 아버님의 친구
들께 그분들이 시키는 대로, 물론 아이들 상대의 농담이지만,
나중에 커서는 '일본 총독'이 되겠다는 대답을 곧이곧대로 하
고 있었던 터라 그날 밤이 어린 저로서는 굉장히 감격적이었습
니다.

점령군 사령관에서 주일본한국총독에 이르기까지 어려서부터
'의식화 교육'을 단단히 받은 셈이군요. 해방에 이어 6·25가 선생
님의 소년기를 지배하게 되는데요.

그렇지요. 해방과 6·25를 뜻도 모르고 겪었지요. 저에게 자주
팽이도 깎아 주고 개천이나 들에서 곧잘 동무해 주던 청년이
있었어요. 며칠 전까지만 해도 마을에서 별로 두각을 나타내지

못하던 그 청년이 당당하게 횃불을 들고 마을을 돌았는데, 그 모습이 무척 보기 좋았습니다. 해방 당시의 일이었지요. 그러나 얼마 후로는 그를 영영 볼 수 없었는데, 주변의 누구로부터도 분명한 대답을 들을 수 없었습니다. 그러다가 국민학교 4학년 때 6·25를 맞았습니다. 하루는 학교를 파하고 돌아오는 하굣길에 참으로 끔찍한 광경을 목격하게 되었습니다. 남천교의 난간 양쪽으로 사람의 머리를 잘라서 달아 놓았는데, 하도 무서워서 그 다리를 건널 수가 없었어요. 아마 10개가 넘었다고 기억됩니다. 중고등학교 여학생들은 남천교를 건너지 못한 채 울고 서 있었습니다. 양쪽 귀를 관통해서 철사로 꿰어 달아 놓은 머리도 있고, 아래에서 올려다보면 잘린 목통 속이 보이는 것도 있었습니다. 머리카락은 형편없이 헝클어져 얼굴을 덮고 있었는데, 하나 같이 핏기가 가셔서 종잇장처럼 새하얀 얼굴을 하고 있어서 그나마 덜 무서웠습니다. 그 달아 놓은 머리의 뺨을 때리며 욕하는 노인도 있었습니다. 그러나 거기서 우는 가족은 하나도 없었습니다. 그 끔찍한 일이 있은 후부터 저는 무슨 뚜렷한 이유도 없이 해방 당시의 그 청년의 머리가 그 속에 있었다는 확신에 가까운 믿음을 갖게 되었습니다.

이청준의 작품으로 기억되는데, 그런 연상 심리가 삶의 중요한 고비 고비에 하나의 강박관념으로 작용하곤 하는 얘기가 있습니다……

강박관념이라고까지 할 수는 없겠지만, 그 후 현대사와 관련된 문제를 독서하거나 토론할 때, 자주 그에 대한 추체험을 하게 되었습니다. 어린 시절의 이야기가 좀 길어졌습니다만 한 가지만 더 하겠습니다. 이것도 학교가 파하고 집으로 돌아오던 하굣길에서 있었던 일입니다. 3학년 말 성적표, 당시에는 통지표라고 했습니다만, 그 성적표를 받아서 집으로 가는 길이었습니다. 같은 반의 이선동이란 친구가 길을 막고 제게 따갑게 쏘아붙였습니다. 사실은 자기가 1등이라는 것이었어요. 너는 교장 아들이기 때문에 담임 선생에게 잘 보여서 1등이 되었지만 사실은 자기가 1등이라는 것이었습니다. 그는 우리들보다 두세살 나이가 많은 귀환동포로서 해방 후 일본에서 귀환했는데, 우리 또래보다는 여러 면으로 조숙한 편이었습니다. 당시 아버님은 우리 학교의 교장이 아니셨고, 나 자신은 물론이고 함께 그 말을 들은 친구들도 그 친구의 말이 터무니없다는 것을 잘 알고 있었습니다. 그러나 어쨌든 그것은 충격이었습니다. 그후 그 친구의 집에 자주 가게 되었는데 집이랄 수도 없을 정도였습니다. 길가로 달아낸 방 한 칸과 먼지 자욱한 좁은 툇마루가 전부일 만큼 무척 가난했습니다. 한 번도 그의 부모를 본 적이 없을 뿐 아니라, 거의 굶고 있는 것 같았어요. 이것은 처음보다 더 큰 충격이었습니다.

어린 시절의 일이지만 무척 당황하셨겠습니다.

예, 대단한 충격이었습니다. 이 사건(?)이 있고 난 이후라고 생각됩니다. 저는 학교에서 거의 고의적으로 일을 저질러 벌을 자초하는 여러 가지 개구진 장난을 줄곧 하게 되었습니다. 복도에 꿇어앉아 있는 정도는 가장 경미한 벌에 속하고 어떤 때는 전교생이 볼 수 있도록 운동장 한가운데 꿇어앉아 있기도 했습니다. 한번은 아침 조회 시간에 교장 선생님이 훈시하고 있는 동안 운동장을 뛰어 돌아야 하는 벌을 받았는데, 조회 분위기가 산만해지자 교장 선생님이 훈시를 잠시 멈추고 벌을 중지시킨 적도 있습니다. 아마 이러한 소행 때문이라고 생각되는데 5학년 때부터 일약 응원단장으로 발탁되었지요. 고등학교 졸업할 때까지 계속 응원단장을 했던 것으로 기억합니다.

응원단장만 계속했더라면 편안히 살 수 있었을 텐데, 괜히 선수로 나섰다가 그만…….

글쎄, 선수랄 수도 없습니다만……. 다 팔자지요. 공교롭게도 제게는 저보다 공부는 잘하면서도 형편이 어려워 진학을 포기하는 친구가 꼭 한두 명씩 있었습니다. 고등학교 동창생 중에는 서울상대 경제학과에 함께 합격하고도 입학금이 없어 진학을 포기한 친구가 있습니다. 지금은 은행 본점의 부장으로 있습니다. 중학교 시절의 친구는 제가 대학 다닐 때 고향에서 이발사로 일하고 있었습니다. 방학 때 고향에 가면 저는 일부러라도 그 친구의 이발소에 가서 이발을 했습니다. 국민학교 적의 친구는 영영 소식을 모릅니다.

청소년기의 자화상을 그린다면 한마디로 어떤 분위기를 띨 거라

삼형제 중 둘째가 대체로 그러하듯이 집에서보다는 바깥에서 더 인기가 있었다고 생각됩니다. 형과 다투면 동생이 형한테 대든다고 야단맞고, 동생과 다투면 동생 하나 거두지 못한다고 야단맞는 게 둘째입니다. 그래서 집안에서는 별로 주목 받지 못하고 바깥에 친구가 많은 편이었습니다. 그리고 아버님의 장서를 읽는 누님들과 형님을 따라 그 뜻도 모르면서 비교적 조숙한 독서를 하기도 했습니다.

아버님의 장서와 그 '조숙한 독서'의 내용을 좀 공개하시지요.

박계주의 『순애보』, 이광수의 『흙』이나 『유정』 같은 소설을 국민학교 때 읽었습니다. 아버님 서가에는 유학(儒學) 관계 서적이나 동양고전이 많았습니다만, 이시첸코의 『철학사전』, 보차로프의 『세계사 교정』, 최영철·전석담·허동이 공역한 『자본론』 1권도 있었습니다.

상업고등학교로 진학한 특별한 이유나 동기가 있습니까?

실업계인 부산상업고등학교에 진학한 것은 저의 자형이 그곳 교사로 있었기 때문이기도 하지만, 부모님께서 둘째까지 서울 보내서 유학시킬 형편이 못 되었기 때문입니다. 무엇이 되고 싶다거나 무슨 일을 하겠다는 특별한 포부는 없었습니다. 주산과 부기 과목에 도무지 흥미를 느낄 수 없었고, 좀 더 본질적인 공부를 하고 싶다는 생각이 있었습니다.

그 당시에 생각했던 '본질적인 공부'란 어떤 것이었습니까?

그렇게 물으니 제가 '본질적'이란 말을 잘못 사용한 것 같다는 느낌이 듭니다. 청소년기에 느끼는 본질이란 것이 뭐 대단한 것일 수는 없지만, 당시에는 사르트르의 책을 학교에 가지고 오는 친구도 있었습니다. 대부분의 청소년이 그렇듯이, 저도 막연한 희망이지만 공부를 더 하고 싶었지요.

벌써 문학적 재질이 상당했던 듯한데, 혹시 백일장 같은 데 참가하여 입상한 경력이나 작품 내용에 관하여 기억나는 것이 있습니까?

장원은 한 번도 못했습니다만 입상은 빠지지 않고 했던 것으로 기억합니다. 당시의 백일장에서 느낀 점인데 대부분의 참가자들은 상당히 두툼한 시작(詩作) 노트를 한 권씩 들고 와서는, 출제된 시제와 비슷한 것들을 골라서 그것을 다듬어 내는 것이었습니다. 저는 문예반도 아니었을뿐더러 시작 노트 따위가 있을 리 없었지요. 입상은 생각지도 않았는데 시상식 때까지 남아 있던 친구들이 상장과 상품을 받아서 학교에 갖다 주었습니다. 한글날 부산시 백일장에서 출제된 시제가 '지도'(地圖)였는데 제가 장원은 못 했지만 분단의 아픔을 썼다고 칭찬받은 기억이 있습니다.

서울대학교 상과대학 경제학과에 입학했는데, 그에 관해 들려줄
얘기가 있습니까?

고교 시절에는 시인이던 국어 선생님의 영향이 상당히 컸던 것
같습니다. 그 선생님은 4·19 뒤의 교원노조 활동으로 인해
5·16이 나자 구속되기도 하신 분입니다. 생각하면 그 선생님
의 과분한 애정을 받았습니다. 친구 분들의 술자리에 끼어 앉
혀 주시기도 하고, 선생님이 관여하던 주간 신문의 일을 돕게
도 해 주시고, 문예반 소속이 아닌데도 저를 부산 마산 진주 등
문화제 행사의 백일장에 출전시키기도 하셨습니다. 무엇보다
경제학과 진학을 강력하게 주장하신 분입니다. '강력하게'라
는 표현을 쓰는 까닭은 고등학교 졸업 후 은행 입행 시험을 치
르고 온 저를 불러서 이튿날의 면접을 포기하도록 설득하셨기
때문입니다.

배치고사 성적에 맞추어 기계적으로 학과를 지정하는 요즘의 진
학 지도와는 달리 당시 고등학교 선생님들의 지도는, 특히 그분이
인생이나 사회에 대한 넓고 깊은 안목을 틔워 준 '존경하는' 선생
님일 경우에는, 학생들의 장래를 좌우할 만큼 중요한 것이었습니
다. 하필 경제학과를 권유한 특별한 이유라도 있었습니까?

그 선생님은 설명이 많지 않은 분이셨습니다. 그냥 '가라'는

것이었어요. 경제학은 돈 벌어서 자기 혼자 잘살기 위한 학문이 아니라고 하신 말씀이 기억납니다. 그리고 미국의 경제원조와 군사원조가 사실은 원조가 아니라는 거였어요. 지금 생각하면 주로 경제적 빈곤의 문제에 관하여 말씀하셨고, 경제 제도나 체제의 문제에 대한 말씀은 없었습니다. 저의 자형이 서울대 경제학과 출신이었는데, 그쪽의 영향도 있었으리라고 생각합니다.

60년대라면 전쟁과 기아의 연대인 50년대, 본격적 개발의 연대인 70년대를 이어 주는 가교가 된 시기입니다. 물질적인 빈곤뿐만 아니라 정신적으로도 무척 황폐한 시대였지요. 혁명은 군부 쿠데타로 좌절되었고, 반공과 북진통일의 틈바구니에서 자유로운 사고는 숨 쉴 틈이 없었고, 일본과의 국교 재개 및 월남 파병 등으로 국내외가 무척 소란했습니다. 대학 시절 사회의 전반적 분위기는 어떠했습니까?

대학에 다닌 시기가 1959년에서 1963년까지입니다. 4·19와 5·16을 재학 중에 겪었습니다. 저희들의 대학 시절은 한마디로 '혁명과 반혁명'의 시절이었습니다. 해방 정국의 열기가 6·25전쟁 기간 동안 완벽하게 초토화되고, 이후 매카시적 반공 이데올로기의 중압 밑에 모든 진보적 역량이 봉쇄되어 버린 상황이었습니다. 4·19를 계기로 이러한 역량의 일부가 표면으로 분출됩니다. 4·19는 부정과 부패에 대한 항거라는 형태로 표출되었음에도 불구하고, 4·19 뒤 상황의 진전을 통하여 우리는 당시의 지배 정권이 어떠한 세력이며 또 그 세력이 어떠한 계층을 억압하고 있었던가를 깨닫게 되었지요. 다시 말하면 지배-피지배라는 사회의 계급적 구조에 대한 인식을 갖게 되었다고 할 수 있습니다. 그러나 각 부문 운동들은 해방 직후 좌절의 경험이 아직도 극복되지 못한 상태였고, 더구나 전쟁 동안의 초토화로 말미암아 그런 좌절을 극복할 토대가 없었다고 생각됩니다. 좀 전에 '역량의 일부가 표면화되었다'는 표현을 사용했습니다만, 이 점은 5·16이 성공할 수 있었던 조건의 하나이기도 합니다. 5·16은 4·19를 계기로 진전된 일정한 혁명적 성과를 궤멸시키면서, 그 좌절의 분위기를 신속하게 친미·반공을 기조로 한 '조국 근대화'의 이데올로기로 포섭해 내는 데 성공하게 됩니다. 저희들의 대학 시절은 이를테면 '미완의' 혁명과 '미완의' 좌절을 함께 겪은 시절이라고 할 수 있습니다.

당시 지식인들의 이념적 지향은 어떤 것이었습니까?

지식인 일반의 이념적 지향은 일부 진보적 인사를 논외로 한다면 아무래도 비판적 자유주의와 비반미적(非反美的) 민족주의를 크게 벗어나지 못하고 있었습니다. 근대화라는 경제 건설 슬로건에 포섭되거나 선건설-후통일이라는 도식으로 수렴되어 갔지요. 당시의 중산층 논쟁, 민족자본 논쟁 등이 이러한 경향을 반영하는 것이라 할 수 있습니다. 이러한 논의는 전술 개념으로서는 일정한 의미를 갖는 것이라고 할 수 있겠지만, 마치 조선말 개항기의 근대화 논쟁과 같이 근대화의 방향에 대한 전망이 결여되어 있었고, 그 방향을 근대화의 담당 계층과 결합시키는 사고가 없었다는 데 문제가 있었다고 생각합니다.

그러한 사회 상황에서 대학의 교과 내용이나 연구 풍토는 어떠했습니까?

경제학과의 경우는 케인스로 대표되는 근대경제학 중심으로 커리큘럼이 짜여 있었습니다. 자본축적론과 같이 마르크스 모형에 의해서 축적 구조를 설명하는 강의도 일부 있었지만, 전반적인 풍토는 근대경제학적 관점이 지배적이었습니다. 성장론, 완전고용 정책, 화폐금융론 등이 기조를 이루었습니다. 그러나 서클 중심의 학회에서는 슘페터, 돕, 로빈슨, 후버만 등의 이론들이 논의되었습니다. 4·19 직후에는 한동안『자본』원강이 선택 과목으로 개설되기도 하고, 세미나 서클에서는 마르크스와 레닌의 저작들이 교재로 등장하기도 했습니다. 그러나 일반적인 연구 분위기는 방금 말씀드린 대로 근대경제학 일색이었습니다. 마르크스-레닌 관련 서적은 도서관의 분류 카드에도 없었지요. 한마디로 당시 대학의 연구 풍토는 기존의 지배 이념을 비판하고 대항하기 위한 변혁 이론의 산실로서는 여러 면에서 부족했다고 생각됩니다.

당시로는 그 이론들이 그래도 가장 '급진적'이었을 텐데요. 모리스 돕(Maurice Dobb, 1900~1976)조차도 처방이 약하다고 해서 학생들이 외면했던 80년대 중후반의 상황과 비교하면 참으로 격세

지감이 없지 않습니다. 계급이나 민족의 문제에 대해 당시의 학생들 사이에서 첨예하게 논의된 관심사가 있다면, 그 주제와 내용은 어떤 것이었습니까?

당시는 1차 산업의 비중이 인구 구성에 있어서나 국민총생산 구성에 있어서 가장 높았기 때문이라고 생각되지만, 농업 문제·농민 문제에 관한 논의가 상당히 활발했습니다. 4·19 이후 민족문제를 통일운동의 형태로 학생운동의 장으로 이끌어 내기는 했습니다만, 5·16 이후 거의 일상화되다시피 한 극우적인 반공·반북 이데올로기의 장벽을 뛰어넘기가 어려웠습니다.

비록 농민 문제가 중심이 된 초보적인 수준이나마 그 계급적인 관점과 민족적인 관점이 서로 대립했던 계기나, 혹은 그들을 통일시키려는 시도 같은 것은 없습니까?

대립이라고 할 수 있는 수준은 아닙니다만, 반제통일과 반파쇼 민주의 대립 구도는 물론 있었습니다. 쟁점 자체는 지금과 마찬가지라고 할 수 있습니다. 그 문제를 놓고 열띤 논의들을 했지요. 이러한 대립 구도를 지양하기 위해서 사회계급 분석을 해야 한다는 주장에는 대개 의견을 같이했습니다. 그래서 해방 전후의 사회 변동 과정을 계급의 관점에서 논의하기도 했습니다.

4·19 당시에는 어떤 일을 했습니까?

당시 저는 대학 2학년이었습니다. 4·19 데모는 주로 문리대 쪽에서 조직했고, 상과대학에서는 사전 조직이 없었습니다. 더구나 저는 저학년인 데다 아르바이트 하느라 적극적으로 참여할 여유가 없었습니다. 시위에는 물론 참가했지요. 지금도 기억에 선명하게 남아 있는 장면이 있습니다. 국회의사당 앞에서 연좌하고 있을 때였습니다. 지금은 청와대로 이름을 고쳤지만 당시의 경무대 앞 효자동 전차 종점에서는 이미 발포가 시작되어 사상자가 속출하고 있었습니다. 그때 고등학생 한 명이 달려와서 피 묻은 러닝셔츠를 펼쳐 보이며 울면서 외쳤습니다. 텅 빈 국회의사당 앞에 앉아서 뭘 하느냐는 거였어요. 그래서 우리들 사이에서는 경무대로 밀고 가자느니, 가서 개죽음 당할 필요가 없다느니 설왕설래하고 있었는데, 갑자기 뒤에서 "저게(피 묻은 셔츠) 어째서 개죽음이냐"는 고함 소리가 났어요. 돌아보니 의외로 가까운 친구였어요. 그래서 더욱 충격이었습니다. 많은 학생들이 경무대 쪽으로 달려갔어요. 저도 종암동의 학교에서부터 줄곧 저와 함께 스크럼을 짜고 시위에 참가했던 친구를 따라 경무대로 향했습니다. 그때 그의 애인이 달려와서 그의 팔을 잡고 매달렸습니다. 저는 붙잡는 애인이 없어서 그냥 경무대로 갔어요. 저희 선배 한 분이 그곳에서 숨졌습니다.

붙잡는 애인이 없었다는 것은 유감입니다만, 아마 붙잡는 애인이 있었어도 경무대로 달려갔으리란 생각이 드는데요. 학과 공부 이외에 특별히 관심을 가졌던 문제는 무엇이었습니까?

서클 운동에 열심이었다고 할 수 있습니다. 당시 서클에서 논의한 주제들은 분단 문제, 미국의 한반도 전략과 신식민지지배, 매판자본 등 당면한 현실적인 문제에서부터 제3세계, 세계사, 한국근대사 등 잡다할 정도로 광범한 것이었습니다. 대체로 전위 운동에 필요한 의식을 공유하려는 노력이었다고 생각됩니다.

당시의 은사들 가운데 특별히 기억하는 분이 있습니까?

저는 특별한 한 사람의 영향을 집중적으로 받았다기보나는 여러 선생님들의 영향과 애정을 고루 받았습니다. 후에 서울대 총장이 되신 최문환 선생님, 충남대 총장을 지낸 박희범 선생님, 총리를 역임한 이현재 선생님, 나중에 기업으로 나가신 홍성유 교수님, 사회대 학장을 지낸 임종철 교수님 등 여러 분입니다. 그리고 강사로 철학을 가르친 권세원 교수님도 책을 많이 주셨습니다. 저는 살아오면서 줄곧 느끼는 일입니다만 인간적인 면에서 늘 과분한 애정을 받아 항상 빚진 느낌을 가지고 있습니다. 선생님의 연구실을 사용하기도 하고, 선생님 댁에서 밥을 먹고 심지어 잠도 잤습니다. 지금의 학생들로서는 누리기 어려운 일들이지요. 그러나 당시 제가 고민하던 문제에 대해서 가장 영향을 많이 받았던 사람은 선생님들보다는 오히려 선배들과 후배들이었다고 기억됩니다. 연구실을 이웃해 있던 안병직 선배와 신용하 선배, 신문 편집을 맡았던 장종록 선배, 그리고 연구실과 세미나 서클을 통하여 열띤 토론을 벌였던 후배들이었습니다. 부담 없는 토론은 그 과정을 통하여 문제를 논리적으로 정리해 주고 사고의 폭도 넓혀 준다고 믿습니다.

은사나 선후배 이외에 달리 기억할 만한 분은 없습니까?

특히 기억에 남는 분이 한 분 계시는데, 학교의 수위인 유씨 아저씨입니다. 제가 대학 3~4학년과 대학원 2년을 줄곧 학교 연구실에서 기거하다시피 생활했기 때문에 매우 가까워진 분입니다. 밤중에 유씨 아저씨 대신 수위 모자를 쓰고 손전등을 들고, 교정에 들어와 있는 아베크족(주로 후배들이지만)을 쫓아내는 장난을 함께하기도 했습니다. 유씨 아저씨는 고상(高商: 서울대 상대의 전신인 경성고등상업학교) 시절인 일제 때부터 학교에 계신 분으로 국대안(國大案: 국립대학개혁안) 반대운동이나 6·25 당시의 학교 이야기도 들려주시고, 당시 교수들의 이야기며 심지어는 그 교수들의 학생 시절의 면모까지 소상하게 기억하고 계셨습니다. 그리고 그분의 말씀 가운데 지금도 기억나는 것은 옛날에는 대단한 학생들이 참 많았는데, 그런 학생들은 거의가 죽거나 사라졌다고 했습니다. 자기는 지금도 학생들을 보면 장차 어떤 사람이 될지 알 수 있다는 얘기도 했습니다.

선생님 자신의 장래에 대해서는 무어라고 예언했습니까?

저의 장래에 대해서는 유감스럽게도 듣지를 못했습니다.

학회, 연구회, 과외 활동 등 선생님이 참여했던 일들을 생각나는 대로 들려주시지요. 말씀을 드리고 보니 어째 말투가 꼭 조서 받는 식이 되어 버렸는데, 이거 죄송합니다.

아니 괜찮아요. 하도 많이 당해 봐서……. 상과대학 내에서는 경우회 회원이었고, 교지인『상대평론』의 편집위원, 그리고 단과대학 신문인『상대신문』의 기자였습니다. 당시 대학의 분위기는 앞에서도 잠깐 말씀드렸습니다만, 어느 정도의 이념성을 가진 학회 및 학생 활동은 4·19 이후부터 시작되었다고 할 수 있습니다. 저는 4·19 이후인 3학년 때부터 학회와 서클 활동에 참여했는데, 자연히 후배들의 세미나를 지도하는 일을 맡게 되었습니다. 상과대학 이외에는 고려대, 연세대, 이화여대 등의 세미나 서클에 참여하거나 그를 지도했으며 농촌학원, 대학생 종교 단체, 공장야학에도 직접·간접으로 관계하였습니다.

말씀 마지막 부분의 공장야학이란 무엇입니까?

제가 관여하고 있던 기독교 학생 서클에서 공장야학을 운영하고 있었습니다. 중소 섬유 업체였는데 노동야학은 아니고 학원 야학의 성격이었습니다. 노동자들의 생활과 정서에 가까이 다가가기 위한 시도에 불과했습니다. 70년대의 노동 현장에 투신하는 학생들의 이야기를 징역 속에서 들었는데, 매우 부럽고 반가웠습니다.

후일 문제가 되기도 했던 경우회에 대해 설명해 주시지요.

경우회는 상과대학 경제학과의 비교적 진보적 성향의 학생 서
클입니다. 회원 상호간의 토론과 연구는 물론 총회 및 연구 발
표회를 통해 선배들과 연계되고 또 그 지원을 받기도 했습니
다. 제가 경우회에 가입한 것은 3학년 때였습니다. 저는 4기 회
원이었습니다만 당시 4기 회원의 모임은 거의 없었고, 아까 말
씀드린 대로 저는 1~2학년의 세미나를 지도하는 일을 주로 했
습니다. 제가 1961년에 입회하여 1968년 구속될 당시까지 관
여했기 때문에 저의 구속과 함께 연루되어 구속된 회원도 있었
고, 다른 많은 회원이 연행되어 조사를 받기도 했습니다. 요즘
의 학번 계산 방식으로 하면 제가 59학번인데, 언젠가 89~
90학번의 경제학과 학생들이 집으로 놀러 와서 알게 되었습니
다만, 현재의 '경제학과 노래'가 그때의 경우회 회가(會歌)입
니다. 1기 회원의 음대 출신 부인이 곡을 붙이고 노랫말은 제
가 지은 것입니다.

그 작사 솜씨를 한번 공개하시지요.

제대로 기억이 나지 않는군요. 아마 '찬 이성'과 '더운 가슴'이
란 말이 들어 있었을 겁니다. 경제학자 마샬의 글에서 한 구절
을 번역한 것이지요. 기회가 닿으면 저도 그 가사를 한번 다시
보고 싶습니다만, 지금 그 가사를 대하면 무척 부끄러울 것 같
습니다. 그러나 당시의 수준이 그랬습니다. 자기의 글이나 글

씨는 그 장점보다는 결함이 먼저 눈에 띄는 법이기는 하지만…… 지금은 좋은 노래가 얼마나 많습니까?

60년대의 서울상대 출신 가운데 지금 '현장'에서 활동하는 사람이 여럿입니다. 혹시 김근태나 장명국에 대해 기억에 남는 일이라도 있습니까?

김근태와 장명국은 65학번으로 동기였다고 기억됩니다. 장명국은 1~2학년 때부터 자신의 이념적 입장을 비교적 분명하게 밝히고 있습니다. 그리고 제가 구속되면서 조사를 받는 등 고생도 하고, 그 후로도 그 일 때문에 여러 가지 애로가 많았으리라 생각됩니다. 김근태는 제가 가지고 있는 책들을 빌려 읽을 정도로 매우 학구적이었고, 문제의 핵심에 다가가는 능력이 돋보였지요. 제가 세미나를 지도하던 당시는 두 사람 모두 1~2학년이었기 때문에 특별한 활동을 개시하기 이전이었습니다. 그때의 세미나는 근대경제사, 즉 자본주의 성립사를 주제로 하였습니다만 토론 과정에서는 헤겔을 비롯하여 고리키에서부터 쇼스타코비치에 이르기까지 광범한 문제들을 다루었습니다. 대담자인 정운영 교수도 학번은 다르지만 그중의 한사람이었다고 생각되는데요.

저는 경우회 회원이 아니었고, 그제나 이제나 철이 안 들어서…… 아무튼 선생님이 중심이 되었던 당시의 그 분위기에 휩싸이지 않았다면 지금쯤 제법 출세를 했을 텐데요.

하하, 이걸 어쩌지요. 이제 와서 취소할 수도 없는 노릇이고, 그러나 그건 나 때문이 아니라 각자의 팔자 때문입니다. 개인의 팔자만이 아니라 민족의 팔자도 그 속에 들어 있기는 하지만…….

60년대 후반에는 한국사회연구회를 중심으로 김승호나 김병곤 같은 출중한 후배들이 나왔습니다. 한 캠퍼스에서 책상을 나란히 놓고 공부한 이들이 지금은 상당히 다른 정치적 견해를 지니고 있는 현실에 대해 어떤 느낌을 받습니까?

변혁 운동에 헌신한 후배들 간의 정치적 견해 차이는 이를테면 서울대 상대 출신 전체의 사회적 입장이나 견해 차이에 비하면 거의 문제가 안 될 정도라고 보아야겠지요. 물론 변혁 운동에 뛰어든 경제학과 출신들의 자세가 동년배의 다른 사람들에 비하여 다소 비타협적인 면도 있으리라고 생각됩니다. 그러나 그 차이라는 것이 기본적으로는 방법상의 문제이고 전술적인 성격의 것이라는 생각이 듭니다. 일반적으로 '차이'가 '다양성'이라는 형태로 유연하게 연대되지 못하는 것은 변혁 운동의 전체 역량이 미숙하고 취약하기 때문에 나타나는, 말하자면 그 운동의 현상 형태에 불과한 것이지요. 정파 중심의 단계는 다른 나라의 운동사에도 나타났습니다. 어쨌든 변혁 역량이 확실한 지도 구심을 구축할 수 있을 정도로 장성하지 못하고 있는 데서 그 원인을 찾아야 하리라고 생각합니다. 현실은 그 단일한 본질에도 불구하고 현상적으로는 다양한 측면을 갖게 마련입니다. 그렇기 때문에 견해나 입장 차이는 그것이 적대적인 것이 아닌 한, 길게 보아서 그것이 오히려 풍부하고 유연한 대응을 가능케 한다는 점에서 오히려 긍정적으로 볼 수도 있습니다. 문제는 차이 그 자체라기보다는 그러한 차이들 간의 관계 설정이라고 생각합니다.

선생님의 그런 '희망사항'에도 불구하고 현실에서의 갈등은 상당히 심각하지 않습니까? 그것을 어떻게 극복해 나가야 하는지 원칙이나 자세에 대한 충고를 한마디 해 주시지요.

방금 말씀드렸듯이 '관계 설정'을 해야지요. 여러 가지의 차이에도 불구하고 이끌어 낼 수 있는 최대한의 관계를 맺어야 합니다. 경우에 따라서는 최소한의 인간적인 관계만이라도 유보해 두어야 합니다. 인간적 관계마저 상처 내고 있는 경우를 종종 보는데, 이것은 논의를 조기에 종결시키거나 논의를 밖으로 갖고 나가기 때문입니다. 논의를 조기에 종결시킨다는 것은 관계 설정을 하지 않은 채 끝낸다는 의미이고, 밖으로 갖고 나간다는 것은 그 갈등을 대중적으로 확대한다는 뜻이지요. 통전전술(통일전선전술)에서 이른바 "주도권을 장악하라. 그렇지 못할 경우에는 독자성을 견지하라"는 원칙이 있는데, 이것은 자칫 잘못 해석될 수 있는 명제라고 생각합니다.

조금 더 부연하시겠습니까?

이를테면 가장 '과학적'인 등산 코스가 이론적으로 있을 수 있습니다. 이 경우 우리가 경계해야 하는 것은 이 '과학적'이란 용어에 담긴 교조성입니다. 오늘 등산의 목적과 성격이라든가, 함께 산을 오르는 일행의 성별, 연령, 체력 등에 따라 그 과학성이 얼마든지 재규정될 수 있다는 말입니다.

좀 부드러운 얘기로, 대학 시절의 로맨스가 있으면 크게 문제(?)가 되지 않을 범위 내에서 한번 공개하십시오.

징역 사는 동안 연애라도 했더라면 하는 후회를 한 적도 없지 않았습니다. 상당히 진전될 수 있었던 몇몇 사람들이 생각나기도 했습니다. 함께 옥살이하는 사람 가운데는 젊은 아내를 바깥에 둔 사람도 있고, 약혼녀나 애인이 접견 오고 편지 보내는 사람들도 많이 있었습니다. 그것이 부러울 때도 있었습니다만, 막상 그 사람들이 애태우는 심정은 옆에서 보기에 안쓰러울 정도였습니다. 저는 그럴 상대가 없어서 서운하기는 해도 차라리 홀가분하다는 생각이었습니다. 학교 다닐 때는 친구들도 그렇고 선후배들도 어쩐 일인지 저한테 애인이 있는 것으로 지레짐작들을 했습니다. 아까 말씀드린 학교의 유씨 아저씨와 가끔 극장 구경을 가기도 했는데, 그때마다 공교롭게도 애인과 함께 구경 온 학생들을 만나게 되었습니다. 그래서 우리가 극장에 갈 때면 으레 또 누구 아는 학생이 오지 않았나 하고 목을 뽑고 두리번거리며 찾아내는 버릇이 생겼는데, 정작 발각(?)된 학생들은 매우 부끄러워하고 어색해하는 것 같았어요. 그런 걸 보고, 저렇게 부끄럽고 어색한 일을 내가 쉽사리 해낼 수 있을 것 같지 않았어요.

이왕 내친 김에 선생님의 여성관을 한번 들려주시지요.

계수로 표현하는 것이 무리이긴 합니다만 저는 '여성관'이라고 할 때, 물론 '남성관'이라고 할 때도 마찬가지입니다만, 그 '관'의 대상이 되는 부분은 10% 정도라고 생각합니다. 나머지 90%는 남성과 여성에 공통되는 인격 일반이라고 생각합니다. 이조(李朝) 시대에는 물론 그 비율이 지금과는 달랐겠지요. 이 10%에 대한 '관'이 흡사 전체에 대한 것으로 오해 받을 수 있기 때문에, 무리인 줄 알면서도 편의상 10%라고 밝혀 두고 싶습니다. 일반적으로 여성관이라고 할 때 지금까지는 그 바탕에 전근대적 사회관, 전통적 여성관이 의식적이든 무의식적이든 전제되어 있고 그것을 기준으로 여성관을 펴 오고 있다고 생각합니다. 그러나 90년대의 소위 신식민지 국가독점자본주의 사회에서는 그러한 전통적 가치 기준은 더 이상 의미가 없습니다. 남아 선호 경향만 하더라도 지금은 전혀 다른 동기에서 추구됩니다. 여아에 비하여 남아가 이윤율이 높은 투자 대상이라는 것이지요. 자본주의사회에서 여성미라고 할 경우 물론 그것이 전인격의 10%라고 할지라도, 이제는 그것의 실체가 사용가치와 미의 결합으로 나타나는 것이 아니라, 교환가치와 미의 결합으로 나타납니다. 그리고 교환가치와 미의 관계는 전자가 후자를 규정합니다. 이러한 변화는 남성보다는 여성의 경우에 더 신속하고, 나이 많은 사람보다는 젊은 사람의 경우가 더 신속합니다.

아주 재미있고 중요한 지적입니다.

사회변혁을 소위 이미지의 변화로 대체해 버리는, 그래서 사회의 모순을 은폐해 가는 상품생산 사회의 당연한 귀결입니다. 노동력의 경우는 남자 쪽의 상품화 비율이 높지만, 인격적인 면에서는 여자 쪽의 상품화가 더 심각하다고 생각합니다. 의상이 인격을 대체하지요. 이야기의 방향이 질문의 의도와 달라졌는지 모르겠습니다만, 이러한 물신성, 상품성에 대한 비판이 여성관의 중요한 기준이 되어야 한다고 생각합니다.

대학 시절의 얘기는 이쯤으로 끝내고, 다시 딱딱한 얘기로 돌리겠습니다. 대학원에 진학한 어떤 특별한 동기가 있었습니까?

대학원 진학은 제게 상당히 중요한 기로였습니다. 저의 동기들은 현재 대개 기업, 은행, 관공서 등에서 상당한 지위에 있습니다. 졸업 후 사회에 나간다는 것이 당시로서는 대체로 그러한 코스를 밟아 가는 것을 의미했습니다. 그런데 제가 그 길을 걷게 되면 아무래도 양심의 문제에 걸릴 것 같았어요. 대학에 진학하고 난 후 물론 국민학교 시절의 자의식은 거의 없어졌습니다. 오히려 그 반대의 처지였습니다. 역전된 처지는 제게 심리적으로 매우 중요한 의미를 갖는 것이었습니다. 앞으로 나 자신이 살아가야 할 진로, 더 정확히 말하자면 사회에서의 위치 설정에 대하여 상당히 진지하게 생각할 수 있게 해 주었습니다. 대학원 진학의 또 한 가지 이유는 읽고 싶은 책이 많이 밀려 있었기 때문입니다. 그리고 당시 청년 학생운동과 기층 민중운동과의 관계에 대해 여러 논의가 있었는데, 그 논의에 대한 나 자신의 결론에 의하더라도 학교에 남는 것이 필요하다고 생각했습니다.

대학원 재학 시절에는 주로 어떤 공부를 어떻게 했습니까?

경제사, 이론경제, 경제정책의 순서로 공부해야 한다는 생각을 가지고 있었습니다. 책은 주로 선생님들한테서 갖다 보았습니다만, 학교 도서관 서고에 있는 마르크스-레닌 전집류와 고려대학교 아세아문제연구소의 장서도 이용할 수 있었습니다.

석사학위 논문으로는 어떤 주제를 잡았습니까?

제목은 「봉건제 사회의 해체에 관한 연구」입니다만, '노동력의 사회적 존재 양식을 중심으로'라는 부제가 딸려 있습니다. 처음에는 '노동력의 사회적 존재 양식에 관한 연구: 봉건제 사회의 해체를 중심으로'라는 제목으로 제출했습니다만, 지도교수인 최문환 학장이 난색을 표해서 제목도 바꾸고, 내용도 일부 삭제하고, 주(註)도 다시 정리했습니다. 우여곡절 끝에 지도교수도 박희범 교수로 바뀌었습니다. 주를 다시 정리한 것은 제가 간접 인용한 부분도 있고, 당시로서는 출처를 표시하기가 곤란한 책도 있었기 때문입니다. 우리나라의 봉건제는 분석하지 못하고 서양 경제사를 중심으로 주로 스위지, 돕, 다카하시, 스즈키 등의 연구 논문들을 기초로 하여 봉건제의 해체 과정을 노동력의 사회적 존재 양식이라는 시각에서 정리한 것에 지나지 않습니다.

지금 다시 생각할 때, 그 논문이 함축하는 결론 가운데 혹시 한국 자본주의의 발전에 적용되거나 접맥될 만한 부분이 있습니까?

별로 없을 듯합니다. 이건 논문과 관계없는 이야기입니다만, 잘 아시다시피 소위 사회 성격 논쟁에서 주된 시각이 '자본의 성격'에 초점이 맞추어져 진행되었습니다. 자본주의사회의 성격을 규정하는 것은 물론 자본의 성격입니다. 그러나 자본주의의 발전 과정이나 봉건제 사회의 성격과 그 해체 과정이 유럽과 판이한 우리나라의 경우에는 노동력이라는 관점을 도입하는 것이 필요하다고 생각합니다. 노동의 성격, 노동력의 사회적 존재 양식이라는 시각은 자본주의를 역사적 관점에서 인식할 수 있게 해 줄 뿐만 아니라 사회의 분석이 경제주의에 빠지는 것도 막아 주리라고 생각합니다.

대학이나 대학원 시절 마르크스주의를 비롯한 진보적 이론을 접하게 된 어떤 인연이나 계기가 있었습니까?

당시 마르크스-레닌 이론에 관한 연구는 철저히 터부였고 책도 별로 없었습니다. 그리고 6·25로부터 당시에 이르는 광범한 사상의 초토화 지대가 가로놓여 있었습니다. 그러나 지금보다는 해방 전후의 상황과 시간적 거리가 가까웠기 때문에 마르크스-레닌 이론에 대한 관심 자체는 여러 가지 형태로 산재했습니다. 그리고 당시 제3세계의 사회주의적 개발 방식과 계획경제의 성과가 진보 지향적인 학생들의 의식을 과잉 규정했던 면도 있었다고 할 수 있습니다. 우리나라가 자본주의와 사회주의의 대치 상황에 있었기 때문에 분단 문제에 대한 관심은 당연히 사회주의 이론을 방라하게 됩니다. 해방 이후 징권의 징통성도 없었고, 식민지 경제 구조도 그대로 확대재생산되고 있는 형편이었습니다. 부정부패의 만연, 그리고 광범한 빈곤의 축적은 자본주의적 개발 방식의 한계와 모순을 쉽게 느끼게 하였습니다. 지금도 마찬가지입니다만 소위 후진국 개발 이론은 선진국에서 국제경제론의 일환으로 다루어지던 것이었습니다. 이러한 정치적·경제적인 동기 이외에도, 마르크스-레닌주의 이론에서는 정치경제학을 비롯하여 철학적 논리, 역사적 관점, 인간의 소외 문제에 이르기까지 풍부한 지적 광맥을 만날 수 있었습니다.

위에서 사회주의가 '과잉 규정'한 면이 있다고 자계의 말씀을 하셨는데, 당시 마르크스주의를 대했던 선생님의 자세는 어떤 것이었습니까?

방금 말씀드린 바와 같이 마르크스주의를 자본주의 분석에 있어서 가장 체계적인 이론으로, 가장 정합적인 실천과학으로 받아들였습니다. 그때까지의 독서에서 항상 문제점으로 느꼈던 철학의 빈곤, 이론의 관념성, 가치의 물신성 등에 관하여 뛰어난 통찰을 보여주었다고 생각합니다. 그러나 마르크스가 대상으로 했던 19세기의 서구 자본주의와 우리나라의 자본주의는 그 성격과 지위가 다르기 때문에 그것이 창조적으로 수용되어야 한다는 생각이 일반적이었습니다. 베트남의 민족해방이론, 중소간의 이념 논쟁, 마오이즘 등 당시에 벌써 다양한 스펙트럼의 사회주의 이론이 전개되기도 했으니까요.

특별한 관심을 가지고 읽었던 책으로는 어떤 것이 있습니까?

그때는 금서이거나 구할 수 없었던 책들이 지금은 거의 대부분 번역·출판되어 있습니다. 광화문 네거리의 고서점에서 일어판 『자본』을 구입할 때의 이야기입니다. 마침 가진 돈이 없어서 서점 주인 할아버지에게 돈을 가지고 올 때까지 그 책을 서가에서 내려놓아 달라고 부탁드렸습니다. 할아버지의 대답이 매우 인상적이었습니다. 그 책을 내놓은 지 벌써 2주가 지났는데도 찾는 사람이 없다고 하면서 세상이 참 많이 변했다고 하더군요. 과거에 무슨 사연이 있는 듯한 분위기를 그분에게서 느낄 수 있었습니다. 고리키의 『어머니』는 제가 옥중에 있을 때인 1985년도에 처음으로 출판되었는데, 아버님께서 영치시켜 주셨습니다. 그 책이 교도소의 검열을 거쳐 열독 허가증까지

붙어서 저한테 전달되었습니다. 옛날 생각이 나더군요. 당시 우리는 그 책을 영문판으로 읽었고, 후배 중의 한 사람이 그것을 대학노트 네 권에다 깨알 같은 글씨로 번역을 했습니다. 그 노트에는 번역자가 눈물을 떨어뜨려 군데군데 번진 곳이 있었는데 그곳에다가 역자가 눈물을 흘린 곳이라는 표시를 했지요. 그 노트를 돌려가며 읽었습니다. 당시에는 안국동이나 동대문 헌책방에서 해방 직후에 발간된 책들을 더러 찾아내기도 했습니다. 책을 지식으로 읽거나 지식을 위해 읽어서는 결국 작은 소득밖에 얻을 수 없는 법입니다.

저도 나중에 그 책을 보았는데 착잡한 심경이 들더군요. 그 책은 장명국 씨가 경영하는 석탑출판사에서 나왔는데, 문득 그것이 선생님에게 보내는 선물이란 생각이 들었습니다. 사실 『어머니』는 당시 서울대 상대 학생들의 '의식화 교본'의 하나였으며, 장형도 의식화 교육을 받고 또 베풀었을 테니까 말입니다.

그럴지도 모르지요. 저도 그 책을 손에 들고 많은 사람들의 얼굴을 떠올릴 수 있었습니다.

그때 위경(葦經)이란 아호를 쓴 것으로 기억하는데, 그에 대한 사연을 좀 들려주시지요.

최문환 학장께서 지어 주셨습니다. 제 이름이 너무 흔하고 운치가 없다고 하시면서 필명으로 사용하라고 했습니다. 공소장에는 '가명'이라고 기재되어 있지요. 저희 선조 할아버지 가운데 외자로 위(緯)자를 쓰는 분이 있는데 호를 자하(紫霞)라 하지요. 선생님 말씀이 위(緯)보다는 경(經)이 더 높은 자니까 외자 이름으로 경(經)자를 쓰라고 하셨어요. 그러면 결국 신경(申經)이 되는데, 다른 사람들이 신경 쓰지 않겠느냐고 말씀드렸더니, 갈대 위(葦)자를 한 자 더 넣어 주시면서 파스칼이 인간을 '생각하는 갈대'라고 했잖느냐고 하셨습니다. 신위경(申葦經)으로 발표된 글도 있습니다.

대학원을 졸업하고 강사 시절에는 어디서 무엇을 가르쳤습니까?

대학원을 졸업하던 1965년부터 숙명여자대학에서 원서 강독으로 '후진국개발론'을 강의했고, 66년부터 68년까지 육군사관학교에서 경제원론과 근대경제사를 강의했습니다.

육군사관학교 교관으로 근무하게 된 사정을 들려주십시오.

육군사관학교에서 서울대학교로 교수부 강사 요원의 추천을 의뢰해 왔습니다. 중위로 임관시켜 3년간의 군 복무를 교수부에서 하는 조건이었습니다. 저는 제1보충역으로 병역의무가 면제된 상태였습니다만, 최문환 학장의 권유와 추천으로 가게 되었습니다. 육군사관학교에서 훈련을 받고 임관되었습니다.

민족의 장래에 대해 당시 육사생도들의 생각과 일반 대학생들의 인식에 어떤 차이 같은 것이 있었습니까?

민족의 장래에 대한 인식이라기보다는 국가사회관에 있어서는 사관생도 쪽이 훨씬 진지하고 투철했습니다. 민족주의적 경향, 부정부패에 대한 결연한 태도, 조국의 정치·경제 발전에 대한 의지는 일반 대학의 개인주의적 성향과는 뚜렷한 대조를 보일 정도였습니다. 다만 사관학교라는 특수성 때문에 일부 생도들을 제외하고는 전반적인 분위기가 사회의식이나 비판적 관점을 수용하기가 어려웠다고 생각합니다.

당시 선생님의 강의를 들은 생도들 가운데는 지금 장성으로 진급한 사람도 있을 텐데, 혹시 기억에 남는 일이나 사람이 있으면 그에 대한 얘기를 들려주시지요.

경제원론은 3학년의 필수교과였고, 제가 66년부터 68년까지 강의했기 때문에 기수로 따져서 육사 24, 25, 26기생은 모두 제 강의를 받은 셈이지요. 물론 현재 장성으로 진급한 사람도 많을 것입니다. 그간 일절 내왕이나 소식이 없어 전혀 사정을 모릅니다. 교수부에 함께 강의하던 육사 출신 교수 중에는 장관으로 입각한 사람도 있고, 행정부나 정치권에서 그 이름을 볼 수 있는 사람도 있습니다.

이른바 통일혁명당 사건은 그 내용이나 규모로 보아 당시 지식인 사회, 아니 사회 전체의 지축을 흔드는 사건이었습니다. 그 일에 관여한 사정을 말씀해 주시지요.

『청맥』지의 편집을 맡고 있던 김질락 선배를 통해서입니다. 박
희범 교수 댁에서 원고 청탁차 방문한 『청맥』지의 편집진과 인
사를 나눈 것이 최초의 인연이었다고 기억됩니다. 그리고 『청
맥』지의 집필진(pool)인 새문화연구회에 참여하게 되었지요.
새문화연구회는 젊은 강사 20~30명 정도가 회원으로 참가하
고 있었습니다. 저는 당시 학생 서클 운동에 열심이었는데, 인
원이 늘어나면서 기관지나 교재 편집이 필요하다고 느끼고 있
었습니다. 그래서 『청맥』지의 편집에 관여하여, 그것을 서클의
교재로 이용할 수 있도록 했으면 좋겠다는 생각을 하게 되었습
니다. 제가 『청맥』지에 글을 쓴 적은 없지만, 자연히 이 잡지의
내용과 방향에 대해서 김질락 선배와 논의를 많이 한 편입니
다. 그 과정에서 법률적 용어로 말하자면 포섭 당하게 된 셈이
지요.

당시 중앙정보부가 그린 도표에 따르면, 통혁의 전위 조직으로 조
국해방전선과 민족해방전선이란 두 기구가 존재했습니다. 선생
님이 지도한 기구로 알려진 민족해방전선의 실체는 어떤 것이었
습니까?

민족해방전선은 잘 아시다시피 당 수준보다는 낮은 강령과 규
약을 기초로 하여, 다양한 세력을 결집할 수 있는 소위 통일전
선체를 건설하기 위한 전위 조직으로서 구상된 것입니다. 식민

지반봉건사회론에 근거한 전술이라고 할 수 있습니다. 당적 지도의 필요성은 어떠한 상황이나 어떠한 단계에서도 그 의의를 부정할 수 없지만, 당시의 주체적 역량이나 객관적 조건에 비추어 볼 때 전선체 이상의 조직 역량은 없었다고 생각되었습니다.

나중에 밝혀진 통혁당 사건의 전모 가운데 당시에는 전혀 몰랐던 부분도 있습니까?

지하당의 조직 원칙 가운데 하나는 상부선에 대해서는 알 수도 없고 알아서도 안 되는 것입니다. 통혁당 서울시당의 창당 그룹이 그러한 조직 원칙을 철저히 지켰다고는 보기 어렵지만……. 이러한 문제는 다음 기회로 미루기로 하겠습니다.

통일혁명당 조직을 전위당 건설의 시도로 이해할 수 있습니까?

그렇다고 할 수 있습니다.

통일혁명당을 두고 북한과의 연계성을 강조하는 견해도 있고 남한 내의 독자성을 강조하는 견해도 있는데, 선생님의 의견은 어떻습니까?

통일혁명당은 조선노동당과는 무관한 조직입니다. 이 점은 이미 여러 논의에서 많이 언급된 문제입니다. 통혁당의 건설 논의 자체가 기본적으로는 남북 간에 서로 다른 체제와 독자적인 정치적·경제적 토대가 구축되어 있다는 것을 전제하고 있습니다. 통일과 혁명을 서로 돕는 관계로 규정한다고 하더라도, 남과 북을 양 당사자로 하는 통일 문제를 민족이라는 하나의 카테고리 속에서 사고하지 않을 수는 없지만, 혁명의 문제는 기존의 정치적·경제적 토대에 그야말로 토대를 두지 않을 수 없다는 점에서 그것은 수입되거나 수출될 수는 없는 것이라고 믿습니다. 이러한 원칙이 견지되지 않은 면이 없지 않습니다만, 원칙 문제에 대해서는 상당히 많은 논의를 했고 합의도 했습니다.

이른바 주체사상에 대해 통혁 내에서는 어떤 의견을 가지고 있었습니까?

당시는 주체사상이 체계적인 철학적 원리로서 제시되지 않았습니다. 주체사상의 내용을 이루고 있는 자주성, 창조성, 의식성에 대해서는 논의가 있었습니다만 그것이 주체사상이란 이름으로 행해진 것은 아니었습니다.

구체적으로 북한의 통일 노선과 혁명 노선에 대한 인식은 어떠했습니까?

당시 우리의 통일 역량이나 혁명 역량이 그 조직 역량에 있어서 매우 낮은 수준이었던 것은 분명합니다만, 그러나 혁명에서의 남한 주체성은 원칙의 문제라고 할 수 있습니다. 이 문제는 조금 전의 답변으로 대신한 것으로 하지요.

통일혁명당과는 다른 갈래의 조직이었던 인민혁명당에 대한 세간의 인식은 이를테면 통혁은 북한과 일정한 연계를 가지고 있는데, 인혁은 남한 내의 독자적인 조직이었다는 것입니다. 아무튼 인혁에 대해 선생님이 매우 비판적인 자세를 취했다는 일부 인사의 기술은 정확합니까?

저는 그런 '기술'을 읽은 적이 없습니다. 그리고 그러한 견해는 정당한 것이 아닙니다. 저는 소위 독자 노선에 대해 비판적 주장을 내놓은 적이 없습니다. 한국 사회의 변혁 운동은 남한이라는 지역적 범주가 아닌, 전 민족적 범주에서 사고해야 한다는 주장 때문에 그러한 오해가 있었을지는 모르겠습니다. 그러나 전 민족적 범주와 독자 노선은 서로 상충되지 않습니다.

대담이 아니라 심문처럼 되어 갑니다만, 이른바 PS(from paper to steel) 무장투쟁 계획을 선생님이 기초했다는 얘기는 사실입니까?

문제를 제기한 정도라고 해야겠지요. 수사 과정에서 과대 포장된 것이라고 할 수 있습니다. 혁명에 있어서 무장력의 준비는 원칙 문제입니다. 1967년에 볼리비아 전투에서 체 게바라가 전사했지요. 당시 베트남과 라틴아메리카의 중요한 투쟁 형태가 무장력을 기초로 한 것이었습니다. 중국의 경험도 마찬가지입니다. 소위 PS계획이란 문건은 없습니다. 저는 다만 무장력을 혁명의 원칙 문제로 제기했을 뿐입니다. 게바라의 『게릴라전투』라는 책, 그리고 마오쩌둥의 「항일유격전쟁에 있어서의 전략문제」와「항일통일전선 전술의 현재적 문제」라는 논문이 저한테서 압수된 것으로 기억되는데, 저는 다만 유격 전쟁의 조건을 베트남의 정글, 라틴아메리카의 농촌 배후지, 중국의 정강산(井崗山)과 같은 자연적 조건에 국한해서 사고하는 것이 온당한가라는 정도의 문제 제기를 하는 데 그쳤습니다.

수사 과정에서 몇 사람의 '동요'가 있었다고 들리는데, 혹시 그 문제에 관해 얘기해 줄 수 있습니까? 저의 질문은 물론 그런 동요를 비난하려는 것이 아니라, 그 부분이 과장되어 사건의 본질을 왜곡하는 계기로 이용될 수도 있으니 사실을 사실만큼 밝히자는 것입니다.

그 문제에 대해서는 확실히 아는 바가 없습니다. 더구나 저 자신도 수사 과정에서 '떳떳한' 자세를 취했다고 할 수만은 없습니다. 재판 과정 그리고 기나긴 수형 생활 동안 이러한 문제에 대하여 참 많이 생각하고 선후배들과 이야기도 나누었습니다. 쉽게 결론 내리기 어려운 문제였습니다. 이상과 현실이라고 대비하기에는 너무 상투적이고 낭만적인 도식입니다. 현실의 소설화와 소설의 현실화라는 알레고리를 사용한 친구도 있습니다만, 어쨌든 사람들과의 사업에는 무엇보다도 인간에 대한 풍부한 이해가 전면적으로 전제되어야 한다고 생각합니다.

맞으면 아픔을 느끼는 사람에게 맞아도 아프지 않은 천사를 기대할 수야 없지 않겠습니까? 현역 육군 장교가 그런 사건에 연루되

어 목숨을 부지했다는 것은 당시의 정황으로 보아 기적에 가까운
데, 어떻게 그런 '기적'이 이루어졌다고 생각하십니까?

본래 제가 사형으로 분류된 것이 사실이었을 것입니다. 처음에
저는 사형이 선고되리라고는 생각하지 않았지만 재판이 진행
되는 과정에서 그것을 느낄 수 있었고, 저도 그럴 준비를 해 가
지고 있었습니다. 1심과 2심에서 계속 사형이 선고되었는데,
대법원의 상고심에서 원심이 파기되었습니다. 고등군법회의
에서 기각되고 군법회의 설치장관이 확정판결을 내린 사안이
파기된다는 것은 선례를 찾기 어렵다는 것이 주위의 설명이었
습니다. 파기 이유는 형사소송법 위반이라는 극히 형식적인 것
이었습니다. 공소장에는 반국가단체 구성음모죄로 기소되었
는데, 판결문에는 반국가단체 구성죄로 판결이 내려졌다는 것
이 그 이유였습니다. 기소하지 않은 사항을 판결했다는 것이지
요. 변론을 담당한 강신옥 변호사의 변론도 이 점을 지적하고
있었습니다. 제가 사형을 면한 이유에 대해 들은 이야기는 여
러 가지가 있습니다만, 확실한 근거가 있는 것은 아닙니다. 은
사님들의 구명 운동 결과라고 믿습니다.

선생님의 구명에 나선 인사들 가운데 특별히 기억해야 할 분은 누
구입니까?

박희범 선생님과 이현재 선생님께서 재판정에 출두하셔서 증
언해 주셨습니다. 생전 처음 법정에 선다고 말씀하셨습니다.

당시의 사회적 분위기로는 통혁당 사건에 변호인측 증인으로 법정에 출두한다는 것 자체만도 대단한 용단이었습니다.

형장에서 사라진 사람도 있고 아직 옥고를 치르는 사람도 있는데, 그들에게서 느낀 '인간'이 있다면 가령 어떤 것이겠습니까?

양심이나 사상에 대한 단죄, 더구나 사형은 실정법이 결정할 수 있는 것이 아니라고 생각합니다. 그런 실정법이 있는 나라도 없습니다. 그러나 우리의 현대사에는 바로 이러한 법에 의하여 수많은 목숨이 처형되고 옥고를 치르고 있습니다. 감옥에 있을 때 쓴 초만영어(草滿囹圄)란 붓글씨가 제게 있습니다. 그 글씨를 쓸 때의 심정은 옥중에 사람은 없고 풀만 그득한 세월을 생각했던 것 같습니다. 형장의 이슬로 사라진 사람이나 평생 옥고를 치르고 있는 사람들도 당자 스스로는 그 비극을 귀중하게 정리하고 승화시키는 것을 수없이 목격했습니다. 한마디로 인간의 무한한 가능성에 놀라지 않을 수 없었습니다. 그러나 개인이 그러한 비극을 승화시키고 있다고 하여 그것이 객관적으로 용인될 수는 없는 법입니다.

그 사건에 연루되어 고통을 함께한 동지로서 가깝게 지내는 몇몇 분의 근황을 들려주시지요.

연세가 많으신 분들은 대부분 건강이 좋지 않거나 와병중입니다. 검도나 무예를 지도하고 있는 사람도 있고, 신학을 공부하거나 여성운동을 하는 사람도 있습니다. 누구와 가깝게 지낸다는 사실이 어느 날 갑자기 공포로 변하고, 그것 때문에 전전긍긍해야 하는 세상에서 그 가까움이란 마음뿐이지요.

통혁의 뿌리가 아직도 남아 있다는 '소문과 추리'에 대해서 하고 싶은 말이 있습니까?

모든 변혁 운동의 뿌리는 그 사회의 모순 구조 속에 있습니다. 답변이 됩니까?

그 말씀을 들으니, 마르크스주의를 배태한 상황이 변하지 않는 한 마르크스주의를 넘어설 수 없다는 사르트르의 말이 생각나는군요. 통혁에 대한 세간의 평가에서 가장 잘못되었다고 생각하는 부분은 어디입니까?

통혁에 대해서는 공안사건 기록에서부터 단행본 소설까지 출판되어 있으며, 최근에는 박사학위 논문에서도 다루어지고 있습니다. 세간의 평가는 물론이고 역사적 평가까지도 부단히 다시 쓰여지는 것이고 또한 다시 쓰여져야 할 것입니다.

선생님 자신은 그 사건이 역사에서 어떻게 기록되기를 바랍니까?

사건의 역사는커녕 하물며 자기의 이름 석 자도 자기가 바라는 대로 기록되지 않습니다. 특별히 바라는 바가 없습니다. 화가

들이 어떤 모습을 그리든 상관없이 남산은 남산의 온당한 모습으로 남게 되리라고 믿기 때문입니다. 세월이 지나면 뼈만 남는 법입니다. 그리고 뼈가 더 정확합니다.

한껏 욕심을 부려 인생을 80이라고 해도, 앞의 20년은 부모의 덕으로 살고 뒤의 20년은 자식의 덕으로 지냅니다. 결국 가운데 도막 40년이 자기 자신의 인생일 텐데, 선생님은 그중의 절반을 형옥에서 보냈습니다. 그 사건을 통해 선생님 자신이 얻은 것과 잃은 것을 어떻게 정리하시겠습니까?

가장 어려운 질문이라고 생각됩니다. 이 자리에서 잃은 것과 얻은 것의 변증법에 대하여 이야기할 수는 없겠지요. 다만 저는 우리 시대의 가장 침예한 모순의 한복판을 몸으로 체험했다고 생각합니다. 그러한 체험은 체험 그 자체보다는, 그것으로부터 이끌어 내야 할 반성이 더 중요합니다. 저는 20여 년의 수형 생활을 통하여 크게 두 가지 점에서 배운 바가 많습니다. 첫째는 해방 전후의 역사를 역사로서 이해해 오던 관념성에서 어느 정도 벗어날 수 있었다는 점입니다. 해방 전후의 격동 속에서 살아온 많은 분들과 함께 징역을 살면서 그 시대를 보다 생생하게 복원할 수 있게 되었으니까요. 구빨치, 신빨치에서부터 만주땅, 함경도, 제주도에 이르기까지의 파란만장한 삶은 그야말로 피가 통하고 숨결이 배어 있는 역사 그 자체였다고 생각합니다. 둘째는 우리 사회에서 가장 힘들게 살아온 사람들과 나눈 인간적 이해와 공감입니다. 이것은 우리 사회를 그 모순 구조 속에서 인식할 수 있도록 해 주는 가장 확실한 토대라고 생각합니다. 역사와 현실에 대한 이해, 이것은 결코 작은 것이 아닙니다.

그 장기수들의 생활 가운데 특히 깊은 인상을 받은 대목이 있다면, 몇몇 단면만이라도 들려주시지요.

편지(『감옥으로부터의 사색』)에도 짤막하게 썼습니다만 바깥에 아직도 나이 어린 자녀를 남겨 두고 위암으로 옥사하신 분이 계셨습니다. 그분의 마지막 말씀이 그 자녀에게 남기는 유언이었는데, "꽃과 나비는 부모가 돌보지 않아도 저렇게 아름답지 않느냐"는 것이었어요. 저는 이 말 속에서 무척 많은 것을 읽을 수 있었습니다. 제가 징역 초년을 그런대로 어렵지 않게 넘길 수 있었던 것은 그 이전에 징역을 사셨던 분들의 덕택입니다. 그분들은 접견도, 서신도, 영치금도 없는 개인적으로 매우 형편이 어려운 분들이었을 뿐만 아니라, 당시는 사회에서도 완벽하게 잊혀진 분들이었습니다. 그럼에도 불구하고 굉장히 훌륭한 자세를 잃지 않았습니다. 좌익수에 대하여 유독 반감을 가진 일반 수형자들로부터도 "사상이 나빠서 그렇지, 사람은 법 없이도 살 사람"이라는 말을 들을 정도였습니다. 저는 그 여덕(餘德)의 그늘에서 징역을 시작한 셈이지요.

아물지 않은 상처를 다시 건드리는 질문입니다만, 출감하기까지 유학했던 '인생 대학'은 어디 어디였습니까?

1968년 7월 말에 지금은 독립공원으로 변한 서대문구치소에 수감되었습니다. 그 후 1개월 만에 지금은 헐린 필동의 수도경비사령부의 지하 영창으로 옮겨졌습니다. 69년 1월에 역시 지금은 없어진 남한산성 육군교도소로 이송되었습니다. 이듬해인 70년 9월에 기결수 교도소인 안양교도소로 이송되었는데, 그해 겨울을 거기서 지내고 71년 2월에 사상범 집결 교도소인 대전시 중촌동의 대전교도소로 이감되었습니다. 이 교도소가 84년 4월 대전시 대정동의 신축 교도소로 이사를 했습니다. 86년 2월 전주교도소로 이송되기까지 15년을 모스크바라는 악명으로 불리는 이 대전교도소에서 살았습니다. 88년 8월에 전주교도소에서 출소하였습니다.

형옥에 어디 편한 데가 있겠습니까마는, 그래도 어디가 가장 힘들었습니까?

징역살이는 처음이 힘들고 또 자리 잡기까지가 힘듭니다. 자리 잡는다는 것은 동료들과의 인간관계를 맺는다는 뜻입니다.

수형 생활에서 특별히 배우거나 익힌 일이 있습니까?

양재공, 양화공, 염색공, 페인트공 등의 기능을 익혔습니다. 자신 있게 무슨 기술자라고 말씀드리지 못하는 이유는 교도소 기술 자체가 아무래도 수준이 저급할 수밖에 없기 때문입니다. 교도소에서 10여 년 이상씩 기술을 익힌 사람들도 많습니다.

그러나 몇몇 사람을 제외하고는 출소 후 그 기술로 생업을 꾸려 가기에는 어려운 형편입니다. 언젠가 한번은 보세가공품의 견본을 제작해 보이기 위해서 소위 사회기술자가 교도소에 와서 미싱을 밟은 적이 있었는데, 한마디로 교도소 기술자들의 사기가 뚝 떨어졌습니다. 사회의 양화공이 입소해서 함께 일한 적이 있는데 저의 일 솜씨를 보더니 사회의 '시다' 수준이라고 하더군요. 그러나 지금도 집에서 간단한 미싱 일은 제 손으로 합니다.

세계에 그 유례가 없는 사상전향 제도에 어떤 생각을 가지고 있습니까?

사상전향 제도는 한마디로 일제의 잔재입니다. 뿐만 아니라 사상과 양심의 자유를 보장하고 있는 헌법에도 위배되는 제도입니다. 위헌 소청이 제기되어 있는 것으로 알고 있습니다. 저는 70년에 형이 확정되면서 가족들의 권유에 따라 전향서를 제출하였습니다. 그 권유 이외에도 몇 가지 이유가 있었습니다만, 당시는 그것을 심각한 문제로 받아들이지 않았습니다. 그 후 징역을 사는 동안 비전향이라는 이유 때문에 재구속되거나 평생을 옥중에서 보내고 있는 장기수 분들을 목격하면서, 그 전향 제도에 내재한 정치적 의도를 깨닫게 되었습니다. 그리고 효율성이라든가 현실성 등 이른바 실용성이라는 미명 하에 다반사로 원칙이 방기되는 세태 속에서는, 자신의 신념과 원칙을 견지한다는 것 그 자체만으로도 분명한 교훈이라고 생각합니다.

출감 이후의 가족 관계는 어떻게 변했습니까?

여든 다섯이신 아버님과 이제 두 돌이 채 안 된 아들과 그리고 직장에 나가는 처, 이렇게 네 식구입니다. 어머님은 출소 이듬해인 89년에 돌아가셨습니다.

선생님의 사정으로 보아 결혼에 상당한 용기가 필요했을 듯하고, 더구나 선생님을 반려로 맞은 사모님께는 한층 더 대단한 각오가 필요했을 것 같습니다. 결혼 이야기를 좀 들려주십시오.

출소 후 집안 사정으로 봐서 결혼을 안 할 수는 없는 형편이었습니다. 저와 저의 처지를 잘 이해하는 몇 분이 소개를 했습니다. 한 번 만나고 나서 즉시 결정을 했습니다. 결혼 문제를 어떻게 그처럼 쉽게 결정할 수 있느냐는 질문을 더러 받습니다. 그럴 때 저는 성질이 고약한 사람과 교도소에서도 한 방에서 사이좋게 살았다고 대답하지요. 사실 중매하는 사람이 중립인 경우는 없거든요. 저는 그분들이 제 편이라고 생각하고 쉽게 결정했습니다. 현재는 각자가 자기 분야를 갖고 있는 셈이어서 서로 덜 기대는 편입니다.

27년 전에 시작한 직업인 대학 강사로 다시 돌아갔는데, 어디서 무엇을 가르칩니까?

성공회신학대학에서 경제원론과 한국사상사를 강의하고 있습니다. 두 강좌 모두 교양과정의 1~2학년 학생들이 수강하고 있습니다. 가르치는 것은 다만 희망에 대하여 이야기하는 것이라는 시구가 생각납니다만, 저는 희망에 대해서 이야기할 뿐입니다. 오히려 제가 더 많이 배우고 있습니다.

한국사상사의 강의 내용을 듣고 싶은데요.

교양과정의 강의이기도 하고 또 저의 전공 분야도 아니기 때문에 전문적이거나 체계적인 내용을 다루고 있지는 못합니다. 다만 한국사상을 지배 계층의 사상과 민중 사상으로 대별하고, 가능한 한 그것을 사회경제적 토대와 연관시키려고 하고 있습니다. 사상을 사회경제적 토대와 관련시켜서 이해하게 되면, 대상을 사회의 변화와 발전 과정에서 바라보는 변혁적 관점이 강화된다고 생각합니다. 이를테면 불교 사상을 철학으로서의 불교, 호국 사상으로서의 불교, 민중 사상으로서의 미륵불 신앙으로 대비하기도 합니다. 그리고 풍수 사상의 경우에도 그것이 기본적으로는 자연과 인간의 관계 형식이지만 지기쇠왕설 (地氣衰旺說)과 같이 지배 이데올로기로서의 성격, 개벽 사상 이데올로기로서의 역할, 그리고 현재의 생태주의 운동과 관련시켜 보는 방법 등입니다.

선생님은 앞서 가르치는 일의 의미에 대해 말씀하셨습니다만, 가르치는 사람의 자세는 어떠해야 한다고 생각합니까?

한 사회의 지배 계층은 생산수단만을 소유하는 것이 아니라 그 상부구조도 함께 소유하고 있습니다. 그렇기 때문에 기존의 관념을 반성하는 일이 중요하다고 생각합니다. 특히 사고의 틀, 사고방식에 대한 반성은 더욱 중요하지요. 가르친다는 것은 이러한 고정관념, 개념, 사고방식을 여러 각도에서 바라보게 하는 것입니다. 의문을 계속 제기하도록 하는 것도 하나의 방법입니다. 호박을 손에 쥐어 주기보다는 넝쿨을 더듬게 해야 합니다. 결국 가르치는 사람의 자세는 한마디로 기다리는 자세라고 생각합니다.

선생님은 시·서·화에 모두 능숙한데, 그 재능은 어떻게 익힌 것입니까?

붓글씨는 지금도 쓰고 있고 더러 부탁을 받기도 합니다만, 다른 것은 어릴 적의 치기에 지나지 않습니다. 관심이 분산되기 쉬운 소위 정보사회에서는 브로드 캐스팅(broad casting)보다는 내로우 캐스팅(narrow casting)이 필요하다고 생각합니다.

어떤 열성 독자는 선생님을 한국의 루쉰이라 부르기도 하고, 선생님 자신도 루쉰에 관심이 많은 것 같은데 그 연유를 들려주시지요.

사회의 변혁은 아시는 바와 같이 기본적으로 물적 토대의 변화입니다. 그러나 그 실천 운동의 시작과 끝은 상부구조의 사상·문화 운동에 의해 조직되고 마무리됩니다. 더구나 정보화 시대라고 일컬어질 만큼 상부의 규정력이 강화된 현실을 고려할 때, 중국 민중을 향한 루쉰의 양심과 호소는 비록 때와 장소를 격한 것이라고 하더라도 결코 과소평가될 수 없다고 생각합니다. 그러나 중국 현대사 전문가들에 의하면 우리의 현실에 있어서 루쉰이 갖는 의미는 역시 한정적일 수밖에 없고, 되도록이면 빨리 추퀀(秋瑾)이나 딩링(丁玲) 등 루쉰 이후로 넘어와야 한다고 합니다. 루쉰과 저의 비교는 당치 않다고 생각합니다. 저는 그처럼 치열하지도 못할 뿐만 아니라, 더구나 문학인도 아닙니다.

중국의 문화혁명을 배경으로 한 소설을 번역했고, 그 작가의 작품이 요즘 한창 유행을 타고 있는데, 선생님은 문혁을 어떻게 평가하고 있습니까?

중국의 문화혁명에 대한 논의와 평가는 결코 간단한 문제가 아니라고 생각합니다. 그리고 그것은 그러한 논의와 평가가 발을 딛고 있는 철학적·역사적 입장의 차이에까지 소급될 수 있을 정도로 매우 다양합니다. 문혁은 계속혁명(continued revolution)론에 입각한 사회주의사회에서의 계급투쟁으로서 착취계급의 소멸과 계급투쟁 그 자체를 구별해야 한다는 긍정적 입장이 있는가 하면, 반대로 문혁은 본질적으로 탈권 투쟁이며 몇 억 개의 두뇌를 파괴한 무원칙한 파괴 행위 그 자체라는 입장으로 양극화되어 있습니다. 물론 그 중간에 각각 편차를 보이는 평가들도 있습니다. 저는 원칙에 있어서 문화혁명을 긍정적으로 이해하는 입장입니다.

혹시 반대 측면에서의 문제점, 이를테면 유토피아적 이상과 구체적 현실 사이의 괴리 같은 문제는 문혁에서 발견되지 않습니까?

문혁에 대해 현재와 같은 경제주의적이고 실용주의적인 평가는 어차피 한시적이고 한정적일 수밖에 없다고 생각합니다. 사회주의가 그 발전 과정에서 직면하게 되는 과제, 즉 사회주의 사회에서의 생산관계와 생산력의 모순, 그리고 새로운 지배계급의 형성과 이로 인한 비민주적이고 관료주의적인 여러 형태의 주관주의 경향에 대하여 문화혁명은 원칙의 면에서 이를 옳게 파악하고 있다고 생각합니다. 소련을 비롯한 동구 사태에서 나타난 현실사회주의의 문제가 이를 뒷받침한다고 할 수 있습니다. 남는 것은 방법상의 문제입니다. 문혁에 대한 논의에는 이러한 것들이 혼재되어 있는 느낌입니다. 아까도 말씀드린 바와 같이 사회 변혁의 각 단계는 그때그때의 문화혁명에 의하여 마무리되는 것이기 때문입니다.

만약 사회주의적 인간상이라는 것이 있을 수 있다면, 어떤 모양이겠습니까?

물론 사회주의적 인간상이라는 것이 있을 수 있습니다. 그러나 저로서는 그것을 미리 '규정하고' 싶지는 않습니다. 사회제도든 인간상이든 그것을 미리 규정한다면, 그것이 바로 이상주의적 발상입니다. 이상주의적 사고는 실천 그 자체를 도식화하기 쉽기 때문입니다. 현재 여러 분야에서 나타나고 있는 '급한 좌절'과 '앞선 반성'이 대부분 이러한 이상주의적인 사고의 관습에서 오는 것이라고 생각됩니다. 군이 최소한의 실루엣만이라도 그려야 한다면, 아마 '자본'에 의하여 대상화되거나 소외되지 않은 인간관계, 그 인간관계의 캔버스 어디쯤에 그려야 할 것으로 생각합니다. 과거의 인간상도 부단히 새로 그려야 합니다. 미래의 인간상을 그린다는 것은 쉬운 일이기는 하지만 크게 의미가 있는 것은 아닙니다. "견마난 귀매이"(犬馬難 鬼魅易)란 말이 있습니다. 개나 말은 그리기가 어렵고 도깨비는 그리기가 쉽다는 뜻이지요.

소련과 동유럽의 붕괴 이래 현저해진 이른바 '마르크스주의의 위기'에 대해 어떤 생각을 가지고 있습니까?

사실 그 문제를 차근히 생각하고 정리할 여유가 없었습니다. 순전히 인상적으로만 얘기하자면 인간에 앞선 제도, 혹은 인간의 자발적인 참여가 결여된 제도의 구축에 현실사회주의의 문제가 있었지 않나 생각됩니다. 역사에서 이념의 위기는 항상 발생했고, 마르크스주의의 위기 또한 거기서 예외가 아닙니다. 부르주아혁명의 경우도 16세기 초에 일어났으나 일단 좌절되었다가, 다시 1789년과 1848년에 제2, 제3의 혁명이 일어났다고 주장하는 학자도 있습니다. 이를테면 쿠친스키(Jürgen Kuczynski, 1904~1997)의 주장이 그렇지요. 마르크스주의가 그

위기를 극복하느냐 못하느냐의 여부는 마르크스주의 자체의 문제라기보다는 그것을 받아들이는 우리의 결단과 각오의 문제라고 생각합니다.

선생님은 마르크스를 '실천적 휴머니스트'라고 규정한 적이 있는데, 이 '실천'과 '휴머니스트'에 대해 부연 설명을 달아 주시지요.

사회적 존재, 역사적 존재로서의 인간을 마르크스만큼 분명하게 이해한 사람은 없다고 생각합니다. 사회와 계급과 인간을 물론 등치시킬 수는 없는 노릇이지만 사회와 계급을 사상해 버린 인간, 즉 부르주아 휴머니즘의 한계와 허구를 뛰어넘은 실천적인 인간 이해는 마르크스에 의해서 비롯되었다고 봅니다. 인류사를 인간의 자기소외 과정, 그리고 자기 회복의 관점으로 파악하는 것이 이를테면 마르크스의 역사철학적 관점이고 그의 휴머니즘입니다. 그래서 '실천적 휴머니스트'라는 표현을 썼던 것 같습니다. 마르크스의 삶과 사상은 인간의 자유와 해방을 위한 고투이자 그 결정(結晶)이라고 할 수 있습니다. 그리고 실천성의 문제는 그 사상의 실천적 성격에 먼저 주목해야 하는 것이라고 믿습니다.

그 인간에 대한 강조가 낳을 부작용, 이를테면 구조의 경시 같은 문제는 걱정하지 않아도 되겠습니까?

물론입니다. 그 점을 특히 경계해야 한다고 생각합니다. 인간을 개인으로 규정하는 것은 부르주아적 인간 이해이고, 그것이 바로 근대경제학의 인간입니다. 인간의 존재 조건이 사회적이기 때문에 그걸 떠나서 이야기할 수야 없지요. 그러나 인간과 인간의 관계와, 사회 구조를 별개의 카테고리로 구분하는 것은 필요합니다. 하지만 어느 경우든 그것을 통일적으로 이해해야 하는 과제는 계속 남습니다. 더욱이 인간 문제, 양심 문제를 수세적 국면에서 도덕적 가치를 지키려는 방어적 대응이라는 소극적 의미로만 해석해서는 안 됩니다. 그것은 동시에 만연한 부패 구조를 드러내고, 공감을 이끌어 내는 효과적이고 적극적인 측면도 가지고 있습니다.

실천의 일선에 참여하고 있는 후배들에게 특별히 무엇을 당부하고 싶습니까?

이전에도 그랬고 지금도 그렇습니다만, 사실 저는 후배들한테서 많은 것을 배웁니다. 결코 겸양의 말이 아닙니다. 새로운 것은 선배한테서가 아니라 후배들한테서 배우는 법입니다. 배우는 사람도 물론 이야기할 수 있겠기에 한 가지만 말씀드린다면, 사회의 변혁 과정은 최고의 예술 창작 과정이라는 점을 당부하고 싶습니다. 유연한 예술성과 고도의 전문성이 요구된다는 말이지요. 다소 관념적인 표현을 빌린다면 객관적 조건은 물론이고 주체적인 역량까지 합하여 그것을 '물적 조건'으로 이해해야 한다는 점입니다. '물적'이란 '물질적'이란 뜻입니다. 그리고 물질적이란 곧 객관적이란 뜻입니다. 실천이라든가 주체성이라는 개념은 단독 개념이나 정지 개념이 아닙니다. 그것은 어떤 과정의 총화로서 표현되는 것입니다. 너무 딱딱한 이야기가 되어 버렸습니다만, 어느 분의 이런 유언 "낯선 거리의 임자 없는 시체가 되지 말고, 더불어 이기는 강한 승리자가 되라"는 말이 생각납니다. 거두절미해서 '낯선 거리'도 안 되고 '혼자'도 안 된다는 거지요. "이론은 좌경적으로 하고, 실천은 우경적으로 하라"는 말도 생각납니다.

가석방이 석방으로 바뀌어 선생님의 활동이 완전히 자유롭게 될 때는 무슨 일을 하고 싶습니까?

이건 고마운 질문 같기도 하고, 곤란한 질문 같기도 한데…….
제게는 항상 그래 왔듯이 좋은 선배들과 후배들이 많이 있습니다. 좋다는 것은 훌륭하다는 뜻만이 아니라 저 자신과 저의 처지를 잘 이해한다는 뜻이기도 합니다. 아무튼 그분들이 '시키는 대로' 하겠다고 대답하면 되겠습니까? 저는 이 대답이 매우 적절한 대답이라고 생각하는데…….

끝으로 저희『이론』지에 조언과 충고의 말씀을 들려주시지요.

확실한 영역을 지키는 전문성을 강화해야 한다고 생각합니다. 물론 다른 좋은 자매지에도 같은 권고를 하고 싶습니다. 전문성의 요구는 다른 활동 분야에서도 마찬가지라고 생각합니다. 그런 점에서, 즉 전문성의 훼손이라는 점에서 이 대담은 게재하지 않는 것이 좋을지 모르겠습니다.

그런 걱정은 저희에게 맡기십시오. 부디 이 대담이 서두에서 말씀하신 그 '주요 활동'의 하나가 되지 않기를 바랍니다.

저도 그러기를 바랍니다.

수많은 현재, 미완의 역사
— 희망의 맥박을 짚으며

대담자   홍윤기(동국대학교 철학과 교수)
일시·장소 1998년 1월 21일 당대비평 편집실
게재지   『당대비평』3호(1998년 봄호)

한 사람을 만나서 얘기한다는 것이 상대에 따라서는 굉장히 어렵고, 또 위험했던 시절이 엊그제 같은데 이렇게 처음 선생님을 직접 뵐 수 있으니 시절이 많이 바뀌긴 한 모양입니다. 한 인격을 대면하는 방법이 여러 가지가 있습니다만, 제가 선생님을 처음 접한 것은 베를린에서 공부할 때인 1991년『감옥으로부터의 사색』을 통해서였습니다. 당시까지만 해도 우리 사회에는 감옥 갈 일이 워낙 많았습니다. 또 거기 갔다 와 털어놓을 가슴에 맺힌 얘기도 참 많았습니다.

그 당시엔 감옥이 훨씬 우리 생활에 가까워져 있었죠. 감옥살이가 이전까지만 하더라도 일종의 특수 체험이라고 할 수 있었지만, 언제부터인가 많은 사람들의 생활 가까이로 성큼 다가와 있습니다.

감옥이 일상화되었던 시대에서 이제 막 벗어났다 싶은데 또 감옥 얘기구나 하는 느낌이 없지 않습니다만, 그 뒤 선생님께서는 감옥이라는 나름대로 특수한 체험의 여진에서 훌쩍 벗어나『나무야 나무야』를 통해 그 전과는 전혀 다른 사색의 지평을 독자들에게 열어 보이시면서 이 시대의 산문가로 자리하셨습니다. 감옥과 여행이라는 것은 굉장히 상반된 이미지를 주는 배경인데, 그 체험 반경의 일대 전환이 저에게는 새로운 감흥을 불러일으켰습니다. 선생님의 체험을 담은 형식, 즉 '엽서'라는 집필 형태로 닫힌 감옥에서 열린 여행으로 집필의 모티브를 옮겨 선생님이 전달한 메시지의 절제와 유연함은 방송과 허세로 빈곤해져 있던 우리 독자들을 매혹시키기에 충분했습니다. 선생님의 여행기는 단지 명승지 관람에서 나온 기행문이라기보다는 깊은 한이 서려 있는 비극의 과거를 다시 일깨워 우리가 사는 현재의 삶에 살그머니 거울을 들이대어 잔잔한 가운데 섬뜩함을 느끼게 하는 것이었습니다. 독자들에게 비쳐졌던 이런 면모를 염두에 두시면서, 그동안 선생님이 겪으셨던 내적인 단절감과 연속성의 체험 과정을 마음 편하게 들려주시면 좋겠습니다.

홍 선생이 이야기하신 두 글 모음집의 배경이나 형식에 대해 독자들에게 어떤 설명이 필요한 것은 사실입니다. 친한 친구들이 농담으로 하는 이야기입니다만, 그 친구들이 하는 말이 "자네는 감옥에 들어앉았다 하면 20년이 넘게 있고, 여행을 갔나보다 하면 2년이 넘도록 온 세계를 돌아다니고 있는데 그동안 그 역마살을 어떻게 눌러 왔느냐"고 묻습니다. 하지만 제가

『중앙일보』측의 기획을 받아들인 이유는 무엇보다 공부를 하고 싶어서였습니다. 아시다시피 제 삶이라는 게 오랫동안 한 곳에 못처럼 박혀 눈감고 있었던 셈입니다. 신문사 기획팀에서도 아마 그 점에 착안해서 신선한 시각을 기대했으리라고 생각됩니다만, 결과적으로 기대에 미치지 못해서 미안하지요. 제게 있어서 현장은 관념을 검증하고 상당 부분 수정해 주는 곳이었습니다. 특히 외국 여행은 세계화의 실상을 확인하는 데 큰 도움이 되었습니다. 방금 말씀하신 것처럼 감옥과 여행은 어떤 의미에서는 정반대의 사고방식을 요구한다고 할 수 있습니다. 하나는 옥중에 앉아서 하는 사색이고, 다른 하나는 굉장히 먼 거리와 넓은 공간을 상대하는 것입니다. 감옥에서의 글이나 생각은 아주 작은 것 속에서 큰 것을 읽어 내는 접근이 필요하고, 여행 동안의 생각은 너무 많은 정보를 어떻게 압축할 것인가 하는 정반대의 접근이 필요했습니다. 이러한 경험은 다른 분들도 마찬가지리라 생각됩니다만, 최근의 정보 홍수는 그 차이를 더 크게 벌려 놓았습니다. 감옥이 바늘구멍으로 황소를 바라보는 것이었다면, 바깥은 그 많은 정보들을 어떻게 내로우 캐스팅(narrow casting)할 것인가 하는 고민이 강하죠. 지금은 브로드 캐스팅(broad casting)의 시대이기 때문에 더욱 그렇습니다.

다른 한편으로는, 홍 선생은 '비극'이라고 표현하셨지만, 어떤 관점이 요구됩니다. 특히 해외에서 글을 쓸 때에는 보고 들은 것을 선별해야 하고, 어떤 맥락으로 연결해 내야 하기 때문에 글을 줄이느라고 무척 고생하였습니다. 모든 현상이 기본적으로 연관되지 않는 것이 없기 때문에 선별하고 연결짓는다는 것이 참으로 어려웠습니다. 혹시나 정보에만 매몰될 경우 매우 위험한 사고의 피동성에 빠질 수 있기 때문이죠. 현상과 본질이 동일한 것이라면 과학이 설 자리가 없다고들 하지요. 그렇기 때문에 작은 것에서 큰 것을 읽는 관점은 감옥이든 여행이든 여전히 견지되어야 한다고 봅니다. 작다는 것은 그것이 정말 작은 것일 경우도 있지만 대부분의 경우 큰 것이 다만 작게 나타나고 있을 뿐임을 잊지 않아야 된다고 생각합니다.

역사의 생환: 생명 그리고 자유의 최고치로서의 평등

좁은 곳에서 큰 것을 보고, 넓은 데 다닐 때는 거기에서 나한테 집중적으로 들어오는 것을 받아들여야 한다는 말씀으로 들립니다. 선생님께서는 '수많은 현재'라는 표현을 자주 쓰시는데, 이 현재라는 것은 단지 바로 지금의 일순간이 아니라 복수의 시간, 복수 층으로 되어 있는 걸로 인식됩니다.『나무야 나무야』의 경우 허준의 얼음골 얘기, 세계 기행의 경우 콜럼버스부터 시작을 하셨는데, 선생님이 주목하신 이 과거의 일들은 아직 흘러간 것이 아니라 그 수많은 현재 중의 하나로서 여전히 존속하고 있고, 아직도 그 나름의 메시지를 전하게끔 설정되어 있다고 생각합니다. 그런데 과거와 현재를 연결시키는 그 이음매, 죽고 잊힌 사람들의 목소리를 마치 수맥을 짚듯이 짚어 내는 과정에서 어떤 소리를 들어야 하는지 가려내는 기준 같은 것은 없으셨는지요. 역사를 생환(生還)시킨다는 입장에서 역사의 현장에 대한 얘기를 풀어 나가시면서 선생님의 과거 사건을 현재와 접합시킬 경우 선생님 나름대로 그런 것들을 캐스팅하는 어떤 의식적인 패러다임이 정립되어 있지 않으실까 하는 생각을 해보는데요.

과거는 현재의 주제로 연결되어야 합니다. 당연히 과거의 사건을 당대 사회에만 유폐 또는 감금시키는 것은 온당하지 않다고 생각해요. 설령 유폐되거나 감금되어 화석화된 과거라 하더라도 그걸 그 유폐에서 이끌어 내어 현재로 생환시키는 것이 역사학의 목표이기도 합니다. 이 현재라는 것에 대한 우리의 인식도 참으로 복잡합니다. 우리는 일상적인 삶에서 '과거'보다는 수많은 '현재'를 갖게 됩니다. 왜냐하면 수많은 이해 당사자가 엄연히 현장에 서 있는 조건이기 때문에 그렇습니다. 그 수많은 시각들, 이 시각들을 모두 고려한다는 것은 오히려 현재를 잃어버릴 위험성이 있습니다. 그래서 이 현재의 복잡한 관점을 정리할 수 있는 지점을 선택하는 것이 중요하다고 생각합니다. 현재가 미래로 이어지면서 동시에 과거와 연결될 수 있는 지점에서의 현재, 이것이 저는 가장 중요하게 우리가 주목해야 할 부분이 아닌가 생각합니다.

방금 제가 말씀드린 건 과거와 현재와 미래, 이것들을 왜 관계시켜야 하는가에 대한 일반적 견해에 불과한 것이라고 할 수 있습니다. 중요한 것은 그런 것들을 연관시키는 관점, 기본적인 시각을 어디에 둘 것인가 하는 문제라고 할 수 있습니다. 저의 경우는 전공이 경제학이고 또 오랫동안 사회 인식이나 역사 인식의 토대를 사회경제적인 관점에 두는 데 익숙했기 때문에 결과적으로 사회경제적 관점이 과도하지 않았나 하는 반성도 있습니다. 그러나 제가 감옥 체험이라든가 그 뒤 90년대 이후의 변화된 여러 정신 영역에서 느꼈던 것은 좀 다릅니다. 물론 사회경제사적인 물적 토대의 관점이 중요하긴 하지만, 이 자체가 결정적인 것은 아니라는 생각을 하게 돼요. 마르크스의 상부구조인 정신문화 영역의 역할이 상대적으로 비중이 커졌다고 할 수 있습니다. 특히 서구 쪽에선 이 방향의 관심들이 두드러집니다. 마르크스에게 시간이 더 주어졌더라면 이 분야의 연구도 했으리라고들 말하지요. 토대와의 상호작용 체계 속에서 이 부문의 위치를 재규정하고, 또 어떤 국면에서는 토대를 주도하기까지 하는 이 부문의 역할을 재검토하는 것은 반드시 필요합니다.

하지만 저는 발전사관과는 상당한 거리를 두면서 오히려 모순관계를 중심에 놓는 이론에 관심을 가지고 있습니다. 여러 부문의 세력과 이해(利害)의 모순을 변화와 운동의 내적 계기로 개념화할 수 있는 틀을 만들어야 한다고 보는데, 제가 자주 사용하는 자유(自由)라는 개념이 그러한 관점에 근접한 것이라고 생각합니다. 근대 시민사회의 정치적 자유라는 일반적 개념으로서가 아니라, 글자 그대로 자(自), 그리고 유(由), 자기의 이유, 자기의 이유를 갖는 사회, 그리고 자기의 이유를 갖는 개인의 삶, 이런 관점이 역사 해석에도 유용하고 개인의 사상이나 실천에 있어서도 유의미하다고 생각합니다.

선생님이 만약 그런 자유 개념에 입각해 역사서를 쓰신다면 아마

도 헤겔과는 또 다른 뉘앙스를 풍기는 의미 있는 집필이 되지 않을까 하는 생각이 듭니다. 제가 선생님의 산문을 공들여 읽으면서 아주 독특하게 느꼈던 것이 있습니다. 선생님은 역사에 대해서 끊임없는 관심을 갖고 계신데 거기에서 자연과 삶에 대한, 즉 어느 면에서는 생명에 대한 외경(畏敬)이 역사 전체를 조망하는 근거로 작용하고 있는 것 같습니다. 이 생명에 대한 외경을 근거로 역사들이 흘러간 흔적들, 봉건사회면 봉건사회, 자본주의사회면 자본주의사회, 그리고 적지 않게는 사회주의의 물화(物化)된 측면들에 대해 엄격한 진단을 하고 계신다는 느낌을 받았습니다. 저의 일면적인 관찰인지 모르겠습니다만, 이 자연과 역사 또는 생명과 역사의 관계에서 끊임없이 복잡한 현상으로 전개되는 역사를 자유라는 개념으로 말씀하는 것은 외람되지만 어느 면에선 너무 소박하다는 느낌도 갖게 되는데요.

대개념이 많은 걸 포괄할 수 있지만, 초점에 대한 집중력이 그만큼 떨어지는 약점이 있는 것은 사실입니다. 그래서 앞으로 그런 자유 개념을 물적인 여러 조건, 사회경제적 조건과 연결하는, 자유 개념을 좀 더 압축할 수 있는 방향으로 고민도 하고 연구도 해야겠다는 생각을 합니다. 어쨌든 좀 큰 개념이긴 하지만 제가 과거든 현재든 인간의 삶을 자유라는 시각으로 보려고 노력했습니다.

그렇다면 과연 인간이 어떻게 해야 자유로울 수 있는가. 그 결론으로 이런 얘기는 할 수 있을 것 같아요. 한 사회든 한 개인이든, 얼마만큼 생산하고 또 얼마만큼 소비하고 소유해야 자유로울 수 있는가라는 물음을 안고 세계 여러 현장들을 다녀본 결론이기도 합니다만, 경제적 풍요 속에 있으면서도 사실은 자기의 이유, 자유를 갖지 못하는 사람들이 있는가 하면, 궁핍함, 문명 이전의 원시적 삶의 조건에 있으면서도 아주 자족적이고 자유로운, 한마디로 자기의 이유를 갖고 사는 그런 사람들도 있었습니다. 그래서 이 자유라는 문제를 양적인 문제로 접근하는 것은 의미가 없다는 생각을 하게 되었습니다. 욕망의 충족도 상당 부분 자유의 내용을 이루고 있습니다만, 자유는 끊임없이 증폭될 수 있기 때문에 상한선을 설정할 수 없습니다. 그렇기 때문에 질적으로 접근해야지 양적으로 접근하는 것이 불가능하다는 겁니다. 질적이란 의미에서 자유의 최고치는 평등이라는 관점에서 규정되어야 한다고 생각합니다.

시장경제의 성과와 한계, 유토피아적 사고의 현실적인 역할

어느 면에선 얘기가 너무 일찍 결론이 나는 것을 막기 위해서라도, 이 부분에 대해 좀 더 구체적인 해명을 할 필요가 있겠습니다. 선생님께서 경제학, 그것도 사회경제사적인 입장에서 경제학 공부를 하셨던 중요한 이유도 이 자유가 가능한, 또는 인간에게 보다 질적으로 높은 평등을 보장할 수 있는 물적 조건이 어떻게 가능한가에 대한 고민에서 출발하셨다고 보입니다. 정운영 선생님과 몇 년 전에 나누신 대담을 보면서 선생님의 경제 구상이라고나 할까 우리 삶을 위한 경제적 구상 같은 것을 상당히 치열하게 추구하셨다는 느낌을 받았습니다. 그리고 저로서는 지금 그 내용에 전혀 접근할 수 없지만, 선생님은 한국 자본주의의 전개 과정을 규명하려면 자본의 존립 양식보다는 노동력의 존립 양식에 더 많은 비중을 두어야 한다는 주장도 제기하신 바가 있습니다. 마치 화두처럼 던져진 말이기 때문에 저로서는 그 말이 무엇을 뜻하는지는 전혀 모르겠습니다.

하지만 선생님께서는 여러 가지 변화를 겪으셨음에도 불구하고 한 가지, 즉 상품의 생산과 교환을 중심으로 한 시장경제에 대해서만큼은 거의 변함없이 큰 거리감을 견지하고 계십니다. 현재의 시장경제에서 직접 뛰는 사람이든 아니면 거기에서 낙후된 사람이든 전 세계 경제 세계화의 핵심이 이 시장경제의 보편화에 있다는 것은 명백한 사실입니다. 그리고 아직도 계속 진행되고 있는 이 시장경제 체제의 가속적인 보편화 과정에서 현대 초기에는 봉건제가 무너졌고, 두 번째로는 사회주의가 붕괴되었으며, 이제는 자본주의의 근간마저 큰 동요를 일으키는 상황이 눈앞에 전개되고 있습니다. 그럼에도 불구하고, 선생님께서는 이 시장경제의 불가피성이나 시장경제가 필연적으로 내포하는 상품화 경향에 대해서만큼은 굉장할 정도의 저항감을 가지고 계신 것 같습니다.

조금 서구적인 의미로 들릴지 모르겠습니다만 시장이나 상품이라고 하는 것이 어느 면에서는 인간 자유의 실현에 그 나름대로 상당한 조건을 제공하는 측면도 있는데, 만약 그런 흐름에 대해 우선은 심리적인, 나아가 학문적인 저항으로까지 이어질 것이라고 기대해도 좋다면, 시장 질서에 반하는 선생님 나름의 대안, 또는 시장경제와 상품경제 이 두 부분에 대한 선생님의 생각을 듣고 싶습니다.

제가 역사 현장을 바라보는 관점으로 자유라는 개념을 말씀드렸는데, 이 시장도 당연히 자유라는 관점에서 접근하지 않을 수 없습니다. 그럴 경우 시장이 갖는 양면성이 있다고 생각해요. 소위 시장 또는 시장경제가 보장하는 자유로움, 이건 우리가 존중해야 하고 또 그 자유로움을 존중한다는 것은 개인의 자유를 승인한다는 의미도 되지요. 그래서 기본적으로 시장을 거부할 수 없는 이유가 그 자유로운 공간, 그 자유로운 의사 결정에 있는 것이 사실입니다. 그러나 시장은 동시에 모순의 현장입니다. 시장이 교환의 현장임이 사실이듯이 교환 당사자의 모순이 만나는 곳이 그곳인 것도 사실입니다. 그리고 사용가치와 교환가치의 모순이 집중되는 구조가 바로 시장입니다. 특히 이 점과 관련하여 시장이 결코 평등한 공간이 아니라는 데에 그것에 대한 거부의 이유가 있습니다. 교환 당사자 간의 불평등만 시장에 있는 것이 아닙니다. 저는 현재와 미래의 모순, 개인과 전체의 모순, 인간과 자연의 모순 등 여러 모순 관계에서 대립 측면의 평등성을 시장에 기대할 수 없다고 믿습니다. 중국 한나라의 재상은 후임 재상에게 정사의 중심은 재판과 시장에 있음을 주지시킵니다. 이유는 선과 악이 모이는 곳이 바로 재판과 시장이라는 것이지요.

말씀을 끊어 죄송합니다만, 『감옥으로부터의 사색』을 보면, 옛날에는 '시장 간다'는 것을 '장 보러 간다'고 했다는 대목이 나옵니다. 어느 면에서는 시장이 단지 상품 교환의 장소일 뿐만 아니라 의사소통(communication)의 장소이고, 그리고 농촌 공동체의 폐쇄성을 넘어 시야를 확대시키는 다목적의 기능을 발휘했음을 상기시키는 부분이었는데요.

서구 역사에서도 도시에서는 자유의 공기를 마실 수 있다는 격언마저 등장했습니다. 그런 시장의 원리, 시장의 기본 패러다임은 존중되어야 한다고 생각합니다. 곧 개인의 개성과 자유, 사회의 다양성과 변화의 가능성을 존중하는 것과 연결되기 때문이죠. 문제는 이 시장에서의 상품 가치에 대해서만큼은 조심스럽게 접근해야 한다고 생각합니다. 원래 가치란 것은 상품 교환 사회 이전에는 없던 개념입니다. 우리가 흔히 가치 있는 삶, 가치 있는 일 등 일반적인 의미로 사용하고 있습니다만, 가치란 것은 교환을 전제하지 않으면, 이 경우에는 정확하게 교환가치이지만, 불가능한 개념입니다. 사용가치를 중심에 두는 생활이나 상품 교환 시스템이 아닌 분배 구조에서는 가격이나 가치란 개념이 끼어들 수 있는 여지가 아예 없는 것이죠. 그렇기 때문에 '가치'란 것은 크기, 즉 가치양이 동일해야 교환이 성립됩니다. 바로 이 비교 평가의 형평성 즉 등가 관계가 성립하는가 하는 점이 문제가 되는 거죠. 이 부분에 있어서 시장이라는 것은 기본적으론 자유의 공간이긴 한데, 그것이 가치 교환의 현장으로서 무수한 부등가 교환의 복마전으로 전락될 수도 있는 것이죠. 극단적인 경우 합법적인 수탈의 현장이 되고 비정한 공간으로 전락할 수 있는 그런 양면성이 있다는 겁니다. 그래서 이 점 때문에 저는 시장경제에 대한 전폭적인 지지자로 끝까지 남을 수 없습니다.

　논의를 좀 더 진척시키면, 교환 당사자 간의 부등가 교환은 그래도 작은 규모의 수탈이라고 할 수 있습니다. 오히려 시장이란 공간 그 자체를 어떤 저의를 가진 집단 또는 사회적인 힘이 통제해 내고 있다면 최소한으로 우리가 부여했던 시장의 자유 공간으로서의 의미는 훨씬 축소되는 것입니다. 라스베이거스라는 도시는 그 도시에 들어가는 것만으로 이미 돈을 잃지 않을 수 없게 되어 있는 게임 규칙에 따르게 되어 있지요. 우리가 가지고 있는 시장과 자유를 연결시키는 정서는 반봉건적인 시민사회의 정서에서 유래하고 있다고 봐야 합니다. 시장과 자유는 매우 오래된 패러다임입니다. 하지만 소상품 생산이 경제 규모의 절대적 포지션을 점하고 있었을 당시의 이야기라고 봐야 합니다. 저로서는 시장경제 또는 시장 메커니즘에 대한 저항감을 떨쳐 버리기가 쉽지 않습니다. 상품 일반에 대한 불신을 떨쳐 버리기 어려운 것도 마찬가지 이유에서죠. 최근의 경제적 위기에 대해서 그것을 '시장의 실패'라고 표현하고 있지만, 저는 그것을 시장의 본질이라고 표현할 수도 있다고 생각합니다.

지금 여러 가지 경제 위기 상황이 전개되고 있긴 합니다만, 좀 비정하게 보면, 인간의 역사, 그중에서도 현대사는 화폐를 통한 추상적 교환 기능이 극대화되고, 이제는 국제금융 메커니즘을 통한 부등가 교환이 교환의 정상 모델로 자리 잡았습니다. 이런 정황에서 단 한 순간이라도 착취와 빈곤의 위험을 동반하지 않는 삶의 질서를 수립한다는 것은 인간의 역사, 현실 역사에서 실현될 수 없는 유토피아적 사고가 아닌가 하는 생각이 듭니다. 그런 면에서 보면 외람되지만 선생님께서는 치유할 수 없는 유토피안이 아닌가 하는 생각도 해봅니다.

저의 경우 이상주의적 경향이 적지 않다는 것은 인정합니다. 그런데 우리가 이상주의에 대하여 경계하는 이유는 이상적인 모델을 미리 상정하고 그 모델로부터 실천을 받아 오는 그런 방식 때문입니다. 사회적 실천의 경우든, 개인의 사고에 있어서든 모두 마찬가지입니다. 현실적인 조건, 그 현실 속의 실천 주체가 갖고 있는 정서적인 현주소를 무시하고 있는 관념성, 도식성 등은 이상주의의 결함이자 큰 위험입니다. 이것이 이상주의적 사고방식, 이상주의적 작풍을 경계하는 가장 큰 이유입니다. 제 경우에는 이러한 이상주의의 위험성을 경계하기만 한다면, 오히려 유토피안, 이상주의적인 경향은 현실의 모순을 장기적인 시각으로 드러내는 방식으로서 참 유용하다고 생각합니다. 제 자신도 홍 선생이 얘기했듯이, 인류 사회의 발전 과정을 돌이켜 볼 때, 착취와 빈곤의 위험이 없는 삶의 질서, 그런 자유로운 사회가 과연 가능할까 하는 의문이 없지 않습니다. 그럼에도 불구하고 이상주의적 시각을 부지런히 도입하는 이유는 그것이 현재에 매몰되지 않으면서 현재 상황의 모순이나 한계를 잘 드러내 주기 때문입니다. 군이 구분한다면 저의 경우는 낙관적이기보다는 오히려 비관적인 편입니다.

현실의 다채로운 모순들과
종합 예술로서의 사회적 실천

현실의 모순이라는 말씀을 하셔서 제가 여쭙고 싶은 점이 있습니다. 선생님께서는 아주 젊은 시절 수감되어 장년기를 다 보내시고, 다른 동년 분들은 이제 인생을 정리해 볼까 하는 지금 시기에 다시 왕성하게 활동을 시작하시면서 재기에 성공하셨습니다. 그런데 선생님께서 수감되었을 당시의 현실적 모순과, 가석방이라는 어정쩡한 형식이기는 합니다만, 인신 구속이 풀린 상태에서 느끼는 현실적 모순이 모순이라는 하나의 단일 개념으로 포착되기에는 그 내용이 상당히 바뀌었다고 생각합니다. 선생님 학창 시절에는 주요 모순이 농업 부분에서 이루어졌는데, 선생님 인생에서 현실적 모순 자체가 수시로 변하고, 그에 따라서 유토피아적 이상이란 것도 그 내용이 많이 바뀌었다고 생각되는데요.

제가 출소 후 가장 많이 받은 질문 중 하나가 "참 많이 변했죠?"라는 질문입니다. 처음에는 비교적 가볍게 받아들이다가 언제부터인가 상당히 진지하게 검토해 보게 되었죠. 그다음부터는 그런 질문에 답변하는 방식도 아주 선택적이 되었는데, 지금 생각해 보면 변한 부분도 있고 변하지 않은 부분도 있습니다. 그래서 역사에 연속성이 있는 것인지도 모르겠습니다만,

사회 성격에 대한 논쟁 역시 내용 면에서는 내가 받은 그런 질문과 별로 다르지 않습니다. 저는 우리 사회의 기본 모순이 크게 변하지 않았다고 생각합니다. 식반론(식민지반봉건론), 신식국독자론(신식민지국가독점자본주의론), 기본 모순, 주요 모순 등에 관한 논의들이 지금 유보되고 있는 것도 소모적이라고 해서 그런 것으로 알고 있습니다. 저도 사회 성격 논의를 재론하고 싶지는 않습니다.

어쨌든 앞으로 깊이 있는 논의가 필요하겠지만 제가 학교를 다니던 60년대 초에 비해서 사회 성격이 상당히 변화된 것은 사실입니다. 모순 그 자체의 변화라기보다는, 모순의 현상 형태가 달라졌다고 할 수 있습니다. 왜냐하면 사회 성격은 모순 구조의 변화에 의해서 바뀌는 것이며, 모순 구조의 변화는 새로운 반대물로 전화될 수 있을 정도로 이전 단계의 대립 구조가 지양되어야 하기 때문입니다. 기본적으로는 거의 같은 구조를 가지면서도 양적인 변화 또는 조건적이고 상대적인 변화가 현상 형태를 달리해서 나타날 수도 있습니다.

예를 들면 최근의 IMF 사태에서도 그러한 성격을 읽을 수 있습니다. 그것을 보는 시각들도 참 복잡한 것이 사실이지만, 제 경우는 역사적으로 접근해 보는 쪽이 쉽다고 생각합니다. 해방 직후에는 밀가루, 식량을 도입했죠. 그것이 무상이냐 유상이냐는 문제가 안 됩니다. 무상 원조가 유상 원조의 초기 형태이며 서로 결합되어 있기 때문입니다. 밀가루, 식량에 이어 공업화와 함께 플랜트를 사들였죠. 무기 도입은 전 기간에 걸쳐 이루어졌음은 물론입니다. 지금은 어떻습니까. 금융 상품을 도입하고 있습니다. 과거에는 외국 투자, 그것이 플랜트 형태든 기술 형태든 외국 자본이 들어오면 고용 창출이 일어나고 제한 적이긴 하지만 연관 효과도 상당한 크기로 기대되었습니다.

그러나 지금은 오히려 반대 현상이 일어납니다. 정리해고와 기업의 도산이 그것입니다. 현상 형태의 변화가 성격 변화의 결과가 아닐 수 있습니다. 그것을 선진 자본주의의 변화라고 할 수 있을지 모르지만 금융자본주의는 성격 변화가 아니라 자본주의의 단계 변화로 설명됩니다. 한 가지 예에 불과합니다만 기본적인 모순이 변화되지 않은 조건에서도 현상적으로는 훨씬 다른 변화가 일어날 수 있다는 것이죠. 그래서 변했는가 변하지 않았는가 하는 질문에 대해서는 상당히 신중한 검토가 있어야 합니다. 제 경우는 엄청난 변화, 우리가 맞이하는 여러 가지 고통과 위기 상황의 성격이 달라졌음에도 불구하고, 일관되게 아직도 청산되지 않는 그런 기본적인 모순은 본질적으로 크게 달라지지 않았다는 그런 인식을 가지고 있습니다.

한국 사회에는 여러 가지 모순이 있습니다. 예를 들어, 경제 성장으로 인한 자본주의적 모순을 일차적으로 들 수 있습니다. 그리고 직접적으로 선생님 인생에 큰 상처를 남긴 민족 모순이 있습니다. 또 대외적으로 국제자본에 대한 종속의 문제가 큰 쟁점이 되면서 그에 대한 수동적인 피해의식이 우리 사회의 구성원, 즉 지배자와 피지배자를 막론하고 체질화된 측면이 있습니다. 다시 말해서 우리가 당면한 현실적인 모순은 그 내용이 상당히 다채롭습니다. 이런 정황에서 실천적인 대안을 모색한다고 했을 때, 거기에서 나왔던 얘기들의 일관된 기조는, 그런 모순들 가운데 비중상 가장 중요한 것이 있고, 우리의 내적 역량을 결집해 그 가장 중요한 모순만 해결하면 된다는 것이었습니다. 그래서 우리 사회 안에서 이런 실천적 역량을 가진 집단을 분석해 낸다거나, 어떻게 길러 낸다거나 하는 그런 쪽으로 얘기들이 많이 집중됐던 것이 90년대 초반까지의 우리 상황이었습니다. 그 과정에서 어떤 모순이 가장 중요한가를 둘러싸고 사상 투쟁이라는 미명으로 소모적인 논쟁이 치열하게 전개되었습니다. 그러다가 현실사회주의의 붕괴, 정치적 민주화라는 객관적 상황이 도래하자 다들 입을 나무는 상황이 발생했습니다. 논쟁을 그쳤다고 해서 한국 사회의 문제들이 해결된 것은 결코 아닌데도 말입니다.

그런데 요새 전개되고 있는 상황을 보면, 우리가 지금까지 모순이라고 지적해 왔던 현상들이 그야말로 폭발적으로 공개되고 만천하에 인지됐습니다. 어떤 모순이 다른 어떤 모순보다 더 중요하고 덜 중요하다고 할 것 없이 그야말로 한꺼번에 터져 나온 것입니다. 그런데 이 모순들이 막상 집약적으로 터지고 나니까 상당히 역설적인 상황이 벌어지고 있습니다. 사실 어느 면에서 한국에서 실천적 역량을 결집하겠다고 뛰었던 세력들은 그동안 대부분 그 나름대로 제도권에 들어간다든가 하여 거의 공론화된 상태입니다. 문제는 현재의 위기를 우리 힘으로 극복하자는 얘기가 굉장히 어색하게 들리게 되었다는 것입니다. 지금까지 경계해 왔던 국제 세력들이 우리 사회에서 지금까지 바라고 있던 굉장히 진보적인 요구들, 예를 들어 재벌 해체나 군비 축소 등의 요구를 내걸고 있습니다. 과거의 실천 패러다임으로 보면, 지금 이런 대외적인 압력의 첫 표적이 되어 있는 우리 나라의 재벌, 그동안 매판 세력이라고 비난해 왔던 이 재벌을 이제는 민족 경제의 수호자로 내세워야 하는 판입니다. 어찌 보면 지금처럼 주체적인 역량이 절실한 때도 없을 것 같습니다. 만약 우리에게 주체적인 역량이 있다면, 이런 역설을 견뎌 내면서 실천의 새로운 비전을 열어 보여야 한다고 생각되는데요.

그렇습니다. 홍 선생이 방금 말씀하셨듯이 결국은 우리의 주체적인 역량을 어떻게 묶어 낼 것인가, 이것이 중요합니다. 객관적인 조건과 주체적인 역량, 이 둘 중에서 주도적인 건 주체적인 역량이죠. 그런데 오늘날 여러 가지 모순, 이런 위기 상황에서도 원인은 내부에서 찾는 입장은 견지되어야 한다고 생각해요. 왜냐하면 문제는 이 모순 구조가 참으로 복잡하다는 데 있기 때문입니다. 국제 금융자본이 종전에 우리가 요구했던 진보적인 요구를 가지고 간섭해 들어온다고 그랬듯이, 자본과 자본, 자본 분파간의 모순, 또는 자본과 노동의 모순, 또는 상품과 소비자 간의 모순, 또는 민족 모순, 이런 아주 무수하고도 복잡한 모순들이 별개로 기능하는 것이 아니라 동시다발로 또는 계기적으로 결합되어 있는 것이며 이것이 모든 현실의 일반적 모습이라고 해야 할 것입니다. 물론 이러한 모순 군(群)에 대해서 위계를 매기는 것은 필요합니다. 그러나 그러한 관점은 대상 분석이고 객관적 분석입니다. 당연히 아까 말씀드린 이상주의의 함정을 경계해야 한다는 것과도 맥락이 닿는 이야기입니다. 원인을 내부에서 찾아야 한다는 것은 원칙 선언이기도 하지만 이러한 태도는 실천적 관점이라고 할 수 있습니다. 물론 주요 모순이란 개념이 주체적 조건도 포용하고 있기는 합니다. 또 주체적 역량을 중심으로 모순 구조를 주체적으로 재편성하여 대응하는 방식도 필요하다고 생각합니다.

문제는 우리가 좀 더 자유로운 사고를 가져야 한다는 겁니다. 그런 측면에서 기본 모순, 주요 모순, 주력군, 타격 방향 등의 도식적 사고는 반성할 필요가 있다고 생각합니다. 물론 중요한 포스트가 있고 먼저 착수되어야 할 사업이 있을 수 있다는 점은 인정하지만, 더 중요하게는 이런 작업들이 아주 종합적이라는 사실을 잊어서는 안 될 것입니다. 하여튼 사회 변혁을 최고의 종합 예술이라는 의미로 받아들인다면, 종전의 협소하고 또 논리적으로 단순화되어 있는 그런 이론적 지침에 따른 주체의 편성보다는, 더 많은 사람들이 참여할 수 있도록 그 장을 열어 놓는 어떤 새로운 패러다임을 만들어 내는 게 현재의 당면 과제가 아닌가 생각합니다. 현재 많은 사람들이 실직하고, 앞으로 백만 2백만의 실업이 예상되고 있습니다. 또 그 밖의 부문, 즉 교육·환경·교통·빈민·농민·노동 등 수많은 현장에서 굉장히 많은 사람들이 모순과 대치하고 있습니다. 그중에 어느 것이 유일한 모순의 현장인가를 이론적으로 규명하는 것은 불가능하기도 하고, 실천적인 관점에선 그리 중요하진 않다고 생각해요.

90년대 초까지는 주체적인 역량을 얘기하면서 만약 역사의 발전을 조금이라도 앞당겨 보고자 하는 노력을 통해 주체적 역량이 모아졌을 때, 어떤 식으로 그 주체적 역량을 활용하느냐 하는 문제에서 주로 저항에 초점이 집중됐다고 생각합니다. 그러나 현재 상황에서는 우리가 모을 수 있는 주체적 역량이라든가 우리 현실의 문제를 파악하는 방식도 보다 입체적으로 이루어져야 한다고 보입니다. 문제들 사이에 기본 모순, 주요 모순, 부차 모순 하는 식으로 위계를 매기는 방식부터 고쳐 나가야 하는데, 만약 현재 우리가 주체적 역량을 결집한다고 했을 때 어떤 식으로 모아서, 어떤 식으로 활용해야 할지에 대해 선생님의 말씀을 들어 보고 싶습니다.

제가 세계 기행을 마치면서 제일 마지막으로 공자와 유가(儒家)에 관한 얘기를 썼습니다. 그때 저는, 공자를 제 나름대로 읽은 결과이기도 하지만, 공자의 군자(君子) 개념이란 것을 당시의 귀족적 신분 사회를 뛰어넘을 수 있는 새로운 엘리트 집단, 방금 우리가 얘기한 주체적인 그룹을 개념화한 것으로 이해했습니다. 어느 시대든지 그다음 시대를 열어 갈 엘리트 그룹이 나타나는 것이 사실입니다. 공자가 제시한 '군자'로 대표되는 엘리트 그룹이 난세의 주요 세력으로 성장하는 데는 실패했지만, 공자가 특정 시대에 맞는 새로운 그룹들에 대한 필요성을 제시했다는 점에서 역사를 뛰어넘는 사표(師表)로서의 의미가 있지 않나 하는 생각입니다. 그러한 관점을 꼭 빌리지 않더라도 어떠한 역사적인 시점에서 당면 과제를 담당할, 그것을 저항이라는 형식으로 이해해도 좋습니다만, 그것을 짊어지고 나갈 수 있는 그러한 집단에 관한 논의는 반드시 필요하다고 봅니다.

그렇다면 현재 우리 사회에서 어떤 형식, 어떤 이름으로 그러한 것을 만들어야 하는가, 이건 아직 결론을 내리기에는 이르다고 봐요. 다만 전 이런 가능성만 말씀드리고 싶어요. 90년대 초반 이후 앞서 얘기한 변혁의 역량들이 급속하게 빠져나가면서 운동 역량이 많이 약화됐다고 얘기하죠. 하지만 이 문제를 보는 관점은 두 가지여야 합니다. 하나는 물론 양적인 관점입니다. 80년대와 같이 많은 사람들이 운집하여 사회적인 다수성과 운동성을 과시할 수 있는 그런 양적 측면도 중요합니다. 다른 한 가지는 질적 측면인데, 이것은 역량이 조직화되어 있는가, 되어 있지 않는가 하는 관점입니다. 양적으로 많은가 적은가보다도 그 역량이 조직 역량인가 아닌가 하는 점이 앞으로는 더 중요하다고 생각합니다. 적어도 90년대 후반에 들어오면서 양적으로는 상당한 위축을 겪었지만 저의 60년대 경험과 비교해 보면 각 부문 운동의 역량은 대부분 조직화되어 있습니다. 조직화되어 있다는 사실은 굉장히 중요한 질적 발전이라 생각합니다. 다만 각 부문 운동이 지금은 상황 자체가 희석되었기 때문에 대개는 부문 운동 내부 문제에 갇혀 있습니다. 그래서 외부로부터 집단 이기주의로 매도당할 여지도 있습니다. 물론 무분별하고 상투화된 연대 운동이 오히려 부문 운동의 정체성과 전문성을 낮추어 버릴 위험도 없지 않습니다. 그러나 이러한 각 부문 운동이 가지고 있는 조직적인 역량의 존재 형태와 자기 분야의 문제를 과거 혹은 미래로 조금 확대해서 보는 관점만 갖는다면 수준이 높든 낮든 그런 부문 간의 연대, 연대 사업, 연대 조직을 얼마든지 모색할 수 있다고 봅니다. 최고의 비극 현장을 중심으로 연대하는 방법보다는 각 부문에서 그런 역량들을 부지런히 꾸려 가면서 일단 외부로 열어 놓는 방식을 취하는 것이 순서라고 생각합니다. 그것이 예술적 종합의 가능성을 높여 놓는 것이기도 하지요.

정운영 선생님과의 대담에서 선생님께서는 차이를 대립이 아니라 다양성으로 발전시키는 데 있어서 많은 부분 실패했던 경험이 있다는 그런 얘기를 하셨습니다. 어느 면에선 차이들 사이에 서로 위계질서를 줘서 어떤 차이가 더 중요한 차이인가를 결정하는 데 골몰한 것 같으신데, 지금은 어떠한 차이나 문제도 소홀할 문제가 없다는 것으로 받아들여집니다. 하지만 이런 다양성의 문제는 어느 면에서 각 인간들의 인식 능력을 넘어서는 복잡함을 안겨 주게 마련인데, 이런 다양성들을 연대로 엮어 낼 원칙이나 방식을 어디에서 찾을 수 있을까요?

제가 아까 종합 예술이란 말을 했는데 예술이라는 것은 과학과는 구별되는 겁니다. 그래서 우리가 과학적 접근을 한다면 당연히 각 부분이 갖고 있는 역량 분석이라든가 또는 모순과 대치할 위치라든가 하는 것을 밝혀내고, 나아가 어디서부터 어디와 연대하고 어떤 순서를 밟을 것인가 하는 사고를 하게 되지만, 종합 예술이라는 관점은 조금 다르다고 생각해요. 직선이 아닌 곡선입니다. 산술사칙(算術四則)을 자유롭게 활용하는 것이지요. 지나치게 단순할진 모르지만 굳이 원칙을 하나 제시한다면 진보적인 그룹 또는 진보적인 사람과 덜 진보적인 사람이 연대할 때는 반드시 진보적인 사람이나 그룹이 양보해야 된다는 주장에 저는 동의합니다. 그러지 않고는 연대가 이루어질 수 없습니다. 덜 진보적인 그룹이나 사람은 양보할 것을 가지고 있지 않습니다. 그렇다면 과학적인 역량의 결집 방식과는 상당히 달라질 수도 있다고 생각해요. 이 자리에서 예술이 단수가 높은 과학이라고 한다면 엉뚱한 선언이 됩니까? 어쨌든 예술과 곡선의 논리가 공감되기를 바랍니다.

산문 정신, 그리고 '당신'에 대하여

지금까지의 대화는 산문을 통해 알려진 선생님의 초연한 모습에 익숙한 독자들한테는 좀 의아할 수도 있겠습니다. 선생님께서는 젊은 시절, 당시 분위기와 크게 배치되는 급진적인 생각을 하셨으면서도 대중적으로는 크게 호응을 받지 못했는데, 지금 그 당시와는 달리 산문가로서 독자들과 접촉하는 과정에서 많은 애정과 호응을 받고 계십니다. 선생님이 현재 쓰고 계시는 글들은 과학적인 글은 아닌 것 같습니다만, 이건 결코 비판이나 비난하는 의미에서 과학적인 글이 아니라는 말이 아니라, 지금 말씀하신 종합 예술이라는 입장에서 듣고 보니 선생님이 산문을 하시는 밑바탕을 좀 이해할 것 같습니다. 이 산문들 말고도 선생님께서는 중국 역대 시가를 공동으로 번역하시기도 했는데, 이 산문이라는 형식이 가지고 있는 문화사적 위상이라든가, 나아가 산문으로 작업하는 과정에서 나름대로 느낄 수 있었던 가능성, 또는 독자라고 그러면 좀 협소한 개념입니다만, 이 시대의 독자 대중들과 교감하는 방식에서 선생님께서 겪으신 어떤 특이한 체험 같은 게 있는지요?

물론 저에게 허용된 공간이 아주 제한되어 있었고, 제가 짧은 산문만 쓸 수밖에 없었던 객관적인 조건도 있습니다. 또 주로 제가 독자들과 만나는 곳이 신문 지면이었는데, 제가 신문 원고를 쓰면서 제일 많이 고생한 것이 아까 말씀드린 대로 글을 줄이는 일이었습니다. 그다음으로 제 글이 늘 선언적이어서 논증할 여지가 없습니다. 어떤 때는 무리할 정도로 논증 과정이 생략된 글들이라 과연 독자들에게 내가 말하고자 하는 의미의 전달이 가능할까 하는 의문을 늘 갖고 있습니다. 다만 한 가지 제가 위로를 받는 건 중국의 루쉰이 중국의 전통 문학사에는 없는 잡감(雜感)이라는 아주 짧은 글, 단문 형식으로 자기 문학적 실천을 아주 훌륭하게 해냈던 예가 있다는 사실입니다. 중국이 당면했던 과제는 그 역사적인 무게도 무게지만 여러 시대가 한데 뒤엉켜 있는 복잡한 대상이었다고 할 수 있습니다. 그리고 루쉰의 주변 상황도 매우 불편한 것일 수밖에 없었지요. 그래서 만들어 낸 형식이 소위 잡감이라고 합니다. 마치 단도처럼 그때그때 발 빠르게 대응하면서도 번뜩번뜩 기지를 내보이면서 적절하게 문제 제기를 했다는 점에서 상당한 평가를 받았습니다.

　제 경우는 물론 그것과 같은 형식도 아니고, 그런 수준도 못 됩니다. 과학과 산문 사이에는 넘나들 수 없는 현격한 거리가 있는 것이 사실이지만, 저는 항상 그런 생각을 해요. 잘 제기된 문제는 이미 반 이상의 해답을 가지고 있다는 것을 늘 위로로 삼으면서 썼다고 할 수도 있습니다. 부족한 부분은 사람들의 창조적 공간이 되기를 바래요. 뭔가 결론을 내릴 수 없는 것이 제 자신의 한계이기도 하고, 또 다른 많은 사람들에게 결론을 주는 것보다는 고민의 계기를 주는 것이 훨씬 중요하지 않을까 하는 정도로 의미를 한정하고 있습니다. 제도권 일간지라는 매체의 특성도 분명히 있습니다만, 일이라는 것은 내포를 심화하는 것도 중요하지만 외연을 확대하는 것도 의미가 있다는 자위도 하고 있습니다.

한 편 한 편이 짧기는 하지만 선생님께서는 글마다 그 나름의 완결성을 갖게끔 굉장히 노력하신다는 느낌이 들었는데, 이제 그런 줄임의 고통이 있다는 점을 알게 되었습니다. 그런 점에서 선생님은 옥중에서부터 훈련이 되어 있었으리라는 데 새삼 생각이 미칩니다. 집필의 양이 제한되어 있기도 했겠지만, 사사건건 검열을 받아야 하는 상황에서 글자 하나라도 그 표현에 있어서 최대한의 잠재력을 발휘하도록 절제하지 않으면 안 된다는 것이 아마 그냥 백지를 주고 맘껏 쓰게 하는 것과 달리 또 다른 자기 훈련을 요구했으리라는 생각이 듭니다. 그런데『감옥으로부터의 사색』에서부터 '새로운 세기를 찾아서'까지 아주 중요한 모티브가 변치 않고 이어지는 데 누구나 주목하리라고 봅니다만, 선생님의 엽서들에는 마치 한용운의 님처럼 '당신'이라는 수신자가 항상 등장합니다. 그런데 등장은 하면서도 나타나지는 않습니다. 아주 중요한 순간에 선생님은 뒤로 물러서면서, '당신'의 소리를 얘기하고, 거기에서 화두처럼 던지는 말을 가지고 글을 이어 가시기도 합니다. 이런 서간문체를 두고 고은 선생은 선생님께서 우리 문학사에서 여성적인 스타일의 중요성을 깨닫게 했다는 평가도 하고 계십니다만, 항상 선생님의 수신자로 등장하는 그 '당신'은 누구입니까?

그런 질문도 많이 받습니다. 우선 '당신'이 누구냐는 답변보다도, '당신'이 있으니까 글쓰기가 참 편하다는 말부터 해야 하겠습니다. 글을 진행하기 참 편했습니다. 저는 사실 명함을 갖고 다니지 않고, 또 연말에 연하장 한 장도 못 부치는 사람입니다. 왜냐하면 뒤늦게 세상에 나와 열차를 놓친 사람처럼 초조하게 여기저기 편승하려는 그런 생각이 없기 때문에 혹시라도 그런 느낌을 남에게 줄까봐 그러기도 합니다. 누구를 향해서, 아마 독자 일반이 되겠지만 무엇을 얘기한다는 것이 상당히 불편합니다. 내가 다른 사람들에게 얘기하기보다는 아직은 세상을 공부해야 하는 시간을 가져야 한다고 생각하고 있습니다.

그러나 내가 어떤 특정한 사람, 제 글에서는 '당신'이 그 상대가 되고 있습니다만, 어떤 사람한테 사사롭게 주고받는 이야기를 옆에서 다른 사람들이 우연히 듣는 것이라면 부담이 덜할 것 같았습니다. 우리끼리야 무슨 얘기를 하건 상관이 없지요. 여러 사람이 들으라고 한 건 아니니까요. 그런 의도에서 '당신'이란 것을 상정하게 되었습니다.

구체적으로는, 예를 들면 제가 아까 우리 사회의 주체 문제를 고민해야 한다고 했습니다만, 그러한 주체가 자연스럽게 대상으로 상정되는 '당신'이 있기도 합니다. 또 어떤 경우에는 내 자신의 얘기를 나는 그렇게 생각한다라는 식으로 얘기하기에 아주 외람되게 느껴질 때도 있습니다. 그럴 경우에는 '당신'을 빌려서 제 얘기를 싣는 경우도 있습니다. 또는 제가 감명 깊게 읽은 글이라든가 인용하고 싶은 주장들이 있으면 그러한 것을 인용하는 방식으로 '당신'의 이야기로 쓰기도 했습니다. '당신'이라는 설정이 결과적으로는 제 경우에 참 편리했다고 할 수 있습니다. 의외로 많은 사람들, 많은 독자들이 자기가 그 '당신'의 한 사람이라는 생각을 한다는 것을 알게 되었습니다. 그건 더 잘된 일이라고 생각하고 있습니다.

정체성의 문제: 우리가 추구해야 할 모습에 대하여

아까 '무수한 현재'라고 하셨지만, 이제는 '무수한 당신들'이 있는 셈입니다. 그런데 조금 일찍 나왔어야 하는 얘기가 아닌가 싶습니다만, 이 '당신'과의 내밀한 대화 속에서 선생님은 차근차근 자신의 정체(正體, identity)라고나 할까요, 선생님을 포함하여 독자들, 나아가 우리들이라고 할 수 있는 우리 동시대인들 전체가 있어야 할 자리를 모색하고 있다는 느낌을 많이 받았습니다. 어차피 '나는 누구인가'라는 질문은 독백이 아니라 나와 너의 만남 속에서, 그리고 거기에서 오가는 진솔한 대화 속에서 형성된다는 것이 현대 사회철학에서 일관되게 확인하고 있는 사실입니다. 그런데 이 정체성이라는 것이 어떤 폐쇄적인 친밀 공간에서만 이루어질 경우, 또 다른 의미에서의 정체(停滯, stagnation)를 조장하는 부분도 있을 것 같습니다. 사실 이 대담을 준비하면서 선생님 글을 읽은 몇몇 독자들과 얘기할 기회가 있었는데요. 다들 선생님 글의 품격을 인정하고, 또 좋아하고, 무엇보다도 그 글이 가지는 호소력에 이의가 없었습니다. 그런데 어떤 사람이 약간 짜증난다는 얘기를 했습니다. 무슨 말인가 하면, 선생님이 국내 여행지에서 쓴 상당수의 글들은 그 여행지에 얽힌 역사를 읽어 내는 내용인데, 그 역사라는 것이 비극적이고 비관적인 분위기에 압도당하고 있다는 겁니다. 이 점은 현재 우리 삶의 왜곡된 부분을 상기시키는 부분도 있습니다만, 결과적으로는 우리가 항상 이래 왔는가 하는 느낌도 불러일으킨다는 것이죠. 그리고 이런 숨겨진 역사 이야기의 바탕에는 항상 '남'에게 당하고만 살아 기를 펴지 못하는 우리에 대한 한스러움이 풀리지 않은 채 뭉쳐 있어 답답하다는 얘기도 있었습니다. 물론 이런 불만을 토로한 분들이 흔히 '하면 된다'는 식의 주술적인 이데올로기를 요구하는 그런 사람은 아니라는 점은 덧붙여야 하겠습니다. 어느 면에서 당한 자는 항상 옳고, 박해자는 항상 그르다는 양분론적인 판단 안에서 앞으로는 그런 일들을 당하지 말아야 하는 데 필요한 사항들에 대한 적극적인 반성이 차단된 측면이 있다는 얘기입니다. 제 개인적인 소견으로는 이 세상에 억압적인 지배 질서가 존속하는 데는 피압박자의 직무 태만에도 일정 정도의 '책임' 요인이 있다고 생각합니다. 물론 그런 역사적 부당함이 피압박자에게 그 전적인 '원인'이 있다는 얘기는 결코 아닙니다.

　　여기서 얘기되는 정체성이라는 것이 제 자신의 정체성이기도 하고, 그리고 내가 늘 대화의 상대로 삼는 '당신'의 정체성이기도 합니다. 또 그게 크게는 우리 사회의 모순이라든가 미래를 짊어지고 갈 새로운 엘리트 집단의 정체성과도 관계됩니다. 이 문제는 사실 더 많은 분석과 논의를 거쳐야 합니다만, 우리 사회의 문화와 역사적 전통 또 우리 민족의 정서, 이런 것들이 한데 융합된 것이라면 분명히 자본주의적인 서슬 퍼런 경쟁 논리, 물질적인 성장 논리, 이런 것을 넘어설 수 있는 인간론, 인간관계론이 모색될 수 있고, 이런 것들이 우리의 정체성으로 이어질 가능성이 있겠다는 생각을 가지고 있습니다.

최근 서구 쪽에서 오히려 많은 분들이 관심을 가지고 있는 분야이기도 합니다만, 복잡계 이론의 영역이 동양적인 공동체 문화 전통과 상당히 근접해 있다는 것을 느끼게 돼요. 근대 이후에 나타난 분석적이고 합리주의적인 사고를 뛰어넘고 있는 그런 문화 전통이 동양적 사고 속에 있지 않은가, 그리고 우리 경우에도 개별적 존재보다는 그 존재의 고립성을 공동체 속에 담아 낼 수 있는 관계론의 전통이 풍부하지 않은가 하는 느낌을 강하게 받고 있습니다. 그래서 저는 아까 과학적인 경로와는 좀 다른 예술적인 경로로 우리의 엘리트 그룹을 만들어 낼 필요에 대해서 말씀드렸습니다만, 그것도 이런 점과 모두 유관한 애기입니다. 그런 정체성들을 지향해 가는 게 필요하고 자본주의와 경제 위기, 종속적 세계 질서, 그리고 우리 사회가 몰두해 왔던 물신성, 이런 것들에 대한 반성까지도 담아 낼 수 있다면 우리가 동양적 정체(停滯)에 빠지지 않으면서도 우리의 정체성을 추구할 여지를 발견할 수 있지 않을까 생각합니다.

제 글에서 보다 적극적인 비전이 없어 아쉽다는 독자들이나 홍 선생의 불만에 저도 전적으로 동감입니다. 비극적이고 비관적인 분위기도 그렇습니다. 비록 아프기는 하지만, 우리의 아픔을 외면하기보다는 일단 직시하고 나서 새로 시작하는 것이 순서가 아닐까 합니다. 사실은 어둡고 아팠던 현장들만 찾은 것도 아닙니다. 해돋이라든가 일몰에서도 희망과 사랑을 얘기하려고 했다고 기억됩니다. 문제는 우리가 나누어야 할 위로라든가 또 키워야 할 자부심과 역량이라는 것이, 이게 무슨 물질적인 역량을 이리저리 조합(combination)하는 것과는 전혀 다르다는 데 있습니다. 사회 역량이라는 것은 매우 상대적인 것이고 심지어는 비물질적이기까지 합니다. 어떤 국면에서는 증폭되기도 하고 기하급수적으로 상승하는가 하면, 급작스럽게 추락하기도 하는, 매우 역동적인 운동을 하는 것입니다. 그래서 좀 더 고무적인 내부 추동력에 주목하면서 글을 써야 한다는 점을 저도 인정합니다. 그런 의도에도 불구하고 결과적으로 그런 색조를 띨 수밖에 없었던 것은, 변명 같습니다만, 우리가 지금까지 형식적인 가치, 이를테면 성장론의 이데올로기에 너무나 유폐되어 있었다는 인식 아래 이런 것은 오히려 드러내는 것이 필요하지 않은가 하는 좀 외람된 의도의 소산이기도 합니다.

아픔을 직시하는 것이 새롭게 무언가를 시작하는 순서라고 하셨는데, 앞으로 선생님께서 제시할 비전이 매우 기대됩니다. 선생님 글에는 선생님께서 세계를 돌아보면서 우리 삶의 대안이 될 수 있는 것에 많은 관심을 가진 흔적이 역력했습니다. 스페인에 가셨을 때 몬드라곤 협동조합 그룹을 방문하셨고, 일본에서는 가나자와 시를 찾아가 내발적(內發的) 발전론의 건설적 단초들도 확인하신 걸 보았습니다. 그런 발자취에서 저는 앞으로 우리 삶이 문화적인 수준으로까지 성숙하지 않으면 그 문화적인 것의 기초인 경제적인 것도 추스르기 힘들다는 메시지를 전달받았습니다. 그럼에도 불구하고 바로 그런 사례들에서 저는 우리 나름의 자족적인 공동체를 꾸려 나간다는 것이 아주 고립적이고 제한적인 차원에서만 시도될 경우, 현재의 여러 추세로 볼 때 굉장히 어렵지 않겠는가 하는 인상을 받았습니다. 역설적으로 선생님께서 찾으셨던 여행지들 중 상당수는, 리버풀에서 쿠스코까지, 나아가 모스크바 붉은 광장에서 히말라야까지, 물론 히말라야 쪽은 얘기가 틀립니다만, 한때 번성했다가 지금은 역사의 뒤안길로 사라져 명승지로 화석화된 곳이 많았습니다. 이런 곳들은 존립할 당시 사회의 지배 구조가 집결된 곳으로, 시장 질서나 경쟁 관계가 들어와 자기모순이 드러나면서 급격하게 붕괴된 곳이기도 하니까요.

제가 몬드라곤이나 가나자와 같은 지역을 중심으로 꾸려 가는 공동체에 관심을 가졌던 것은 사실입니다. 그런데 어느 공동체 내부에서 공동체적 철학과 윤리 또는 문화가 정착된다 하더라도 그 공동체를 감싸고 있는, 그리고 외면할 수 없는 치열한 경쟁 논리 때문에 그 공동체가 결과적으로 변질되지 않을 수 없는 한계도 동시에 봐야 했습니다. 그래서 이런 시도가 보편화되지 않고는 새로운 세계, 새로운 세계적 정서·문화로 정착되기는 참 어렵다는 느낌을 가집니다. 몬드라곤 기행 끝부분에도 썼습니다만, 가장 보편적인 삶의 형태, 예를 들면 자본주의사회에서의 기업 같은 틀에다 몬드라곤이나 가나자와 같이 자립적이고 수준 높은 공동체적 전망을 심어 나가는 것이 더 현실적이지 않을까 하는 생각입니다. 우리 몸 가까이 있는 가장 보편적이고 일상적인 집단들을 점진적으로 바꾸어 내는 노력들이 지속됨으로써, 고립됨으로 인해 겪지 않을 수 없는 그런 변질을 예방할 가능성이 있다는 것입니다.

최근 우리나라의 중소기업들도 그런 시도의 현장이 될 수 있습니다. 많은 중소기업들이 건전한 구조를 가지고 있음에도 불구하고 부도로 파산하고 있습니다. 그런 경우 기업 내부에 노조가 있다든가 또는 그 기업을 살리려는 종업원들의 의지가 확실한 경우에 생산협동조합(worker's cooperation) 형식으로 되살려 내는 과제에 주목하는 사람도 있습니다. 이렇게 몸 가까이 있는 삶의 형식에서부터 시작하여 낮은 수준이지만 노력해 가는 것이 아주 현실적이지 않은가 합니다.

우리나라가 국제시장의 경쟁에 무차별적으로 노출되는 것은 바람직하지 않겠지만, 그런 경쟁 조건을 피할 수 있는 대안이 마땅치 않다는 사실이 많은 이들을 답답하게 합니다. 이러다 보니 극단적인 세계화를 밀고 나가려고 했던 이들이 권력을 잡아 지난 5년의 개방 정책들, 예를 들어 우루과이라운드 수용, OECD 가입 등을 서두르다가 누구도 예상하지 않은 IMF 체제를 자초하게 되었습니다. 이제 각기 입장은 달라도 국제 금융자본이 들어오지 않으면 국민경제 전체가 붕괴된다는 논리나 전망에 대해 맞대 놓고 반박하는 사람이 거의 없는 현실이 되어 버렸습니다. 이렇게 되면 시장, 경쟁에 노출되는 것을 감안하지 않은 그 어떤 공동체 구상도 비현실적인 것으로 되기 십상입니다. 앞에서 이미 말씀드렸습니다만, 사태가 이렇게 되고 보니 지금까지 매판적이라고 비판해 왔던 우리나라 대기업이나 재벌들이 실상은 외국 자본들이 들어와 활개 치지 못할 만큼 배타적이었다는, 역설적이고도 자조적인 얘기도 나오고 있습니다. 그동안 우리 사회는 자족적인 정체성 얘기를 하지 않더라도 상하를 막론하고 외국과의 접촉에 지나치게 경직되었던 측면이 있었다고 보입니다. 극난석인 배타성과 극단적인 개방을 추구하다 보면 결과는 그 양방향의 부정적인 측면만 모아지는 결과가 앞으로도 계속 벌어지리라고 생각되는데, 차제에 우리와 다른 것들, 또 우리와 남인 사람들에 대한 어떤 건설적인 관계를 설정하는 방식이나 태도가 정립되어야 하지 않을까 싶습니다. 선생님이 세계 기행을 하시던 중에 그런 측면에서 관심을 끌었던 일들은 없으셨는지요?

제가 확인하고 싶었던 것 중의 하나가 세계화의 현주소였어요. 과연 세계는 얼마나 세계화되어 있는가 하는 것이었습니다. 그야말로 세계화의 구호에 걸맞을 정도로 세계화가 진행되었더라는 얘기도 할 수 있고, 또 한편으로는 세계화라는 것이 세계 일각에서 일어나는 그런 움직임밖에 안 되더란 얘기도 할 수 있습니다. 저는 여행을 하면서 아주 이율배반적인 느낌을 받았습니다. 세계화되었다고 느낄 수 있었던 것은 각 지역의 도시와 도시 중산층이었습니다. 그들의 경제철학은 똑같았고, 중산층의 윤리 또는 생활 패턴도 거의 세계화되어 있었습니다.

그럼에도 불구하고 그 반대로 아프리카나 인도, 네팔, 남아메리카, 그리고 유럽의 경우도 시골 사람들은 세계화와는 아무인연도 없이 자기들의 문화를 별로 불편해하지 않고, 세계화에대한 절실한 필요도 느끼지 않으며 살아가고 있었습니다. 그래서 '새로운 세기를 찾아서'의 에필로그에도 그런 얘기를 썼습니다만, 그 사람들이 사는 방식을 '배타적이다', '민족적이다'라는 관점을 떠나 그 사람들이 사는 방식, 그 사람들이 길러 온문화는 그대로 인정해야 한다는 데 생각이 미쳤습니다. 그런것들은 오랜 세월 그 땅에서 살아온 사람들이 무수한 시행착오를 겪은 결과 자기들이 가장 지혜롭게 만들어 낸 문화이고 삶의 틀이 아니겠습니까. 그래서 그것은 반드시 존중되어야 한다고 생각해요. 세계화란 그러한 문화적 전통, 공동체적 공간을창끝으로 찌르고 들어가는 것이었습니다.

세계화라는 것에는 하등의 윤리적 동기가 없습니다. 자본의운동 과정이 그런 것을 필요로 하지 않는다는 것은 새삼 지적할 필요도 없습니다. 자본 순환 과정에서 오직 뉴프런티어나시장이 필요할 뿐입니다. 그런 자족적인 공동체의 틀을 깨뜨리는 세계화를, 일단 주어진 조건으로 승인하는 것이 문제라고생각됩니다. 세계화를 주도하는 미국이나 독일 같은 선진 자본주의 국가들에서조차도, 상당히 많은 일반 서민들의 생활은 세계화와 무관하게 살고 있다는 느낌을 받았습니다. 오히려 세계화가 그들에게 어떠한 부담으로 다가가지 않나 하는 느낌이었어요. 물론 민족적인 것 또는 배타적인 것이 어떤 문제를 일으키지 않을까 하는 우려는 있습니다. 세계화의 걸림돌이며 뉴프런티어로서 개척의 대상이 될 수 있기 때문이지요. 세계화와 무관한 삶의 방식 자체가 새로운 문명을 모색하는 하나의 정치 행위, 정치적 실천이 될 수도 있다는 그런 생각도 들어요.

세계화 흐름 속에서의 우리 민족

제가 드리는 말씀이 선생님께서 말씀하신 것과 조금은 다를 수 있겠습니다. 그러나 세계화 문제를 조금만 더 안으로 들여다보면 우리가 과연 세계화를 거침없이 추구해도 될 만큼 우리 민족 자체가 충분히 민족화되어 있느냐 하는 문제가 반사적으로 제기됩니다. 어느 면에선 선생님의 아픈 삶을 건드리는 것 같아서 죄송합니다만, 지금 모두들 민족적인 문제에 대해 이야기하고 있다 하더라도 우리 자신의 아픔은 계속 남는 것 같습니다. 또 민족적인 걸 우리가 충분히 얘기한다 하더라도 과연 우리가 얘기하는 민족적이라는 것이 남북간에 동일하고 종합적이고 단일화된 개념으로 이야기할 수 있겠느냐는 의문이 든다는 것이죠. 그동안 우리 민족의 분단 상황, 특히 최근의 상황은 공교롭게도 남북한 모두 한쪽은 달러, 한쪽은 식량이 모자라서 전 세계적인 뉴스거리가 될 정도로 한심한 상황입니다. 선생님의 개인사와도 많은 연관이 있지만, 당장 우리 민족 내에서도 나름대로 꺼야 할 불이 한두 가지가 아닌 것 같습니다. 또 우리가 이런 여러 가지를 구상함에 있어서 민족 분단은 원천적으로 우리의 사유와 행위를 많이 제약하고 있습니

다. 선생님께서는 제약 정도가 아니라 감금이라는 뼈아픈 경험도
하셨는데요.

비단 민족 문제에서뿐만 아니라 아까 세계화의 현장에서 느꼈
던 심정과도 연결이 되는 이야기입니다. 저는 그게 나라든 도
시든 또는 하나의 기업이든 또는 개인이든 그 삶의 원리, 삶의
방식은 존중하는 것이 좋다는 입장입니다. 그래서 남북 간의
민족 문제도 마찬가지라고 생각해요. 민족 통일은 지상과제이
지만, 공존 또는 공존을 존중하는 평화 체제만 수립되면 통일
에 이르는 과정 중 90% 이상이 달성되었다고 생각합니다. 그
렇게만 된다면 지금 가뜩이나 어려운 상황에서 짊어지고 있는
여러 가지 분단 비용들을 다 벗을 수 있습니다.

　남북의 이질성이라는 것도 그렇습니다. 세계의 여러 곳을
다녀보니까 남북 간의 차이라는 것은 차이라고 할 것도 없을
정도였습니다. 그런 인식만 공유하면 통일은 뜨거운 쟁점이라
기보다는 단계적인 시간의 문제가 됩니다. 남북한이 지금 공히
식량과 자본 때문에 곤경을 당하고 있는데, 저는 이번 외환 수
급에서 오는 위기 구조를 보면서 적어도 멕시코라든가 필리핀,
인도네시아와 같이 차라리 모라토리엄을 선언할 수 있을 정도
로 자립성을 가질 수 있는 그런 구조를 만들어 내는 것이 필요
하지 않겠나 하는 생각이 들었습니다. 우리 경우는 그게 불가
능하잖아요. 에너지와 식량 부문에서 자립성의 기반이 너무 취
약합니다. 비록 경제적으로 앞서 있지는 않지만 식량을 자급하
고 있는 나라는 사람들이 느긋하다는 느낌을 받았습니다. 그

점이 참 부러웠습니다.

앞으로 우리의 정체성이나 민족 공동체 수립도 염두에 두어야 하고, 통일은 말할 것도 없습니다만, 이런 전망을 갖기 위해서도 중장기적인 계획이 지금부터 마련되어야 하리라고 봅니다. 물적 토대의 자립성 없이는 경제 정책이나 외교적 선택에서 지극히 제한적일 수밖에 없습니다. 이번 한파가 수많은 사람들을 고통으로 몰기 때문에 굉장히 마음 아픈 것은 사실이지만, 이런 기회에 우리가 정말 직시할 것이 바로 이런 점이 아닐까요. 그래서 우리에게 식량과 에너지의 건전한 토대가 필요하다는 합의가 상당한 정도까지 이루어져 앞으로의 경제 개발이라든가 경제 운용 방식을 그러한 관점에서 추진하게 되는 계기가 되었으면 합니다.

물적 토대의 자립성 문제 같은 경우는 80년대 박현채 선생의 민족경제론이라든가, 그와 방향은 다르지만 종속이론 등에서 상당히 강도 높게 주장됐던 적이 있습니다만, 한국의 대외수지가 현격하게 개선되고 개방화 논리가 거기에 편승하면서 거의 사그라들었습니다. 그리고 유례가 없을 정도로 일관되게 자력갱생 노선을 추구했던 북한 경제의 경우, 국가경제 근간 자체가 붕괴되었다는 것이 의심의 여지 없이 받아들여지고 있습니다. 이러한 상황에서 물적 토대의 자립성이 어떤 형태를 띨 것이냐 하는 문제는 사실 상당한 숙고를 요한다고 봅니다. 남북한 모두 그동안의 경제 발전 방식에서 국가적인 위기에 봉착했는데, 경제 발전의 역사적 경로에 대한 전문 연구자로서 선생님은 어떤 전망을 하고 계신지요?

우리 사회의 문화적 정체성을 경제적 정체성과 관련시켜 말할 문제군요. 저는 남북 모두 앞으로의 경제 발전 방향에 대한 새로운 검토가 필요하지 않나 생각합니다. 우선 남한의 경우를 두고 말해 보죠. 우리는 이제 나는 언제 행복한가, 또 다른 사람의 경우에는 언제 행복할 것인가라는 시각을 가져 볼 필요가 있습니다. 제 경우에는 뭘 소유하거나 소비하는 경우보다는 사람들로부터 어떤 애정과 신뢰를 받을 때, 그때 참 행복하다고 느낍니다. 그게 비단 제 개인적인 정서만은 아니라고 생각해요. 다른 많은 사람들도 여유가 없어서 그렇지, 다들 그런 것들을 내밀하게 추구하고 있다고 생각합니다. 그런 의미에서 우리 사회가 추구할 가치에 대한 새로운 반성 같은 게 있어야 되지 않을까요.

예를 들면, 동양의 문화적인 특성 가운데 하나, 특히 중국철학의 유가와 도가를 대비해 볼 때, 유가는 그 이후에 순자(荀子) 일파가 계승한 데서 보듯이 이건 성장론입니다. 유가는 인간이 동물과 구별되는 찬란한 문화를 만들어 갈 수 있다고 주장합니다. 도가는 오히려 요즘 말하는 생태론(ecology)에서 보는 그런 자연과의 순환 체계에 주목하면서, 오히려 자연 쪽으로 돌아가는 것을 사회가 지향할 목표로 봅니다. 그런데 이 두 사상이 상당히 균형을 취하고 있었어요. 최근 중국도 전(專)과 홍(紅)이라는 두 개의 카테고리로 이런 사상적 흐름을 그 나름대로 계승하고 있지요. 전은 경제적인 전문성, 홍은 도덕성 중심의 개념입니다. 우리의 경우는 이러한 내부 균형이 상당히 상실돼 있다는 느낌을 받아요.

그러니까 우리 경제가 세계경제 속에 편입된 위상과 관련된 건데, 성장이 끊임없이 가능하리라는 어떤 확신, 성장이 인간의 행복을 결정한다는 이런 상(像), 저는 환상이라고 부르는데, 좀 무리가 있는지 모르겠습니다만, 이런 것들이 이번 기회에 통째로 반성될 수 있으면 좋다고 생각합니다. 그렇게 해서 지금의 어려움, 남북한 공히 당하고 있는 어려움들을 오히려 원점에서부터 출발시켜 극복할 수만 있다면 그렇게 하는 것이 좋다는 것이 저의 개인적인 소망입니다.

그리고 북한에 대한 정보가 신문에 소개되는 정도밖에 없어서 당사자들이 정말 뭘 고민하고, 또 자기들을 둘러싼 동북아 질서에 대해 어떤 인식을 가지는지 제가 잘 모르기 때문에 뭐라고 요구하는 것은 한계가 있습니다. 그러나 이 점은 짚고 넘어가야 합니다. 우선 북한이 과연 계속 전시 체제를 유지해야 하는 상황인가를 진지하게 자문할 필요가 있다고 봅니다. 그리고 속단할 수는 없지만, 궁극적으로는 소위 자유라는 개념, 자기의 이유를 갖는 것, 또 그것이 각자의 이유를 존중하는 것이라면, 자유라는 것은 어떤 단일한 개념으로 규정할 수는 없고, 제가 자유의 최고치가 평등이라고 소개했습니다만, 평등 개념과 마찬가지로 관계론에서 규정되어야 할 것입니다. 그런 점에서 북한 사회가 그 나름의 자유를 추구하고 있다면, 존립 이유를 다른 것과의 관계에서 사고하는 개방성과 다양성을 궁극적으로는 지향해야 하지 않을까 생각합니다.

하지만 역사에서의 발전이라는 일반적인 주제에 대해서는 제 자신이 상당히 유보적인 입장입니다. 나는 마르크스의 역사 발전론에 대해 최근에 제기되는 회의가 그런 것이라고 생각합니다. 마르크스 저작도 중요한 내용은 자본주의 분석이었지 어떤 대안에 관한 구체적 담론은 없다고 보아야 하지 않습니까. 어떤 원칙에 지나치게 매달리는 것은 옳지 않다고 생각합니다. 제 자신부터 역사의 전개 과정을 법칙성에 귀납시키는 관점은 재고할 필요가 있다고 봅니다.

우리 사회의 변화에 대한 전망
— 수많은 현재와 하나로서의 역사

과거의 발전관은 특정 문제의식에 대한 해결을 모색하는 과정에서 그 구도가 짜여진 경우가 참 많았다는 생각이 듭니다. 시간 차원에서도 수많은 현재가 있다고 했을 때, 어떤 발전 형태가 하나 있고 그것이 선단식으로 모든 것을 끌고 가는 게 아니라, 여러 가지 발전들이 복합적으로 전개되었던 것이 현대사의 특징적 양상이었습니다. 그래서 어떤 발전은 다른 발전을 저해하기도 하고, 또 어떤 발전은 다른 발전을 부추기기도 합니다. 그런데 그 결과가 반드시 진보적인 것이었느냐 하는 문제에 대해서는 현재 발전 사관의 본고장인 유럽에서 가혹할 정도의 회의나 자기반성이 많이 제기되고 있습니다.

진보의 기본적인 발상은 '보다 나은 것'을 추구하는 것인데, 인간이 뭔가 한다고 했을 때 그것이 좋기 때문에 하는 것이지 나쁘기 때문에 하는 것은 원칙적으로 없습니다. 어떤 선택이든지 그것이 좋기 때문에 선택을 하는데, 문제는 그런 선택의 내용 중 가장 좋은 것이 하나 있어 그것만 추구하면 된다고 믿었던 것이 계몽주의 이래 현대 발전관의 특징이었습니다. 그런데 약 400년간 발전이나 진보라는 것을 해 놓고 보니까 아까 말씀하신 대로 행복, 도덕성 등에서 뭔가 나아졌다는 것을 누구도 자신할 수 없는 상황이 돼 버렸습니다. 그 결과 어떤 단일 잣대로 진보와 퇴보를 측정하는 것에 일대 혼란이 일어나고 있는 실정입니다.

그럼에도 불구하고 세계를 하나의 운동체로 바라보아야 하는 당위성은 커졌다고 볼 수 있습니다. 국제 금융 자본의 세계화와 이번 우리나라의 IMF 사태도 무관하지 않습니다. 이런 경우에 발전이란 어떤 집단에게는 '보다 나은 것'이지만 다른 집단에게는 '보다 못한' 상태일 수도 있습니다. 제가 세계 기행에서 느낀 점은 단기적으로는, 또 단기적으로밖에 볼 수 없기도 하지만, 세계라는 운동체를 주도하는 것은 법칙성에 앞서 강자(強者)의 논리라는 점입니다. 즉 양적으로 훨씬 많은 약자들의 논리가 소외되고 있다는 사실이었습니다.

선생님 말씀에 대체로 동의하지만, 강자와 약자의 행태에도 중대한 변화가 있지 않을까요. 옛날의 강자는 일종의 싹쓸이 식 강자였습니다. 그런데 제가 경험한 서구 사회에서는 강하다는 것이 참으로 선택적인 개념이었는데, 이들은 자기가 강할 부분에 대해 분명한 한계선을 그어 놓고 그 부분에서만 강하려고 노력하는 식입니다. 개인이나 집단이 모든 분야에서 강할 수 없으면, 자신이 강한 부분에서는 확실하게 강세를 유지하겠다는 태도랄까요. 현대 사회의 전개 과정에서 역사적 갈등을 경험하면서 그 나름대로 계몽된 결과 같았습니다. 이 점은 우리가 그네들의 강세에 대처하는 우리의 태도를 결정할 때 참으로 중요한 고려 요인이라고 봅니다. 이번 IMF 협약서를 봤을 때도 그 점을 절실하게 느꼈습니다. 합리성, 투명성, 효율성을 기조로 하는 그들의 협약 조건은 확실히 100년 전에 군함과 대포를 끌고 와 무력으로 영토를 강탈하던 것과는 다른 방식의 대응을 우리에게 요구합니다. 이번에 IMF 총재 캉드쉬(Michel Camdessus)가 왔을 때도 강자이면서도 국내 사회 세력의 합의 위에 그 강자의 논리를 관철시키겠다는 의사만큼은 확실히 전달하려고 했던 것으로 보입니다.

그게 바로 세계화라고 생각합니다. 모순 구조라는 게 그렇죠. 상대방의 존재가 자기의 존재 조건이 되는 것이지요. 그리고 자기의 존재 조건이 되는 상대방에 대한 관리가 역사적으로 변화되어 온 것은 사실입니다. 오늘날의 관리 방식이 분명히 새로운 형식인 것만은 부정할 수 없습니다. 한편으로는 강자들의 발전 단계가 변화함에 따라 달라집니다. 노예를 필요로 하거나 영토를 필요로 하는 단계는 아닌 것이 확실합니다. 자본주의적인 모순 관계도 그렇습니다. 중상주의 시대가 다르고 산업혁명기가 다르고 금융자본주의 단계의 그것이 다를 수밖에 없습니다. 그리고 다른 한편으로는 상대방의 대응에 따라 전술적으로 방법이 달라지기도 할 것입니다. 변화된 환경은 물론 인정합니다. 그러나 그 변화의 계기와 변화의 내용에 대해서는 보다 논리적인 접근이 필요하다고 생각합니다.

우리의 현재 위기는 그 드러난 양상으로만 보면 100년 전과 똑같습니다. 이 위기가 터진 후 연표를 보았는데, 1897년 당시 조선 왕실은 현재 세관에 해당되는 해관(海關)에 관련된 일체의 사무를 미국인에게 인도하더니 조금 있다가 일본인에게도 인도하고, 이런 식으로 국가의 돈주머니를 넘겨 버리더군요. 그러면서 왕실이 차관을 갚아 나가는 겁니다. 딱 100년 만에 똑같은 일이 일어난 거죠. 그러나 패배를 당해도 사실 다 같은 패배가 아니고 패배에도 질과 양의 차이가 있으므로, 쓰러지는 순간에도 이 미세한 차이를 판별해 낼 정도의 분별력을 발휘해야 할 것 같습니다. 이럴 때 힘이 되는 것은 물질이나 자본보다도 우리 몸에 체화된 정신적 문화가 아닐까 싶습니다. 문화적이라는 것이 이제 단지 전술적인 문제가 아니라 일종의 전략적 가치를 지니게 되었습니다. 그리고 전술, 전략을 떠나 문화적인 것 그 자체가 추구할 만한 가치가 내재되어 있지 않을까요? 행복, 애정, 신뢰라는 것, 이런 것은 분명히 그 나름대로 힘을 발휘할 수 있으며, 이런 것이 궁극적으로 힘의 원천이라는 것을 현재의 세계 강자들은 잘 알고 있습니다.

이런 정신적 자산의 축적이라는 측면에서 볼 때, 우리는 이 위기의 와중에서 100년 전과는 달리 민주주의 발전의 중요한 고비 하나를 성취했습니다. 이를테면 1897년에 최시형이 처형을 당하는데, 동학혁명 이후 전봉준이 처형당했을 때 그나마 살려주었던 교주 최시형을 1897년 아관파천 이후 대한제국 수립 준비 과정에서 처형한 것입니다. 그러니까 대한제국의 성립이라는 것이 조선

왕실 나름대로는 굉장히 정치적으로 독자적인 길을 취한 것이면서 실질적으로는 조선 왕실의 민중적 토대를 스스로 잘라냄으로써 자기 권력의 운신의 폭을 엄청나게 좁히는 역설 위에서 성립하게 된 셈이죠. 100년 뒤인 현재 그때와 똑같이 나라의 돈주머니를 외국에다 맡기는 일이 반복되는데, 반복되지 않는 것 하나, 즉 그때는 민중적 역량을 잘라 버렸는데 지금은 이 어려운 시기에 민주적인 역량은 비로소 어떤 결실을 바라볼 수 있는 단계에 왔다는 것입니다. 저는 이것을 경제에서 잃은 것을 정치에서 벌충했다고 봅니다. 어쨌든 발전이나 세계화가 불균등한 방식으로 진행된다고 했을 때 그 사이에서 우리의 기회를 포착하고 그것을 극대화시켜 살려내는 고도의 분별력을 보일 때가 아닌가 싶습니다.

모든 사람들이 이기려고 하는 데 혼신의 힘을 쏟아 왔다고 할 수 있고 지금도 마찬가지입니다. 힘에 있어서 절대적인 우열의 격차가 있는 경우에 중요한 것은 잘 지는 것이라고 할 수 있습니다. 패배의 과정과 자세를 어떻게 관리하는가 하는 것은 다음의 재기와 직결됩니다. 이를테면 승패의 변증법이라고 할 수 있습니다. 우리나라의 근현대사에 관한 담론은 이 자리에서 자세히 논의하기는 적절하지 않다고 생각됩니다. 흔히 국난의 시기에 소위 상(上)과 하(下)가 만났던 역사는 여러 번 있었습니다. 나라의 총력을 극대화하여 대응하는 것이지요. 말하자면 계급 모순보다 민족 모순을 전진 배치하는 형식이지요. 그러나 상과 하의 만남이 한마디로 '긴 이별에 짧은 만남'이었지요. 현재의 경제적인 난국에서도 그러한 구도가 출현할 조건은 충분하다고 생각합니다.

춘추시대에 그런 이야기가 있어요. 월나라 왕 구천(句踐)이 양자강의 대권을 차지하는 데 결정적인 전략을 구사한 사람이 바로 범려(范蠡)인데, 구천으로 하여금 와신상담(臥薪嘗膽)의 설욕을 하게 한 다음 일등공신인 범려가 구천을 떠납니다. 떠나는 이유가 중요합니다. 주군인 구천을 일컬어, "저 사람은 어려움은 같이할 수 있는 위인이지만 즐거움은 함께 나누기 어려운 위인이다"라는 말을 남기고 떠납니다. 즐거움을 같이하기보다는 어려움을 같이하기가 쉬운 것이 보통 사람들의 정서가 아닌가 생각해요. 그래서 나는 어려운 시절의 관리, 즉 패배의 관리가 중요하다고 이야기하는 것입니다. 오히려 이 어려운 시기에 연대와 신뢰를 이끌어 내고 상대방에 대한 신뢰감이 확인되어야 한다고 생각합니다. 그리고 더 중요한 것은 그 어려움 이후의 관리입니다. 즐거움을 함께 나눌 수 있는 모델로 정착될 수 있어야 할 것입니다. 그렇지 않는 한, 홍 선생이 예시한 근현대사의 순환이 다시 되풀이되지 말란 법이 없지요. 난국이 기회 포착이라는 말씀은 매우 시사적입니다. 쉽게 이야기해서 거품과 함께 때도 빠질 수 있는 것이지요.

산문의 고요한 흐름 밑에 이렇게 경제를 비롯해 인간 삶의 다양한 부분이 있다는 것을 알 수 있어서 저는 대단히 즐겁습니다. 선생님의 글에 대해 이미 상당한 고정 독자층이 형성되어 있는데요. 앞으로도 계속 산문 활동만 하실지, 아니면 전공으로 돌아가셔서 보다 과학적인 작업을 선뵈실지 선생님의 향후 계획이 궁금합니다.

우리 학교 어느 교수 분을 통해 제 근황을 묻는 분이 있었대요. 그래서 그분이 신영복 선생은 아직 수필만 쓰고 있다고 답변하셨다는군요. 저는 아카데미즘의 수업이 불가능할 수밖에 없는 시절이 있었기 때문에 우선은 산문 형식이 편한 작업이라고 할 수 있습니다. 그러나 현재 정형화되어 있는 논문 형식을 고집할 필요가 없다고 생각하지만, 그래도 저에게 지금보다 조금 넓은 공간이 주어진다면, 아까 얘기한 선언적인 화두를 던진다든가 문제 제기에 그치는 글이 아닌 문제를 논리적으로 전개하고 논증할 수 있는 글들을 쓰고 싶기는 합니다. 그러나 우선은 각자의 공간에서 각개약진(各個躍進)하는 방법도 당분간은 의미가 있지 않을까 하는 생각입니다.

어쨌든 선생님께서 보다 넓은 공간을 확보하셔서 새로운 지평을 열어 주시고, 또 그런 지적인 통로가 많이 열렸으면 좋겠습니다.

고맙습니다. 이집트 피라미드, 지금으로부터 3천 년 전에 만든 이집트 피라미드 벽돌에도 '말세'(末世)라는 구절이 새겨져 있습니다. 그리고 어느 시기의 역사 소설이든 그 시대를 사는 사람들은 자기 시대를 다 말세라고 하고 있습니다. 역사상 한 번도 자기의 넓은 공간을 가졌던 사람은 없었던 것 같아요. 그렇게 본다면 제가 평계를 삼는 넓은 공간에 대한 아쉬움도 변명이 아닌가 생각이 듭니다. 변명을 하지 않고 살 수 있도록 되어야죠. 하여튼 노력하겠습니다. 저도 사실 별 준비 없이 나왔는데, 홍 선생과 얘기하는 과정에서 아 그렇구나, 그런 논리에서 다시 정리할 필요가 있구나 하는, 내가 미처 생각하지 못하고 지나갔던 부분을 많이 발견했고, 앞으로 그 부분도 제가 정리해야겠다는 생각을 갖습니다. 아주 고맙습니다.

아닙니다. 제가 혹시라도 선생님께 누를 끼쳐 드리지 않았는지 모르겠습니다. 오랜 시간 자리해 주시고 좋은 말씀 들려주셔서 감사합니다.

이라크 전쟁 이후의 세계와
한반도발(發) 대안의 모색

대담자　　　김명인(『황해문화』편집주간·인하대 국어교육과 교수)
일시·장소　2003년 7월 26일 성공회대학교 신영복 교수 연구실
게재지　　　『황해문화』통권 40호(2003년 9월)

신영복 선생님 안녕하십니까. 저희『황해문화』는 2003년 가을호
로 통권 40호를 맞이해서 '이라크 전쟁, 그 이후'라는 주제로 특집
을 준비했습니다. 이라크 전쟁은 일견 우리와 상관없는 먼 곳에서
일어난 전쟁 같아 보이지만 냉전 이후의 새로운 세계 질서가 형성
되는 과정 속에서 하나의 결정적 계기가 될 수 있을 만한 사건으
로 전체 세계는 물론 우리 한반도의 미래에도 피할 수 없는 영향
을 주게 될 것이 아닌가 하는 생각이 듭니다.

　따라서 이라크 전쟁 이후의 세계와 한반도의 운명에 관한 예측
이랄까 전망을 올바로 해보는 일은 우리 사회가 당면한 초미의 관
심사가 아닐 수 없습니다. 이 주제를 놓고 우리 시대의 사상적 사
표 중의 한 분이신 선생님을 모시고 말씀을 나누게 되어 대단히
기쁘고 기대가 큽니다.

　　　우선 멀리까지 찾아와 주셔서 고맙습니다. 제가 다른 분들께도

자주 얘기하지만 멀다는 것은, 성공회대학이 우리 사회의 담론 지형에서 비주류라고 할 수 있기 때문입니다. 그러나『황해문화』역시 비판적인 지향성을 가지고 있기 때문에 오늘은 편한 마음으로 이야기할 수 있으리라고 생각합니다.

시험대에 올라선 포스트냉전시대의 미국과 세계

감사합니다. 저희로서도 선생님께서 부담없이 편하게 이야기하실 수 있는 자리가 되었으면 합니다.

지난 4월에서 5월 사이에 이라크 전쟁이 있었습니다. 그 전쟁을 보면서 아마 미국의 부시 정권이나 또 그들을 지지한 일부 미국민을 제외한 상당수의 세계인들이 '아니, 이런 일이 있으면 안 되는데 어떻게 눈앞에서 이런 일이 일어나는가' 하는 일종의 경악 어린 열패감을 많이 느꼈을 것 같습니다. 거의 전 세계 시민들이 반대했던 전쟁인데도 불구하고 미국은 결행을 했지요. 미국이 자기들의 목적을 얼마나 달성했는지 모르겠습니다만, 끝까지 자기들 생각대로 전쟁을 마무리 짓는 걸 보면서 미국이라는 초강대국의 존재와 그에 의한 세계의 일극 지배를 그냥 방관할 수밖에 없는가 하는 일종의 무력감도 굉장히 컸으리라고 생각하고요. 이 전쟁이 과거의 양극체제, 냉전체제에서 이제 미국 중심의 일극체제로 가는 중요한 발걸음이 아닌가 하는 생각이 듭니다. 그리고 도대체 이 것을 방관하고 있을 것인가, 어떻게 대응할 방법은 없는가, 이 상황을 어떻게든 변화시킬 수 있는 가능성은 없는가 하는 고민들, 그것

은 지식인 사회의 고민이기도 하고 세계 시민사회의 고민이기도
할 것입니다. 이번 이라크 전쟁이 도대체 세계사의 흐름 속에서 어
떤 의미를 가지는가에 대한 선생님의 생각을 듣고 싶습니다.

그처럼 치열한 반전(反戰) 여론에도 불구하고, 또 명분이 취약
함에도 불구하고 그야말로 일방주의적으로 패권을 관철하는
과정을 보면서 방금 말씀하셨듯이 열패감을 느끼지 않을 수 없
습니다. 그러나 이라크 문제는 이라크라는 한 국가의 문제에
국한되는 게 아니고, 미국과 이라크 사이의 문제만도 아닙니
다. 특히 이라크 침공에 대한 수많은 논의들이 언론을 통해서
쏟아져 나왔습니다. 지금까지의 논의들은 주로 석유 자원 확보
라는 관점에서 분석하고 있습니다. 아프가니스탄, 이라크 그리
고 중앙아시아의 석유 자원을 확보하기 위해서라거나 또는 지
중해 쪽으로 송유관을 건설하기 위해서라는 논리가 주종을 이
루고 있습니다만, 저는 다른 각도에서 접근하는 게 필요하다고
생각해요. 예를 들면 1945년 이후로 석유결제화폐가 줄곧 미
국달러로 이루어지고 있거든요. 이 석유결제화폐가 달러라는
사실은 경제적으로 굉장히 중요한 의미가 있습니다. 이것은 한
마디로 미국달러가 국제통화로서의 지위를 유지할 수 있게 해
주지요. 석유 대금으로 받은 달러가 미국 상품에 대한 유효수요
로 나타나는 것은 물론이고, 더욱 중요한 것은 이 오일달러가
미국의 금융을 받쳐 주는 토대가 되고 있습니다. 또 미국 증시
를 뒷받침하기도 하고, 미국의 무역 적자와 재정 적자를 메우는
재원이 되기도 하거든요. 그래서 석유결제화폐가 달러라는 사

실이 미국 경제에는 결정적인 중요성을 가집니다. 미국달러가 국제통화로서의 지위를 유지하지 못한다면 미국 경제는 그야말로 하루아침에 붕괴될 수 있는 그런 구조거든요. 현대자본주의는 금융자본주의입니다. 그런 점에서 결정적인 것이지요.

미국 경제의 구조가 어떤 것인지 기본적인 경제학 이론을 예로 들어 보지요. 상품의 물량이 100이고 화폐량이 100이라면 균형을 유지합니다. 물량의 증가가 없는데도 화폐 증발(增發)을 하면 인플레가 일어납니다. 그런데 상품의 물량이 백에서 천, 만으로 증가했는데 화폐가 그대로 백의 수준에 머물러 있다면 화폐 경색이 일어나서 경제가 침체됩니다. 이런 경우에는 인플레 유발 없이 화폐가 증발될 수 있고 증발되어야 하지요. 2차 세계대전 이후 세계 경제 규모가 얼마나 커졌는지 상상을 초월하지요. 미국은 불환지폐인 달러를 찍어 냈지요. 그리고 자기들의 화폐로 삼은 거예요. 우리나라만 하더라도 달러의 형태로 지금 1,300억 달러 가까운 외환을 보유하고 있잖아요. 세계 모든 나라들이 다 달러를 가지고 있죠. 만약에 이 달러가 가격이 폭락해서 미국으로 쏟아져 들어간다면 미국 경제는 도저히 지탱을 할 수가 없죠. 그만큼 미국이 자국 화폐를 국제통화로 가짐으로써 과도한 팽창을 한 거죠. 그래서 그 팽창된 미국의 자본축적 구조가 무너지지 않기 위해서는 광범한 개입을 하지 않을 수가 없습니다. 이라크 침공도 예외가 아니지요. 미국으로서는 사활적인 이유가 있었다고 봐야 돼요.

전문가들은 석유결제화폐가 EU화폐로 바뀌는 경우 최소 20~40%의 달러 가치 폭락을 예상하고 있습니다. EU 진영에서는 결제화폐를 EU화폐로 바꾸려고 계속적으로 추진하고 있었고, 그래서 EU를 이끌고 있는 독일이나 프랑스는 미국의 이라크 침공에 끝까지 반대하고 비협조적인 태도를 취한 거죠. 아마 앞으로도 석유결제화폐를 달러에서 EU화폐로 바꾸려는 시도는 꾸준히 계속되리라고 봐요. 후세인도 EU화폐로의 전환을 2002년에 선언했고, 이란은 이미 중앙은행의 외환 보유를 EU화폐로 바꿨고, 베네수엘라에서 미국 CIA가 개입된 쿠데타 시도가 있었던 것도 이러한 조치가 직접적인 원인이라고 하지요. 북한의 경우는 경제 규모가 크지 않지만 지금 북한에 들어가려면 EU화폐를 가지고 들어가야 돼요. 이건 미국의 팽창과 과도한 자본축적 구조, 그야말로 초강대국으로서의 미국 자본주의를 어떻게 포위해야 되는가에 대한 일종의 암묵적 합의가 있는 것이고, 미국은 그걸 깨뜨리지 않을 수 없는 상황이지요. 이라크 침공은 미국 경제의 사활이 걸린 문제라고 봐야 됩니다. 미국이 왜 그처럼 치열한 반미, 반전 여론을 무릅쓰고 이라크를 침공했는가를 이해할 수 있게 되는 것이죠. 처음에 말씀드렸듯이 초강대국으로서의 미국뿐만 아니라 미국 자본주의, 자본축적 구조의 결정적인 모순 구조를 우리가 간과하지 않는 것이 필요합니다.

그런 맥락이 있었군요. 제가 공부가 부족해서 결제화폐로서의 달러의 가치 하락과 유로화의 대체 가능성, 이런 부분들이 이라크 침공을 밀어붙인 요인이 된다는 건 잘 몰랐습니다. 통상적으로는 미국의 군수 자본이라든가 석유 자본의 개입으로 설명하는 경우가 많았는데요.

물론 그것도 관련이 없지 않습니다. 그렇지만 미국 패권의 강한 측면만 보고 그 강한 측면의 반대편을 못 보는 경우가 흔히 있거든요. 그래서 이건 다른 표현으로 하자면 공룡이 계속 생존하기 위한 몸집의 크기에 관한 논의라고도 얘기할 수가 있는 거죠.

우리가 미국의 이라크 침공을 두고 열패감이나 무력감을 느낍니다만, 선생님의 말씀을 듣고 보니 미국이라는 나라가 무리한 세계 지배를 해 나가려는 데서 오는 취약성도 발견할 수 있는 사건으로 봐야 된다는 생각이 듭니다. 미국 자체의 그런 취약성이 우리의 열패감이나 무력감을 상쇄시킬 수 있을지는 모르겠습니다만, 그러면 과연 미국은 이라크 침공을 통해서 자기들의 의도를 일단은 어느 정도 관철했다고 보십니까?

일단은 물리적인 전쟁 형식에서는 관철한 걸로 보죠. 미국에 비판적인 많은 사람들은 미국이 베트남 전쟁과 같은 수렁에 빠졌으면 하는 일방적인 소망도 가지고 있었고, 또 지금도 미군을 대상으로 하는 국지적인 게릴라전이 산발적으로 일어나고 해서 아직은 끝나지 않았다고 주장하는 사람도 있는 것이 사실입니다. 그러나 일단은 군사적인 전술 차원에서는 끝났다고 봐야 되는 거죠. 다만, 이제 문제는 베트남 전쟁 당시에 호치민이 "베트남은 월남의 정글에서 이기는 것이 아니라 워싱턴에서 이

길 것이다"라고 얘기한 것처럼, 중동 지역은 물론 세계화를 반대하는 제3세계 진영에서는 오히려 월스트리트에서 이길 수 있는 방안을 구상하는 것도 필요하다고 봅니다. 그런 점에서 본다면 미국의 승리가 완결된 것은 아니라고 할 수가 있는 것이죠.

팍스 아메리카의 모순을 뚫는 세계화의 바깥은 가능한가

그리고 이번 이라크 전쟁의 의미로는 이런 게 있다고 봅니다. 한국의 몇몇 활동가들이 이라크 현지에 가서 이라크인들과 같이 고통을 나누면서 계속해서 현지 보고를 해 오고, 그리고 우리가 파병 결정을 했을 때 그곳의 활동가 일부는 한국 국적을 포기하겠다고까지 하면서 현 정부의 미국 추종적인 외교를 강하게 비판하는 등의 활동을 했는데요. 우리의 시민운동이 그렇게 급박한 위기에 처한 다른 나라의 시민들과 연대를 표명하고, 직접 현지에 가서 활동을 하고, 또 그곳의 시민들과 계속해서 관계를 가져가면서 결속을 다지고 하는 이런 일은 이전에는 없었던 것 같습니다. 전 세계적으로도 침략과 파괴를 겪어 고난 받는 이라크인에 대한 연대라든지 공감의 표명도 많았고요. 이것이 아마 미국이 세계 여론에서 고립됐다고까지는 할 수 없겠지만, 굉장히 몰리게 된 주요한 원인 중의 하나일 텐데요. 이것이 열패감이라든지 무력감과는 다른, 또 다른 의미의 세계 시민운동의 가능성이라고 할 수 있겠죠. 이런 모습들이 나타났다는 것, 그리고 우리뿐 아니라 전 세계적으로 반전운동이 계속 일어났다는 것을 우리가 적절히 평가를 해야 되는 게 아닌가 하는 생각이 듭니다.

예, 그렇습니다. 우선 우리 시민사회의 양심적인 사회운동가들이 그 위험한 피폭 지역에 가서 고난 받는 이라크인들과 함께 했다는 사실, 아주 중요하죠. 그게 미국의 폭격이나 침공을 저지하지는 못했던 것도 사실이고, 또 고난에 동참한다는 것이 인정주의라는 한계가 있는 것이 사실이라고 하더라도 그러한 결단은 미국의 부당한 침공을 폭로했다는 점에서 대단한 의미가 있었다고 봅니다. 그리고 앞으로 투쟁을 조직해 내는 중요한 계기를 만들어 내리라고 생각합니다.

특히 한국 시민사회가 그런 활동에 기꺼이 동참하게 된 것은 전 또 다른 각도에서 우리가 평가해야 된다고 봐요. 왜냐하면 그것은 미국의 억압과 지배하에 있는 한반도의 현실을 드러내는 역할도 동시에 하고 있거든요. 우리들의 객관적인 조건, 우리들의 처지, 한반도에서의 미국의 이해관계가 이라크에 대한 것과 크게 다르지 않다는 점을 드러냈다는 점에서 굉장한 의미가 있다고 생각을 합니다. 이라크에 대한 동참이 비단 이라크 문제만 제기한 것이 아니라 우리 문제를 더 중요하게 제기했다는 점에서 대단한 의미가 있는 것이라고 생각합니다.

그 전의 우리 사회운동이라고 하면 일국적 관점이 굉장히 지배적이었죠. 그걸 넘어서서 세계 평화라든지 세계 시민운동을 얘기하면 관념적이라거나 이단적으로 취급하는 경향이 있었습니다. 하지만 저는 이번 이라크 침공 기간을 거치면서 이제는 바람직하고

진보적인 운동이라고 하는 것은 전 세계적인 네트워크를 떠나서
는 존재할 수 없다는 생각이 들었습니다.

> 미국을 주축으로 하는 세계 체제, 특히 G7에 대해서 강력한 세
> 계 각처의 반대 투쟁들이 신속하게 조직되는 걸 보면 이런 신
> 자유주의와 세계화에 대한 투쟁, 그러니까 반세계화의 세계화
> 는 지금부터 우리가 적극적으로 참여해야 할 국제 연대의 형식
> 이라고 봅니다. 이번 이라크 전쟁에서 그 가능성을 다시 한 번
> 확인하게 되었지만 우리 사회의 변혁 역량이 그런 네트워크의
> 일환으로 연대할 수 있고, 실제로 하고 있다는 것도 운동 역량
> 의 상당한 발전이라고 볼 수가 있습니다.

그래서 이제는 우리가 역량이 성숙한 뒤에 네트워크에 참여하는
것이 아니라 세계적 네트워크에 참여함으로써 성숙해진다고 봐
야 할 것 같습니다.

> 맞습니다. 상호 보완적인 것이죠.

그런 면에서 우리가 큰 역할을 했다거나 우리의 활동이 엄청난 의
미를 가진다기보다는, 첫걸음을 잘 떼었고 앞으로의 활동에 대한
훌륭한 기회를 마련했다는 생각이 듭니다. 우리뿐만이 아니라 전
세계적으로도 일국적 패권주의에 대한 저항 또는 신자유주의의
세계화에 대한 저항이라는 면에서 전쟁이 낳는 참담한 결과를 보
면서도 한편으로는 희망을 가질 수 있게 하는 것 같습니다.

네, 그렇습니다. 아까 말씀드렸듯이 초강대국으로서의 미국만을 주목할 것이 아니라 그 반대편 즉, 미국 자본주의의 모순 구조 즉, 자본축적 구조의 모순과 결정적인 뇌관을 동시에 주목하게 된 것이 첫 번째 중요한 성과라고 할 수 있습니다. 그리고 또 한 가지는 미국을 반대하고 일국 패권주의를 반대하는 반세계화 투쟁의 네트워크가 다시 작동된다는 것이 성과라고 할 수 있습니다. 이런 두 가지 측면에서 좌절이나 열패감만으로 물러서지는 않을 것이라는 희망을 가질 수 있을 것 같습니다.

1990년대부터 많이 나온 말입니다만 '세계화의 바깥은 없다' 또는 '팍스 아메리카의 바깥은 없다'는 말이 이번 이라크 전쟁에서도 여실히 입증되었다고 할 수 있겠는데요, 과연 그런지, 그러니까 세계화의 바깥, 팍스 아메리카의 바깥이라는 것이 전혀 없다고는 누구도 얘기하지 않고 분명히 있다고 보긴 합니다만, 그것의 가시성이라고 할 부분들이 어느 정도까지 구체성을 띨 수 있는지에 대해서 얘기를 좀 더 할 수 있을 것 같습니다. 일부 학자들은 지금 시대가 자본주의의 세계화가 완성된 단계라고 보는데요.

완성된 단계, 그러니까 자본주의의 세계 체제가 거의 완성되고 더 이상 흡수해 낼 만한 시장이라든가 자원 같은 게 없다는 것인데요.

그리고 그 중심에 미국이 서 있고요.

그렇습니다. 현재 바깥이라고 하면 쿠바를 비롯해서 이번에 무너졌습니다만 이라크, 이란, 리비아, 북한 같은 소수 정권을 말할 수 있을 것입니다. 사회주의 러시아와 중국이 일단 자본주의화의 길로 접어들었고 또 국제 금융자본에 문호를 개방했기 때문에 더 이상 바깥이 없다고 할 수 있습니다. 그런데 저는 바깥이 없다는 사실이 일단 공룡으로서는 위기가 아닌가 생각해요. 언젠가 세계화의 실상을 고발하는 외국 시사만화 중에서 공룡이 어느 평온한 가정의 안방 밥상에 한 발을 올려 놓고 있는 그림이 있었어요. 그 그림을 보면서 이것은 세계화의 완성, 즉 바깥이 없다는 의미이기도 하지만 역으로 공룡은 울창한 밀림 속에 있어야 생존할 수 있지 사람들이 사는 마을로 내려와서 안방의 밥상을 덮칠 정도면 공룡의 삶의 조건도 사라졌다는 것을 나타내는 게 아닌가 하는 역설적인 생각도 들었거든요. 그래서 세계화의 바깥이 없다는 사실은 자본주의 세계 전략의 완성이라고도 볼 수 있지만, 그 소멸의 시작이라고도 할 수가 있는 것이죠.

바닥을 쳤을 수도 있다는 말씀이군요.

그렇지요. 소멸의 시작이고, 붕괴의 시작이라고 볼 수 있는 거죠. 이 문제는 나중에 논의를 좀 더 했으면 싶습니다만, 간단히 이야기하자면 자본축적 구조가 지속되기 위해서는 여러 가지 조건이 있습니다. 그런데 지금 세계화라는 것이 본질적으로, 경제학적으로 따지면 초국적 금융자본의 축적 구조거든요. 자본이 금융자본화한다는 것은 산업자본이 실패했다는 것을 승인하는 것이 돼요. 금융자본이라는 것은 실물생산과는 하등의 관련이 없는 거죠. 극단적으로 얘기한다면 IMF 사태에서 우리가 잘 겪었듯이 큰 자본이 작은 자본을 흡수, 합병하는 거죠. 산업자본의 축적 구조가 정치경제학으로 얘기하자면 이른바 잉여노동과 그 잉여노동이 창출한 잉여가치를 영유하는 것인데 비하여, 금융자본은 그러한 산업자본의 축적 방식이 불가능하기 때문에 다른 축적 방식으로 전환한 것이라고 할 수 있습니다. 자본의 다른 자본에 대한 수탈의 단계로 넘어간 것이지요. 이것이 산업화의 실패를 자인하는 것이라고 얘길 하거든요. 그래서 금융자본을 중심으로 한 초국적 자본의 세계 전략이라는 것이 바로 그런 자본주의의 새로운 단계, 그야말로 후기 단계의 성격을 가장 여실하게 드러내는 것이라고 생각해요.

쉽게 얘기해서 더 이상의 산업자본 축적이 가능하려면 계속해서 프롤레타리아의 창출이 필요하고, 그걸 위해서는 주로 농촌으로부터의 이농에 의한 노동력의 추가 공급이 필요한데 이게 세계적으로 완료됐어요. 방글라데시나 아프리카까지도 탈농촌화가 거의 완성돼서 더 이상의 저렴한 노동력의 공급이 고갈됐죠. 특히 노동력에 대해서는 노동력의 발전과 계승에 필요한 만큼의 분배를 안 했어요. 그리고 자연 생태계의 경우에도 산업자본이 수탈적으로 이용만 했지 다시 복원해 놓지 않았거든요. 자기들이 부담해야 될 자연 복구의 비용을 외화(外化)했지요. 그걸 국가에다가 떠넘겼기 때문에 국가의 재정 적자로 이어지게 됐죠. 재정 적자는 결국 조세 부담으로 다시 소비자에게 떠넘기는 형식이지요. 자연과 인간에 대한 수탈적인 순환 과정을 가졌기 때문에 이게 더 이상 존재할 수가 없고, 그렇기 때문에 기본적으로 산업자본들이 만들어 낸 제품들이 더 이상 유효수요를 발견할 수가 없는 거죠. 그래서 전쟁과 경제군사화라는 파괴적 순환 체제가 작동했던 것이지요. 무기를 생산하고 그 무기로 파괴하고 다시 자본축적의 기회를 창출하는 과정을 답습해 왔다고 해야 합니다. 이러한 왜곡된 자본축적 구조가 그나마 이제는 불가능하다는 것이 바로 초국적 금융자본의 단계이고 세계화의 단계라고 할 수 있는 것이지요. 이라크 침공은 이러한 두 가지 성격을 함께 가지고 있는 것으로 규정할 수 있을 것입니다.

세계화의 완성이라는 것은 이처럼 그 내면을 들여다보면 산업자본의 실패와 그에 따른 초국적 금융자본을 중심으로 한 세계화입니다. 세계화란 금융자본의 세계적인 규모로의 확장이지요. 그런 점에서 이건 완성이면서 동시에 어떤 붕괴의 시작이라고 볼 수 있는 것이죠.

노동시장의 유연화라는 전략도 더 이상 새롭게 농촌에서 분해되어 나오는 노동력이 없기 때문에 불가피해진 것 아닌가요? 그리고 자본주의사회에서 가장 문제가 되는 계급이 금리생활자 층이죠. 생산 과정에는 참여하지 않고 금리를 수취함으로써 생활을 영위하는 그런 층이 많아지면 그 사회의 건전성이 결정적인 위기에 처하는 것인데, 아마 금융자본의 지배라는 것이 전 세계적으로 그런 불건전한 금리 수취 구조를 완성하는 것이 아닌가 싶습니다.

자본주의가 갖고 있는 역사적인 의미가 소멸한 거라고 해야 할 것입니다. 마르크스가 『자본』을 집필한 이유가 바로 자본주의 경제 체제가 갖는 역동적인 생산력 발전이었지요. 자본주의 200년 동안의 생산력의 발전이 전 역사의 생산력 발전을 능가했다는 사실이지요. 금융자본주의는 자본주의 체제가 이제 그것의 최소한의 의미마저도 잃고 기생적인 체제로 전락했다는 것의 다른 표현이기도 하죠.

결국 이 위기 이후의 그림이 어떻게 그려질지는 아직 모르겠지만 논리적으로 자본주의가 고노의 위기 단계에 놓인 것은 사실인 것 같습니다. 물론 이 위기도 참 오래됐습니다. 100년 전부터 위기라고 했으니까요.

냉전 체제 하에서는 사회주의 진영이 자본주의의 그런 일방주의적인 독주를 견제하기도 했고, 또 자본주의 측에서도 사회주의 진영을 의식해서 복지 제도를 계속 확충하지 않을 수 없었지요. 그래서 그게 오히려 자본축적 구조를 보완했던 그런 역설적인 구조도 있거든요. 그런데 이 반대 측면이 사라졌다는 사실, 다시 말해서 비판적 타자(他者)가 존재하지 않는다는 사실은 자본주의 체제 그 자체의 모순 구조를 더욱 첨예화하는 걸로 봐야죠.

야만성을 통제할 수 있는 기제가 사라진 거죠.

네, 그것뿐만 아니라 자본축적 구조가 더 방만해질 수 있다는 것이지요.

이라크 이후의 한반도

우리가 세계적 네트워크에 참여해서 세계 체제에 대한 저항에 참여한다는 점도 중요한 발견이고 우리의 중요한 과제입니다만, 무엇보다 우리 발등에 떨어진 불이 있습니다. 한반도 문제가 사실은 한반도를 생존의 터전으로 삼고 있는 우리 입장에서, 또 남북한 민중 전체의 입장에서 보면 보통 문제가 아닙니다. 그리고 미국이 지금 어떤 식으로 갈지는 아주 불투명한 것 같습니다. 최근에 다시 북한에 대해서 유화적인 태도를 보이기도 합니다만 근본적으로 미국이 북한에 대해서 가진 적대성이라는 것이 있는 것이고, 그 적대성은 또 도덕적 적대성이 아니라 미국의 세계 전략상의 필요에 의해서 생산해 낼 수밖에 없는 기능적 적대성이기 때문에 이것이 우리에게는 다른 사람들이 상상할 수 없는 정도의 위기 의식으로 주어진다고 봅니다. 미국이 북한을 악의 축이라고 설정했습니다만, 어쨌거나 미국이 이라크 다음에 선택할 수 있는 몇 개의 가능한 선택 중의 하나가 한반도이고, 그게 우리에게는 특수한 문제이지만 미국이나 전 세계적인 입장에서 보면 보편적인 미국의 세계 전략 가운데 한 선택지일 뿐이거든요. 그렇다면 거기엔 우리의 정서나 우리의 주관적인 열망과는 상관없이 냉정하고 냉혹한 힘의 논리가 관철될 것이고 그렇게 될 경우에 우리에게는, 마치

이라크 민중의 실제적인 고통을 우리가 이해 못하듯이 세계 다른 사람들이 이해 못하는 정도의 고통이 가해질 가능성이 크다는 생각이 듭니다. 이 점에서 이라크 이후가 세계사적으로도 문제가 되지만 우리 한반도의 역사, 한반도의 현실 속에서도 정말 큰 문제라는 것은 이제 누구나 다 알고 있는 사실인데요. 현재의 부시 정권뿐만 아니라 미국이라는 나라 자체의 한반도에 대한 시각이라고 할까요, 북한 문제를 보는 관점에 대해서 어떻게 생각하시는지요?

우선 저는 한반도에 대한 미국의 입장, 우리에게 미국은 어떤 것인가라는 논의부터 시작해야 한다고 봅니다. 일반적으로 미국은 한국의 은인이라는 것이지요. 보수 진영의 주장입니다만, 한반도 논의는 혈맹의 한미 동맹을 전제로 해야 한다는 것이지요. 그러나 중요한 것은 이러한 미국관을 반성하는 것입니다. 해방 이후 점령군으로 인천에 상륙해서 실시한 미군정에서부터 그 이후에 한국에 친미적이고 반공적인 분단 정치권력을 창출하고 미국 경제의 하위 구조로서 경제 구조를 편성했던 과정들을 냉정하게 검토해야 합니다. 미국에 대한 환상을 청산하는 것부터 시작해야 한다고 생각합니다. 이러한 냉정한 인식 없이는 미국이 앞으로 한반도 문제에 대하여 어떠한 선택을 할 것인가를 판단할 수 없게 되는 것이지요. 미국은 한반도에 대해서도 미국 자체의 철저한 이해관계를 중심으로 결정하리라고 봅니다. 이라크 침공이 좋은 예가 됩니다. 한반도에 미군이 주둔하는 이유도 그렇습니다. 앞으로 북핵 문제를 포함한 미국의 한반도 정책, 동북아 정책이 그 연장선상에서 결정될 거라는 걸 우리가 분명히 인식하고 있어야 합니다. 개인의 경우는 다른 개인에 대해서 희생적일 수 있지만, 한 국가가 다른 국가를 위해서 희생할 수 있다는 환상은 버려야 됩니다. 국가는 그런 점에서 냉정한 이성국가(理性國家)일 뿐이지요. 특히 지금까지의 미국의 역사로 봤을 때 한반도에 대한 미국의 선택은 최소한의 유보와 배려도 기대할 수 없다고 봐야지요.

문제는 북한 핵과 북한이 악의 축이라는 규정에서부터 논의를 시작하는 것 자체가 우리의 논의를 굉장히 협소한 틀 속에 가두게 된다는 겁니다. 핵으로 말한다면, 사실은 한국전쟁 이후 50년간 핵의 공포 속에서 계속 떨었던 건 북한이었어요. 잘 아시겠지만 한국전쟁 당시 맥아더가 핵 공격 작전 계획을 실제로 수립했고, 그 이후로 미국이 시인도 부인도 하지 않았지만 주한미군의 해군과 공군이 핵을 가지고 있었지요. 핵배낭, 핵지뢰, 전술핵이 한반도에 배치되어 있었다는 것은 널리 알려진 사실이지요. 특히 팀스피리트 훈련이 이른바 핵전쟁 연습이라는 것도 다 알려진 사실이고요. 이게 이른바 한반도 핵 문제의 본질이지요. 최근에 북한 핵을 한반도 핵 문제의 본질로 만들고 있지만 이것은 핵 문제라기보다는 동북아에 대한 미국의 국가 전략의 일환으로 일단 이해를 해야 한다고 봅니다. 북한 핵이 미국 안보에 위협이 된다고 생각하는 사람은 별로 없을 것입니다. 이라크 침공의 명분으로 삼았던 대량살상무기는 오히려 미국이 사용하고 있는 것이지요. 이러한 본질은 최근의 여러 상황을 거치면서 상당히 많은 사람들이 깨닫고 있다고 생각합니다. 특히 이번에 이라크 침공, 한반도의 핵 위기 그리고 여중생 사망에 항의하는 집회를 통해서도 한반도의 전쟁 위험이라는 것이 북한으로부터 시작되는 것이 아니라 오히려 미국으로부터 올 수 있다는 위기감으로 나타나고 있지요. 이런 점으로 볼 때 북한 핵 문제를 다루고 접근하는 기본적인 태도가 어떠해야 되는가를 우리가 다시 한 번 반성할 필요가 있다고 생각합니다. 그리고 지금이 여러 가지로 기회라고 생각되기도 하지요.

그런 인식은 이제 많이 자리를 잡은 것 같습니다. 지난번에 KBS 여론 조사 결과를 보니까 누가 한반도 안정에 더 위협적인가라는 질문에 미국이 48%, 북한이 39% 정도로 미국이 더 위협적이라고 많이 인식을 하는 것 같습니다. 그런 점에서 우리 한국 사람들의 미국에 대한 인식은 많이 바뀌었다고 생각됩니다. 그런데 미국의 입장에서는 북한 문제가 북한 문제 자체로 인식되기보다는 그들의 동북아 전략의 틀 속에서 인식된 것이고, 특히 중국과의 관계를 설정하는 데 있어서 그들은 북한을 어떻게 처리할 것인가 하는 것이 자국의 국가 위상에 크게 영향을 미치게 되리라고 여기는 게 아닌가 싶습니다.

그렇습니다. 이른바 북미 단독 대화를 미국이 계속 기피하고 중국, 일본을 포함한 다자간 대화로 이끌려는 이유가 북한 문제가 미국의 동북아 전략과 관련이 있다는 걸 반증하는 거죠.

그래서 한편으로는 불행 중 다행이라고 안심이 되기도 합니다. 이라크의 경우 주변에 강대국이 없어서 미국의 침공에 대해서 견제하기가 어려운 상황이었는데, 북한의 경우는 어떤 견제나 협상이 가능한 강대국이 있는 상황이기 때문에 아마도 문제의 파국적인 전개는 막을 수 있지 않을까 하는 것이지요. 그렇더라도 우리로서는 그 강대국 간의 합의가 과연 어느 정도까지 우산으로 작용할 수 있을 것인가 하는 점이 걱정스러운 것인데요. 현재로서는 미국이 북한을 하나의 축으로 해서 동북아 전략을 짜 나가고 있고, 한반도를 중심으로 해서 굉장히 복잡하고 다층적인 어떤 사건들이 전개돼 나갈 가능성이 큰 것 같습니다. 그런 면에서 한반도 문제가 단지 우리가 당사자이기 때문에 중요하다기보다도 이런 세계사적 흐름과 맥락에서도 아주 미묘하고도 어려운 상황인 것 같습니다.

네, 복잡한 상황인 게 사실인데, 우선 북한의 의도와 미국의 의도를 나눠서 본다면, 북한은 1970년대 초반부터 지속적으로 미국과의 평화협정을 주장했어요. 그런데 미국이 늘 기피해 왔죠. 그래서 사실은 핵 카드의 의미가 체제 보장이라고 지금 흔히 알려져 있듯이, 휴전 체제를 평화 체제로 전환하고 북한이 자기들의 경제 문제에 전력투구할 수 있는 조건을 만들려고 하는, 이런 평화 체제를 위한 협상용이라는 것이 저는 북한 핵의 성격이라고 봅니다. 한편 미국 입장에서 보면 중국과 러시아를 대상으로 하는 동북아의 새로운 냉전 구조에 대비한, 또는 새로운 적을 만들어 내는 미국의 전통적인 국가 전략과 관련해서 북한 핵을 다루고 있다고 할 수 있습니다. 대(對) 중국 또는 동북아에 대한 전략 구상의 축으로 북한을 바라보는 것이죠.

특히 부시 정권에 와서 북한 핵 문제의 위기 구조를 고조시키고 있는데요. 부시 정권은 텍사스를 중심으로 한 석유 자본을 기반으로 한 정권이라고 할 수 있지요. 또는 보잉사를 중심으로 한 군산복합체와도 밀착해 있는 정권이기도 하구요. 부시가 대변하는 자본의 성격은 상대적으로 보수적인 자본이지요. 과거 키신저 시대의 자본을 대표한다고 할 수 있습니다. 어떤 측면에서는 자본 분파간의 헤게모니에서 주도적이지 못한 분파라고 할 수 있습니다. 월스트리트 자본에 비하여 보수적인 성격이 강하고 지배 블록이 아니라고 할 수 있지요. 현대 자본주의를 초국적 금융자본이라고 하였지요. 이러한 상황에서 차기 대선을 위해서도 그렇고 또 미국의 권력 구도에 있어서도 그렇습니다. 헤게모니 그룹인 IT 자본들의 지지를 받지 못하면 부시 정권 자체의 미국 내 안정 기반이 취약해진다는 인식을 가지고 있습니다. 이러한 상황에서 강력한 카드가 바로 MD체제이지요. 부시로서는 사활이 걸린 프로그램이라고 할 수 있습니다. 이 MD체제를 합리화하고 추진하기 위하여 논리적으로 필요한 것이 바로 북한 핵 문제라고 할 수 있습니다. 미국의 주장은 북한 핵은 미국 본토에 대한 공격용이 된다는 것이죠. 그리고 대량살상무기의 수출은 테러 지원이라는 것이지요. 물론 일본을 MD체제에 끌어넣기 위한 구상이 거기에 하나 더 있는 것이고요.

그래서 한반도 정세와 북한 핵 문제는 굉장히 복잡한 상황에 처해 있다고 할 수 있는 것이죠. 이러한 상황에서 북한의 인권 문제라든가 난민 문제를 거론하는 것은 오히려 미국의 그러한 동북아 전략을 옆에서 방조하는 결과로 나타나게 되는 셈이죠. 그렇기 때문에 우리의 입장에서는 미국의 북한 고립 정책과 봉쇄 정책을 비판해서 북한이 자력으로 여러 가지 경제 문제를 해결해 나갈 수 있는 조건을 만들 수 있게 돕는 게 필요해요. 그것이 남북의 군축(軍縮)입니다. 군비 부담이 북한 경제 규모로는 엄청난 짐이지요. 미국은 반대하고 있습니다만 군비 축소는 선제공격이 불가능한 10만 이하의 수준으로 단번에 결행해야 합니다. 40만, 20만 등의 중간 단계를 거치는 경우 각 단계마다 전체 시스템을 구축해야 하는 엄청난 부담을 안게 됩니다. 단호하게 단번에 결행해야 하는 것이지요. 군비 축소는 한반도 평화 정착의 기본입니다. 북한으로 하여금 군사비 부담을 덜어 주고 경제를 살려 낼 수 있게 돕는 일임은 물론이고, 앞으로의 통일 과정에서 우리의 부담도 덜 수 있는 것이지요. 한국 경제의 경우도 마찬가지입니다. 엄청난 분단 비용을 부담하면서 경제 발전이 가능하다는 생각 자체가 분단 의식이라고 봐야 합니다.

현 단계에서는 한반도에 평화 체제를 정착시키는 것이 문제의 핵심입니다. 세계 역사에서 유래가 없는 장기간의 휴전 체제를 종식시키고 교류 협력 과정을 활성화하는 것, 그리고 평화협정 체결과 평화 구조의 정착이 기본이라고 봅니다. 그것은 일차적인 문제가 아니라 궁극적인 문제라고 봅니다. 물론 통일 문제에 대해서 이야기할 기회가 있으리라고 생각합니다만, 통일에 이르는 전 과제를 100이라고 가정한다면 이 평화 구조의 정착이 전체의 90을 차지한다고 해도 과언이 아닙니다. 이것만 되면, 즉 평화 구조가 정착되어 북한의 군사비 부담을 덜어 주고 자력으로 경제 문제에 몰두할 수 있는 구조만 만들어지면 통일은 어떤 과정을 밟아 언제 이루어지든 그렇게 중요하지 않다고 할 수 있습니다.

그래서 현재 북한 핵 문제는 바로 그런 관점, 미국의 부시 정권과 미국 자본의 축적 구조의 문제, 또 미국의 동북아 전략 즉, 신 냉전 구도 즉, 중국을 가상의 적으로 삼는 새로운 대결 구노라는 거시적 관점에서 접근하는 것이 필요합니다. 물론 중국을 가상의 적으로 하는 구도가 2025년에 실제로 일어날 수 있는 구도인지, 아니면 미국이 역사적으로 항상 필요로 해 온 악마의 존재를 의도적으로 상정하는 것인지 알 수는 없습니다. 어쨌든 북한 핵 문제는 거시적인 관점에서 바라보는 것이 중요합니다. 그런 면에서 북한 핵을 북한 정치 지도자의 야심이라든가 북한의 정치적인 오판 같은 것으로 설명하는 것은 분단 의식이나 반공 의식의 연장선상에 우리의 논의를 가두어 버리는 게 아닌가 하는 우려를 가지고 있습니다.

북한의 대미 전략, 미국의 대북 전략

저는 오히려 조금 낙관적인데, 미국에 의한 북한 체제의 안전 보장이 저는 조만간 이루어지지 않겠는가 하는 생각이 듭니다. 오히려 그 안전보장 이후 북한이 그것을 무엇과 맞바꿀 것인가, 남한은 세계적으로 유명한 미국의 추종 국가이고 일종의 종속 국가인데 북한도 그 체제 내에, 김정일 정권의 존립을 전제로 한 상태에서라도 미국 중심의 세계 체제에 편입해 들어가는 방향으로 갈 것은 아닌지, 그 교환 조건에 더 관심이 있거든요.

그것은 북한의 선택이기에 앞서 우리나라의 미래에 관한 문제이기도 합니다.

먼저 논의 순서 상 북한에 대한 미국의 외과 수술적 처치 즉 선별적인 핵 시설 폭격에 대해서 이야기하지요. 이것은 인접해 있는 일본이나 중국, 소련의 이해관계와 바로 맞물려 있고 그쪽으로 확산될 위험성이 있기 때문에 쉽지 않다는 주장이 있습니다. 또 이라크의 사막 지형과 달리 북한의 지질 구조로 봤을 때 현재 미국이 개발하고 있는 벙커버스터로는 지하 군사시설의 파괴가 사실상 어렵다고 해요. 그래서 의회에 소형 핵탄두 개발을 금지하는 조항을 해제해 달라는 안건을 상정했는데, 오히려 의회에서 그 예산을 삭감했죠. 그래서 당분간은 쉽지 않을 전망입니다. 만약 그게 개발이 돼서 소형 핵탄두에 의한 선별적인 선제공격이 행해지게 되면 그때는 바로 핵전쟁으로 비화할 수밖에 없지요. 그렇게 된다면 일본 열도를 포함해서 미국 본토까지도 핵전쟁의 피해 지역이 될 수밖에 없는 심각한 위기 상황으로 치닫게 됩니다. 그래서 그러한 시나리오는 결코 쉽지 않을 것이라는 주장이 있습니다.

그에 반하여 북한의 요구는 명백합니다. 한마디로 평화협정

체결입니다. 협정 체결이 아니더라도 평화 보장에 관한 요구이지요. 이러한 요구는 누가 보더라도 미국이 그걸 거부한다는 것 자체가 납득이 되지 않습니다. 물론 전 세계 사람들이 납득할 수 없는 일을 얼마든지 할 수 있는 나라가 미국이기는 하지만, 평화 보장이 미국으로서는 전혀 추가 부담이 없는 것이거든요. 미국이 북한 지도자들을 일컬어 인민을 굶기는 지도자라고 비난합니다. 그러나 그것은 비유를 하자면 조직폭력배들이 가게 문을 막고 손님들을 못 들어가게 하면서 그 가게의 경영을 나무라는 것과 마찬가지라고 할 수 있습니다. 실제로 조폭들이 업소를 인수하는 방법이 그렇지요. 50여 년 동안 군사적 압력과 고립 봉쇄 정책으로 일관해 온 미국으로서 논리가 맞지 않는 비난이라는 것이 북한 측의 반론입니다. 한국은 장사하는 나라니까 잘 알 것 아니냐는 것이지요.

북한 민중을 굶기는 것은 미국이죠. 오랫동안 경제 봉쇄를 하고 계속해서 평화를 위협하니까 북한도 자위적으로 군사력을 계속해서 늘리지 않을 수 없는, 그 구조를 만든 것은 미국인데요.

이라크에서도 1차 걸프전 이후 미국의 봉쇄로 말미암아 의약품과 식량이 없어서 병사하고 아사한 노약자와 어린이의 숫자는 정확한 보도가 없습니다만 수백만에 달하는 것으로 추정하고 있습니다.

어쨌든 한반도에 대한 미국의 직접적인 군사 작전이 결코 쉽지 않다는 것이지요. 최근에 공개된 이른바 OP PLAN

5030이라는 작전 계획서는 북한을 목표로 한 일종의 저강도 전쟁을 기조로 하고 있습니다. 북한을 군사적으로 압박하여 군비 지출을 증가시키고 경제 봉쇄와 미사일 수출 봉쇄를 통하여 경제력을 고갈시키는 작전이지요. 이러한 저강도 전쟁은 물론 주변 상황을 고려한 측면도 없지 않겠지만, 직접적인 군사적 개입이 여의치 않다는 것을 반증하는 것이기도 해요. 그리고 지금 북한이 벼랑 끝 정책을 구사한다고 하지만 북한으로서는 평화협정에 대한 주장을 일관되게 견지하고 있다고 할 수 있습니다. 제네바 평화협정을 위반한 것은 북한이 아니라 미국인 것이지요. 그럼에도 불구하고 미국이 여론 조작을 통해서 북한의 의도를 왜곡하고 고립화하고 있는 것이라고 할 수 있습니다.

현재는 북한을 잠재적 가상의 적으로 전제하고 남한과 일본에 MD시스템을 도입하게 하려고 하는데, 그게 저는 좀 단기 전략이라고 생각합니다. 그것 때문에 북한 핵 문제를 자꾸 강조하고 위기를 얘기하는 것인데, 만약에 미국이 북한의 요구를 받아들이고 평화 보장을 해 주면서 북한한테 개방을 요구하고, 그렇게 되면 MD시스템이라는 건 또다시 중국을 대상으로 갈 수 있는 것이라고 생각하거든요. 그것은 얼마든지 가능하다고 생각합니다.

그러한 상황에서는 북한도 세계 체제 속의 중하위권에 종속되면서 편입되는 것을 의미합니다. 그 과정에서 이미 편입돼 있는 우리나라와의 관계가 현실적 문제로 등장합니다. 그리고 나아가 한반도가 확보해야 할 동북아 또는 세계 정치 지형상의 입지가 매우 중요한 문제로 제기되리라고 생각합니다. 우리가 가장 고민해야 할 문제가 바로 그 점이라고 생각합니다. 저는 한국 경제와 한국 사회를 하나의 작은 톱니바퀴에 비유하지요. 한국은 큰 톱니바퀴에 물려 있는 작은 톱니바퀴라고 생각합니다. 그러니까 세계 체제의 중하위권에 종속돼 있는 체제—초국적 금융자본이라는 거대한 톱니바퀴에 물려 있는 작은 톱니바퀴가 우리의 경제 현실이며 우리의 사회적 위상이라는 것이지요. 큰 톱니바퀴는 천천히 돌아도 되지만 거기에 물려 있는 작은 톱니바퀴는 정신없이 돌아야 하지요. 우리의 자립적이고 주체적인 위상을 지킬 수 없는 것이지요. 핵 위기가 고조되면 유입된 외국자본이 빠져나가지 않을까 걱정하고, 신규 외국 투자가 발길을 돌리지 않을까 전전긍긍하는 것이지요. 환율도 그렇고 수출도 그렇습니다. 이처럼 거대한 톱니바퀴에 매달려 있는 구조거든요. 이런 문제들은 어차피 단기적 과제가 아닙니다. 반드시 중장기적인 정책을 선별적으로 마련해야 한다고 봐요. 다시 말하자면 물려 있는 기어를 빼낼 수 있는 중장기적인 정책 즉, 민족 공동체의 전략적 사고를 준비하고 있어야 한다고 봅니다.

이러한 문제는 남북의 통일 과정과 긴밀하게 연동되어 진행된다고 봐요. 저는 북한이 미국과 평화협정을 체결하고 미국적 질서의 중하위권에 종속되는, 이른바 한국과 같은 과정을 밟지 않아야 한다고 생각합니다. 이것은 민족 문제이며 아까 이야기한 민족 공동체에 대한 전략적 사고이지요. 평화 체제 이후의 통일 과정은 그런 점에서 매우 중요한 역사적 의미를 갖는 것입니다. 우리 민족으로서는 최후의 기회로 생각해야 할 것입니다. 우리는 이러한 국면에서 남북 간의 상호 보완적 측면을 최대화해야 합니다. 남과 북이 가지고 있는 인적·물적 자원의 최적 배분을 이끌어 내야 합니다. 북한이 세계 자본주의의 하위에 종속되지 않게 도와야 한다고 생각합니다. 이것은 단지 북한의 경제 자립 문제뿐만 아니라 남한이 기어를 뺄 수 있는 최후의 기회인 셈이지요. 저는 한국이 자립적일 수 있는 최후의 기회가 바로 남북의 교류 협력과 통일 과정이라고 생각해요. 이 기회를 놓친다면 앞으로 세계 체제의 전반적인 변화가 어떠한 형태로 진행될지 알 수 없습니다만 우리로서는 참으로 무력한 상황을 감내하지 않을 수 없으리라고 생각합니다. 현 시기가 지니는 역사적 중요성이 이와 같다고 생각합니다. 참으로 중차대한 시기가 아닐 수 없습니다.

북한이 어쨌거나 지금은 미국에 저항하는 몇몇 나라 중의 하나이고, 특히 지금은 가장 강력하게 저항하고 있다고 보이는데요. 그러나 이 저항 자체가 공격적인 것은 아니지 않습니까? 그 저항은 방어적인 것이고 생존을 위한 것이긴 합니다만, 어쨌거나 북한은 미국이 지금 세계 체제 속에서 제 마음대로 할 수 없는 몇몇 국가 중의 하나이고, 저는 이것이 아주 소중하다고 생각하거든요. 그리고 경제적으로는 세계 체제에 종속되어 있으면서 정치적으로만 저항하는 것도 아니고, 다른 나라들과는 좀 상황이 다른 것 같습니다. 오랫동안 자력갱생 체제를 유지하면서 기아와 빈곤이라는 대가는 치르고 있습니다만 미국 없이 살 수 있는 어떤 하나의 모범을 보인 나라거든요. 이 경험이 비록 열악한 경험이지만, 세계체제의 변동 과정 속에서 평화 정착과 분단 극복 과정과 맞물리면서 미국 중심의 세계 체제의 포섭망으로부터 탈출할 수 있는, 또는 최소한 그것을 견제할 수 있는 크지는 않더라도 중요한 밑천이 될 수 있다고 생각하거든요.

바로 그 점에서 하나의 중요한 계기, 아까 얘기한 세계화에 대한 반세계화 투쟁의 네트워크에서 아주 중요한 의미를 한반도가 가질 수 있지 않겠는가 생각을 하죠.

그 점이 사실은 한반도 문제가 위기이자 기회가 될 수 있는 부분일 것 같습니다. 그 부분은 지금 이론적으로 금방 손닿을 만한 것은 아니겠습니다만.

그렇습니다. 우리가 정확한 전망을 할 수는 없습니다. 전반적으로 이런 방향으로 가야 한다는 당위성을 확인하는 정도의 논의 정도를 할 수 있겠지요.

대안으로서의 한반도는 가능한가

북한 핵 문제라든가 미국과의 관계처럼 최근의 한반도 문제만 놓고 보더라도 남한 내에서의 다양한 입장들이 있지 않습니까? 좀 추상적인지는 모르겠습니다만 도대체 우리가 지금 이 상황을 어떻게 봐야 할 것인가, 우리가 어떤 관점을 가져야 할 것인가 하는 것, 남한의 이른바 시민사회나 진보 운동권에서도 조금씩 경향 차이가 보이는데요. 선생님께서 이런 정도는 기본적으로 합의를 하고 이 원칙은 지켜야 되지 않겠느냐 하는 점을 말씀해 주신다면 어떤 것이 있을까요?

우리나라의 정치적, 경제적 지형 자체가 아주 복잡합니다. 그리고 굉장히 완고합니다. 예를 들어서 우리나라의 근현대사를 돌이켜 보더라도 그렇습니다. 일본의 지배를 받게 된 조선조 말기에서부터 일본의 식민지 지배 구조를 그대로 승계한 이른바 미군정 시기를 거쳐 30여 년의 군사정권 기간에 이르기까지 우리 사회를 지배하는 친일, 친미적인 지배 구조는 한 번도 바뀐 적이 없습니다. 굉장히 완고하고 보수적인 지배 구조를 갖고 있지요. 이러한 지배 구조는 하나의 체제로서 완성되어 있다고 해도 과언이 아닙니다. 그것은 엘리트 충원 구조에서 역력히 드러나고 있습니다. 보수 구조의 완성은 그 사회의 결정권을 행사하는 엘리트 계층의 재생산 구조의 완성에 따라서 최종적으로 마무리되는 것이지요. 엘리트 충원 구조라는 관점에서 볼 때 우리 사회의 본질이 여실히 드러납니다. 해방 이후 상당 기간 동안 계속된 풀브라이트 장학 제도(Fulbright Commission)가 있습니다. 하나의 예에 불과합니다만, 이 장학 제도를 통해서 지금까지 약 30만 명 정도의 친미 엘리트가 양산된 것으로 알려져 있습니다. 소위 식민 모국의 의식으로 피

식민지의 엘리트를 교육한 셈이지요. 지금은 수많은 유학생들이 자기 부담으로 그 엘리트 재생산 구조 속으로 들어가고 있는 것이지요. 이렇게 양산된 엘리트가 우리나라의 각급 결정권을 행사하는 위치에 있지요. 친미 보수 구조가 얼마나 완고하고 완벽한가를 여실히 보여주는 것이지요. 이런 구조 속에서 우리가 대북 문제, 또 민족 문제를 자주적으로 이끌어 갈 수 있을까 하는 의구심이 들지 않을 수 없습니다. 미국의 이해관계에 대해서 비판적인 의견을 개진할 수 있는 담론 지형이 존재하는가에 대해서도 또한 의구심이 들지 않을 수 없지요.

최근에 젊은 세대를 중심으로 우리나라의 이러한 지배 구조에 대해서 상당히 비판적인 견해도 많이 제기되고, 특히 미국의 이라크 침공과 여중생 압사 사건 이후에는 미국에 대한 비판적인 견해도 많이 나타나고 있는 것이 사실입니다. 그러나 이처럼 권력 구조의 변화라고 할 수 없는 사회의 정서적 변화에 대해서도 기존의 보수 구조는 이것을 용납하지 못하는 것이지요. 기독교인들을 중심으로 한 10만 명의 시청광장 집회가 즉각적으로 조직되는 것이지요. 우리나라의 보수 구조는 합리적인 보수 구조가 아니라 일종의 수구적 성격을 갖는 것이고, 더욱 중요한 것은 배후에 미국이라는 외세와 결합되어 있다는 사실입니다. 세계 최강의 미국이 뒷받침하고 있는 보수 구조이지요. 권력은 보수 구조로부터 나오는 것입니다. 우리나라의 제도 언론권은 한국 사회의 권력이 어디에 있는가를 누구보다도 잘 읽고 있습니다. 제도 언론권은 가장 강한 권력의 소재를 정확하게 찾아내고 그 권력을 거스르는 일이 한 번도 없었지요. 이러한 언론이 한국 사회의 담론 지형을 장악하고 있는 것이지요. 매우 어려운 상황에 놓여 있다는 사실을 우리가 알아야 합니다. 이러한 어려운 상황임에도 불구하고 최근에 일어나는 젊은 층들을 중심으로 한 변화의 물결은 매우 고무적이라고 할 수 있습니다. 앞으로 이러한 비판적이고 민족 주체적인 담론 공간이 점점 더 확장될 것으로 기대합니다. 신세대 문화의 탈권위주의에도 기대하지요. 그리고 사회 전반의 세대교체의 속도가 매우 빨라졌다는 것도 긍정적으로 평가하고 싶고요. 이러한 시점에서 중요한 것은 지식인의 역할입니다. 비판 담론, 저항 담론의 장을 부단히 조직해 내는 과제가 주어졌다고 할 수 있습니다.

한국 사회의 보수 구조를 이야기하면서 한 가지 덧붙이고 싶은 이야기가 있습니다. 잘 아시는 바와 같이 1973년 민주적으로 선출된 칠레의 아옌데 정권이, 물론 미국의 시나리오였습니다만, 피노체트의 군사 쿠데타에 의해서 무너지지 않았습니까? 이것이 주는 교훈을 우리는 잘 기억해야 합니다. 완고한 보수 구조가 그 보수 구조를 뒷받침하는 외세와 결탁되어 막강한 권력을 행사하는 경우 민주적인 선거로 집권한 진보적인 정권은 매우 취약하다는 사실입니다. 단지 행정권만을 장악했을 뿐인데도 권력을 장악한 것으로 착각하는 경우 얼마든지 위험한 상황에 직면할 수 있다는 것이지요. 이 이야기는 당면의 통일운동과 민족운동이 그만큼 어려운 상황에서 진행될 수밖에 없다는 사실을 다시 한 번 직시하자는 뜻입니다. 우리 사회의 물적 토대를 광범하게 지배하고 있는 보수 구조와 그 배후의 외세를 못 보면 상당히 위험하다고 생각합니다. 그래서 저는 우리가 그만큼 어려운 지형에서 한반도 문제를 풀어 가야만 한다는 합의부터 일단 공유해야 된다고 생각합니다.

통일 문제, 분단 극복 문제와 연계시켜서 한반도가 세계 체제 극복의 어떤 한 포인트가 될 수 있다는 그 말씀을 조금 더 확대시켜서 얘기해 보면, 한반도에 가해지고 있는 세계 체제의 중압이 있고 그것은 구체적으로 미국이라는 막강한 초강대국의 중압인데, 그 중압을 견디면서도 동시에 넘어설 수 있는 전망이 필요할 것 같습니다. 그리고 그 전망을 가능하게 하는 실천적이고 구체적인 주체의 힘이랄지 어떤 나름대로의 프로그램이랄지, 뭐 구체적으로는 누구도 예측할 수 없는 것이긴 합니다만 이걸 좀 짚어 보아야 하지 않을까 생각합니다. 처음에는 제가 열패감이라든지 무력감으로 얘기를 시작했지만, 공룡이 커지면 그것은 거꾸로 위기의 시작이라는 선생님의 말씀 때문에 적지 않은 위안을 받았습니다. 말이 나온 김에 너무나 압도적이고 너무나 조밀하게 세계와 인간의 삶을 지배해 들어오는 세계 체제의 극복의 단초가 과연 한반도에서 만들어질 수 있는가, 또는 한반도발(發) 대안이라는 게 가능할 것인가에 대한 말씀을 조금 더 듣고 싶습니다.

우선 평화 체제 구축이 통일이나 분단 극복의 90%라고 말씀하셨는데, 세계 체제 극복의 대안으로서 통일 과정을 포함한 한반도발(發) 대안이라는 게 가능하다고 보시는지요?

제가 중국 북경대학 교수를 비롯하여 중국의 엘리트 계층에 속하는 사람들과 얘기를 나눈 적이 있습니다. 물론 중국에 관한 분석과 전망이 많습니다만, 대부분의 견해는 주로 서구적인 시각에서 현대 중국이 자본주의화해 간다고 보고 있는 것이 사실입니다. 해안 지방과 특구를 중심으로 분명히 그런 부분이 있습니다. 그런데 중국의 비판적인 엘리트들은 다른 견해를 가지고 있었습니다. 한마디로 현대 중국은 자본주의와 사회주의를 지양한 새로운 문명을 만들어 가고 있다는 것이지요. 중국에는 역사적으로 5천 년이라는 아주 장구하고 거대한 시스템이 있다는 것이었어요. 몽골이 지배하더라도 그걸 중국적인 것으로 소화해 내고, 만주족이 청나라를 세워 지배를 하더라도 소화해 내고, 불교가 들어오면 불학(佛學)이 되고, 마르크시즘이 들어와도 마오이즘(Maoism)으로 소화해 내는 그런 거대한 대륙적 소화력이라고 할 수 있는 시스템이 있는데, 지금은 자본주의를 소화하고 있는 중이라고 하는 자부심이 있었어요. 그래서 21세기의 새로운 문명이 창조된다면 그건 중국발(發)일 것이라는 얘기지요. 물론 일리가 있다고 봐요. 그렇지만 우리는 이 문제에 대하여 참으로 사고의 전환을 하지 않으면 안 됩니다. 문명의 패러다임이 변화한다는 것이 과연 어떤 것인가에 대하여 열린 사고를 가져야 한다고 생각합니다. 20세기 최대의 비극이란 바로 유일한 문명, 유일한 체제를 강요하는 것이었다고 생각합니다. 그것이 바로 근대화와 자본주의 체제의 신념 체계였다고 보는 것이지요. 유일한 모델을 제시하고 그것을 강요하는 구조가 바로 청산해야 할 구조라고 생각해야 됩니다. 그게 바로 제국주의의 논리인 것이지요. 중국은 그들의 중화주의는 어디까지나 문화주의라고 강변하지만, 결국은 그게 바로 동(同)의 논리라는 것이지요. 흡수합병의 논리지요. 그것이 아무리 이상적 가치를 갖는 것이라 하더라도 획일주의적 지배 방식을 취하고 있는 한 그것은 새로운 것일 수 없는 것입니다. 패권주의적인 동(同)의 논리가 아닐 수 없는 것이지요. 다양성을 인정하고 다른 것들과의 공존을 승인하는 화(和)의 논리와는 결정적으로 다른 것이지요.

그런 점에서 저는 한반도가 새로운 패러다임의 발원지가 될 수 있다고 생각합니다. 한반도발(發) 대안이 가능하다고 봐요. 그것은, 남과 북이 평화적 공존의 틀을 만들어 낸다면, 불가능할 것도 없다는 것이 저의 생각입니다. 북이 남을 적화하거나 또는 남이 북을 흡수하려는 통일 방식이 바로 우리가 청산해야 할 낡은 패러다임입니다. 그것이 바로 배타적인 가치로 흡수합병하려는 동(同)의 논리이기 때문이지요. 현재 많은 논의에서 그 틀을 만들어 가고 있습니다만, 한반도의 평화와 공존의 구조는 분명 새로운 패러다임인 화(和)의 원리를 기조로 하고 있습니다. 남북은 각각 자본주의와 사회주의라는 20세기의 가장 전형적 모델을 고수하고 있습니다. 물론 남과 북은 종속적 자본주의와 전시공산주의라는 스펙트럼의 양극단에 놓여 있는 게 사실입니다. 그럼에도 불구하고 남북의 차이를 존중하고 그 차이를 다양성으로 승인하는 평화와 공존의 구조를 만들어 간다면 이것이 곧 새로운 패러다임이라고 보는 것이지요. 근대성의 존재론적 성격이 반성되면서 동서, 민족, 언어 등 다양한 문화가 각각 존중되고 평화롭게 공존하는 구조가 진정한 근대성의 극복이라고 보는 것이지요. 제국주의와 패권주의로 얼룩진 근대사를 청산하는 것이며, 이러한 과정에서 새로운 패러다임이 모색될 것으로 봅니다.

우리나라 5천 년 역사를 돌이켜 보면 5천 년 동안 한(韓)민족이 비록 대륙을 지배하는 강성 국가는 아니지만 그런 대로 민족 동질성을 지니고 살아남을 수 있었던 것은 두 개의 축(軸)이 있었기 때문이라고 합니다. 이를테면 한민족의 세계와의 관계 방식에서의 두 개의 축입니다. 그 하나는 주체성(主體性)입니다. 민족의 내부 결속과 단결을 통하여 주체성을 강화하는 방식이었다고 보여집니다. 그리고 다른 또 하나의 축은 개방성(開放性)입니다. 외부 세계와의 관계를 확대하여 변화를 수용하는 개방성이라고 할 수 있습니다. 한민족은 5천 년 동안 세계와의 관계에서 이 두 가지 축으로 대응했다고 봐요. 그래서 고구려와 고려 같이 외부 세계와 긴장 관계를 유지하면서 주체성을 강화하는 시기가 있었는가 하면, 반대로 신라와 조선조 같이 외압이 강할 때는 어쩔 수 없이 문호를 개방하는 방향으로 나가기도 했지요. 그런데 이 주체와 개방이라는 두 개의 축은 각각 모순이 있었다고 봐요. 주체성을 축으로 했을 경우에는 민족의 정체성은 지킬 수 있었지만 결과적으로 세계로부터 고립되고 정체될 수밖에 없었던 반면에, 개방화의 경우는 당나라의 지배하에 있었던 통일신라와 결국 식민지로 전락한 조선조 말의 개화의 예에서 나타났듯이 개방성이 문화의 발전과 성장으로 이어질 수 있었지만 역설적이게도 개방화는 식민지화, 종속화로 이어질 위험성이 있었거든요. 그래서 이 두

축을 적절하게 조화시켜 나가는 지혜가 우리 민족에게 주어진 역사적 과제라고 할 수 있다는 것이지요. 이러한 관점에서 본다면 지금의 남북 분단이라는 구조도 이데올로기적인 냉전 구조라기보다는 한민족이 살아온 두 개의 축이 남북으로 외화(外化)돼서 나타난 측면을 인정해야 된다고 봐요.

주체와 개방으로요.

북한의 경우에는 주체성을 강화하면서 오히려 고립과 정체를 면치 못했다면, 남한의 경우는 개방을 통해서 문화적·물질적으로 성장한 반면에 민족의 주체성을 잃고 종속화되어 있다고 할 수 있는 것이지요. 남북이 화(和)의 원리를 기초로 하여 공존과 평화 구조를 만들어 낸다면 이러한 두 개의 축을 적절히 구사하는 민족 전략이 가능하다고 할 수 있지요. 이러한 과정은 민족사적 과제이면서 동시에 새로운 패러다임을 창조하는 문명사적 과제와 연결된다고 봅니다. 그런 점에서 한반도발(發) 대안이 불가능하지 않다고 할 수 있는 것이지요.

분단의 극복 과정이라는 것은 이를테면 한편으로는 미국 중심의 일극적 지배 체제로부터 벗어나는 과정이어야 한다고 생각하고요. 그것은 아까 말씀하셨듯이 남북 간의 교류를 통해서 이뤄져야 겠지요. 그것이 세계사적으로 유례가 없는 과정이긴 합니다만, 이를테면 독일은 서독 헤게모니로 통일이 되고, 베트남은 전쟁 방식으로 통일이 됐으니까, 우리가 남아 있는 유일한 분단국가로서 그

둘의 단점을 반복하지 않는 통일 과정을 이루어야겠죠. 그 과정이 그냥 고립된 게 아니라 미국의 영향력으로부터 남한은 빠져 나오고, 북한은 또 그 영향력에 포섭되지 않으면서 동시에 개방이라는 세계적 추세와 접맥되는 그런 과정이어야 한다고 생각합니다. 우리가 분단 극복 얘기를 하면 일부에서는 마치 국가주의나 민족주의에 들린 것처럼 생각하는 일부 경향이 있는데, 저는 일단 민족 단위로 사유해야 한다는 원칙이 중요하다고 생각합니다. 왜냐하면 분단 체제라는 것은 남과 북에 각기 다른 민족국가가 존재하는 것인데, 그것을 통일적으로 사유하려면 하나의 민족 단위로 생각해야 되는 것이죠. 그런데 그것은 단지 과거의 테제처럼 자주적 민족국가를 건설한다는 그런 좁은 의미는 아니고요. 지금으로서는 적대적으로 분단돼 있는 상태를 극복하고 비적대적이고 평화적이면서 동시에 동(同)으로 흡수되지 않는, 그러면서도 일정한 주체성은 지키는, 이걸 만드는 과정 자체가 바로 세계 체제에 틈을 만드는 과정이라는 생각이 듭니다. 동북아에서 예상되는 미국과 중국이라는 강대국들의 새로운 충돌의 지형 속에서도 그 충돌이 그냥 적나라하고 야만적으로 흐르지 않는 하나의 완충지대를 만들어 내면서 동시에 양극화되지 않는, 다극적인, 또는 다극이라는 말이 이상하다면 선생님의 말씀대로 화(和)의 형태를 세계사적 지형 속에서 자리 잡게 하는 그런 가능성이 우리의 분단 극복 과정에 있어야 된다고 생각합니다.

그 가능성을 전망하는 것도 필요하고, 또 그것이 쉽지 않다는 것도 우리가 승인해야 되겠죠. 그래서 지금부터의 남북 통일 과정 또는 동북아의 정세, 이것은 우리로서는 민족적 과제이면서 크게 보면 세계사적인 의미마저도 읽어 낼 수 있는 굉장히 중요한 지점이고 중요한 시기라고 저는 생각합니다.

거기에 이제 조심스럽게 한반도발(發) 대안에 갈음하는 어떤 것이 있지 않을까 하는 생각이 듭니다. 지금 이라크 전쟁이 있었고 한반도가 또다시 세계사의 초점이 되고 하는 것이 위기이고 굉장히 괴로운 일인데, 동시에 그것을 또 기회로 전환해야 한다는 것은 순전히 남북한 민중들의 역량이기도 하고, 참 지혜로워야 한다는 생각이 듭니다.

그런데 지금까지 우리 역사를 돌이켜 보면 개인적으로는 좀 회의적이에요. 왜냐하면 한 사회나 국가의 모순이 적정한 선에서 해결되고 바뀌는 게 아니라 그 모순이 끝까지 가고, 또 같은 모순을 반복하는 모습을 우리 역사를 통해서 보아 왔거든요.

그렇게 모순이 끝까지 가는 게 문제입니다. 대개 모순이 해결되는 경우는 없고 실현되는 경우가 많죠.

그래서 『논어』에서도 '곤이부지'(困而不知), 곤경을 겪고서도 알지 못하는 걸 하지하(下之下)로 보잖아요. 한 개인에 있어서도 그렇습니다만 인류사의 도처에서 그러한 현상이 빈번히 목격되지요. 그런 점에서 한반도 사태도 바로 그런 곤경의 극점까지 가기 전에 해결되는 것이 쉽지 않은 일이라고 봐요.

'곤이지지'(困而知之)만 해도 괜찮을 텐데요.

물론입니다. 그러나 '곤이부지'가 역사의 현실이 아닐까 하는, 그런 느낌을 떨쳐 버리기가 어렵지요.

그런 인식 자체, '이게 중요한 거다'라는 인식을 우리가 가지고 많은 사람들이 공유하는 것이 참 중요한 것 같습니다.

그래서 이 얘길 하는 이유도, 탁상의 가운데에 현재 상황만을 올려놓아서는 안 된다는 것입니다. 역사적인 전개 과정 속에서 보자는 것입니다. 마찬가지로 앞으로의 한반도발(發)이든 아니든 그 미래의 담론이 어떤 방향으로 전개될 것인가에 대해 열린 생각을 가지고 현재를 논의해야 된다고 봐요. 그렇기 때문에 미국 중심의 사고, 또 현재 우리나라에 형성된 완고한 토대에서의 보수 구조, 이런 것들을 불변적인 조건으로 사고하면 안 된다는 것이죠. 그래서 역사적인 관점, 또는 열린 미래지향적 관점, 또는 여러 가지의 변화 가능성, 이런 것들을 종합적으로 논의하는 게 필요하다는 얘기죠.

이라크 전쟁 이후, 이라크로부터 한반도에 이르는 위기의 흐름에 대한 얘기는 많이 이루어진 것 같습니다. 그리고 한반도가 대안이 될 수 있는가에 대한 말씀도 해 주셨고요.

그것도 그렇게 될 수 있다, 없다가 아니라 우리에게 그렇게 만들어 가야 할 책무가 있다고 얘기해야 되겠죠.

21세기 인류는 무엇으로 사는가

선생님의 개인사적 역정도 그렇습니다만, 이를테면 마르크시즘
이라든지 근대주의적 발상에 한동안 묶여 있다가 근래에는 일종
의 탈근대적 상상력이 필요하게 되었는데요. 우리가 갇혀 있는 근
대로부터 이탈이라고 할까요, 그 바깥에서 사유해야 한다는 필요
도 제기되고 있는데, 선생님은 젊은 시절에 ― 경제학이라는 것 자
체가 그렇습니다만 ― 근대적 사유의 세례를 받으셨다가 그것 때
문에 고생도 하셨고, 최근에는 동양고전을 많이 읽으시는 걸로 알
고 있습니다. 동양고전이 얼마나 탈근대적인가는 또 따로 얘기해
야 하겠습니다만, 일단 두루두루 동서양의 전반적인 큰 사유들을
접하시면서 도대체 21세기에 산다는 게 무엇인가에 대해 선생님
이 지니고 계신 지혜를 나누어 받고 싶은 욕심이 있는데요.
　우리는 얼마 전까지 근대성이라는 문제를 가지고 계속 논의를
해 왔습니다. 즉, 근대라는 게 뭔가, 지금은 근대를 벗어났는가, 포
스트 근대인가 아니면 포스트 근대로 가는 과정인가, 만약 근대
이후라고 한다면 지금의 세계사는 무엇인가, 이런 것에 대해서 먼
저 말씀을 듣고 싶고요. 그리고 거기서 살고 있는 우리의 정체성
은 무엇인지, 그 정체성은 앞으로 어떤 식으로 변화해 나가는 것
이 바람직한 것인지, 이런 말씀을 좀 편하게 해 주시지요.

이른바 21세기 담론, 새천년 담론이 무성했던 게 벌써 엊그제 잖습니까? 그러한 담론들을 접하면서 저는 과거와 미래에 대한 우리들의 일반적인 관념이 잘못돼 있다는 것을 깨달았어요. 대부분의 새천년 담론에는 시간을 강물의 형상으로 이해하는 그런 의식 구조가 있었어요. 예를 들면 과거로부터 시간이라는 강물이 흘러와서 현재를 거쳐서 미래로 간다, 아니면 최근에는 시간의 강물이 미래로부터 흘러온다는 의식 구조를 보여주고 있지요. 새로운 미래란 하이테크의 급속한 발전과 관련된 그런 전망이거나 세계화와 관련된 것인데, 시간의 강물이 미래로부터 다가와서 현재를 거쳐서 과거로 흘러간다, 이런 구조를 하고 있거든요. 그래서 우리가 근대란 도대체 뭐고 우리가 지금 살고 있는 시점의 역사적인 의미가 뭐냐고 얘기할 때 아주 혼란스럽지요. 최근에 미래로부터 온다, 새로운 지구촌, 새로운 제3의 물결이 지금 밀려오고 있다, 우리는 그걸 맞이할 준비를 해야 된다 등등의 담론들은 결국 우리가 지금 갖고 있는 걸 모두 무장해제해야 된다는 결론으로 떨어지는 것이지요. 지극히 위험한 의식 구조가 아닐 수 없어요. 이러한 의식 구조는 권력은 식민 모국에 있고 모든 변화는 식민 모국으로부터 온다는 피식민지의 보편적인 의식 형태이긴 합니다만, 현 단계에서 중요한 문제는 이러한 의식 구조가 세계화와 신자유주의에 대한 투쟁의 세계화와는 정반대 방향을 가리키고 있는 것이지요. 새삼스런 논의를 다시 거론하는 까닭은 새천년의 담론이 숨기고 있는 이러한 도착된 의식 구조의 본질을 놓쳐서는 안 된다고 생각하기 때문입니다. 주류 담론의 본질은 완고한 보수적 구조를 은폐하고 급속한 변화의 이미지를 의식화하기 위한 것이라고 해야 합니다.

최근에 나온 『더불어숲』이라는 책이 세계 기행에 관한 책이거든요. 제가 세계 기행을 시작하면서 제일 첫 기행지로 선정한 곳이 스페인의 이베리아 반도 제일 끝에 있는 우엘바라는 항구였어요. 왜 이름도 없는 항구를 찾아갔는가 하면, 거기가 콜럼버스가 1492년에 출항한 항구였기 때문이에요. 물론 자본주의는 그 이후에 산업혁명을 거쳐서 아주 지배적인 사회 체제, 경제 체제가 되시만, 저는 콜럼버스가 신대륙에 도착─발견이 아니라 도착이죠─한 것을 근대의 시작이라고 봐요. 저는 나중에 잉카, 마야의 현지를 찾아가서 참혹한 역사를 다시 목격하게 되었습니다. 피사로와 코르테스를 필두로 하는 식민주의자들이 1,600만 명의 원주민들을 학살했어요. 그리고 그뿐만 아니라 아프리카에서도 그만한 숫자, 1,600만의 흑인들을 그야말로 사냥해서 노예로 끌고 갔던 그런 비극의 역사가 바로 그 지점에서 시작됐다는 인식이 있었기 때문에 거기를 찾아간 것이지요. 그래서 저는 15세기의 우엘바에서 21세기의 바그다드에 이르기까지의 세계 역사를 아울러 근대라고 규정할 수 있다고 보고, 비록 근대성이라는 것의 여러 가지 현상·형태는 달라졌을지 모르지만 그 본질에서는 별로 변화가 없다고 봐요. 그래서 저는 그 근대성을 청산하는 일이─그것이 방금 말했던 한반도발(發)이든 중국발(發)이든─새로운 세기가 시작되는 시점이라고 보고, 그 마지막이 바로 미국 패권주의와 운명을 같이하지 않을까 하는 전망, 전망이라기보다 오히려 소망을 가지고 있어요.

그런데 근대라는 것이 기본적으로 자본주의이고 자본주의라는 것은, 저는 철학적 개념으로 표현한다면 존재론(存在論)적인 패러다임이라고 봐요. 세계는 무수한 존재로서 구성되어 있고, 각 개별적 존재는 자기 존재를 배타적으로 강화하는 운동을 한다, 그 존재가 개인이든 기업이든 국가든 기본적으로 이기적이고 배타적 존재이다, 배타적으로 자기를 강화하려는 존재성들 간의 충돌을 사회계약이라는 제3의 국가 권력에 위임해서 최소화해 내는 것이 근대 국가의 형식이고, 서구의 기본적인 패러다임이다, 저는 그렇게 생각합니다. 이러한 강철의 논리가 외부로 표현되는 경우 그게 식민주의로 나타나고, 제국주의로 나타나고, 또는 초국적 금융자본으로 나타나기도 하지요. 이러한 존재론을 자기의 운동 원리로 하는 근대사회의 전개 과정에서 과연 인류가 공적(公敵)으로 삼았던 소위 BIG 5, 빈곤·질병·무지·부패·오염, 이 다섯 가지의 공적을 과연 해결했는가? 저는 해결하지 못했다고 보거든요. 하나하나 설명할 시간이 없습니다만, 근대사는 수많은 강국(强國)들을 만들어 냈지만 사회의 본질인 인간관계 그 자체는 여지없이 황폐화하였습니다. 인류의 공적을 해결하기는커녕 수많은 전쟁과 살육과 인간성의 파괴를 동반한 근대사는 비극의 역사였습니다. 근대를 넘어선 새로운 패러다임을 지향한다는 것은 역사적 필연의 문제라고 생각합니다.

저는 해방 이후 세대이기 때문에 주로 서양적인 사고로 교육된 그런 멘탈리티를 가지고 있거든요. 우리 신화는 모른 체

그리스 신화부터 읽은 세대니까요. 또 한글세대이기도 하고요. 교도소에 들어가서 비로소 내가 갖고 있는 그런 멘탈리티의 식민성을 극복하기 위해서 동양고전을 읽어야 되겠다고 생각했어요. 다행히 또 좋은 선생님과 함께 생활하는 행운도 누렸다고 할 수 있습니다. 고전을 읽는 과정에서 서구적인 존재론과는 다른 패러다임이 동양학 속에 풍부하게 내장되어 있다는 것을 깨닫게 되었지요. 그게 제 개념 표현으로는 관계론적 패러다임(Relation-centered Paradigm)입니다. 근대사회의 존재론적 패러다임(Substance-centered Paradigm)과는 전혀 다른 원리입니다. 세계는 배타적인 존재의 집합이 아니라는 것이지요. 이 자리에서 자세하게 이야기하기는 어렵습니다만, 물질이든 생명이든 궁극적 존재는 존재가 아니라는 것이지요. 예를 들면 원자물리학의 표준 모델에서 설명하는 바에 따르면 쿼크(quark)는 혼자서 존재하지 못해요. 존재는 존재할 수 있는 가능성으로서, 존재할 수 있는 확률로서 존재하는 형식이거든요. 예를 들면 불이 자기 혼자 존재할 수 없는 것과 같다고 할 수 있지요. 생명도 마찬가지입니다. 배타적으로 존재할 수 없는 것이지요. 생명의 단위인 세포는 철저하게 외부로 열린 시스템이거든요. 외부의 에너지나 물질과의 대사가 없으면 세포가 생명으로서 존재할 수 없는 것이지요. 환경은 물론이고, 다른 개체를 향하여 열려 있는 관계의 총체가 생명이고 물질이라는 것이 동양학의 핵심입니다. 불교의 연기론(緣起論)이 이를테면 그러한 사상을 잘 표현하고 있지요. 그래서 국가 간이든, 개인 간이든 이런 관계론적인 구조를 만들어 내는 것이 근대를 넘어서는 새로운 시도라는 것이지요.

사실 존재론적 논리가 우리들의 삶 깊숙이 침투해 있어요. 자녀 교육도 그런 존재론적 논리로 행해집니다. 다른 아이들과의 경쟁에서 이길 수 있는 강철의 논리로 교육하고 있는 것이지요. 개인이든 회사든 국가든 예외가 아닙니다. 심지어는 사회운동 단체들도 외부로부터 집단 이기주의라고 비판 받을 정도로 배타적이고 자기중심적으로 운동을 하는 것이 사실이지요. 우리 학교의 사회교육원 노동대학 과정에 있는 노조 간부들에게 연대(連帶)만이 희망이라고 이야기하지요. 관계론의 실천적 개념이 바로 연대라고 생각합니다. 연대와 관련하여 꼭 한 가지 이야기할 게 있습니다. 연대는 반드시 하방연대(下方連帶)라야 한다는 것입니다. 자기보다 약한 사람들과 연대해야 한다는 것입니다. 연대의 가장 상징적인 가시물(可視物)이 물입니다. 물은 낮은 곳으로 흐릅니다. 물이 가장 큰 바다가 될 수 있는 원리가 바로 하방연대에 있는 것이지요.

아래로 흐르면 큰 바다가 될 수 있다는…….

그렇습니다. 예를 들어 노동조합의 경우 연대는 여성, 비정규직, 해고자, 빈민, 농민 들과의 연대여야 합니다. 하방연대가 연대의 기본입니다. 왜냐하면 연대는 약한 자의 전략전술이기 때문입니다. 상방연대(上方連帶)는 흡수와 추종이기 십상이지요. 연대는 관계론의 실천적 개념이면서 현실적으로는 근대 구조와 정면으로 대결하는 것이기도 하지요. 그리고 연대는 우리 시대의 실천론으로서 매우 중요한 의미를 지닌다고 할 수 있습니다. 뿐만 아니라 공존과 평화의 원리라는 점에서 통일의 원리라고 할 수도 있을 것입니다. 특히 연대 문제는 이러한 실천의 중심을 이룰 주체 역량을 조직해 내는 기본적인 철학이라고 생각을 하죠.

근대성과 관련하여 너무 많은 이야기를 했습니다. 근대 청산의 과제가 그만큼 어려운 것이라는 반증이라고 생각할 수 있을 것입니다.

근대가 이제 단자론적 사고방식, 어떤 고립된 개별자들의 세계라는 기본적인 세계상에 근거해 있는데, 저는 근대의 이성의 발전이라는 게 한편으로는 공포로부터 사람이 벗어나는 과정이라고 생각하거든요. 그런데 그 공포로부터 인류가 충분히 벗어난 것 같지는 않습니다. 공포는 무지에서 오는 것인데, 사람과 사람 사이에 아직 충분한 이해가 부족하고 그 때문에 서로에 대한 공포가 여전히 존재하는 것 같습니다. 그런 면에서 본다면 선생님이 말씀하신 연대의 패러다임에는 그 공포를 넘어선 부분이 있는 것 같습니다. 내가 잘 모르는 사람은 무서운 존재가 아니고 나와 소통할 수 있는 존재라는 기본적인 인식 말이지요. 하여튼 저는 근대인을 지배하는 사유의 근저에 있는 공포감에서 벗어나는 게 하나의 출발점이 될 수 있다는 생각입니다.

사회적 공포의 발생은 인간관계가 파괴되어 있기 때문이라고 할 수 있습니다. 저는 인간관계가 지속적으로 작동하는 질서가 바로 사회라고 보거든요. 그래서 이 인간관계 자체가 없다는 것, 특히 자본주의가 만들어 낸 삶의 구조인 도시는 사실 인간관계의 황무지입니다. 공간 공동체, 마을이 갖고 있는 공간 공동체는 완벽하게 해체되었다고 할 수 있습니다. 심지어는 바로 이웃에 있는, 같은 공간 내에 있는 이웃끼리도 관계가 없습니다. 경계심을 가지고 낯선 사람을 만나면서 살아가고 있는 것이지요. 이처럼 열악하고 조악한 근대의 모습을 우리는 매일 직면하고 있습니다.

적대성과 공포를 재생산하는 구조.

그렇습니다. 그리고 또 과학의 발전이라는 것도 공포의 생산이지요. 이른바 상품으로서의 과학은 상품사회 고유의 자본축적 과정을 충실히 따릅니다. 인간의 복지를 만들어 내기보다 공포를 양산하는 구조로 발전하는 것이지요.

그런데 이를테면 마르크시즘의 최종 단계에서의 유토피아적인 상상력은 인간과 인간 사이의 선의·이해·관계, 이런 것들이 살아 있는 사회에 기초해 있다고 생각하는데, 거기에 도달하는 과정에서는 적대성에 기대고 있거든요. 그게 근대적 사유의 특징이기도 하구요 지금 선생님이 말씀하신 관계의 패러다임, 이것은 현존하는 유토피아라고 생각합니다. 그리고 근대 속에 모든 게 다 파동치고 들어 있다고 말씀하셨는데, 그렇다고 하더라도 저는 어떤 과정은 있는 거라고 생각하거든요. 그 과정 속에서 그런 관계론적

패러다임 자체가 어떤 식의 동력을 가지고 적대성이라든가 단자
화된 근대적 사유라든가 근대적인 존재론을 극복해 갈 수 있을까
요?

그래서 제가 스페인의 바스크 지역에 있는 몬드라곤이라고 하
는 이른바 생산자협동조합(Workers Cooperation)을 방문했었어
요. 사실 가서 보고는 상당히 실망했지만, 또 몬드라곤이 직면
했던 여러 가지의 난관을 이해할 수도 있었어요. 자본주의라고
하는 거대한 바다 속에 고립된 협농체, 아주 작은 조각배와도
같은 그런 협동체가 어떻게 존속할 수 있을 것인가. 이것은 매
우 어려운 숙제입니다. 그게 바로 우리가 방금 얘기했던 근대성
을 어디서부터 어떻게 극복할 것인가 하는 과제와 맞물려 있는
문제이지요.

'오래된 미래'라 불렸던 라다크도 지금 그렇지요?

네, 그렇습니다. 라다크는 새로운 패러다임의 가능성을 보여주
기보다는 그것의 소멸을 보여주고 있다는 점에서 그렇습니다.
이것은 일국 사회주의의 문제와 통하는 것이기도 합니다. 최근
에는 귀농, 생태마을, 유기농 등 여러 형태의 대안운동이 일어
나고 있습니다. 물론 이러한 시도는 매우 의미 있다고 생각합
니다. 특히 그것이 던지는 선언적 의미는 대단히 크다고 할 수
있습니다. 왜곡된 삶의 구조를 드러내고 지금까지 이야기한 근
대성을 성찰하고 그것을 넘어서는 실천적 과제의 일환이라고

할 수 있기 때문입니다. 그러나 아직은 사회의 실천적 전형을 담아내기에는 보편성이 미흡하다고 할 수 밖에 없습니다. 대중성과 보편성은 운동에서 매우 중요합니다. 그것은 이상주의적 목표로부터 우리의 관점을 현실의 구체적 실천 과정으로 끌어내리게 하는 것이지요. 선구자적 결단을 모든 사람에게 요구할 수 있는 것은 아닙니다. 우리들이 현실적으로 몸담고 있는 구조, 그리고 많은 사람들이 현실적으로 쉽게 접근할 수 있는 대상, 예를 들면 기업이든 또는 학교든 그 대상에서부터 시작해야 된다고 생각해요.

자본주의적 구조를 청산한다는 것은 결국 크게 두 가지라고 봐요. 하나는 결정권입니다. 무엇을, 얼마만큼, 몇 시간 노동으로 생산할 것이냐에 관한 결정권을 누가 행사하느냐에 따라서 사회 구조가 달라진다고 봐요. 그다음에 그렇게 생산된 물건을 상품 형식으로 할 거냐 말 거냐, 이 두 가지거든요. 이것만 바뀌면 저는 사회가 바뀐다고 봐요. 물론 이해관계가 적대적이기 때문에 결코 쉬운 과제가 아닙니다. 그러나 우리들의 의식 속에 들어와 있는 잘못된 이데올로기를 반성할 필요가 있습니다. 사회변혁운동에 흔히 '혁명'이란 이름을 붙입니다. 저는 이것이 매우 교묘한 정치적 조어(造語)라고 보지요. 물론 프랑스혁명과 같이 기요틴이라는 공포의 역사도 없지 않았습니다만, 그것을 현재에 그대로 이식하는 것은 분명 정치적 이데올로기라고 해야 합니다. 혁명은 굉장히 위험한 것, 무자비한 파괴와 살육을 동반하는 거대한 무질서라는 이미지를 이 조어는 담고 있는 것이지요. 통일이라는 단어에 담아 놓은 이미지도 마찬가지입니다. 통일은 굉장한 위험과 부담이 따르는 것이라는 의미를 담아 놓고 있습니다. 이러한 조어의 목적은 그 자체를 터부시하고 접근 자체를 아예 차단하기 위한 것이지요. 이러한 이데올로기적 포위 속에 우리가 있는 것입니다. 우리의 실천적 지반이 그만큼 열악하다는 것이지요.

그렇기 때문에 우리의 일상적 삶의 문제에서부터 문제 삼는 자세가 필요하다고 생각합니다. 일상적 문제이기 때문에 몬드라곤이나 라다크의 경우와 같은 수세 국면의 장기적 고립 상태를 배제할 수 없습니다. 그렇기 때문에 일상생활의 곳곳에 진지(陣地)를 만들어 내는 노력을 계속해야 한다고 생각합니다. 이러한 진지는 헤게모니를 장악할 수 없는 수세 국면에서는 역량을 지키는 보루(堡壘)가 되고, 객관적 조건이 성숙했을 때는 공격 거점(據點)이 되는 것이지요. 그리고 어느 경우든 생활상의 민주주의를 충실히 견지해야 함은 물론입니다. 민주주의에 대해서도 재론해야 할 부분이 많습니다만, 민주주의의 본질은 '정치 목적의 공유'입니다. 민주주의를 절차와 형식의 문제로 이해하고 있는 것이 오늘의 현실입니다만, 이것은 민주주의가 우민화(愚民化)의 도구로 전락한 것이라 해야 합니다. 진지와 생활상의 민주주의를 토대로 해서 주체적 역량을 키워 가야 하는 것이지요. 이러한 역량이 비축되어 있을 때 객관적 조건을 주동적으로 장악할 수 있지요. 근대를 넘어서는 노력이 앞에서 이야기했듯이 현실적으로 몸담고 있는 구조, 그리고 많은 사람들이 현실적으로 쉽게 접근할 수 있는 대상을 실천의 장으로 삼아야 하는 것이기 때문에 그렇습니다.

최근의 몇 가지 상황만 하더라도 우리는 준비되어 있지 않았기 때문에 여러 차례 기회를 잃었다고 할 수 있습니다. 경제적 자립(自立)과 정치적 주체(主體) 그리고 정신적 자존(自尊)에 대한 사회적 합의를 이끌어 낼 수 있었던 계기가 여러 차례 있었다고 할 수 있습니다. 아까도 이야기했듯이 곤이지지(困而知之)해야 했지만 기존의 구조를 보정(補整)하는 일에 급급했습니다. 문민정부가 출범할 때도 그렇고 IMF 사태 때도 그랬습니다. 결국 외국자본을 끌어들이는 것으로 문제를 해결했습니다. 해결이 아니라 오히려 구조를 허약하게 한 것이지요. 길게 이야기하기는 어렵습니다만 기어를 오프(off)할 수 있는 조건을 만들어 갔어야 했지요. 결과적으로 외국자본이 우리나라의 중요한 경제 부문을 장악하게 방조한 셈이지요. 세계화의 충실한 시녀였다고 할 수 있습니다.

　　최근 많은 활동가들이 힘들다는 하소연을 해요. 나는 그런 이야기를 들으면 그래도 우리 때보다는 어렵지 않다고 얘기해요. 왜냐하면 사회의 역량이란 객관적인 조건과 주체적인 역량으로 나누어 이야기할 수 있습니다만, 객관적 조건은 많이 언급한 것으로 하구요. 주체적 역량에 대해서 이야기하자면, 주체적인 역량을 보는 관점은 양적인 측면과 질적인 측면이 있어요. 대체로 역량을 양적인 것으로 이해하고 있습니다만 그건 잘못된 사고입니다. 1987년의 상황을 기억하고 그리워해요. 그러나 주체적 역량이란 그런 것이 아니거든요. 그런 기억에 연연하면 안 됩니다. 문제는 질적인 것이거든요.

　　역량의 질적 측면은 첫째로 각 부문의 역량들이 조직적 형태를 띠고 있는가, 비조직적인 우연적 형태로 있는가가 중요해요. 그런 점에서 본다면 우리 사회의 부문 역량들은 조직적 형태를 띠고 있어요. 노동, 농민, 교사, 환경, 빈민 등 조직적 형태를 띠고 있습니다.

두 번째는 각 부문 운동 역량들의 관계 형식입니다. 부문 운동 역량이 느슨한 연합 형식으로 관계하는가, 아니면 조금 발전된 연맹인가, 더 나아가서 전선(前線)인가, 파티(party)로서의 중앙을 가지고 있는가 하는 조직 수준이 중요한 것이지요. 그런데 이 점에서 매우 낮은 단계에 있는 것이 현재의 상황입니다. 각 운동 부문들이 아까 얘기한 그런 존재론적인 의식을 탈피하지 못하고 확실한 중앙의 구심이 없어요. 그래서 저는 하방연대로 존재론적인 집단 이기주의를 탈피하고, 부문 역량들을 조금 더 높은 형태로 조직화해 낸다면, 앞에서 말했던 역사적인 계기를 창조적으로 이끌어 갈 수 있는 주체 역량이 생긴다고 보고 있죠. 물론 그게 하루아침에 이루어지는 것은 아닐 겁니다. 러시아나 중국의 경험에서도 그러한 분립(分立)과 정파 중심의 시기가 상당 기간 지속되었지요.

그리고 반드시 이야기하고 싶은 것이 한 가지 있습니다. 긴 호흡입니다. 불과 얼마 전까지만 하더라도 전민항쟁 형식의 실천 모델이 있었던 것이 사실이지요. 바로 그 점과 관련된 것입니다만, 목표의 달성보다는 과정 그 자체가 의미 있는 걸로 만들어 내야 돼요. 목표 달성이라는 효율성에 따라 평가하려는 '도로'의 속성보다는, 그 목표에 이르는 과정 자체가 의미 있어야 한다는 '길'의 문화나 정서를 운동가들이 가지고 있어야 된다고 생각해요. 그렇지 않는 한 이른바 불가역적(不可逆的) 변화를 이끌어 낼 수는 없는 것이지요. 사람과 제도가 함께 가는 구도를 가지고 있어야 한다고 생각합니다. 그렇게 해서 구조 자체가 다시는 뒤집어지지 않는 불가역적 구조로 굳혀 나가는 실천 방식이 필요한 것이지요. 생활의 운동화보다는 운동의 생활화를 주문해야 합니다. 긴 호흡을 가져야 되지요. 우리들이 미처 깨닫지 못하고 있는 여러 가지 오류와 타성들을 반성할 필요가 있지 않나 생각합니다.

1960년대부터 70년대, 80년대까지 보면 대중적 기반 없이 지나치게 빠르게 구심화, 전위화되어서 첨예하게 기존 지배 권력과 충돌하는 방식의 운동이 지배적이었다면, 90년대 이후에는 그 반동의 결과인지 원심화 경향이 굉장히 강한 것 같습니다. 네트워크 이론의 영향인지 분산·원심 상태가 가장 바람직한 것처럼 돼 있는데요. 선생님의 말씀을 잘 이해했는지 모르겠지만 원심성과 구심성이 적절히 연결되는 것이 필요할 것 같습니다. 강령화되고 교조화된, 어떤 목적 아래 빠른 시간 내에 조직돼서 결론을 보고자 하는 방식이 아니고, 장구한 시간을 갖되 원심성을 충분히 확보하면서 동시에 원심성이 개별 분산성으로 흩어지지 않고 다시 구심화되는 수렴 구조가 이루어지는 형태의 운동 조직이랄까요. 특정한 정치 노선이 아니라 어떤 넓은 의미의 큰 틀에서의 네트워크랄까요. 그런 게 필요한 것 같습니다.

그렇습니다. 사회를 바꾸는 그런 네트워크를 만들어 내는 게 필요하죠. 우리의 삶이 바로 네트워크지요. 그런 점에서 네트워크의 과제는 삶 자체의 문제라고 할 수 있지요.

그와 관련해서 해야 될 이야기들이 참 많고, 또 선생님께 가르침 받고 싶은 이야기도 많지만, 그것은 다음 기회를 기대해야겠습니다. 오늘 말씀만으로도 너무 배운 게 많았습니다. 오랜 시간 좋은 말씀을 많이 해 주셔서 감사합니다.

가위와 바위, 그리고 보가 있는
사회를 꿈꿉니다

대담자 　　　이대근(『경향신문』논설주간)
일시·장소　　2006년 9월 28일 성공회대학교 교정
게재지 　　　『경향신문』'창간 60주년 특집 대담' 2006년 9월 25일

질풍노도와 같은 한국 사회 60년을 온 몸으로 살아 낸 신영복 성공회대 석좌교수의 깊은 사색과 성찰은 점점 한국인의 가슴에 파고들고 있다. 지난 25일 서울 구로구 항동 성공회대 교정에서 신영복 석좌교수와 『경향신문』창간 60주년 특집 대담을 했다. 더불어 살아가야 한다는 그의 삶의 철학의 진액을 『경향신문』독자들과 공유하기 위해서였다. 대담을 마치고 사진 촬영을 위해 연구실에서 교정으로 나올 때 "교정이 조용하고 정겹습니다"라고 하자 그는 "다른 대학과 달리 학생들끼리 서로 다 알고 지냅니다"라고 대답했다. 이것이 그가 생각해 온 '숲'(공동체)의 하나일지도 모른다는 생각이 들었다.

얼마 전에 콘서트를 겸한 정년 퇴임식이 세간에 화제가 됐습니다. 그 때문인지 이곳저곳에서 선생님을 모셔서 말씀을 들으려 하는데 선생님이 좀처럼 나서지 않으신다고 하더군요. 가끔은 사회적

발언도 해 주셔야지요.

　　　내가 말한다고 해서 내 말 들을 사람 아무도 없어요.(웃음)

해방공간에서 시민사회가 형성되고 있을 때 『경향신문』도 창간
됐습니다. 분단, 독재, 쿠데타, 민주화 과정은 창간, 폐간, 복간 등
굴곡 많은 『경향신문』의 역사를 닮았습니다. 『경향신문』은 그 하
나하나를 지켜보고 기록하며 오늘에 이르렀지요. 격동의 60년, 어
떻게 보십니까?

　　　『경향신문』과 격동의 우리 현대사가 60년 같은 시절을 보냈다
는 사실에 감회가 깊습니다. 흔히 60년이라고 하면 한 개인의
일생에서도 회갑이라 다시 뭔가 시작하는 에포크(époque: 신기
원)를 의미하죠. 지금 이 시점은 우리가 숨 가쁘게 겪어 온
60년을 다시 한 번 정리하고 깊은 성찰과 정리 이후에 시작해
야 하는 상황이 아닐까 합니다.

말씀하신 대로 60년은 하나의 끝이자 새로운 시작이라고 할 수 있
습니다. 인생으로는 회갑이지만 역사의 관점에서 한국 사회는 아
직 청춘입니다. 아직도 대립과 갈등, 방황과 번민의 시기를 지내
고 있는 게 아닌가 합니다. 좋게 말하면 한국적인 특질이자 장점
으로 볼 수도 있겠죠. '다이내믹 코리아'라는 구호가 바로 그런 발
상에서 나온 것 같습니다. 나이 60이지만 여전히 사춘기, 청춘기
인 한국 사회를 어떻게 보십니까?

현재도 과도한 대립과 갈등 구조가 남아 있습니다. 물론 이것이 언뜻 보면 그 사회의 젊음의 상징 같아 보이기도 합니다. 선진 유럽 사회처럼 사회적 이슈가 굉장히 가라앉아 있거나, 동남아 일부 국가처럼 사회 변화 동력을 어디서 끌어낼 수 있을지 모를 정도로 침체된 분위기와도 다르죠. 그렇게 한국 사회가 젊고 역동적인 것은 사실입니다. 그러나 그런 60년간의 역동과 갈등에도 불구하고 깊이 있는 변화를 이루지 못했어요. 그리고 대한민국이 48년 건국됐다고 신생 국가처럼 보이지만, 사실 한국은 굉장히 오랜 갈등 구조를 갖고 있습니다. 대한민국 권력 구조 핵심 세력은 그 이전 일제 강점기에도 상층부를 구성했습니다. 거슬러 올라가면 조선 말기에도 상층부였죠. 그래서 한국은 48년에 건국됐다고 볼 수 없습니다. 과열된 대립, 갈등도 단순한 사회 역동성으로 보기만은 어렵고요.

역사적 단절이 있었던 것 같지만, 지배 세력은 영속적이었다는 말씀이시군요.

지배 구조에 근본적 변화가 없었기 때문에 대립, 갈등이 과도한 형태로 표출되고 있지 않은가 여겨집니다. 60~70년대 운동적 사고에서는 극적인 변화에 대한 전망을 갖고 있었지요. 그런데 그게 사실은 굉장히 어려운 겁니다. 이제 사회 변화는 부단한 개편 과정의 연속이어야 한다는 결론을 받아들이고 있습니다. 여러 역사를 통해 보면 사회의 극적 변화란 것은 굉장히 관념적인 얘기예요. 실제로는 꾸준한 개편 과정의 연속을 추구해야 합니다.

근대화 담론이 무성합니다. 한국의 근대화가 어느 시점에서 시작됐는지, 단선적인 발전 개념으로 근대화를 봐야 하는지, 한국은 아직 근대화도 제대로 이루지 못했다거나, 탈근대로 넘어왔다거나, 백가쟁명입니다. 전통과 근대, 탈근대가 공존하는 '비동시성의 동시성'을 한국적 현상으로 규정하기도 합니다. 이는 모두 압축적 성장에서 모순이 하나하나 해결되기보다 중첩된 결과가 아닌가 합니다. 한국의 근대화에 무슨 문제가 있습니까?

제가 최근 주관해서 발간한 책에서도 근대성에 대한 성찰을 중심에 놓고 있습니다. 우리나라의 근대화 기획은 굉장히 오랜 역사를 가집니다. 조선조 후기 개화파부터 일제 식민지 시절도 근대화 기간이었다고 하는 분도 많고, 근대성을 진보 개념의 정형으로 놓고 추구하는 분도 있습니다. 물론 그 기간이 서구의 근대화보다는 압축적이기 때문에 비동시성의 동시성이라는 복잡한 개념이 동원됩니다. 어쨌든 근대화를 우리가 충분히 수용하고 우리 것으로 뿌리내리려는 노력이 필요합니다. 서구인들이 근대화에서 자부심을 갖는 부분은 봉건제의 억압 구조를 청산했다는 점, 개인 인권을 존중했다는 점입니다. 사실 근대화에는 상당한 합리성이 있어요. 이런 점들은 근대화를 통해서 수용하고 정착시켜야 할 가치라고 생각해요.
　다른 한편에서는 근대성에 대한 성찰을 강조하고 있습니다. 근대화란 건 자본의 논리가 관철되는 자본주의사회가 된다는 뜻입니다. 자본주의사회가 대내적으로는 독점화, 대외적으로는 패권주의 과정으로 나타났는데 근대사회, 자본주의사회의 존재론적인 패러다임이 지속 가능한가 하는 성찰이 있어야 합니다.

87년 노동자 대투쟁이 전개됐을 때 울산에서 권영목이라는 젊은 노동자가 부상한 적이 있습니다. 그는 최근 뉴라이트 운동에 동참, 신노동운동연합을 결성해 노사화합의 새로운 노동운동을 전개한다고 합니다. 그는 자신의 변화가 현실 사회주의권을 방문하고 나서 시작됐다고 하더군요. 감옥에서 마르크스주의 서석을 통해 배운 것과 다른 현실을 복격하고 생각을 바꾸었다더군요. 그뿐만 아니라 많은 인사들이 그랬습니다. 사회주의권의 몰락이란 대사건이 정말 인식의 대전환을 반드시 필요로 하는 그런 성격이었다고 보시나요?

저도 그런 의문을 갖고 있습니다. 우리의 변혁 운동 측면에서 현실 사회주의 붕괴가 갖는 충격은 굉장히 큰 걸로 이해합니다. 그 과정에서 하나 반성해야 할 것은 혁명과 변혁 운동은 지금까지 경험하지 못했던 질서, 모델을 실현시켜 나가야 한다는 것입니다. 프랑스 혁명이 대표적이죠. 굉장히 창조적인 상상력이 있어도 시행착오를 겪을 수밖에 없습니다. 반면 보수 진영은 이미 있던 사회 구조를 토대로 안정적인 주장을 할 수 있습니다. 변혁 지향적인 사람들의 이론과 실천에서 문제되는 것은 이상주의적 사고입니다. 어떤 이상주의적 모델을 상정하고 이 모델을 우리 현실 속에 실현해 내려는 기본적 구조를 갖고 있다는 거죠. 그래서 이상적 모델이 사라져 버리면 실천의 현장 감각마저 없어져요.

선생님이 감옥에 계셨던 20년은 한국 사회가 어두웠던 시간이었습니다. 20년간 바깥 사회가 더 감옥 같았고, 감옥에 계신 선생님은 자유롭게 사색을 하셨습니다. 감옥과 비감옥이 전도된 시대였다고나 할까요. '갇힌 자의 자유'에 관해 말씀 좀 해 주시지요.

어떤 단편소설을 읽었습니다. 거기에 이런 대목이 있어요. 감옥 접견 창구에서 접견하던 사람은 안으로 들어가고 안에 있던 재소자는 밖으로 나오는 장면이지요. 우리 사회 억압의 상황을 잘 나타냈죠. 저는 그(감옥) 속에 있으면서 참 많은 사람을 만났습니다. 제가 어디 가질 못하고 한 곳에 못 박혀 있었지만 감옥 아니면 만나지 못했을 우리 사회 여러 분야의 분들을 만났습니다. 특히 우리 사회에서 어둡고 힘들게 사는 사람 속에서 우리 사회를 바라보는 유력한 관점을 얻었지요. 그래서 전 그 시절을 저의 대학 시절이라고 명명합니다. 교도소도 우리 사회의 모순 구조와 동떨어진 공간이 아닙니다. 그것이 바로 우리 사회입니다.

검열 때문에 조그만 메모, 편지글을 쓰셨지요. 인터넷 시대와 비교하면 고전적인 글쓰기였습니다. 당시는 명실상부한 활자의 전성시대였습니다. 최근 한국 사회는 활자 문명의 위기, 신문의 위기를 겪고 있습니다. 사람들이 책, 신문 등 활자 매체를 읽지 않고 영상 시대의 빠른 변화에 적응하면서 전통적인 미디어로부터 자꾸 이탈해 가고 있습니다. 한때 우리는 세계에서 신문을 많이 읽는 사회로 손꼽혔는데 지금은 가장 빠르게 신문 안 읽는 사회가 됐습니다.

저야말로 그런 변화를 가장 극적으로 느끼고 심각하게 생각하는 사람입니다. 감옥의 사고방식이란 건 극히 제한된 정보를 가지고 뭔가 풀어내야 해요. 감옥 속 사고는 한마디로 굉장히 이론적인 사고입니다. 정보는 제로에 가까운 상황에서 논리적인 사고로 풀어 나가야 했기 때문이지요. 그런 것에 길들여져 있다가 출소 이후 엄청난 정보 홍수라는 상반된 환경에 놓여 혼란스러웠습니다. 결론은 정보 접근이 쉽고 빠른 환경 속에서는 오히려 감옥 속에서 가졌던 논리적이고 이론적인 사고가 필요하다는 것입니다.

좀 다른 얘기지만, 전 어떤 생각을 하다 멈춰서, '내가 무슨 생각을 하다가 이런 생각으로 건너왔지' 하고 되짚는 놀이를 좋아했어요. 소위 생각의 징검다리를 거꾸로 건너가는 놀이였죠. 감옥에서는 논리적인 생각 과정을 밟을 수 있었지요. 그런데 바깥에 나와서는 그게 안 됩니다. 두 단계쯤 역추적하다가 잊어버립니다. 논리적인 사고를 안 하고 이미지 사고를 해서 그렇습니다. 텔레비전, 영화의 사고는 논리가 아니라 이미지를 보여줍니다. 이런 사고는 한 개인, 한 사회의 사상적 구조를 와해시킬 수 있습니다. 복잡하거나 어려운 사고를 기피하는 현상, 문자·개념 사고에 서툰 환경은 결코 좋은 게 아닙니다.

현실과 가상현실의 구분이 어려운 인터넷 세상입니다. 인터넷은 선생님께 어떤 영향을 미쳤습니까?

처음 출소했을 때 잘 아는 후배가 386컴퓨터를 설치해 줬습니다. '보석글'로 원고를 쓰기 시작했어요. 처음엔 어색했죠. 팬 돌아가는 소리가 거슬리기도 하고요. 논리적 일관성이 없는 글도 빠른 속도로 쓰고 나중에 재편집하는 방식이 원고지 한 칸 한 칸 메워 가던 환경과 굉장히 달라 어색했습니다. 그러나 인터넷이 가진 넓이와 속도는 굉장한 변화라서, 사회 변화 운동과 결합하면 좋은 무기가 될 수 있다는 생각도 듭니다. 문제는 세상이 점차 사이버 공간, 판타지 세계, 소위 허위의식으로 빠져들 수 있다는 점입니다. 특히 자본주의의 사회 정서라는 것이 상품미학을 기반으로 하잖아요. 우리 삶은 땅을 딛고 탄탄하게 서 있어야 하는데, 땅에서 발을 떼고 허위의식 위에 놓이는 게 아닌가 걱정이 됩니다. 하지만 인터넷의 쌍방 소통에 의해 수용자 지위를 벗어나 적극적으로 참여할 수 있는 환경, 강력한 속도와 넓이는 긍정적인 사회 변혁 무기이기도 하지요.

최근 인문학 위기론이 확산되고 있습니다. 그러나 한국의 인문학은 과잉이라는 반론도 있습니다. 지금 거품이 빠지고 있다는 얘기죠. 인문학이 사회과학, 자연과학의 경계를 넘어서 새로운 세대에서 활용될 수 있도록 하는 노력이 부족했다는 지적도 있습니다.

저는 인문학 위기를 그동안 신자유주의로 대표되는 과도한 경제주의적인 사고, 가치를 향해서 질주해 왔던 과정 속에서 나타난 위기라고 생각합니다. 전 오히려 인문학 내부의 문제라기보다는 현대자본주의가 금융 자본주의라는 지속성이 의문시되는 과정으로 전환되면서 사활적으로 진행하는 경쟁의 국제질서가 우리 삶의 근본 가치를 거의 간과한 데서 근본 이유를 찾을 수 있다고 봅니다. 그 점에서 우리에겐 인문학적인 가치를 지키기 위한 노력이 필요합니다. 경제가 발전하고, 국제 경쟁력을 키우는 게 왜 필요합니까. 궁극적으로 잘살기 위해서입니다. 다만 인문학지들의 학세적 노력이 부족했던 점, 고전적인 카테고리에 안주한 점은 반성해야 한다고 생각합니다. 인문학 위기의 또 다른 원인으로 신자유주의 현대자본주의 질서를 들 수 있습니다.

외환위기 이후 신자유주의가 개혁의 이름으로 급속히 들어왔습니다. 그러나 그 결과 뒤로 물러서 있던 자본이 발언을 하기 시작하고, 전 사회에는 시장 숭배가 급속히 확산되었습니다.

서구 근대화 과정을 보면 처음엔 주로 절대왕정이 시장주의를 뒷받침했습니다. 시장 논리가 과거의 봉건적인 규제 논리를 극복해 나가는 과정에서 자유주의가 발전했죠. 이 점에서 시장주의는 민주적이고 평등한 원리를 갖고 있습니다. 그러나 자본 권력이 오히려 국가 권력을 견제하고 적극적으로 여러 가지 프로그램에 개입하는 식의, 국가 권력과 대등하거나 오히려 영향을 주는 시기가 되면 시장 원리는 사회 지배 이데올로기가 됩니다. 또 시장은 근본적으로 민주, 평등의 공간이 아닙니다. 왜냐하면 등가(等價)로는 교환이 이뤄지지 않기 때문입니다. 시장에 일임하기보다는 생산자와 강자가 자기 이해를 관철하는 불공정성을 규제해야 합니다.

우리 사회에 시장주의가 확산되면서 경쟁력이 미덕인 사회가 됐습니다. 경쟁을 강요하면서 강한 자는 선이요, 약한 자는 악이 되어 버렸습니다.

경쟁은 현실이라고 생각합니다. 우리 사회에서 경쟁력을 강화하지 않으면 국가의 경제적인 재생산 자체가 지속되지 않을 정도로 경쟁은 절실합니다. 그런데 경쟁이라는 드라이하고 삭막한 논리가 우리 삶에 모두 들어오는 건 문제입니다. 삶은 사람을 만나는 것이고, 행복이란 것도 사실 소유나 소비에서 오기보다는 사람들로부터 오는 애정과 신뢰, 사람과의 만남에서 오는 것이 진정하다고 생각합니다. 이런 것들까지 시장 논리, 경쟁 논리에 매몰되는 건 심각한 일입니다.

한국 현대사 60년을 돌아볼 때 빠질 수 없는 존재가 미국입니다. '미국 없는 한국'은 생각할 수조차 없게 되었습니다. 한국 사회에서 미국은 어떤 존재입니까?

미국의 영향력은 사회 각 분야에서 완성된 단계입니다. 일본 식민지는 36년인데, 해방 이후 미국의 영향력 행사 기간은

60년입니다. 현재 국내 정치 권력 구도도 미군정 때 재편된 구조를 토대로 하고 있다고 봅니다. 경제 구조도 그 당시 수출 주도형 구조가 지금까지 지속돼 왔고요. 미국의 영향력이 완성 단계라고 보는 이유는 사회의 엘리트 재생산 구조가 거의 미국 의존형이기 때문입니다. 어려서 미국 가서 학습하고 다시 돌아와 우리 사회의 영향력 있는 자리에 오르는 코스를 거칩니다. 요즘은 조기 유학은 물론 아예 거기 가서 아기를 낳기도 하죠. 우리 사회가 미국적 사고에 너무 깊이 포섭돼 있어요.

좌우 대결, 세대 격차, 지역 갈등 등 한국 사회의 갈등 구조는 복잡합니다. 그 때문에 충분히 타협 가능한 이견을 놓고도 죽자 사자 격렬한 대립을 합니다. 한국 사회의 변화는 항상 이렇게 폭력적이고 갈등적이어야 하는가요. 자연스럽고 지속적인 변화, 조용한 혁명을 할 수는 없는 건가요?

어느 사회에나 대립과 갈등은 존재합니다만, 표출되는 방식이 감정적이고 극단적이라는 것이 문제입니다. 우리 사회의 근본적인 개혁이 낮은 수준에 머무르고 있다는 점도 있지만, 저는 이 모든 문제가 우리 사회에서 많은 사람들이 진심으로 신뢰하는 신뢰 집단이 없다는 데서 비롯됐다고 봅니다. 전 학교에 있지만 대학, 제도 정치권, 언론, 사법, 자본 등 우리 사회 모든 분야에 대한 일반인들의 신뢰가 낮습니다. 신뢰 집단이 없는 상태에서는 자기와 대립한 사람들에 대한 불신을 드러내야 자기의 신뢰를 얻을 수 있습니다. 가위, 바위, 보에서 가위와 바위밖에 없으면 바위를 차지하려고 극단적인 대결을 벌입니다. 보가 중간에 있어야죠. 신뢰 집단을 구성하려는 노력을 해야 합니다.

선생님께선 숲을 많이 말씀하시는데요 저는 그걸 공동체로 해석합니다. 숲에는 작은 나무, 큰 나무가 다 있고, 미운 나무, 고운 나무도 있습니다. 그 하나하나로는 부족하지만 전체는 아름답지요. 그래서 숲은 다양성, 차이, 관용이 있어야 하나의 아름다운 공동체가 된다는 점을 가르친다고 봅니다. 선생님에게 숲이란 단어는 어떤 의미가 있습니까?

개인이 반성해야 할 부분은 머리입니다. 기존 지배 이데올로기를 학습하고 포섭해서 수용하는 형식으로 자기의식이 결정됩니다. 그 의식을 성찰해서 자기 주체 의식으로 만드는 것이 중요합니다. '쿨 헤드'(차가운 머리)를 '웜 하트'(따뜻한 가슴)로, 즉 인간적으로 완성해 내는 게 필요합니다. 머리에서 가슴까지는 '롱기스트 저니'(longest journey: 가장 긴 여행)입니다. 이성과 감성이 조화된 개인은 나무입니다. 전 삶의 현장으로서의 숲 개념을 갖고 있습니다. 숲은 다양성입니다. 화폐적 가치라는 단일한 가치 중심으로 모든 것을 질적으로 동질화하는 근대성에 대한 성찰의 화두로 숲을 내세웠습니다. 다양성과 차이를 존중하고, 강한 나라와 약한 나라, 전(前)자본주의와 비(非)자본주의도 공존하는 질서가 진보한 문명의 형태입니다.

또 저의 숲은 안토니오 그람시의 '진지론'(陣地論)과 같은 의미입니다. 그람시는 완고한 유럽 보수주의 벽 앞에서 아픔을 가졌던 사람입니다. 진지를 만들어서 버티자는 얘기에는 도처에 숲을 만들어서 힘도 기르고 그 속에서 인간적 가치를 위로하는 공간을 만들자는 실천적 의미도 있습니다. 숲은 근대성의 패권적 논리를 성찰하는 문명 개념으로 쓰이기도 하고, 우리 사회의 인간적이고 진보적인 사고를 키워 내는 진지의 운동론적 개념으로 쓰이기도 합니다.

'숲' 운동을 사색과 학문적 활동에 가두지 말고 사회운동으로 바꿀 생각은 없으십니까?

내가 직접 운동하기보단 그러한 철학과 방법론에 공감하는 분이 해 주셨으면 합니다. 『경향신문』도 아름다운 숲이 됐으면 합니다.

최근 선생님의 화두는 무엇입니까?

최근 1~2년 사이 성찰성을 화두로 잡고 있습니다. 붓글씨로 돌이킬 성(省)을 쓰기도 합니다. 반성이 한 개인의 행동을 돌아보는 것이라면 성찰이란 자기가 빠져 있는 우물 자체를 조감하는 것입니다. 거시적인 반성 개념이죠. 해방적 개념으로서의 성찰을 지속적으로 고민하고 있습니다. 교육도 결국 개인의 성찰성을 높여 주는 것이 궁극적인 목표가 아닐까 합니다. 한 사회의 문화도 성찰성 있는 문화가 돼야 하고, 경쟁이나 질주보다는 성찰하는 문화가 있는 사회가 돼야 하지 않을까 합니다.

가벼움에 내용이 없으면 지루함이 됩니다

대담사   탁현민(공연연출가·성공회대 교수)
일시·장소 2007년 9월 28일 홍대 앞 카페
게재지   『한겨레』 '매거진 Esc' 2007년 10월 3일

선생님, 제일 최근에 하신 대담은 어떤 분과 하신 건가요?

한홍구 선생과 했을 거예요. 그 전에는 정운영 논설위원과 했고. 그러다 보니 대담 성격이 조금 무거웠지요. 그런데 오늘은 사진부터 시작해서 홍대 앞에서의 대담이라 한결 가벼운 마음입니다.

그러니까 정운영, 한홍구, 탁현민이라는 말씀이시죠? 대담 상대자로서 너무 뿌듯하고 행복해요. 선생님이 보시는 이 홍대 앞 공간은 어떤 느낌이세요?

지금 시간대가 홍대 앞이 살아나는 시간대가 아니어서 진면목을 만나기는 어렵지만, 그래도 젊은이들이 많아서 내 일상적인 공간과는 확실히 달라요.

사실 홍대 앞을 대담 장소로 선택한 이유는 언제부턴가 20~30대 세대의 문화 공간이라는 게 압구정과 청담동을 중심으로 한 소비 주의적인 공간이 만들어졌고, 거기에 대한 대안 같은 의미로 홍대 앞이라는 공간이 포지셔닝되었기 때문입니다. 압구정, 청담이 소비가 최고의 미덕인 곳이라면, 이곳에서는 많이 달라지긴 했지만 아직은 자생적인 문화 활동이 이뤄지는 편이죠. 소비와 창조 이 극단의 젊은이들의 문화나 세태에 대해 어떻게 생각하세요?

내게는 강남과 청담동, 그리고 홍대 앞 문화의 큰 차이가 잘 느껴지지는 않아요. 대신 우리 사회의 급속한 변화는 분명히 느끼죠. 이런 공간에서는 젊은이들의 생각이나 정서 같은 것들을 읽을 수 있으니까요. 홍대 앞은 가끔은 와서 참여해야 하는 공간이라고 생각해요. 홍대 앞의 변화 그 자체를 이해하기 힘들다고 해서 거부하는 태도는 잘못됐다고 생각하죠.

그동안 선생님께서는 관계나 소통, 대화의 필요성과 회복을 강의나 책 등 여러 가지 형태로 말씀해 오셨습니다. 오늘날 우리 사회의 관계, 소통, 대화의 현실을 어떻게 보고 계세요?

오늘날 대화는 굉장히 많아졌어요. 속도도 빨라졌고 댓글이나 매스미디어 등을 통해 넓이도 확장됐죠. 우리는 굉장히 많은 대화와 소통이 이루어지는 문화에 살고 있어요. 그런데 '과연 진정한 대화인가'에 대한 회의를 갖게 돼요. 오늘 아침에 소크라테스를 읽었어요. 소크라테스가 흔히 '너 자신을 알라'라고 하잖아요. 너 자신을 알라는 게, 대화는 다른 사람이 아닌 자기 자신에게 하는 말이어야 한다는 의미로 읽었어요. 광범위한 대화, 급속한 대화 속에 있지만 대화와 소통이 부재하다는 막연한 느낌은 자기와의 대화가 없고 다른 사람을 향한 대화만 있기 때문이지요. 그래서 대화의 기제가 있음에도 인간적인 대화가 없는 것은 아닌지, 아침에 소크라테스를 읽으면서 생각했어요.

아침에 소크라테스라니, 역시 선생님 대단하세요. 저는 아침에 못 일어났는데요. 대화 자체가 굉장히 많아졌다는 선생님 말씀을 듣고 보니 그런 것 같기도 한데요. 요즘 보면 두 종류의 책이 유난히 많이 나오는 것 같아요. 연애 쪽 기술을 다루는 책들, 또 말의 기술이나 대화법을 다루는 책들이요. 연애의 기술을 다룬 책들이 쏟아지는 이유가 본질적으로 사랑을 잃고 사는 시대의 방증이라는 생각을 하곤 하는데, 말이나 대화의 기술에 관한 책들이 쏟아지는 이유도 결국 소통의 답답함이나 대화가 부족한 시대의 요구 때문은 아닐까요?

개그나 가벼운 대화 같은 것들이 뭔가 보이지 않는 억압으로부터의 탈출과 관련이 있다고 봐요. 지금 사회의 억압·지배 구조는 과거의 물리적인 지배 구조와는 다르죠. 개인이 억압 구조를 느끼기는 하지만 구체적으로 설명하지는 못해요. 가벼운 대화가 대화라기보다는 억압 구조에서 탈출하려는 개인의, 자기에게 다가오는 무게에 대한 저항이라고 생각해요. 또 하나는 시장화죠. 시장은 단 하나의 가치를 중심으로 돌아가는 시스템이잖아요. 화폐가치와 그에 따른 이해관계죠. 이해관계를 중심에 놓은 대화는 충돌일 수밖에 없어요. 여기에서 오는 피곤함에서 탈출하려는 게 가벼운 기교라든지 표면에 천착하는 대화죠. 진정성이나 내면의 사색을 담은 대화가 이어지기는 어려운 거예요.

저도 젊지만 저보다 젊은 세대를 보면 표현과 행동이 자유로워졌다는 느낌을 받아요. 스스로 선택해서 제도권 교육을 받지 않거나 일찍 꿈을 이루려고 사회에 뛰어드는 친구들도 많아졌고, 그런 행동과 결단이 부러움의 대상이 되기도 합니다. 자본의 억압이 심화된다는 데에는 동의하지만 거기에서부터 벗어나려는 노력도 그만큼 늘어나고 있지 않나요?

예전에는 자본뿐 아니라 훨씬 더 큰 전근대적인 억압 구조가 많았죠. 그럼에도 불구하고 젊은이들은 탈출을 시도하지조차 않았어요. 지금처럼 어떤 형태의 억압에 대해서든 벗어나려는 것은 대단한 개방성과 저항성으로 볼 수 있어요. 그런데 그 개방성과 저항성은 하나의 긍정적인 현상이라기보다 '안티'에 가까워요. 이러한 개방성과 저항성을 어떻게 제3의 가치로 만들어 나갈 것인가가 과제지요. 과거 전근대적인 시대의 젊은이들보다 지금 젊은이들이 탈출에 있어서 진일보했지만 그것만으로 의미 있는 것이 될 수는 없다는 얘기예요. 거기에 정체성도 담아내야 하지 않을까요?

요즘 젊은 세대는 대화와 소통에 미디어의 영향을 많이 받습니다. 혹시 선생님, 〈무한도전〉이라는 예능 프로그램을 보신 적이 있으신가요?

　　TV에서 하는 것 말이죠? 지나가다가 몇 번 멈춰서 본 적이 있어요.

보면 어떠세요?

　　그 시간만큼은 부담이 없어져요. 어디로부터인가 놓여나는 느낌, 많은 시청자들이 그런 느낌을 받는 것 같아요. 보이지 않는 억압 구조로부터의 관념적인 해방과 관련이 있지 않나 해요.

최근 그런 예능 프로그램의 대화를 보면 상대방을 자극하거나 폄하하는 것을 바탕으로 해서 이뤄지는 경향이 있어요. 상당히 가학적이죠. 상대방을 조롱하거나 비난하면서 재미를 만들어 내는 구조인데 혹시 우리가 일상에서 나누는 대화도 그런 경향으로 몰려가는 것은 아닐까요?

　　다른 사람을 폄하하고 곤욕을 치르게 하는 TV 프로그램은 사실 오래된 문화라고 할 수 있습니다. 예를 들면, 교도소에서 재소자가 교도관에게 지독하게 얻어터지고 돌아오면 그걸 맞이하는 똑같은 처지의 재소자들도 참담한 심정을 갖게 돼요. 거기서 어떻게 카타르시스를 이끌어 내느냐 하면, 다른 재소자

친구가 교도관의 역할을 하고 그 상황을 재현해 다시 한 번 그 상황에 놓는 거죠. 상대방을 곤혹스럽게 하는 TV를 보면서도 그 순간에는 카타르시스를 느껴요. 그러한 TV 프로그램은 어쩌면 보이지 않는 억압 구조가 있다는 것의 방증이라고도 볼 수 있어요. 사회적 권위에 대한 저항성은 일정 수준에 도달해 있는 것도 같아요.

이전 시대가 텍스트의 시대였다면 지금은 이미지의 시대로 가고 있습니다. 머리 모양이나 패션과 같이 구태여 입을 벌려 말을 하지 않아도 상대의 외모나 분위기만으로도 일정 부분 의사소통이 가능하게 되었기 때문에 말이나 대화의 총량이 줄어드는 건 아닐까요?

자기와의 대화나 진정성이 담겨 있는 대화는 없어진 반면에 오히려 언어 이외의 소통 기제는 다양해졌어요. 언어는 개념적 사고예요. 사물을 단순하게 바라보고 단순하게 생각하게 만드는 폭력적 기제라고도 볼 수 있죠. 거기에 비하면 패션이나 이미지, 디자인이 굉장히 풍부한 소통 기제인 것만은 사실입니다. 앞으로 이런 기제가 중요한 흐름으로 자리 잡겠죠. 언어적 소통의 소멸에 대해 우려하는 것은 거대 담론이 소멸한다는 것이에요. 사회의 시스템을 어떻게 바꾸고 개혁할 것인가에 대한 거대 담론이 소멸해 나간다는 거죠. 감각적이고 이미지 중심의 대화나 소통은 사회의 기본 구조를 바꿔 가려는 거대 담론이 해체된 이후의 포로들의 언어라고도 할 수 있습니다. 근본 담론은 없어지고 파편적인 대화만 있으면 사회의 기본 구조가 바뀔 가능성이 그만큼 줄어드는 거죠. 그래도 개방적이고 다양한 의사소통 구조의 발전과 공유는 그 속에 담기는 콘텐츠나 진정성의 한계가 있기는 하지만 앞으로 유력한 기제가 될 수 있다고 생각해요.

그래서 그런지 소비적이고 가벼운 대화를 나누면 나눌수록 어떤 소진감 같은 것이 느껴져요. 개인과 개인 사이의 대화에서도 누적된 피로감이 있는 것 같고요. 대화와 소통이 현저하게 막힌 이유는 20대 80의 사회도 하나의 원인이 아닐까 싶어요. 대화와 소통은 어떤 의미에선 사회적, 정치적, 경제적으로 비슷한 수준에서나 가능하지 않을까요? 얼추 비슷한 생각과 환경을 가지고 있어야 공감대가 형성되는데 요즘은 수준의 양극화가 뚜렷하다보니 심지어 그 양극단의 사람들이 사용하는 단어까지도 완전히 달라요. 그래서 저는 농담 삼아 '연봉 1억 이상인 사람은 연봉 1천만 원 미만인 사람과 결혼해야 한다는 법이라도 만들어야 한다'고도 하죠.

20대 80이 문제라고 하는 까닭은 그것이 전인격화한다는 것이죠. 전인격적으로 20이고, 전인격적으로 80으로 전락되는 거죠. 명품화는 자본주의 발전 과정에서 하나의 추세에요. 20의 명품화와 80의 대중화는 상품미학을 수용하면서 나타나는 현상이죠. 인간의 아름다움은 상품의 아름다움과 분명히 다름에도 불구하고 인간에 대한 미적 정서를 획일화하죠. 그러한 상품미학 구조를 부숴 버리기가 쉽지 않죠. 그런 점에서 단편적인 대화를 한번쯤 성찰해 보려는 노력이 필요해요. 그 상품성을 깨닫자는 것이지요. 인간적 정체성이 담겨 있는 대화를 회복해야 합니다.

칼럼 연재를 시작하면서 사람들이 대화에 대한 필요성을 얼마나 느끼고 있는지에 대해 궁금하기도 했어요.

저는 그런 필요가 반드시 있다고 생각해요. 사람들은 소모적인 대화에 익숙해져 있고 중요한 주제를 기피하는 대화를 주로 하는 것이 사실이죠. 그러나 많은 걸 소유하고 소비하는 것도 기쁘긴 하지만 뭔가를 깨닫는 것이 진짜 기뻐요. 우리가 살아간다는 것은 인성을 고양하는 거예요. 좋은 사람이 된다는 얘기죠. 자기 자신에 대해 잘 알고, 다른 사람에 대해 인간적인 이해를 하고, 그래서 좋은 인간관계 속에서 살아가는 것이 중요한 가치입니다. 대화가 바로 그 부분을 담당해야 하는 것이죠. 나 자신을 깨닫게 하고 인간관계를 배려하게 하고 우리가 발 딛는 구조나 역사를 성찰하게 하는 그런 진정성을 담아야 합니다. 소모적인 대화는 아픈 사람에게 고통을 견딜 수 있게 하는 진통제예요. 진통제는 조금 더 견디게 할 뿐이지 처방은 아니죠.

사람들이 선생님에 대해 잘 모르는 점 중 하나는 선생님이 얼리어 답터의 기질이 있으시다는 거지요. 선생님은 그림도 포토샵으로 그리시죠. 인터넷 커뮤니티도 97~98년 그때 일찍부터 만들어서 활동하셨고요. 90년대 초중반 인터넷에는 무한한 정보가 있다는 개념이 막 생길 그 당시에 선생님께서 하셨던 말씀 중에 "인터넷이 많은 정보를 가져다줄 거라고 생각하지만 어느 순간 쓰레기장이 될 수도 있다"는 게 기억나요.

포토샵으로 그림을 그리기 시작한 것은 10년 전부터인데, 그때 해외 기행하면서 화구를 가져갈 수 없어서 컴퓨터로 원고도 쓰고 그림도 그렸어요. 감옥에 있을 때 컴퓨터에 관한 기본적인 책은 두 권 정도 읽고 나왔어요. 채팅은 안 해도 이메일은 해요. 인터넷은 검색 위주로 하고요. 정보는 얻거나 쌓아 둔다고 하잖아요. 대화에서 담아야 하는 진정한 의미의 지식, 지혜는 얻는 게 아니에요. 지혜는 자기가 깨닫는 거예요. 얻는 것, 쌓아 두는 것은 쓰레기가 될 가능성이 있죠. 정보, 지식, 지혜로 구분한다면 지금의 대화는 정보 수준의 대화예요. 지혜나 지식은 인간관계 속에서 얻든지, 스스로 깨닫는 것이어야 해요. 그런데 지금 환경은 인간관계 속에서 지혜나 지식을 얻을 만한 환경이 아니죠. 도시에서 공간 공동체나 혈연 공동체가 없어진 지는 오래지요. 도시에서 인간적인 대화나 공통의 주제를 찾아낸다는 것은 어렵다는 말이죠. 자본의 말단 구조에 달려 있는 칩같이 반짝반짝하는 게 우리 대화의 실상이라고 봐야지요.

〈상상플러스-세대공감 올드앤뉴〉라는 프로그램을 보신 적이 있으세요?

봤어요. 본 적 있는데 이십대뿐 아니라 나도 모르는 말들이 있던데요.

그 프로그램에서는 늘 이렇게 이야기합니다. "대한민국 누구나 자유롭게 대화하는 그날까지." 사실 소통을 가로막거나 대화를 방해하는 것 중에 문장이나 말 자체도 있는 듯합니다. 말의 변화, 언어의 변화가 소통을 가로막는 장애가 된다고 보세요?

언어는 약속된 기호이자 소통의 수단이에요. 그걸 과거 삶의 방식에 묶어 놓고 그 언어를 그대로 습득하라는 요구는 무리라고 생각해요. 삶의 변화와 함께 자연스럽게 변화해 가는 거고, 외국어나 영어도 자연스럽게 수용되는 것이 흐름이라고 생각해요. 옛말을 고집하는 것은 또 하나의 교조주의죠. 줄임말 같은 디지털 언어도 지금은 실체와 표현의 괴리감 때문에 경악하는지 모르겠지만, 젊은이들끼리 하나의 약속이니까 생소하지만 곧 익숙해질 것으로 보지요.

요즘의 경향은 마치 누가 더 가벼워질 수 있느냐를 놓고 경쟁하는 것 같습니다. 거기에 누가 얼마나 더 직관적·감각적이 되느냐가 옵션으로 따라 붙습니다. 이런 것이 대화와 소통에서 어떤 영향을 미칠까요?

가벼워진다는 것은 관객화되어 간다는 의미라고 할 수 있어요. 주체성에 대한 의지가 별로 없이 한 사람의 관객으로 만족하고 체념하는 게 아닐까 하는 거죠. 얼마든지 더 가벼워질 수 있을 거예요. 관객화는 자본주의사회에서 사람들이 소비자의 위치에 놓여 있는 것과 별반 다르지 않은 것 같아요. 가벼움은 사람들을 분해시켜요. 힘든 상황에서 많은 사람들이 가벼움을 원하고 그쪽으로 도피하고 싶은 거지만, 가벼움 속에 오래 있으면 자기 자신도 분해되지 않을까요? 역경에 대처하고 그것을 통하여 인간적인 내용을 담아 가려는 노력을 하지 않으면 가벼움 조차도 지겨운 게 되어 버릴 거예요.

제 칼럼 제목이 '말 달리자'인 것처럼 결국 말은 잘 달려야 하는 거잖아요. 그런데 선생님 말씀을 듣고 있으면 잘 달리는 데 기술적인 것들, 현란한 기교는 별로 필요가 없을 것 같다는 생각도 듭니다. 지혜와 지식을 교류하면서 대화하는 방법이 있다면 뭘까요?

저는 글을 별로 많이 쓰지 않는 사람이에요. 쓰더라도 힘들게 쓰는 사람이죠. 아까 언어는 사물을 단순하게 바라보는 폭력이라고 했죠. 현란한 언어보다는 절제된 언어가 훨씬 더 많은 소통을 가능케 한다고 생각해요. 굉장히 많은 소통 기제가 있음에도 대화와 소통의 부재를 우려하는 것과 마찬가지로 글도 절제하고 침묵하고 여백을 많이 남겨 놓는 것이 독자와의 대화를 더 잘할 수 있도록 해 주죠.

그러고 보니 사람들마다 자기만의 속도가 있잖아요. 어떤 사람은 느리게 가고, 어떤 사람은 빠르게 가고. 각자의 속도를 결정하는

것이 바로 절제와 침묵, 여백인 것 같은데 선생님은 상대방에게
맞춰 주시는 편인 것 같아요.

그런가요? 자기 속도대로 가는 게 중요하다고 생각해요. 자기
말과 생각의 속도를 맞추지 않으면 생각했던 것을 담지 못하고
빈 차로 가는 수도 있어요. 강연 때는 물론 다르게 해요. 그때
마다 다르지만 가장 편한 방식을 선택하죠. 한번은 경악할 만
한 청중을 만난 적이 있어요. 무슨 대표 자격으로 갔는데 청중
들이 모두 의자에 등을 기대고 앉아 어떻게 하나 보자는 식으
로 거리를 두더라고요. 그래서 순간적으로 굉장히 어눌하고 곧
실수할 것같이, 아는 단어도 생각이 안 나는 것처럼 주저했더
니 그 사람들이 나 대신 그 단어를 생각해 주더라고요. 청중들
이 나를 걱정해 주게 한 거죠. 그렇게 간격을 없애려고 고생했
던 경험도 있어요.

저는 강의할 때 단 1분이라도 비어 있는 시간을 못 견디겠어요. 제
가 가르치는 학생들에게 카리스마를 가져야 한다는 강박이 있나
봐요. 세 시간 강의면 여섯 시간 동안 떠들 준비를 해 가요.

그러면 안 돼요. 서로 고민하는 시간이 있고 잠시 멈추는 경우
도 있어야 해요. 또 학생들과 한동안 서로 차질을 빚다가 어렵
게 어느 순간 공감에 도달할 때 그때 느끼는 환희가 있지요. 소
통은 그런 희열로 느끼는 거니까요. 나는 강의를 너무 많이 준
비하면 실패하더라고요. 흐름을 놓쳐요. 준비한 거 다 얘기하

려고 돌아가게 되니까요. 일단 공감이 형성되면 그 리듬으로 가야 됩니다. 때로는 비워 놓고 가도 된다고 생각해요. 또 자기 말에 취해서 얘기하는 것도 경계해야 해요.

'신영복 선생님이 말하는 대화의 기법' 정도로 정리가 되는데요?

얘기가 기법으로 가는 것 같은데, 나는 감옥에 오래 살면서 많은 사람들을 적나라하게 만났잖아요. 결론은 뭐냐면 '그 사람의 생각은 자기 삶의 결론으로 갖고 있구나'라는 거예요. 삶의 결론으로 갖고 있기 때문에 존중해야 한다는 생각을 해요. 내가 얘기를 하면 그 사람은 나하고는 전혀 다른 삶의 궤적 속에 내 얘기를 가져가서 앉힌다고요. 맷돌을 예로 들면, 학생들은 맷돌의 연상 세계가 청진동 빈대떡집밖에 없잖아요. 내 맷돌은 외갓집 장독대 위 맷돌이거든. 내가 맷돌에서 시작해서 나팔꽃으로 갔다가 돌담장으로 옮아 가면 학생들은 청진동에서 어디로 가느냐고요. 사람들이 자기 경험 속에 내 얘기를 앉힐 수 있는 시간을 주거나, 자기의 경험을 포기하고 내 그림 속으로 들어오게 하거나 해야죠. 나와는 다른 삶을 살았다는 점을 인정하고 배려해야 대화가 가능한 거예요.

앞서 대화는 서로 비슷한 수준에서 이루어져야 소통이 원활하다는 이야기를 했는데, 오늘 선생님과 저처럼 소위 '급'도 안 되는 사람과의 대화가 선생님에게는 어떤 의미가 있을까요?

홍대 앞에 우리 사회의 일정한 변화의 모습이 있고, 탁 선생이 갖고 있는, 연륜은 짧지만 다이내믹한 커리어가 있잖아요. 다이내믹한 삶이 어떤 충돌을 경험했고 어떤 고민을 갖고 있는지를 낳이 배운 느낌이 들어요. 내가 했던 얘기에 대해 나 자신이 평가한다면 조금 고루하지 않았나 하는 반성도 합니다. 전체적으로는 새로운 젊은 사람들의 정서와 생각의 변화에 대해 유익한 대화였다는 생각이 들어요.

대화와 소통이 막혀 답답해하는 친구들이 논리적이거나 정형화된 문장이나 정리된 말로 그 얘기를 끄집어내지는 못하지만, 그들이 하고 싶었던 얘기도 결국 제가 오늘 한 얘기와 비슷하지 않았을까 싶어요.

그러리라고 봐요. 그런 얘기를 할 공간과 기회가 없어서 그렇지, 따뜻하고 인간적인 대화에 대한 갈증은 있을 테니까요.

그럼요 초등학생부터 할머니까지 우리는 모두 마음을 터놓고 대화할 친구를 원하는 게 사실이잖아요.

따뜻하고 진정성이 담겨 있는 대화를 할 수 있다는 가능성을 확인하면서 오늘 대화를 마치겠습니다!

실천이 곧 우리의 삶입니다

대담자   지강유철(양화진문화원 선임연구원)
일시·장소 2007년 10월 5일 성공회대학교 신영복 교수 연구실
게재지   『인물과 사상』 2007년 11월호

여러 번의 시도 끝에 성공회대 신영복 교수를 만났다. 식사 시간을 포함하여 세 시간이라는 그리 길지 않은 시간 동안의 대화는, 예순여섯의 나이에 2주간 금강산 기행을 너끈히 소화해 낸 건강이 무색할 만큼 그의 사색과 문제의식이 여전히 깊고 치열하다는 사실을 확인하기에 모자람이 없었다. 20년을 보낸 감옥에서 나와 우리 곁에서 다시 20년을 산 신영복으로부터 조곤조곤 사색, 성찰, 실천, 희망, 그리고 더불어 사는 삶의 의미에 대해 듣는 일은 행복했다.

97체제 그 이후

이번 대선이 갖는 남다른 중요성이나 의의가 있다고 보시는지요?

　　우리 사회는 87체제와 97체제를 거쳐 2007체제에 이르고 있

습니다. 너무 범박한 평가인지 모르겠습니다만, 87체제는 불철저한 민주화 체제였다고 봐요. 흔히 내각책임제를 일컬어 지배 세력 내부의 민주주의가 잘 관철되는 정치 체제라고 하잖아요. 87체제는 학생, 시민, 노동자로 대변되는 민중들이 최전선에서 싸워서 쟁취한 체제라고 할 수 있습니다. 자신을 불사르고, 구속되고, 감쪽같이 실종되는 등 엄청난 싸움을 전개했음에도 불구하고, 노태우 그리고 김영삼 정부로부터 배제되었습니다. 1988년에 출옥해서 여러 사람들로부터 불만을 듣게 되었습니다. 민주화 투쟁의 성과를 빼앗겼다는 것이었어요. 저는 농담으로 그랬습니다. 재주는 곰이 부렸는데 돈은 중국 놈이 가지고 간다는 속담이 있지 않느냐. 왜 그런가 하면, 그 판을 중국 놈이 조직했기 때문이라고 했어요.(웃음)

저는 감옥에 있을 때 국본(민주헌법쟁취국민운동본부)의 성격이 궁금했어요. 어떤 정치적 성향의 집단이 그 참모부를 장악하고 있는가가 매우 중요했기 때문입니다. 그래서 여러 사람에게 물었는데 시원하게 답해 주는 사람이 없었어요. 물론 87체제가 그렇게 된 데는 그만한 이유가 있었다고 봐요. 당시의 민주화 운동 역량이 취약하기도 했고 특히 투쟁의 대상이 되었던 보수 구조의 완고함도 대단했기 때문일 것입니다. 단순한 군사정권이 아니었다고 해야지요. 당시의 군사정권은 막강한 외세, 그리고 국내의 완고한 보수 구조와 결합되어 있었지요. 이처럼 열악한 객관적 조건과 취약한 민주 역량이라는 구도가 결국 불철저한 민주화로 나타난 것으로 이해해야 한다고 생각합니다. 물론 1987년 이후에 민주화와 개혁이 상당 부분

© 문종석

에 걸쳐서 진전이 있었지만 IMF 관리 체제인 97체제에 직면하게 되지요. 97체제, 이것은 대단히 중요한 의미를 갖습니다. 97체제는 이전의 군사정권과 그 정권의 배후에 있던 오래된 보수 구조를 상대하는 것에 더해, 소위 초국적 금융자본이라는 엄청난 군력과도 상대해야 하는 것을 의미했어요. 우리는 이 점을 제대로 파악하지 못하는 우를 범했죠.

전 4·19세대입니다. 59학번으로 4·19 때 대학 2학년이고, 3학년 때 5·16을 겪었어요. 어리고 감수성이 예민했던 우리는 4·19에 굉장히 감동했어요. 엄청난 정치권력이 무너지는 걸 보았으니까요. 그리고 단순히 자유당 정권이 무너졌다는 의미를 넘어서 우리 사회의 어떤 것들이 억압당하고 있었는지를 목격하게 되었어요. 4·19 이후 공간에서는 1980년대에 나타났던 부문 운동들이 거의 대부분 태동했지요. 노동운동은 물론이고 교원노조도 그때 결성되었어요. 심지어 지역에서는 피학살자 유족회도 발족되었어요. 그래서 '4·19는 총탄이 이마를 뚫고 간 혁명'이라는 감동을 공유하기도 했습니다. 그런데 1년 후 5·16이 일어났어요. 4·19 공간에서 나타났던 운동들이 전멸되는 그런 겨울 공화국이 되어 버렸지요. 5·16이 일어났을 때 우리는 우리를 억압하는 국내의 보수 구조뿐만 아니라 엄청난 외세 구조가 하나 더 있었다는 자각을 하게 되었어요. 그래서 '4·19는 총탄이 이마를 관통한 게 아니라 모자만 뚫고 지나간 혁명'이었다고 수정하게 되지요.

97체제란 그때까지 우리가 간과하고 있었던 또 하나의 억압 구조가 드러난 것이었어요. 물론 97체제는 군사정권 기간, 더

거슬러 올라가자면 해방 이후 구축해 온 경제 구조의 필연적 결과이기도 합니다. 뿐만 아니라 97체제는 냉전 구조가 일정하게 해빙되면서 그동안 유보되었던 한국에 대한 국제자본의 수탈 체제가 작동한 것이기도 합니다. 97체제 이후 그동안 쌓아 왔던 여러 정치적·경제적 성과들이 급속하게 무너지게 되지요. 심지어는 민주화와 개혁을 통해 이룩한 여러 가지 정책들이 거의 희화되는 과정을 겪으며 2007년 오늘에 이른 것입니다. 2007체제는 그나마 불철저한 민주화와 엄청난 국내외의 억압 구조 속에서 답보해 왔던 일정한 개혁적 흐름마저 끝나는 것이 아닌가 하는 우려를 갖게 됩니다.

문제는 이념이 아니라 양심

1960년대 중반에 교수님께서 가난한 어린이들과 청구회를 조직·운영했던 것이 『감옥으로부터의 사색』을 읽은 많은 독자들을 감동시켰습니다. 교수님의 어린아이들에 대한 남다른 사랑은 개인적인 경험에 의한 것인가요? 아니면 부모님으로부터 받은 영향인가요?

다른 사람에 비해 특별하게 어린이들에 대한 애정을 갖고 있다는 자각은 없어요. 우리 때는 모두가 어렵게 살았지만 저는 다른 친구들이 그렇게 어렵게 사는지를 잘 몰랐어요. 아버님이 교장 선생이었기 때문에 학교 사택에 살았고, 집에는 전깃불이

들어왔으니까요. 그러다가 4학년 때 한 친구가 매우 어렵게 살고 있다는 사실을 발견하고는 큰 충격을 받았어요. 그것은 전쟁 기간 동안에 목격했던 교량의 양쪽 난간에 매달아 두었던 좌익들의 수급(首級: 잘린 머리)을 보았던 것만큼이나 충격적이었어요. 제게 어린이들을 향한 애정이 있었다면 그건 당시의 가난하고 험난했던 세월의 영향도 있었을 것이라 생각됩니다. 당시 어린이들은 대부분 부모나 사회로부터 보호받지 못했어요. 요즘은 학습이든 육아든 과잉보호 상태여서 어린아이들에 대해 과거와 같은 애틋함이 많이 없어지지 않았나 생각해요. 어린이 천사론도 거짓말인 것 같고(웃음), 아이들이 대단히 이기적인 존재라는 생각을 지금은 해요.

아쉬울 것 없는 집안과 학벌을 가지셨던 교수님께서 어떻게 감옥 안의 가장 밑바닥 인생들을 가까이 하며 그렇게 열심히 배울 수 있었는지요?

어머니는 지주 집안의 외동딸이었어요. 아버님은 대구사범학교를 나오셨으니까 그래도 자작농 정도는 되셨겠지요. 집안으로만 보자면 저는 좌익 사건에 연루될 만한 이유가 전혀 없었어요. 때문에 독방에 갇혀서 '내가 왜 여기에 앉아 있는가?'라는 생각을 여러 번 했어요. 그러한 고민의 결론은, 이념 때문이기보다는 양심의 문제였다는 것이었어요. 4·19와 5·16 사이에 목격했던 우리 사회의 억압 구조에 눈뜨게 되기도 하고, 그러한 엄청난 억압과 부조리에 대한 청년다운 감수성 때문에 감옥에 앉아 있다는 생각을 한 거죠. 어린이들이나 약자들에 대한 저의 감정이 특별하지는 않았다고 생각합니다. 저는 형님들과 누님들 사이에 끼어 있어서 집안에서는 별로 주목받지 못했어요. 형제들도 많았고, 사촌 형님 두 분도 우리 집에서 학교를 다녔기 때문에 그 많은 식구들 틈새에서 별로 존재감이 없었어요. 그렇지만 바깥에 나가면 친구가 많았어요.(웃음) 왜냐하면 저는 가난한 친구들에 대한 배려도 없지 않았고, 어렵게 살고 있었던 친구들보다는 상대적으로 많이 보호받는다는 미안함 때문에 벌을 자초해서 받기도 했어요.

몇 년 전에 고향의 초등학교를 방문한 적이 있어요. 감회가 새로웠지요. 교사(校舍)도 너무 작았고요. 그런데 가장 먼저 눈에 들어온 것은 제가 자주 벌을 섰던 복도였어요. 그때 저는 일부러 벌 서는 일이 많았거든요. 친구들로부터 "너는 우리 학교 교장은 아니지만 아버님이 교장 선생이고, 너의 아버님 제자들 중에 우리 학교 선생들이 많아서 1등을 한다"는 말이 듣기 싫었어요. 초등학교 3학년 이후에는 1등을 아마 안 했을 거예요. 1등을 못 했는지 모르지만.(웃음) 얼마나 벌을 많이 섰으면 수십 년 만에 학교를 방문했는데 벌 받았던 곳이 생생하게 기억났겠어요. 집안에서 별로 주목받지 못했지만 그 대신 할아버님이 저를 많이 가르치셨어요. 형제들 중에 할아버님 사랑방에 제일 많이 불려가서 붓글씨라든가 학문을 배웠던 손자였으니까요.

사상보다는 그것의 인격화가 중요

교수님께서는 양심 때문에 감옥에 가셨지만 어떤 분은 이념이 아니라 체질이 문제라고 하던데요.

체질보다는 인간적인 바탕이란 표현이 더 적합할 것 같습니다만 그럴 수 있다고 봐요. 저는 5·16 이후 학생 서클을 시작한, 그러니까 1960년대에 학생 서클 운동을 한 첫 세대라고 할 수 있습니다. 당시 소위 이념 서클에서는 이상적인 운동가의 자질로 평가했던 요건이 있었어요. 첫째, 사상이 진보적이어야 하고 둘째, 사회적 사명감에 투철해야 하며, 셋째, 논리적이며 조직적일 뿐 아니라 설득력이 있어야 한다는 것이었어요. 제가 감옥에 있는 동안에 같이 운동했던 사람들이 지금 어디서 무엇을 하고 있을까를 가끔씩 생각했지요. 20년 후에 출소하고 나서 그때 함께 일했던 사람들을 수소문해 보았어요. 그런데 예상 밖이었어요. 그렇게 뛰어났던 사람들, 진보적인 사상과 사명감과 대단한 역량을 가지고 있던 사람들은 거의 다른 곳으로 갔더군요. 출세한 사람도 많았고, 심지어 사업 분야에서 성공한 사람도 있었어요. 반면에 계속 운동 현장을 지키고 있는 사람들은 전혀 생각 밖의 사람들이었어요. 당시에는 그렇게 높이 평가하지 않았던 사람들, 그러니까 진보성이나 사명감보다는 친구들이 힘들게 운동하는데 자기가 참여하지 않으면 두고두고 양심의 가책으로 괴로워할 것 같다는 생각에서 참여했던 사람들이 꾸준히 현장을 지키고 있었어요. 굉장한 충격이었습니다.

그 이유가 무엇이라 생각하시는지요?

　머리보다는 가슴이겠지요. 일생을 살면서 가장 먼 여행이 머리에서 가슴까지의 여행이라고 합니다. 논리적으로나 이론적으로 냉철한 머리보다는 따뜻한 가슴이 더 중요하다는 것이지요. 사상이나 논리보다는 그것을 품성화하고 인격화하는 것이 더 어렵고 중요하기 때문일 것입니다. 그래서 머리와 가슴 중 하나를 선택해야 한다면 머리가 아니라 가슴이 되어야 한다는 생각을 하지요.

교수님의 부친께서는 앉으실 때 벽에 기대지 않을 만큼 곧고 강직한 태도를 지녔던 분이라고 알고 있습니다. 부친의 태도는 조선 시대로부터 면면히 이어져 온 선비의 전통에 맞닿아 있는 것일까요? 또 하나, 교수님의 구도자보다 더 구도자 같은 모습은 아버님의 영향 때문이라 보시는지요?

　저는 아버님만큼 구도자적인 삶을 살고 있지 못합니다. 『감옥으로부터의 사색』은 감옥의 검열과 걱정하는 가족들을 독자로 상정하고 쓴 엽서였어요. 당시 저는 감옥의 관리들은 물론 가족들에게도 무너져 내리는 모습을 보이고 싶지 않았어요. 그런 내용으로 쓰면 검열에 통과될 수도 없고요. 그렇게 엄격한 자기 검열을 했기 때문에 제 글 속에 나타나는 이미지가 구도자와 비슷하다고 느끼는지 모르겠습니다만 저의 실제 모습은 그렇지 않습니다.(웃음) 그러나 아버님께는 그런 모습이 있었어요. 아버님의 세대가 그러하기도 했거니와, 절대로 거짓말이나 농담, 노래 같은 걸 안 하셨거든요. 가족들 간에도 별 대화가 없었고, 제자들도 한결같이 무서운 선생이라고 했어요. 그런 성격 때문에 일본인 교장의 차별에 반대했고, 또 한글 연구 서 클에 가담했다가 해직 교사가 되기도 하셨지요.

제가 볼 때 아버님께서는 식민지 시대의 창백한 인텔리라는 자기 콤플렉스가 상당히 있었던 분 같아요. 제 고향 밀양이라 는 곳이 의열단의 본고장이예요. 의열단 단장 김원봉(金元鳳, 1898~1958)이 밀양 출신이고, 밀양에서 의열단을 처음 창립할 때 함께했던 13명 중 9명이 밀양 출신이었어요. 그래서 밀양 경찰서가 폭파되기도 했고, 해방 이후에는 유성모직이라는 큰 모직 공장이 있어서 노동운동 기반도 상당히 강했습니다. 아버 님은 고향 출신인 김종직(金宗直, 1431~1492)에 관한 연구를 통하여 『김종직의 도학사상 연구』라는 책을 쓰시기도 했는데, 점필재 김종직은 사림(士林)의 종장(宗匠: 학문에 밝고 글 잘 짓 는 사람)이에요. 지금과는 달리 당시에는 훈구 세력에 대한 저 항적이고 비판적인 문화가 남아 있었던가 봐요. 아버님은 아마 그런 영향을 받았을 것이라 추측합니다.

창백한 관념성을 통절하게 깨닫게 해 준 20년 옥살이

『감옥으로부터의 사색』의 수신자가 가족으로 한정된 것은 어떤 연유 때문인지요?

일단 사상범들에게는 직계가족 이외에는 서신·접견이 일절 허용되지 않습니다. 그래서 저는 20년 동안 가족 아닌 사람과 단 한 번도 접견하거나 편지를 주고받은 적이 없습니다.

20년 동안 가족 이외에는 어떤 사람과도 서신 교환을 못 했다는 것입니까?

그렇습니다. 아주 철저하게 그렇게 관리가 된 것이지요.

글을 못 쓰세 한 것만큼이나, 아니 그 이상의 끔찍한 형벌이었겠네요.

재소자는 '누진 처우 규정'에 의해서 서신 발송 횟수가 제한이 됩니다. 처음엔 한 달에 한 번만 서신을 보낼 수 있었고, 다시 몇 년이 지나면 한 달에 두 번, 이런 식으로 차츰차츰 서신 발송 횟수가 늘어 갔습니다. 제가 가족들에게 양말, 러닝셔츠 보내라는 내용이 아닌 다른 내용을 썼던 것은 징역살이를 처음 시작하면서 받았던 충격 때문이에요. 학교 공간에서 키워 왔던 저의 생각이나 정서들이 감옥이라는 전혀 다른 공간에 던져졌을 때 굉장한 충격을 경험했어요. 그림을 그릴 때 주춧돌부터 그리는 나이 많은 목수로부터 충격을 받기도 하고, 큰 대(大)자, 옳을 의(義)자 이름을 가진 정대의란 청년을 보면서는 부모님이 좋은 뜻을 담아서 이름을 지었을 텐데 나이 서른에 절도 전과가 세 개나 되니 부모님의 속이 얼마나 상했을까, 라고 생각했지요. 그런데 알고 보니 고아로 광주 도청 앞에 있는 대의동 파출소에 버려졌기 때문에 이름이 정대의였어요. 이런 충격적인 경험에서 문자를 통해 사고하는 제 자신의 창백한 관념성을 통절하게 깨닫게 되었어요. 그래서 이러한 충격적 반성들을 엽서에 기록해 두었다가 언젠가 다시 그 글들을 읽으면 그 시절을 생환할 수 있지 않을까 하는 생각이 들었어요. 하지만 미리 메모를 할 수도 없고, 종이 한 장 볼펜 한 자루도 가질 수 없었기 때문에 이러한 것을 기록할 수 있는 유일한 공간이 집으로 보내는 엽서였어요. 한 달 내내 머릿속에 정리해 두었다가 엽서에 기록했어요.

아버님은 옛날 분이어서 제가 보낸 편지들을 차곡차곡 모아 두었어요. 양심수 석방 운동을 하고 있던 후배들이 집에 옥중서신들이 보관되어 있다는 사실을 알게 되었고,『평화신문』은 엽서 중의 일부를 요약해서 실었어요. 독자들의 반응이 참 좋다고 해서 몇 번 더 연재를 하게 되었고, 나중에는 아예 책으로 내자는 의견이 모아져서 책으로 나오게 된 거죠. 물론 저는 그런 사실을 모르고 있었고요. 어느 날 어떤 교도관이 오더니 바깥에서 무슨 사건이 터졌나 보다, 라고 하더군요. 안기부 분실 직원이 와서 제 서신대장을 전부 확인하고 갔다는 거예요. 그래서 저는 또 검찰 측 증인으로 법정에 호출되는가 보다 했어요. 그런데 교도관이 야간 근무 때『평화신문』에 실린 제 편지글을 보여주었어요. 안기부에서는『평화신문』에 게재된 제 편지글 중 검열을 거치지 않고 나간 편지들이 있는가를 확인했던 것 같아요.『평화신문』연재에 이어 아예 책으로 출판하려고 했을 때 제 부모님께서 연기를 요청하셨어요. "이제 20년 복역해서 곧 출소하게 될 텐데 이런 책이 나오면 오히려 불리하다"는 안기부의 전화를 받았던 때문이었어요. 출간이 한 차례 미뤄졌지요. 때문에 『감옥으로부터의 사색』은 출판일이 8월 15일로 찍혀 있지만 사실은 제가 출소하는 8월 15일보다 늦게 출간되었습니다. 저는 책의 제목만 붓글씨로 썼습니다.

형제 분들이 아닌 형수님과 계수님께 엽서가 집중된 이유는 무엇이었나요?

계수님께 편지를 쓴 것을 두고 어떤 분들은 계수님께 연정을 품어서 그런 편지를 쓴 게 아니냐고 하더군요.(웃음) 하지만 형수님과 계수님은 제가 감옥에 있는 동안에 시집온 분들이거니와, 형수님이든 계수님이든 저와는 인간적인 만남이 전혀 없었습니다. 형수님과 계수님을 수신인으로 하여 편지를 보낸 이유는 형님과 동생이 사회생활을 하고 있었기 때문입니다. 그때는 연좌제 때문에 제약이 많았습니다. 형님이나 동생의 이름이 서신대장에 기록되고 사찰 대상이 되는 걸 원치 않았어요. 제가 형수님이나 계수님의 이름으로 보내더라도 어차피 가족들이 전부 읽고 있었어요. 그래서 형수님 또는 계수님 '앞'이라고 쓰지 않고 '옆'이라고 썼지요.(웃음)

다음 세대에 전달해야 할 이야기에 따른 고민

앞으로 남은 20년 동안은 우리의 현대사 60년을 성찰하시겠다고 하셨습니다. 만약 그것이 글쓰기로 결실이 맺어진다면 지금까지 써 오신 글들의 톤과 태도를 유지할 것인지, 아니면 다른 형식이 될 것인지가 궁금합니다.

『감옥으로부터의 사색』을 이루는 엽서들은 지나치게 자기 검열을 하고 쓴 글이라는 걸 말씀드렸어요. 검열에 통과되어야 하니까. 사실 그 정도 수준의 글이 검열을 통과하였다는 것도 당시의 분위기에서 보자면 상당히 어려운 일이었어요. 행간에 나만 알게 묻어 두었던 이야기들도 없지 않지만 많은 이야기들을 쓰지 못했지요. 그래서 '나의 대학 시절'이라는 가제로 정리하고 있습니다. 제가 만났던 수많은 일반 수형자들의 참혹했던 이야기들을 통해 우리 사회를 다른 시각에서 조명하기도 하지요. 그것은 이를테면 나의 사회학이 되는 셈이지요. 또 해방 정국에서 활동했던 사람, 북에서 넘어온 공작원이나 안내원, 특히 그중에는 만주에서 태어나서 린뱌오(林彪, 1907~1971) 부대의 소년 나팔수로 북경을 거쳐 상해 해방까지 참가한 사람도 있었어요. 이런 수많은 사람들의 이야기를 통해서 현대사를 과거의 역사가 아닌 피가 통하고 숨결이 이는 이야기로 생환하기도 하였지요. 그동안 써 놓은 원고가 상당한 분량에 달합니다.

그런데 작년 정년퇴임 후에 다시 읽어 보았더니 두 가지 문제가 있었어요. 우선은 어떤 서사의 형식으로 쓸 것인가가 문제였어요. 『감옥으로부터의 사색』뿐 아니라 『나무야 나무야』
와 『더불어숲』은 모두 서간문 형식이었어요. 굳이 서간문 형식
으로 쓴 데는 두 가지 이유가 있었지요. 하나는 감옥에 20년이
나 갇혀 있었던 사람이 불특정한 다수에게 무언가를 주장한다
는 게 외람돼 보였습니다. 그러나 내가 어떤 특정한 사람에게
서신을 띄우는 형식이라면 독자들은 그걸 옆에서 지켜보는 것
이 되기 때문에 외람되지 않을 수 있겠다 싶었죠. 독자들로 하
여금 그 서간문의 수신자가 바로 자기라는 생각을 하게 하기
때문에 친근감을 느낄 수도 있겠다는 생각도 했어요. 서간문은
우리나라의 전통 문학사에 중요한 형식으로 자리 잡고 있는 게
사실입니다. 하지만 서간문이라는 게 참 답답해요. 『감옥으로
부터의 사색』은 감옥과 엽서라는 물리적인 공간에 갇혀 있는
것이고 또 멀리 있는 사람한테 쓰는 형식이었기 때문에 친근한
대화가 불가능합니다. 그에 비하여 『강의』는 실제 학교 강의를
녹취해서 푼 것이기도 했지만, 일단 강의라는 형식이 참 편했
어요. 우선 공간적으로 제한이 없어졌고, 가까이 앉아 있는 사
람과 대화하는 것 같아서 그렇게 다정할 수가 없었어요. 곁길
로 한참 갔다가 다시 돌아오기도 하고, 예화를 들기도 했지요.
이 과정에서 저는 우리나라 문학사에서 전범이 되는 글쓰기 형
식이 무엇일까를 생각하게 되었어요. 러시아 소설, 그리스 서
사시, 그리고 영국 희곡에 비길 만한 우리나라 고유의 형식이
무엇일까를 고민했는데 쉽지 않았어요. 또 하나의 문제는 써
두었던 내용을 다시 읽어 보면서 느낀 젊은 사람들과의 세대
차이였어요. 학교에서 젊은 학생들을 많이 만나고 있음에도 불

구하고 문투 자체가 세대 차이를 극복하고 있지 못했어요. 문장의 호흡이라든가 언어 선택을 획기적으로 바꿔야 되겠다는 생각이 들었어요. 굉장한 작업이 되겠다 싶습니다.

그리고 우리 현대사 60년의 성찰과 관련해서 말씀을 드리자면, 저는 현대사를 본격적으로 대면하는 역사 서술 형식의 글쓰기는 불편해서 원치 않습니다. 오히려 제가 만났던 사람들의 이야기 속에 현대사를 담는 방식이 더 친근하게 느껴집니다. 그러나 제가 정치경제학과 사회과학개론을 오래 강의했고 한국사상사를 강의한 적도 있어서, 이런 사회과학적 담론을 내가 만났던 사람들의 삶과 정서와 어떻게 결합시켜 나갈 것인가를 고민하고 있습니다.

소대장이 월북을 했다는 이유 때문에 수십 년 동안 감옥 생활을 했던 사람의 기막힌 이야기를 쓰셨는데 이번엔 그런 이야기들이 좀 더 구체적으로 기록되는 것인지요?

그 사람 이야기로 칼럼을 쓴 적이 있습니다만 특별한 계획은 없습니다. 비단 그 사람의 사연뿐만 아니라 제게는 참 많은 사람들의 이야기가 있지요. 이십대 후반부터 감옥살이를 했기 때문에 연로하신 분들이 제게 참 많은 이야기를 풀어놓으셨어요. 당신은 이제 살아 있을 날이 얼마 남지 않았기 때문에 누군가에게 전하고 싶었으리라 생각됩니다. 제가 젊은 나이였기 때문에 참 많은 이야기들을 듣게 된 셈이지요. 해방 전후의 이야기에서부터 전쟁 기간 동안의 이야기, 그리고 지리산 이야기도 대단히 많았습니다. 1988년 출소 당시에는 지리산을 소재로 한 소설들도 많았는데, 제가 알고 있는 내용과 다른 부분도 적지 않았어요. 언젠가는 저도 이 이야기를 다른 사람에게 돌려주어야 한다는 일종의 책무를 느끼고 있습니다. 그 숱한 이야기를 통해 갖게 되는 생각은, 역사란 그 흔적을 사람들 속에 가장 깊이 각인한다는 사실이 아닐까 하는 것입니다.

자신에게로 돌아오게 한 성찰로서의 추체험

교수님의 책 읽기 습관은 가령 한 시간을 읽으면 삼십 분은 사색을 하는 것으로 알고 있습니다. 교수님의 미덕은 느림의 미학인 것 같습니다. 빠른 템포에 대해서는 어떻게 생각하시는지요?

젊은 사람들의 정서와 동떨어져 있다고 한 것이 방금 지적하신 템포하고도 관련이 있습니다. 한정 없이 느린 템포로 가면 사람들이 지루해지고 해이하게 되지요. 가끔 악센트도 있어야 하고, 감정의 공감대가 형성될 때는 조금 속도를 내는 것도 중요합니다. 그런데 글쓰기에서 제 자신은 이런 것들을 제대로 소화하지 못하고 있습니다. 저는 속도보다는 여백이나 포즈(pause)를 더 중시하는 편입니다. 강조하기보다는 오히려 절제하고, 다변적이기보다는 여백이나 묵언이 오히려 독자들로 하여금 자신이 공감한 내용을 자기 공간으로 가지고 가서 창조적으로 활용할 수 있지 않을까 생각하는 거죠. 저는 독서를 하면,

우선은 책의 텍스트를 먼저 읽고 다음으로는 그 텍스트를 쓴 필자를 읽고, 그다음으로는 텍스트를 읽고 있는 나 자신을 읽는다고 생각해요. 때문에 제가 쓴 글을 독자들도 그렇게 읽기를 원해요. 그러기 위해서는 필자의 생각을 자기 공간으로 삼을 수 있는 여백이나 포즈를 두는 게 좋지요. 그렇게 생각하기 때문에 늦어지는지 모르겠어요. 독자와의 공감이 형성되고 있는 경우에는 좀 빨리 가져가는 것도 필요하다는 것을 느끼게 되네요.

제가 음악을 통해 배운 가장 귀중하고 확실한 교훈은 반복이 주는 힘입니다. 교수님의 삶도 반복과 무관치 않을 듯싶은데요.

저는 선생님께서 말씀하신 부분이 성찰이라고 생각해요. 20년 동안 독방에 있었던 기간을 다 합치니 5년쯤 되더군요. 그때 면벽명상(面壁瞑想)을 참 많이 했어요. 단전호흡을 하며 벽을 마주보고 앉아서 무념무상의 상태가 되어야 한다는데, 제 경우는 그게 잘 안 되었어요. 그래서 방법을 바꿔서 과거에 만났던 사람들이나 겪었던 사건들을 다시 반복하면서 추체험(追體驗)했어요. 명상으로 다시 한 번 그 사건들이나 사람들을 체험한 거죠. 그 과정이 제겐 굉장히 의미가 있었어요. 아주 사사롭다고 알고 있던 사건 속에서 해방 정국의 엄청난 정치적 성격이 들어 있었다는 걸 다시 발견하게 되었고, 잠깐 스쳤는데도 내 속에 오래 남아 있는 사람이 있는가 하면, 오래 만났음에도 불구하고 별로 제 가슴과 기억 속에 남아 있지 않은 사람이 있다는 것도 알게 되었지요. 이를 통해 저는 결국 나 자신에게로 돌아왔어요. 진정한 자유란 다른 사람들과의 배타적인 정체성에서 오는 것이 아니라 내가 만난 모든 사람들이 내 속에 들어와 있고, 내가 겪은 모든 사건 또한 내 속에 들어와서 나를 만듦으로 동시대와 동시대 사람들과 얼마나 융화되느냐의 문제거든요. 저는 그게 진정한 자유로움이라고 생각합니다. 추체험이라는 반복이 그것을 가능하게 했다고 생각합니다.

관념성으로부터의 벗어남은 많은 지성인들의 고민이자 딜레마인 것 같습니다. 교수님께서는 실천과 사상의 관계에 대해 어떻게 생각하시는지요?

아까는 머리에서 가슴까지의 여행이 인생을 걸어가는 데 있어서 가장 먼 여행이라고 했지만, 그와 함께 저는 또 하나의 가장 먼 여행이 있다고 생각합니다. 그것은 가슴에서 발까지의 여행입니다. 발이란 실천의 문제이자 현장의 문제이지요. 차가운 머리와 뜨거운 가슴을 가졌다면 개인으로서는 아주 훌륭한 품성으로 거듭난 것이라고 할 수 있습니다. 그런데 나무의 완성이란 낙랑장송이 되는 게 아니라 다른 나무들과 함께 숲이 되는 것이거든요. 그게 가슴으로부터 발까지의 여행입니다. 발은 숲이라고 볼 수 있고, 삶이라고 볼 수도 있어요. 개인이 아름다운 품성으로 자기를 고양하는 것도 중요하지만, 실제 생활 속에서 많은 사람들과 함께 숲을 만들어 내는 또 하나의 먼 여행을 하는 일은 더 중요하다고 생각합니다. 실천이란 이론의 궁극적인 종착지입니다. 이론이 실천을 통해서 그 진리성 여부가 검증되기도 하고, 또 실천의 결과가 이론으로 다시 재정리되어 나타나기도 하지요. 그게 다시 실천 과정에서 진리성이 검증되는 변증법적인 통일 과정 속에 있기 때문에 저는 실천의 문제가 가장 궁극적이지 않나 싶어요. 실천이 곧 우리들의 삶이기 때문입니다.

지금 주신 말씀은 이론이 필요 없다는 것이 아니라 실천, 사상, 이론의 고유한 자리를 찾아 주어야 한다는 뜻이겠지요?

그렇습니다. 저는 이론이나 진리 자체에 대한 발상의 전환이 필요하다고 봐요. 불변하는 별처럼 우리가 사랑하기만 하면 되는 이론이나 진리는 없다는 게 제 생각입니다. 오히려 이론이란 세계에 대한 참여의 방식이자 세계를 조직하는 것이라고 생각해요. E. H. 카는 『역사란 무엇인가』에서, 역사란 과거에 일어났던 수많은 사건이 아니라 역사가가 선택하여 조직한 것이라고 했습니다. 팩트의 단순한 조합이 아니라, 역사가가 자기의 입장에서 선택하고 조직한 히스토리컬 팩트가 '사실'(史實)이 되는 것이죠. 그런 점에서 역사라는 것은 과거 그대로의 과거가 아니라 현재가 읽은 과거입니다. 이론도 저는 그렇게 생각해요. 이론이란 그 자체가 항구성을 갖는 절대적 진리가 아니라 어떤 주체가 세계를 어떻게 구성하고 조직하며 또 어디서부터 참여할 것인가의 문제라고 보는 거죠.

2000년대로 들어서면서부터 특히 심해진, 의견이 다른 사람들에게 가하는 폭력과 경박함을 보면 바로 저게 이념과 삶이 뒤바뀐 현상의 끔찍함이 아니겠나 싶더군요.

저는 사실 포스트모더니즘의 현상에 대해 지지하는 입장은 아닙니다. 왜냐하면 포스트모더니즘이 가장 중요한 사회 개혁의 담론 자체를 무장해제시켜 버리는 속성이 있기 때문입니다. 그래서 포스트모더니즘을 긍정적으로 수용하지 않습니다만, 방금 말씀하신 그 부분에서는 상당 부분 포스트모더니즘을 수용합니다. 돌이켜 보면 인간이나 사회를 어떻게 건축할 것인가에 대한 사전적(事前的) 선행 의지가 역사적으로 있어 왔고 또 그것이 중요했습니다. 신학적 구조에서부터 계몽주의의 사상에 이르기까지, 또는 헤겔의 시대정신이 보여주는 것처럼 과거에는 인간이나 사회에 대한 건축 의지가 전제되어 왔습니다. 그러한 설계도면으로부터 당면의 실천을 받아오는 구조였죠. 때문에 실천 자체가 교조적 이데올로기의 지배 아래 놓이게 되었는데 포스트모더니즘이 바로 그 건축 의지를 해체한 것이거든요. 저는 이 점이 포스트모더니즘의 뛰어난 역사적인 역할이라고 봐요. 물론 포스트모더니즘에 분명하게 내재된 정치적 의도는 경계해야 합니다. 막강한 자본축적이 가지고 있는 엄청난 정치권력과 그것들이 가지는 여러 가지 문화적 기제들이 완비되어 있는 상태에서 사회 개혁 담론을 해체해 버리려는 포스트모더니즘의 정치성이 섬뜩하기는 해요. 그렇기 때문에 기존의 건축적 의지를 해소하는 것은 중요합니다. 보이지는 않지만 막

강한 지배 기제가 작동하고 있는 현재 상황 속에서 우리가 나누는 대화나 소통이 저는 제한적일 수밖에 없다고 봐요. 우리 시대를 지배하고 있는 보이지 않는 지배 구조와 우리들의 감성은 물론 문화적인 방식까지 포섭해 내는 새로운 기제들 속에서 우리가 어떻게 자유와 인간적인 정체성을 지켜 갈 것인가 하는 문제는 대단히 중요한 당면 과제라고 생각합니다.

나무처럼 주어진 조건에 최선을 다하는 삶의 아름다움

난세를 어렵게 통과했던 옛날 어른들은 오로지 신념 하나만을 위해 냉혹할 정도의 절제로 자기 삶을 관리한 측면이 강했습니다. 그런 모습이 이념과 관계없이 존경스럽기는 합니다만 아쉬움도 적지 않습니다. 교수님께서는 아버님보다는 음악이나 그림이나 사진이나 스포츠를 통해 삶을 향유하신다고 생각되긴 합니다만, 모든 걸 버리고 뜻을 이루는 것과 삶의 향유가 어떻게 조화되어야 한다고 생각하시는지요?

자기의 철학이나 의지를 쉽게 버려서는 안 되겠지만 저는 나무같이 살면 된다고 생각해요. 나무란 자기의 자리를 선택하지 않아요. 저는 나무처럼 우리의 삶도 어느 지역, 어느 시공간에 던져졌다고 봅니다. 때문에 주어진 조건에서 최선을 다할 수밖에 없지 않나 하는 생각을 해요. 이렇게 보면 아버님과 저의 삶은 다를 수밖에 없는 거죠. 던져진 시공이 다르니까요. 탱자나

무는 울타리 역할로 서 있기 때문에 계속 뻗으면 잘리고 또 잘려서 속 이파리나 가시를 안으로 키울 수밖에 없고, 반면에 넓은 벌판에 서 있는 활엽수는 자유롭게 뻗어 나갑니다. 저는 자기가 던져진 시대와 사회의 여러 가지의 실존에 대하여 자기의 가치나 의지를 전면에 내세워 직선적 대결의 모습을 보이는 것은 생명으로서의 아름다움이라고 생각되지는 않습니다. 물론 때에 따라서는 참담하리만큼 직선적 삶이 동시대의 사람들에게 감동적인 메시지를 던져 주기도 해요. 그렇다 하더라도 그것은 다른 모든 사람들이 본받을 만한 삶은 될 수 없다고 봐요. 사람들은 나무처럼 자기가 던져진 곳의 바람과 물과 토양 속에서 자기를 키워 갈 수밖에 없어요. 그래서 저는 나무나 물처럼 무리하지 않습니다.

물은 두 가지 품성을 가지고 있어요. 우선은 부쟁(不爭), 다투지 않지요. 제가 부쟁을 말하니까 노동운동하는 분들이 "그러면 전투성을 포기한다는 거냐?"고 묻더군요.(웃음) 그러나 '쟁'(爭)과 '전'(戰)은 다르거든요. 축구의 한일 대항전에서 보듯 '전'은 상대방과 싸우는 것이고, '쟁'은 마라톤 같은 경기를 연상하면 돼요. '쟁'은 객관적인 조건과 주체적인 자기 역량을 잘 배려하기 때문에 물처럼 산이 막으면 돌아가고, 큰 웅덩이를 만나면 그 웅덩이를 차곡차곡 다 채운 다음에 뒷물을 기다려 나아갑니다. 물의 또 한 가지 미덕은 낮은 곳으로 흐른다는 겁니다. 그래서 바다를 이루어 내지요. 우리 대학의 교육 이념이 리더십(leadership)보다는 펠로우십(fellowship)을 체득하는 것입니다. 그런데 저는 펠로우십보다는 팔로우십(followership),

그러니까 뒤따르는 것이 더 좋다는 생각을 가지고 있습니다.(웃음)

학생 시절 줄곧 응원단장을 하셨다는 것과 감옥에 이어 성공회대에서도 공을 잘 차는 축구 선수였다는 이야기가 놀랍습니다. 현재의 교수님 이미지와 쉽게 연결이 되지 않기 때문이지요. 대다수 사람들에게서는 충돌하거나 한쪽의 기능이 거의 소멸되는 반면에 선생님의 삶에서는 사색과 스포츠가 반목하지 않는 것 같습니다. 생각과 몸의 관계, 어떠해야 할까요?

몸 이야기를 하시니 메를로퐁티(Maurice Merleau-Ponty, 1908~1961)의 몸의 사회학이 생각이 나는군요. 메를로퐁티는 몸이란 세계와 내가 만나서 솟구치는 현장이라고 말했지요. 지금까지는 동양이든 서양이든 몸의 문제를 굉장히 등한시해 온 게 사실이에요. 인간의 문제를 정신의 문제로만 본 측면이 강했다고 봐요. 그러나 정신과 세계가 몸에서 만나잖아요. 그런 점에서 몸이란 주관과 객관이 동시에 용솟음치는 현장이라고 하는 메를로퐁티의 몸 철학에 상당 부분 동의합니다. 제가 축구를 즐긴다는 이야기가 나왔습니다만, 저는 체육대회 같은 곳에 갔을 때 한마디를 하라고 하면 이렇게 이야기합니다. "왜 우리가 운동을 하는가? 그것은 생각대로 안 된다는 것을 확인하기 위해, 다시 말해 정신의 한계를 깨닫기 위함이다."(웃음) 이처럼 운동은 우리가 도달한 관념적 수준을 반성하게 해 주는 측면이 있어요. 문제는 20세기 말로 오면서 그간의 관념적 전통에 대한 반작용이라 할 수 있습니다만 몸을 지나칠 정도로 클로즈업 시킨다는 점입니다. 그것도 몸의 의미를 섹슈얼한 측면에서 일면적으로 부각시키지요. 물론 현대에 와서 몸이 사면(赦免)을 받아 온당한 자기 위상을 되찾게 된 것은 새로운 철학적 진보라고 생각합니다. 그러나 몸 자체를 상품화하거나 선정적으로 드러내는 일은 몸의 타락으로 이어질 수 있습니다. 몸의 의미를 다시 부각시키는 것은 필요한 일이지만 그것이 다시 새로운 전락(轉落)으로 이어지지 않을까 걱정입니다.

인성의 고양이 삶의 궁극적 가치

21세기에서의 종교, 특히 한국 기독교에 대한 생각이 궁금합니다.

짐작하셨겠지만 저희 집안은 완고한 유학적 분위기가 강했기 때문에 기독교에 대한 이해는 별로 없어요. 『성경』은 감옥에 있을 때 물론 읽었습니다. 저의 경우는 지금까지 형성되어 온 생각의 틀을 종교적으로 바꾸는 게 불가능했어요. 그냥 쉽게 믿으면 된다는 사람들도 있지만 저는 그게 쉽지 않았고, 지금까지 구사하던 모든 개념들을 기독교 쪽으로 다 바꾼다는 게 마치 벽돌을 다 바꿔 집을 새로 짓는 것만큼이나 엄청난 일이었습니다. 어쩌면 불가능할지도 모른다는 생각이 들어서 저는 기독교를 신앙이 아닌 종교로서 이해하려고 하는 수준입니다. 저는 과학과 물질주의적인 가치가 마구 질주하는 세상에서 기독교가 굉장한 인문학적인 관점일 수 있겠다고 생각합니다. 기독교를 절대 신의 개념으로만 보아야 하는 것은 아니라고 생각하지요. 우주의 질서는 과학으로는 다 밝힐 수 없다는 생각이고, 가끔은 인간이 거부할 수 없는 질서나 운명 같은 것을 느끼기도 합니다. 20년 징역을 살고 나온 제가 책을 내고 많은 사람들을 만날 것이라는 것은 저도 예상하지 못했을 뿐 아니라 지금도 설명 안 되는 부분이 얼마든지 있습니다. 다른 사람들의 파란만장한 삶을 봐도 개인의 의지와 관계없이, 마치 큰 강물이 흘러가는 속에 우리가 있는 게 아닌가 하는 생각을 가끔씩 합니다. 이런 것을 통해 나 자신이 갖고 있는 집요함 같은 것들을 문득문득 반성하기도 하지요.

교수님께선 평소 '사람이 좋아야 예술이 좋다'는 말씀을 하셨는데요. 아름다움에 대한 이야기를 좀 들려주시지요.

아름다움이란 '앎'이란 어근이 나타내듯 '잘 안다'는 뜻입니다. 그래서 저는 아름다움을 숙지성(熟知性)의 개념으로 이해하지요. 잘 아는 것이 아름다운 것입니다. 때문에 아름다움의 반대는 추한 것이 아니라 모름다움입니다. 음악도 잘 아는 것이 아름답잖아요. 아프리카 원주민에게 베토벤 5번 교향곡을 들려주면 다 달아난다고 하거든요. 저는 '그림'도 어휘 자체가 많은 것을 함축하고 있다고 봐요. 그림이란 그리워하는 것이거든요. 그리워하지 않는 것을 그린다는 자체가 정직하지 않아요. 제가 그린 그림 중에, 초등학교 때 그림을 그리라고 했더니 자기 어머니를 그린 친구의 이야기가 있어요. 나중에 보니 그 친구에게 어머니가 없었어요. 그래서 그 어린 나이에 '이 친구가 자기에게 가장 그리운 것을 그렸구나'라는 생각을 했던 기억이 납니다. 아름다움의 문제를 피카소의 미 형식이라든가 어떤 천재가 도달한 형식을 기준으로 삼는다는 것 자체가 어떤 건축적 의지에 갇히는 것이에요. 자기가 잘 알고 우리 시대가 그리워하는 것을 정직하게 표현하면 그게 아름다움이지요.

그런 점에서 저는 오늘날의 미학이 아름다움의 철학에서 굉장히 괴리되어 있다고 생각해요. 젊은 사람들이 수용하는 미적 정서라는 것은, 비록 사람에 따라 차이는 있겠지만, 한마디로 상품미학이거든요. 상품미학은 고도의 형식미이고, 상품은 어찌됐든 잘 팔리면 되는 것입니다. 별로 소용이 없거나 심지어 유해하더라도 가장 잘 팔리면 좋은 상품이라고 하잖아요. 그래서 광고가 제시하는 수준 높은 약속에 속아 그 물건을 써 보면 그 약속이 지켜지지 않았다는 것을 발견하게 되지요. 그러면 거기서 이탈하려고 하지만 상품 회사는 이내 디자인을 바꿉니다. 그래서 한 번 더 속는 지점이 발생해요. 그 약속이 허구로 드러나는 지점, 바로 그 지점이 패션이 발생하는 지점이지요. 그래서 상품미학은 변화 자체가 아름다움이 되어 버렸어요. 친숙하고 잘 아는 것이 아름다운 것이 아니라 모르는 것이 아름다움이 되는 거대한 역전이 일어난 것입니다. 이러한 상품미학은 아름다움의 정서를 크게 왜곡합니다. 그러나 상품미학만으로 설명하기에는 조금 부족한 면도 지적해야 합니다. 문화적인 자기 결정력이 없는 종속 사회의 미학은 바깥에서 옵니다. 왜

냐하면 주변부 문화의 특징이 중심부 문화를 이식하는 것이거
든요. 종속 사회에는 옛날부터 배를 타고 오는 잘 모르는 외부
의 것에 대한 추앙이 있는 반면 자기 것에 대한 혐오와 패배 의
식이 있습니다. 이런 상품미학과 우리 사회가 가지고 있는 문
화적인 콤플렉스가 겹쳐져서 진정한 아름다움에 대한 이해가
대단히 희박해지는 게 아닌가라는 생각을 합니다.

'나의 동양고전 독법'이라는 부제가 붙은『강의』는 서양의 존재
론을 극복하기 위하여 동양의 관계론을 내세우고 있습니다. 동양
고전을 통해 관계론을 주장하셨지만 20년 감옥 생활이 없었어도
이 책이 이런 모습으로 나올 수 있었을지는 의문이 듭니다만.

저는 사회과학, 특히 경제학을 전공했기 때문에 자본주의가 자
기 증식을 하면서 국민경제 내부로는 독점으로 귀결되고, 그리
고 국제적으로는 일국 패권의 신자유주의 세계 질서로 귀결되
지 않을 수 없다는 내적 필연성을 늘 비판해 왔습니다. 제가 동
양고전과 신자유주의적 세계 질서를 대비시키는 이유는 감옥
에서 동양고전을 많이 읽기도 했지만, 이런 패권적이고 존재론
적인 패러다임의 압도적 포섭에도 불구하고 소비나 소유와는
비교할 수 없는 가치가 있다고 믿기 때문이기도 합니다. 동양
고전에서 발견한 것은, 삶의 궁극적 가치는 '인성(人性)의 고
양(高揚)'이란 점입니다. 물질적 성취가 아니라 인간적 성취가
더 높은 차원의 가치가 되고 있습니다. 그리고 그 인간적 성취
는 인간관계로 결실되는 것이지요. 훌륭한 사람, 훌륭한 사회,

그리고 훌륭한 역사의 문제로 연결되는 것이지요. 근대사회의 전개 과정이 보여 온 존재론적 패러다임을 관계론적 패러다임으로 전환하는 것이 오늘의 문명사적 과제라고 생각하기 때문이기도 합니다. 그리고 개인적으로는 동양고전을 통해서 인간에 대한 이해 그리고 인간관계에 대한 관점을 들어 보이고 싶었습니다. 그래서 저는 비전공자의 자유로움을 살려서 고전에 대한 정통적이고 훈고학적인 관점에서 벗어나 항상 당대 사회의 문제의식을 가지고 고전을 읽으려고 했던 것이 사실입니다. '고전을 읽는' 것이 아니라 '고전에서 배우겠다는 관점'이 고전의 기본 독법이 되어야 한다는 생각입니다. 특히 21세기로 전환되는 새로운 시대에는 문명의 패러다임에 대한 자각적인 반성이 필요하기 때문에 동양의 오래된 관계론적인 사상을 통해서 현대사회가 가지고 있는 존재론적 패러다임을 드러내고자 했던 것이지요.

끝으로 첨예한 모순과 밑바닥의 감옥 현장에서 발견한 여럿이 함께하는 희망에 대해 말씀해 주시지요.

저는 가끔 감옥은 우리 시대의 산이라고 이야기합니다. 산은 기름진 들판에 살지 못했던 사람들이 쫓겨나 들어가는 곳이거든요. 사실 임꺽정은 강한 사람이 아니었습니다. 기름진 들판에 살 수가 없어서 산으로 들어간 약한 사람이었지요. 저는 그 산속에서 오히려 당시 사회의 모순 구조를 한 번 더 보게 된 셈이었습니다. 제가 대학 시절 읽었던 경제학은 마르크스를 중심으로 한 비판적 사회과학의 관점이었고, 그 위에 감옥에서 만난 사람들의 참담한 삶의 조건들을 경험하면서는 먼저 나 자신을 개조해야겠다는 생각을 했습니다. 물론 그러한 과정에서도 생각과 관점이 교조화되지 않도록 항상 경계하려고 했음은 물론입니다. 그러나 계급적 관점이 급속하게 탈색해 버린 오늘날의 신자유주의의적 질서 속에서는 그런 관점을 유지하기가 더욱 어려워졌다고 느낍니다. 뿐만 아니라 저는 출옥 이후 대학 교수라는 자리에 서 있기 때문에 현장에서 일정하게 거리를 두고 있는 셈이지요. 이런저런 개인적 갈등도 느끼지 않을 수 없습니다. 지식인이란 자기가 계급을 선택할 수 있는 입장에 서 있는 사람들입니다. 지식인이 실천을 어떤 현장에서 할 것인가에 대해서도 물론 기계적이고 교조적인 생각에서 벗어나야 한다고 생각해요. 공산당을 탈당하기 전의 이야기라는 전제를 해야 하겠지만, 피카소는 캔버스 앞에서 당당하게 공산주의자라고 이야기하고, 역할 분담이나 입장 차이를 승인했지요. 우리에게도 그런 예술적인 실천이 필요하다고 봅니다. 저는 내가 해야 할 일에 대하여 성찰적인 관점을 가지고 물처럼 나의 역량과 객관적 조건이 허용된 범위 내에서 정직하게 살아가겠다는 정도의 생각을 하고 있습니다.

긴 시간 수고하셨습니다. 감사합니다.

신영복 교수 연구실에서 ⓒ 문종석

여럿이 함께하면 길은 뒤에 생겨난다

대담자   정재승(KAIST 교수)
일시·장소   2011년 11월 23일 이화여대 언어교육관
게재지   웹진 『채널예스』 '정재승이 만난 사람들'

지난 11월 23일 이화여대 언어교육관에서 열린 '정재승, 신영복 교수 특
별 대담 — 여럿이 함께 숲으로 가는 길' 현장. 300여 명의 관객이 자리를
메웠다. 매서운 추위가 닥친 저녁이었지만, 빈자리를 찾아보기 힘들었다.
십대부터 오십대까지 다양한 사람들이 한 자리에 모여 '스승'을 기다렸다.
신영복 교수가 등장하자 뜨거운 박수가 쏟아졌다. 혼란과 좌절의 시기를
건너고 있는 젊은이들은 진지하게 듣고, 물었다. 스승의 답은 따스했다. 강
의 말미, 사람들은 저마다의 가슴에 '숲으로 가는 길'을 새긴 듯했다.

안녕하세요. 정재승입니다. 반갑습니다. '정재승이 만난 사람들'
이라는 이름으로 열 번째 인터뷰까지 왔습니다. 오늘은 정말 각별
한 시간이 될 텐데요. 바로 성공회대 신영복 교수님이 주인공이십
니다. 간단하게 약력을 소개해 드리고 모시겠습니다. 1941년 밀
양에서 태어나셨고요. 서울대 경제학과, 대학원을 졸업하셨습니

다. 숙명여대와 육군사관학교에서 경제학을 가르치시던 중 통일혁명당 사건으로 구속되셔서 무기징역을 선고받으셨습니다. 20년간의 수감 생활을 거치셨고, 1988년 특별가석방 되신 후 성공회대에서 사회과학부 교수로 계셨죠. 2006년 정년퇴임 하셨습니다. 지금은 석좌교수로 계십니다. 선생님의 책『감옥으로부터의 사색』은 우리에게 깊은 감동을 주었습니다. 지금도 나눔과 소통의 장에서 중요한 역할을 하고 계신 우리 시대의 스승 신영복 교수님을 모시겠습니다.

반갑습니다.

젊은이들과 만날 기회가 많으시죠?

네, 자주 만나려고 해요.

젊음을 통째로 감옥에서 보내셨잖아요. 어느 곳에 '청춘은 감옥이었다'고 쓰기도 하셨는데요. 요즘 젊은이들 보시면 어떠세요?

지금 청년들도 감옥에 있는 것 같아요. 청년 실업이나 지금 시대에 겪는 고통, 보이지 않는 감옥 같은 생활이죠. 그런 공감하는 부분이 있지 않을까 해서 오늘 나를 부르신 게 아닌가 해요.

청년 시절 20년의 감옥 생활, 인간에 대한 이해의 기간

지금 인문학은 어디에 와 있고 나아갈 방향은 무엇이며, 어떤 질
문을 던져야 하는가를 알아보려 합니다. 선생님께서는 어떻게 살
아오셨고, 고민하는 것은 무엇인지, 편안하고 솔직하게 답해 주시
면 됩니다.

　　오늘 주제가 '희망의 인문학'이죠. 우리 시대에 고민해야 할
　　내용이 무엇인가를 봐야 할 텐데요. 인문학은 인간에 대한 공
　　부가 아닌가 해요. 청년 시절을 감옥에서 보냈는데, 이십대 후
　　반부터 사십대 후반까지요. 가장 중요한 시기를 감옥에 있었던
　　셈이죠. 감옥에서 느꼈던 인간에 대한 이해, 그것이 우리가 천
　　착하고 있는 인문학적 내용과 같지 않을까 생각합니다.

선생님의 삶을 보다 잘 이해하려면, 통일혁명당을 조명해 봐야 할
것 같은데요. 어떤 사건이었고, 왜 감옥에 가게 되셨나요?

　　제가 59학번이에요. 몇 년 전에 서울대에 가서 09학번 학생들
　　과 만났어요. 59와 09의 만남이었죠. 50년의 세월 차가 있더라
　　고요. 물어보신 사건, 참 오래됐네요. 그때 상황을 여러분은 잘
　　모르실 거예요. 대학 2학년 때 4·19가 있었고요. 3학년 때
　　5·16 이후로 학생들의 저항과 반대 분위기가 형성되었어요.
　　제가 학생 서클 운동의 1세대입니다. 사실, 당시엔 통일혁명당
　　이란 게 없었어요. 감옥에 들어간 후에 만들어졌다는 걸 들었

죠. 아무튼 감옥에 가게 되고, 무기징역까지 받을 줄 전혀 몰랐죠. 중앙정보부에서 취조할 때도 자기들끼리 얘기하더라고요. '3년, 5년일 거야'라고요. 그런데 사형 구형이라고 해서 깜짝 놀라기도 했어요. 저는 군사재판을 받았습니다. 현역으로 육군 중위였기 때문이죠. 사건 당시인 1968년에는 1·21사태가 일어났고 푸에블로(Pueblo) 호가 원산 앞바다에서 나포(拿捕)되어 북한에 억류되기도 했죠. 또 삼선개헌, 한일회담, 독도 문제가 거론되며 복잡한 상황이었죠. 정확하진 않지만, 당시 서울대 학생 서클 간부 하나를 사형시켜야 한다는 주장이 있었다고 해요.

아, 그러니까 통일혁명당이 존재하진 않았지만 주요 간부라는 누 명을 쓰신 거네요.

문리대 정치과 선배 한 분이 관련이 있었어요. 북한에 다녀오고 간첩 사건과 관련이 있었고요. 난 학생 서클 1세대였고, 학생운동을 열심히 했죠.

당시에 150여 명의 간첩단 사건 같은 게 나왔죠. 어떻게 보면 억 울한 상황으로 감옥에 가고, 무기징역까지 선고 받으신 거네요.

여러 가지 생각이 참 많았죠. 그러나 그 후 살아가면서 자기 문제를 사회적 관점, 역사적 관점으로 보게 되었어요. 그리고 보니 역사적 격동기에 감옥에서 인생을 보낸 수많은 사람들이 있었더라고요. 나도 그중 하나구나, 팔자구나, 생각했죠. 당시 150명이 구속됐어요. 선배, 후배들이 함께 들어갔지요. 나는 후배들을 많이 데리고 들어온 선배 입장이었기 때문에 죄책감, 미안함으로 고통스러웠어요. 나 자신의 문제보다 그것이 훨씬 고통스러웠죠. 또, 조용히 혼자 있을 땐 '사형이라니. 할 일도 참 많았는데 너무 빨리 죽는구나' 이런 쓸쓸한 마음이 들기도 했어요. 막상 무기징역으로 감형이 되고 나서는 암담하기도 했어요. 끝이 보이지 않는 깜깜한 동굴로 걸어 들어가는 느낌이었어요. 용케 잘 걸어 나온 셈이죠.

한 달에 한 번 쓸 수 있는 엽서, 정신의 해방구

『감옥으로부터의 사색』은 대학생이라면 한번쯤 읽었을 텐데요. 가족들과 나눈 편지글입니다. 어떻게 그 글들을 쓰게 되셨는지요?

지금은 감옥이 많이 달라졌죠. 집필, TV 시청도 허용됩니다. 그때는 일절 집필도 허가되지 않고, 편지도 한 달에 한 번씩 엽서를 신청해서 쓸 수 있었어요. 교도관의 감시하에 썼고요. 감옥이라는 생소한 상황에서 부딪치는 충격적인 생각들을 많이 했어요. 그 생각들을 어디다 좀 적었으면 했죠. 다 잊어버릴 것 같았거든요. 그래서 유일하게 기록이 허락되는 가족에게 보내는 편지에 쓴 거예요. 아마 가족에게 보내는 편지에 그런 사색적인 내용을 쓴 사람은 많지 않았으리라고 생각합니다.

핑장히 사색적이고, 산문이긴 하지만 시적이기도 해요. 그런 편지
들을 받은 가족들의 반응은 어땠나요?

아직 정신적으로 무너지진 않았구나 하는 위로를 받았겠죠.

전 반대였을 것 같아요. 아니, 점점 이상해지고 있구나. 이런……
(웃음)

개인적으로 한 달에 한 번밖에 못 쓰기 때문에 한 달 내내, 이
내용을 이렇게 쓰자, 머릿속으로 정리를 했어요. 교정까지 완
벽하게 끝냅니다. 이십대라 머리가 명석했죠. 지금은 『엽서』라
는 영인본이 나와 있죠. 그걸 보고 사람들이 말해요. '어떻게
고친 데가 하나도 없느냐'고요.

교도관들의 반응은 어땠나요?

편지 검열은 보안과와 교무과에서 두 차례에 걸쳐 하는데 사실
조심스럽죠. 검열을 통과해야 하니까요. 통과되지 않을 이야기
는 안 썼어요. 그렇게 했는데도, 보낸 편지 중에 없어진 게 상
당했어요. 검열 과정에서 사라졌겠죠. 까다로운 검열관이 근무
하는 날은 피해서 썼어요. 검열 수위가 낮은 사람이 근무할 때
썼어요. 그랬는데도, 많은 독자들이 물어요. '국가보안법 위반

사범에 통혁당 간부라는 사람이 서신에는 비전투적인 글이 많으냐'고요.

저는 『감옥으로부터의 사색』 중 옆에 있는 동료들을 열 덩어리로 느끼게 해 증오하게 만드는 여름에 대한 글이 가장 기억에 남습니다. 생명, 계절의 변화에 주목하신 글들도 모두 인상적이었어요. 그 안에서 마치 득도하신 것 같았어요. 굉장한 분노와 억울함이 있었을 텐데, 어떻게 밖에 있는 사람에게 평온함을 줄 정도로 사색의 심연으로 들어갈 수 있었을까. 정말 신기했어요. 문장을 한번 쭉 읽어서는 잘 이해가 안 되는 부분이 있어요. 여러 번 읽고 상상을 해야 그려지는 책이었어요.

까다로운 자기 검열을 하고 있는 글이어서 전달이 조금 어려울 수도 있을지 모르겠습니다. 그러나 제 경우는 그 글들의 행간에 묻어 둔 사람들의 얼굴이 떠오릅니다. 지금은 거의 읽지 않습니다. 괴롭기도 해서요.

고리키가 그랬듯이, 감옥 생활은 나의 대학 생활

책에 실린 에피소드 중, 감옥 생활을 단적으로 나타내는 장면이 있다면 어떤 부분일까요?

감옥 20년을 나의 대학 생활이라고 술회하기도 하지요. 고리키가 쓴『나의 대학』이라는 책이 있어요. 고리키의 학력은 초등 3학년이 전부였죠. 볼가 강의 뱃사공 일을 도왔는데요. 그 배의 주방장이 독서를 하는 사람이었다고 합니다. 그게 책을 보게 된 시작이었죠. 그의 책『나의 대학』은 해방 직후에 번역되었고, 대학 다닐 때 고서점을 다 뒤져 찾아냈어요. 볼가 강 근처 카잔이라는 도시의 노동자 합숙소에서 지낸 2~3년간의 시절을 '나의 대학 시절'이라고 하고 있었어요. 내가 보낸 20년도 그랬던 것 같아요. 갇혀 있는 세월이긴 했지만, 밖에 있었다면 절대로 만나지 못했을 여러 계층이 사람들을 만나고, 사회와 역사 그리고 인간에 대한 새로운 깨달음을 가질 수 있었으니까요.

그래서인지 관계와 소통에 주목하고 계신데요. 감옥 안과 밖의 관계, 소통은 어떻게 다른가요?

오늘의 주제가 '희망의 인문학'인데요. 근대사회의 가장 큰 특징은 존재론적인 패러다임입니다. 자기의 주체성을 배타적으로 관철하지요. 상대를 타자화시키고, 자연까지 대상화합니다. 이걸 청산하고 뛰어넘는 게 탈근대죠. 우리 시대가 당면한 과제라는 생각에서 관계론을 이야기하곤 하는데요. 인간적 관계를 가장 밀도 높게 경험한 게 감옥이 아닌가 합니다. 뜨거운 여름에는 칼잠을 잡니다. 옆으로 누워서요. 수용 인원이 많으니까요. 바로 옆 사람을 증오하게 돼요. 사실, 그 사람은 아무 죄가 없거든요. 인간적인 관계를 잘못 파악하는 경우도 참 많아요.

감방마다 버릇없는 친구가 있어요. '싸가지 없는' 사람이 각 방마다 한 사람씩 있어요. 그 사람 만기 기다리다 자기 징역 다 간다는 말까지 있어요. '쟤 언제 나가지?', 그러고 기다리는 거예요. 재미있는 건, 그 사람 나간 날은 참 행복한데 2~3일 지나면 또 그런 사람이 생긴다는 거죠. 그래서 증오의 대상이 되는 사람이 결함이 없진 않지만 몇 사람이 만들어지는 과정을 겪으며 '상황이 그런 사람을 만들어 내는구나'라는 깨달음을 겪게 되었죠. 우리의 생각이 얼마나 왜곡되어 있는가를 반성하게 되는 것이죠.

싸가지 없는 사람의 특징은 이기적인가요, 무례한가요?

그런 면도 없지 않죠. 한편 열악한 상황에서 다른 사람 배려하면 자기가 너무 힘들어요. 1차적 반응은 자기 존재성을 배타적으로 지키려는 판단을 할 수밖에 없는 환경이기도 해요.

감옥에서 자살하지 않은 건 햇빛과 가족, 친구들 때문

지금 생각해 보면 20년을 감옥이라는 공간에서 생활한다는 건 정말 끔찍한데요. 그 기간의 감정 변화는 어땠나요? 낙담도 하고 또 희망도 가졌을 수도 있고요.

교도소에서 자살하는 사람들이 참 많아요. 보도가 안 되지만요. 재소자가 지켜야 할 준수 사항이 30개 정도 있거든요. 제가 붓글씨를 잘 써서 준수 사항을 참 많이 썼어요. 제1항이 교도관의 지시 명령에 복종해야 한다. 그리고 5~6번 항에 재소자는 자살을 해서는 안 된다는 항목이 있죠. 꽤 비중이 높은 준수 사항입니다.

제가 무기징역 받고 추운 독방에 앉아 있을 때, 왜 자살하지 않나 생각하기도 했습니다. 심각하게 고민했죠. 많은 사람들이 자살을 하거든요. 자살하지 않은 이유는 두 가지였어요. 가장 큰 이유는 햇빛이었어요. 그때 있었던 방이 북서향인데, 하루 두 시간쯤 햇빛이 들어와요. 가장 햇빛이 클 때가 신문지 펼쳤을 때 크기 정도구요. 햇빛을 무릎에 올려놓고 앉아 있을 때 정말 행복했어요. 내일 햇빛을 기다리느라 안 죽었어요. 살아 있다는 것 자체가, 비록 20년의 감옥 속 삶이었지만 결코 손해는 아니라고 생각했습니다. 태어나지 않은 것과 비교한다면요. 그런 생각을 했던 것 같아요.

또 한 가지 이유는 내가 자살하면 굉장히 슬퍼할 사람들이 있었어요. 부모, 형제, 친구…… 자기의 존재라는 것이 배타적 존재성이 아니라고 생각해요. 『어린왕자』를 보면 리비아 사막에 비행사가 불시착하잖아요. 살아날 가망이 없으니 모래톱을 파서 무덤을 준비합니다. 그 대목에서 작가가 독자들에게 질문을 던지죠. 너만 조난자인가. 너의 소식을 애타게 기다리는 가족들은 조난자가 아닌가.

우리 삶이란 게, 존재성이란 그런 게 아닐까요. 저도 근대적 교육을 받았기에 사고방식도 근대적이었죠. 같은 무기수이면서도 다른 재소자를 일단 타자화했어요. 딱 거리를 두고 분석을 해요. 죄명, 형기, 출신, 학력 등 한마디로 대상화하는 거죠. 겉으로는 친절하지만요. 나중에 알았지만, 제가 5년간은 왕따였어요. 특별하게 따돌리진 않지만, 인간적인 관계를 만들지 못했던 시기였죠. 그 후 그 사람들의 많은 이야기를 듣게 되었습니다.

한 가지만 소개할게요. 마흔쯤 된 친구인데, 집도 절도 없어 접견도 오지 않습니다. 어느 날 접견 호출을 받아 놀랍니다. 우리도 깜짝 놀랐습니다. 접견을 마치고 온 친구에게 몰려가서 누가 왔더냐 물으니 대꾸를 하지 않고 침울합니다. 자기도 모르는 놈이 왔대요. 자초지종을 들어 보니, 이 친구는 두세 살 무렵에 아버지가 돌아가셨대요. 살 길이 없어 어머니가 이 친구와 누이동생을 삼촌댁에 맡기고 돈 벌러 가셨는데, 그 길로 못 돌아오고 재가(再嫁)를 합니다. 재가한 집이 마침 두세 살 남매를 두고 어머니가 돌아가신 집이었대요. 자기 자식을 못 키우고, 다른 아이들을 키운 거죠. 그렇게 키운 애가 찾아온 겁니다. 찾아온 분이 하는 말이, "만약 당신 어머니를 우리 어머니로 모시지 못했다면 내가 그 속에 있고 당신이 밖에 있을 것 같다는 생각을 했습니다"라고 했대요. 정말 훌륭한 분이죠. 나도 그 사람과 같은 환경, 부모였다면 똑같은 죄명으로 앉아 있겠구나 생각을 하게 됩니다. 근대적 사고로 타자화하던 시기에서 5년쯤 후에 다른 사람의 삶을 공감하게 되었고 그때 왕따를 면했던 것 같습니다. 참 많은 발전을 한 거죠. 흐뭇했죠.

그런데 공감하는 것만으로는 진정한 인간관계가 되지 않았어요. 공감, 동정 모두 좋은 품성이지만, 다른 사람을 동정하는 것도 조심스러운 일이에요. 다른 사람에게 상처를 줄 수 있으니까요. 물질적 도움은 되지만, 받는 사람 입장에선 '내가 가여운 입장에 있구나'라는 걸 다시 한 번 확인하게 되죠. 어떤 면에선 잔인한 거죠. 그래서 동정하고 동정 받는 관계는 대칭적 관계가 되지 못해요.

근대사회가 도달한 최고의 사회적 윤리, 톨레랑스가 그것이죠. 평화적으로 공존하는 톨레랑스라는 프랑스 중심의 근대적 사고가 도달한 문화가 그 정도인 것 같아요. 감옥에서 그걸 깨닫게 된 것 같아요. 미리에서 가슴까지 왔다고 한 그 표현인데요. 그 먼 여정을 감옥에서 겪은 겁니다. 책에도 썼지만, 대단히 충격적인 경험을 해요. 목공장에서 목공일을 배울 때인데, 목수가 집을 그릴 때 주춧돌부터 그리고 지붕을 마지막에 그렸어요. 제가 충격을 받았어요. 보통 사람이라면 지붕부터 그리지 않았을까요. 학교에서 책을 통해서 도달한 인식이 얼마나 관념적인가 알게 됐거든요. 일하는 사람은 집 짓는 순서와 그리는 순서가 같더라고요. 만약, 그런 시기에 톨레랑스가 최고의 덕목이라면, '당신은 주춧돌부터 그리세요. 난 지붕부터 그릴 테니. 우리 평화적으로 공존합니다'가 되는 것이죠. 역시 타인을 밖에 세우는 거죠.

중요한 건 사유와 다양성을 공존이 아니라 내가 변화할 수 있는 대단히 반갑고 고마운 기회로 받아들이는 겁니다. 자기 변화로 이어지는 노마드(nomad), 탈주(脫走)와 유목(遊牧)이라고 볼 수 있습니다. 그걸로 이어지지 않는다면, 공감과 애정도 근대의 패러다임을 넘어서지 못할 겁니다. 그래서 다시, 가슴에서 발까지 가야 한다고 말했습니다. 우리가 오늘 이야기하는 '숲'으로 가야 합니다. 오만한 이야기지만, 발까지 가려고 노력했던 시기였던 것 같습니다.

나는 톨레랑스를 갖고 상대의 의견을 참아 줄 마음이 있는데, 상대방이 내 생각을 참아 주지 않는다면 어떻게 공존해야 할까요?

어려운 문제죠. 탈근대라는 것이 근대사회가 도달한 공존, 톨레랑스를 넘은 탈주가 되어야 한다고 하지만, 현실은 톨레랑스와 공존도 이루지 못한 게 아닐까요. 논리적 사고마저도 부족하죠. 뭔가 변화하고 뛰어넘기 위해서는 인간관계를 적어도 제가 감옥에서 겪은 것처럼, 그 사람만이 아닌 그 사람이 살아온 역사와 지금의 처지를 아울러서 이해해야 한다고 생각합니다. 그 두 개를 떼서 받아들이는 것이 '분석'입니다.

　감옥에서 10년 이상을 살아온 장기수들은 출소자들을 보내며 우리끼리 이야기해요. '한 번은 더 들어오지, 아마.' '1년 안에 들어와.' 처음엔 제 예상이 계속 틀렸어요. 제 예상과는 반대였습니다. 장기수 노인들은 저와 달리 아주 짜게 평가해요. 장기수 노인들과 저의 차이는, 저는 그 사람만 봤는데 장기수 노인 분들은 그 사람이 나가서 처할 상황까지 아울러 봐요. 그래서 관계를 만든다는 건, 그 사람만이 아닌 그 사람이 살아갈 환경과 처지를 함께 봐야 합니다. 처음에 그런 몇 번의 경험을 하고 나선, 그 부분에 대해서 아주 절제를 했습니다.

대전교도소에만 15년을 있었어요. 참 많은 사람들이 만기 출소하는 걸 봤어요. 출소할 때는 만기 인사라는 걸 해요. '신세 많이 졌습니다. 몸 건강히 계시다 나오시기 바랍니다.' 판에 박힌 교도소 인사법이 있어요. 나와 같은 국가보안법 무기수는 '국가의 은총으로 사회에 나오기 바랍니다'라는 말도 덧붙입니다. 그리고 또다시 들어와요. 다시 출소해서, 또 같은 인사를 해요. 가장 많이 만기 인사를 나눈 횟수가 무려 일곱 번입니다. 나와 나이도 비슷해요. 나중엔 자기도 민망했던지 악수하면서 이렇게 물어요. "그런데 왜 다른 사람들처럼 새 출발하라는 인사를 안 해요?" 생각해 보니, 저는 한 번도 그런 말을 안 했더라고요. 그 사람이 나가서 살아갈 상황을 대강은 알아요. 사람만 보지 않는 거죠. 집도 절도 없이, 그런 사람이 마음잡고 어떻게 살아요? 자리라도 잡아야 할 텐데, 그런 생각을 하기 때문에 "나가면 잘해 봐라" 그 이상을 못했어요.

인간관계를 입체적으로 이해하는 태도가 필요해요. 그 사람의 장점에 대해서는 고래가 춤출 정도로 칭찬이 필요해요. 학교에 오래 있었기 때문에, 교육학과도 관계되는데요. 지금 교육은 모난 부분을 깎아서 원만하게 해요. 결함을 교정하죠. 그러면 안 됩니다. 그걸 포용할 수 있는 더 큰 원을 만들어, 그 안에 모를 넣어야죠. 큰 품성을 만드는 게 인간에 대한 진정한 애정이니까요. 그 사람의 처지를 아울러 생각하고, 그 사람의 장점은 고래가 춤출 정도로 칭찬하는 게 필요하다고 생각해요. 아무리 다른 사람을 이해한다고 해도, 자기를 이해하는 것만큼은 못해요.

재미있는 일화를 하나 더 소개할게요. 변소를 다녀오며 한밤중에 문을 쾅 닫는 친구가 있었어요. 자전거 튜브를 가운데 끼워 꽉 닫히게 해놨는데도요. 시끄럽다고 아침마다 핀잔을 받았죠. 제가 물었어요. "다른 사람이 싫어하는데 왜 그래?" 그친구 답이 이래요. "제가 야간 주거 침입을 하고 달아나다 축대위에서 떨어졌어요. 그때 다리를 다쳐서, 쪼그렸다 일어나면완전히 마비가 돼요. 추운데 마비 풀릴 때까지 있을 수가 없어서, 나오다가 늘 문을 놓치는 거예요." 얼마나 놀랐는지 몰라요. 그래서 다른 사람들에게 그 사정을 얘기하고 양해를 구하라고 했어요. 그랬더니 하는 말이, "어떻게 그렇게 세세한 것까지 이해를 받고 살아요. 그냥 욕먹고 살아야죠", 그러는 거예요. 대단히 훌륭한 사람이었죠.

'춘풍추상'(春風秋霜)이라는 말이 있죠. 다른 사람을 대할때는 춘풍처럼 부드럽게 하라는 말입니다. 내가 모르는 사정이그 사람에게 있겠지, 이렇게 생각하고요. 대신 자기 자신에게는 추상같이 엄격하게 하라는 겁니다. 그런데 우리는 어떤가요. 반대로 하죠. 다른 사람에겐 엄격하고 자기는 춘풍처럼 대하잖아요. 그런데 그 친구는 자기처럼 없이 살고 부족한 사람은 그렇게 살 수밖에 없다는 깨달음을 갖고 있었던 거죠. 제가그런 걸 보며 굉장히 많은 걸 배웠어요. 관계를 가질 땐, 내가모르는 수많은 사연이 있겠다는 생각을 가져야 합니다.

마지막으로 감옥에 대한 이야기를 하나만 여쭤보고, 질문을 받을게요. 선생님, 감옥에서 부르던 18번 노래가 있으셨다고요.

사실은 노래에 관한 글을 썼어요. 김창남 교수가 엮은『노래를 찾는 사람들 지금 여기에서』라는 책에 실린 글 때문이기도 합니다. 노래가 없는 세월을 살기는 했지만 생각해 보면 교도소에도 노래가 없지는 않아요. 만기자 출소를 축하하는 만기 파티가 있어요. 건빵 한 봉지씩 나누는 조촐한 만기 파티, 가난한 만기 파티이지요. 건빵 한 봉지씩 나눠 받은 훈훈한 분위기가 조금 더 나아가면 누군가가 노래 하나씩 하자고 해요. 내 차례가 되어 어쩔 수 없이 부르는 노래가 있었어요. 20년 동안의 18번이 〈시냇물〉이에요. 여러분도 다 아시죠. "냇물아 흘러흘러 어디로 가니, 강물 따라 가고 싶어 강으로 간다. 강물아 흘러흘러 어디로 가니. 넓은 세상 보고 싶어 바다로 간다."

음이…… 어떻게 되죠?(웃음)

음은 없어도 돼요. 우리 세대는 노래에 대한 생각이 달라요. 우리는 가사 중심의 서사 양식에 충실하지요. 곡을 붙이고 춤을 더하는 이유도 오직 그 정을 전달하기 위한 것이지요. 전달이 확실하면 음이나 몸짓은 없어도 되지요. 그런데 요즘 〈나는 가수다〉 프로그램을 보면 전혀 달라요. 그 정도의 가사라면 그렇게까지 온 몸을 던져서 부를 필요가 있을까, 오버하는 게 아닌가 하는 생각이 들지요. 그러나 지금은 노래가 가사만으로 존재하는 게 아니더군요. 전체가 하나의 퍼포먼스고 퓨전이지요. 저는 〈시냇물〉을 가능하면 음을 붙이지 않고 부릅니다만, 듣는 사람들이 처음에는 아이들 노래라고 핀잔을 하다가도

"넓은 세상 보고 싶어 바다로 간다"는 대목에 이르면 표정들이 숙연해져요. 마음에 와 닿았나 봐요. 갇혀 있는 처지였기 때문이지요.

역시 노래 이야기입니다만 인문학 얘기이기도 합니다. 출소하자마자 성공회대에서 강의를 했어요. 한 학기가 끝나자 만기 파티가 아니라 종강 파티를 했는데, 또 노래를 부르라고 하는 것이었어요, 아는 게 〈시냇물〉밖에 없어서 또 그 노래지요. 학생들 역시 처음에는 아이들 노래라고 핀잔하다가 '넓은 세상' 대목에 이르면 재소자들과 비슷한 표정이 되요. 그때, 이 사람들도 갇혀 있구나! 그런 생각을 했습니다. 미셸 푸코가『감시와 처벌』에서 그런 말을 했죠. "감옥이란 감옥 바깥에 있는 사람들로 하여금 자신들은 갇히지 않았다는 착각을 하게 하는 정치적 공간이다." 참으로 역설적인 말이죠. 우리 시대 청년들도 보이지 않는 감옥 속에 있는 게 아닐까요. 그런 점에서 보면 〈시냇물〉은 매우 인문학적 노래 같아요.

지속 가능한 '숲'의 공간을 만들자

그러면 이제 청중의 질문을 받겠습니다.

청중: 만나 뵈어서 너무 반갑습니다. 감옥을 다녀오신 분들이 그곳을 가장 큰 대학, 배움의 자리였다고 말씀하십니다. 그런데 그런 경험이 없는 대부분의 사람들은 그저 소모하는 시기를 보냅니

다. 저희는 어떻게 하면 그런 큰 배움의 자리를 만날 수 있을까요?

감옥이 특별한 공간은 아닙니다. 밀집된 공간이기에 인간관계
가 더 풍부할 뿐이겠지요. 도시는 싫은 사람은 만나지 않으면
되죠. 감옥은 싫은 사람도 계속 만나야 하죠. 결국 사람과의 관
계에서 깨달아야 하지 않을까 생각해요. 저는 6·3사태(1964년
의 한일협정반대운동) 때 울산 해변가에 한 달간 피신해 있었어
요. 너무 무료해서 바닷가에 나가서 파도를 봤죠. 자갈들이 길
게 펼쳐져 있었어요. 모두 동글동글 다듬어져 있었죠. 오래 보
면서 자갈들이 다듬어지는 과정을 깨달았어요. 파도가 자갈들
을 들었다 내려놓으면 서로 막 부딪혀요. 그걸 수천만 년 했겠
죠. 서로 부딪히고 마모되며 아름답게 만들어지는 거죠.

저도 학생들에게 그런 말을 해요. 선생이 뭔가 가르쳐 주는
게 아니라, 여러분끼리 부딪혀 절차탁마하는 게 필요하다. 저
는 감옥에서 책도 읽고 했지만, 깨달음에 가장 큰 도움이 된 게
있다면 사람들에 대한 이해였던 것 같아요. 농밀한 인간적 관
계에서 얻은 게 많습니다. 제 친구 후배 중에 결혼 6개월 만에
감옥에 들어온 사람이 있었어요. 그 후배가 '이번 달엔 처가 몹
시 아파 접견을 못 온대요'라고 해요. 그래서 제가 '편지를 받
았어?' 물었더니 '옷에 향수를 진하게 뿌려서 보내왔어요'라
고 해요. 그 후배 말로는 몸이 아파서 접견 가지 못하는 마음을
향수의 양의 증가로 표현했다고 해요. 사실은 그 처가 아프지
도 않았고 접견도 왔어요. 문제는 우리가 받는 가장 아픈 고통
은 자기가 받는 고통이 아니라는 것이지요.

감옥살이에서 가장 힘든 건, 개인의 고통이 아니에요. 그건 다 견딜 수 있어요. 가장 큰 고통은 자기 때문에 아파하는 다른 사람의 고통이에요. 그 고통이 자기 아픔으로 건너와요. 대신 짐을 질 수 없는 엄청난 고통이에요. 기쁨과 슬픔의 근원은 바로 '관계'에요. 책은 그저 관념적인 수준에서 끝날 수 있어요. 적어도 가슴까지 내려오려면, 인간적인 만남을 통해 서로 부딪힘이 있어야 할 것 같아요.

청중: 톨레랑스에 대한 부분, 인상 깊게 들었습니다. 저도 타인을 함부로 재단하지 말라는 걸 신념처럼 믿고 살아왔는데요. 최근 유럽에서 발생하는 다문화에 대한 테러와 분쟁을 보면 제 생각이 너무 협소한 게 아니었나 하는 생각을 합니다. 절대 악 같은 게 존재하는 게 아닌가 하는 혼란을 느꼈거든요. 어떻게 생각하시는지요?

우리 시대에는 없는 것들에 대한 고민이 있을 겁니다. 함께하는 공감과 가치의 결핍을 느끼실 겁니다. 저는 함께하지 못하는 이유가 참 많다고 생각해요. 제가 감옥에서 함께했다는 것은 기본적으로 가슴에서 했던 공감을 기초로 해서 자기반성이 더해졌다는 의미에요. 그런 노력이 꼭 필요해요. 우리가 사는 서울만 해도, 천만이 넘는 사람들이 그야말로 인간관계를 이루지 못하죠. 숲의 공간을 만들지 못하고 있죠. 감옥 10년쯤 살고 나면 다른 사람을 잘 판단해요. 죄목과 형기를요. 다른 사람에 대한 민감한 감각을 출소 이후에 잘 사용하는 곳이 바로 지하철에서 자리 잡을 때에요.

저는 지하철을 탈 때, 누가 어느 역에서 내릴 건지 거의 알아 맞혀요. 앉으려고 마음먹으면 언제든 앉을 수 있어요. 어느 날은 특강에 가기 위해 영등포역에서 1호선을 탔어요. 자리가 없었어요. 저는 신도림역에서 내릴 사람을 찾아 그 사람 앞에 섰어요. 예상대로 그 사람이 일어났지만, 제가 앉으려는 순간 바로 옆자리의 젊은 여자 분이 내 앞 빈자리로 옮기더니 자기가 앉아 있던 자리에 친구를 앉히는 거예요. 정말 예상 밖의 일이었죠. 누가 보더라도 그 자리에 대한 권리는 제게 있었는데 말이죠. 불법적으로 그 자리를 가져가더라고요.

제가 『강의』란 책에 소개한 일화입니다. 하루는 맹자(孟子)가 제나라 선왕을 찾아가 이런 소문을 확인했다고 해요. 제사에 쓰일 소가 불쌍하다고 해서 놔주라고 한 적이 있냐고요. 그때 왕이 이렇게 말해요. '양으로 바꿔 지내라'고 했다고. 맹자가 묻죠. '소가 불쌍해 보여서 그랬나요? 그렇다면 양은 안 불쌍한가요?' 제선왕은 대답을 못 합니다. 그러자 소와 양을 바꾼 이유를 맹자가 이야기해요. 사지로 끌려가면서 두려워 벌벌 떠는 소의 모습은 직접 보았고, 양은 못 봤다는 겁니다. 즉, 만남과 관계가 있고 없고는 이처럼 중요합니다. 전철에서 내 자리를 가로챈 그 여자 분은 나와 아무 관계가 없죠. 본 적도 없고 앞으로 볼 일도 없는 사람이죠. 대부분 서울 시민들이 그런 관계로 살고 있어요. 지하철에 근무하는 사람들에게 물어보니 평균 탑승 시간이 20분, 열 개 정거장이에요. 그러니 자리를 불법점유하는 거죠. 그런데 만약 그 사람과 함께 3년간 밥해 먹고 또 같이 산다면 그럴 수 없었겠죠. 그래서 관계가 중요한 거예요.

모스크바에서 비슷한 경험을 한 적이 있어요. 그곳 지하철이 유명합니다. 지하 150미터. 그런데 노인이 탑승하면 젊은이들이 모시고 자리에 앉혀요. 이유를 물어보니 이렇게 말을 해요. '저 노인들이 청춘의 혁명적 정열을 바쳐 건설한 전철이니 당연히 양보해야죠!' 우리 학생들에게 비슷하게 물어봤죠. '너희들이 타는 지하철, 지금 노인들이 젊어서 만든 건데 왜 양보를 안 해?' 그랬더니 학생들이 칼같이 대답해요. '노인들이 만든 건 맞지만, 봉급 받고 만든 거지 우리와 무슨 상관이에요?' 똑같은 상황을 바라보는 다른 시선을 볼 수 있죠.

우리 사회의 인간관계 실상이기도 하죠. 이런 환경에서 어떻게 공동체, 인간적 관계를 만들어 가겠어요. 대단히 어렵죠. 그래서 제가 '작은 숲'을 만들자고 제안하는 겁니다. 바로 여기도 작은 숲일 수 있죠. 오신 분들이 비슷한 고민을 갖고 계실 테니까요. 많은 사람들이 서로 위로하고, 작은 약속을 했으면 좋겠어요. 꼭 물리적 공간이 아닐 수도 있고요. 작은 숲과 숲이 소통하는, 의식적인 노력들이 필요할 것 같습니다. 그걸 통해 우리 사회의 인식과 문화도 탈근대적인 것으로 나아가지 않을까 싶어요.

저도 지금 질문한 분과 비슷한 고민을 하고 있었습니다. 얼마 전 노르웨이에서 극우 단체 사람이 다문화 행사에서 어린이들을 무차별 살해한 끔찍한 사건이 있었어요. 다른 사람을 이해하지 못하

고 총을 겨누는 그런 사람들에게 우린 어떻게 대해야 할까. 그런
문제를 고민하게 되거든요. 결국 노르웨이 정부는 그 사건을 보듬
고 더 큰 관용으로 보복하겠다고 했지요.

크게는 톨레랑스의 과정을 거쳐 공동체적인, 지속 가능한 숲의
공간을 만들자는 게 합의되겠지만, 그 과정에서는 여러 가지
선택적 정책 방향도 필요하겠죠. 한 가지 방법만을 고집하긴
어렵겠죠. 다만 사회의 주류 문화가 흔들리지 않는 방향성을
확보한다면 효과적인 결과를 거둘 수 있을 것 같습니다.

자연스럽게 요즘 이야기로 옮겨 갈까 합니다. 지난 몇 년간 우리
사회가 겪은 일들을 어떻게 바라보시는지요? 예컨대, 의회정치에
대한 시민들의 실망, 시민정치로 나아가려는 정치적 변화들이 있
었고요. 최근 들어 권력을 가진 사람들에 대한 조롱, 정부에 대한
풍자나 희화가 많은 사람들에게 공감을 얻고 있습니다.

우리 사회는 급격하게 변화하고 있어요. 젊은 세대는 압도적으
로 웹 2.0의 정서로 가고 있는데, 우리 사회 주류 계층의 사고
는 웹 1.0 사고에 머무는 게 문제죠. 자기의 서버를 키우고, 더
강력한 서버에 접속하려는 거죠. 웹 2.0세대는 한 사람 한 사람
이 창의적인 서버로 나가려고 하는데 말이에요. 이렇게 서로
다르죠.
최근에 너무 답답해서, 한국사를 다시 읽었어요. 1623년 광
해군을 쫓아낸 인조반정 이후에 지배 계층의 정치적 성격이 한

번도 바뀐 적이 없습니다. 조선 후기 내내 노론이고, 한일합방 때도 노론 권력 체계였죠. 의회정치에 대한 실망이 많다는데, 우리 의회 구성을 보면 국민들의 구성을 반영하지 못합니다. 국민의 대표 기관이 못 되죠. 사법과 행정도 마찬가지입니다. 대단히 보수적이고 완고합니다. 또, 제4부라고 하는 언론을 보세요. 보수적인 기조입니다. 사회변혁의 합리적 통로가 봉쇄되어 있는 상황이라 할 수 있습니다. 최근에 나타나고 있는 안철수 현상, 시민운동을 기반으로 한 서울시장의 당선 같은 현상은 차라리 정치권 바깥의 변방에 새로운 정치 패러다임을 시험하고 있는 과정 같습니다.

그러면 대의민주주의, 의회정치에 대한 체질 개선 없는 새로운 시민정치 형태의 미래를 어떻게 보십니까?

보수적인 구조가 지속적으로 비판되면 그 자체가 달라진다고 봅니다. 의회 권력이 바뀌면 국회의원 선거법부터 바꿀 수 있습니다. 정당투표제를 병행한, 국민들의 구성을 반영할 수 있는 의회도 만들 수 있겠죠. 밖에서 새롭게 일어나는 여러 운동들이 그런 압박이 될 수 있습니다.

문제는 기득권자들이 정당투표제를 원치 않는다는 게 아닐까요.

그래서 저는 객관적 조건은 굉장히 완고한데, 바꾸려는 주체 역량은 대단히 취약한 상태라고 봅니다. 비대칭적인 힘의 대치 상태가 실상이라고도 보는데요. 다만, 이런 상황에선 전혀 다른 전략과 전술이 필요합니다. 새로운 대응 방식이 있으니까요. 난 젊은이들의 감수성을 신뢰합니다. 가능성 있는 부분이 있습니다.

물론 정치적 패러다임의 변화로 다른 사람들을 타자화시키는 근대성까지 바꿔 주는 것은 쉽지 않을 것입니다. 『놀라운 가설』의 저자 프랜시스 크릭(Francis Crick, 1916~2004)은 내 머릿속에 있는 '나'라는 게 뭔가 고민했는데요. '나'라는 의식이 모든 보수성과 이기심의 출발점이죠. 그러나 최근 급속하게 발전하고 있는 인지과학, 뇌과학에 의하면, 이건 정 교수님 전공 분야입니다만, '나'라는 의식은 신경 조직망의 보다 높은 차원의 관계성을 그 내용으로 한다는 것이지요. 단세포가 다세포 생명체로 발전하는, 보다 복잡한 구조로 나아가면서 신경중추 즉 '나'라는 의식이 생긴다는 것이지요. '나'라는 주체성은 배타적인 것이 아니라 더 넓은 관계성을 포괄하는 것이지요. 근대사의 전개 과정이 자기를 존재론적 주체로 파악하는 패러다임을 갖고 왔기 때문에, '나'라는 주체의 이와 같은 관계론적 성격 자체가 왜곡되고 굳어져 온 측면이 없지 않다고 할 수 있습니다. 그러나 그걸 바꿔 나갈 수 있는 가능성은 분명히 있다고 생각해요.

혹자들은 『놀라운 가설』을 두고, 놀랍지도 않은 가설을 놀랍다고 주장한 책이라고도 했는데요. 선생님 말씀 듣고 나니 놀라운 얘기를 담고 있네요. 또 한 수 배웠습니다. (웃음)

살아가는 삶의 골목에서 작은 것들을 만들어 내는 노력이 필요합니다

청중: 꿈의 의미가 비틀어지고, 돈을 벌기 위해 공부를 하는 학생들이 있고, 클럽이나 도서관에 박혀 있는 대학생들, 본인의 일 외에는 관심도 열정도 없는 젊은 층이 깨어나려면 어떻게 해야 할까요?

이 질문에는 정재승 교수가 한번 답해 주세요.

세상을 너무 책으로 배우려 해서 그런 게 아닐까요. 사실, 많이 받는 질문입니다. 학생들이 학교 교육에 충실한데, 그걸 수행한다고 답을 얻을 수 있는 상황은 아니죠. 놓고 있으면 왠지 불안하기도 하지만요. 학교는 학생들에게 지도를 쥐어 주고, 목적지까지 가장 빨리 가는 법을 계속 훈련시키는데요. 정작 필요한 건, 세상이 어떤 모습인지 지도를 그리는 일이거든요. 어떻게 둥지를 틀어야 하는지도요. 세상과 부딪히는 법을 가르쳐 주지 않으니 학교가 제 기능을 수행하고 있나 물어보게도 됩니다. 요즘 대학들이 인지적으로라도 대학생들을 가두고 있는 게 아닌가 하는 생각도 합니다.

한 사람의 일생 중 가장 중요한 시기가 청년 시절입니다. 지금 우리나라의 젊은이들에게는 청년 시절이 없는 것 같아요. 학원이나 교실에서 시험, 취업 준비만 하니까요. 꿈과 이상을 불태우는 청년 시절이 없다면 그의 인생은 사회적 기준에서 아무리

성공했다 해도 실패했다고 봐요. 마찬가지로 한 사회에 있어서 진정한 의미의 대학 공간이 없다면 어떻게 될까요. 스펙만 쌓아서 기업에 부품 납품하듯 학생을 배출하는 대학이 아닌, 그 사회의 백년 뒤를 예비하는 그런 미래 담론을 창조해 내는 대학 본연의 공간이 없다면 어떻게 될까요. 한 개인이 청년 시절이 없는 것과 똑같습니다. 청년들의 비극이고, 한 사회의 비극입니다.

한 학생이 제게 와서 시민운동 단체에 가서 일을 하고 싶다고 해요. 그런데 엄마가 반대를 한다는 거예요. 주변 사람들이 알 만한 곳에 취직하라고 하셨대요. 그래서 내가 '성공할 수 있을지 없을지 모르지만, 엄마와 대화를 해라. 커피숍에서 마주앉아 정식으로 대화를 해라. 모든 엄마는 다 자식 편이다', 그랬어요. '주변 사람들 때문에 제 꿈과 이상을 접어야 할까요. 힘들지만 좋아하는 일을 위해 살면 안 될까요?' 이렇게 정식으로 대화하라고 했어요. 실제로 그렇게 해서 성공했답니다.

모든 어머니들이 다 그럴 거예요. 진지한 고민을 하지 않아서 그렇죠. 파울로 코엘료의 소설『연금술사』를 보면 '산티아고'라는 목동이 나오는데, 이 목동이 가진 것이 별로 없죠. 가죽 물푸대와 무화과나무 밑에서 펼치고 잘 담요 한 장, 책 한 권, 그리고 양떼가 전부입니다. 그런데 어떻게 되죠? 마지막엔 무화과나무 밑에서 보석 상자를 캐내죠. 그때 독자는 묻습니다. 연금술은 실제로 있는가? 코엘료가 말하는 연금술은 바로 이런 거죠. 삶에서 겪는 고난의 긴 여정이, 매 발자국 그 순간 순간이 황금의 시간이라는 것입니다. 그게 바로 소설이 보여주는 연금술 같아요.

소유하고 소비하며 만족을 느꼈던 문화는 분명 달라질 수 있어요. 지금 젊은 사람들은 대단히 경쾌해요. 노인들이 뭘 많이 가지려고 해서 문제죠. 전 그런 변화된 정서를 신뢰합니다.

선생님을 좌파 지식인이라고 하는 기사를 봤습니다. 좌파세요?(웃음)

좌우, 진보·보수, 이렇게 분석하고 나누는 것도 근대성의 일면입니다. 그걸 뛰어넘기 위해서 '경계'라는 표현도 나옵니다. 누가 저에게 '경계에 선다'고 해요. 저는 그게 잘못되었다고 생각해요. 경계는 좌와 우를 나눈다는 전제하에 나오는 말이니까요. 명백하게 구분되어 있는 건 아니죠. 잘못된, 불운한 역사 때문에 좌와 우가 소통하는 게 아니라 '소탕'하고 있어요. 저는 우파로부터 좌파라고 공격당하기도 합니다.

어떤 사람이 저에게 이렇게 말해요. '이승만 아니었으면 북한처럼 될 뻔하지 않았느냐!' 그래서 제가 말했어요. '이승만 단독정부 수립 때문에 400만 명이 죽었다.' 얼마나 많은 희생이 있었어요. 그때 더디더라도 통일된 정부를 만들었다면 지금 우리나라는 아시아의 스위스 정도는 되어 있지 않을까요. 프랑스처럼 좌우가 상생하는 상황이 되지 않았을까 생각합니다. 사실 좌우라는 것은 극단적으로 나뉘지 않는 거예요. 선명하게 구분되지 않죠.

구체적으로는 무상급식, 반값등록금을 지지하시죠?

그 문제는 겉으로 보기엔 좌와 우의 옷을 입고 다투지만, 사실은 경제적 이해관계 때문이라고 봐요. 무상급식 하면 '돈 더 내지 않을까' 이것이 핵심이죠. 그런데 이런 문제는 가려지고 좌우로 치환돼서 나타납니다. '좌'라는 것은 조금 불편하지만 뭔가 현 단계를 새롭게 재구성하고 가치 지향을 하자는 거고, '우'라는 것은 현재의 모든 생명을 따뜻하게 지키자는 겁니다. 둘 다 좋은 거고, 공존해야 하는 거죠. 이론은 좌경적으로, 실천은 우경적으로 해야 한다고 생각합니다.

청중: 다른 사람에게 공감과 관용을 베풀려면 많은 에너지가 필요한데요. 상대를 포기하지 않고 사랑하면서, 본인도 에너지를 잃지 않고 살 수 있는 힘은 어디서 나올까요?

적절한 일화인지는 모르겠지만, 이런 일이 있었습니다. 교도소엔 단기수도 있고 장기수, 무기수도 있습니다. 단기수는 만기일만 기다리면 되지만 무기수는 먼 길을 가는 사람들입니다. 그들의 정서는 고진감래 끝에 뭔가 아름다운 성취가 있을 거라는 패러다임이 필요해요. 한 걸음 한 걸음이 다 황금의 시간이에요. 그 길 자체를 견딜 수 있는 동력이 필요한 거죠. 그래서 제가 '길의 정서를 갖자'고 해요. 삶이란 무엇에 도달하기 위한 수단이 아니라, 그 자체로 의미가 있는 거죠. 긴 호흡이 필요합니다. 하는 일 자체가 아름답고 보람 있는 자세로 일하지 않으면 안 됩니다. 제가 길의 정서로 가자고 말하는 이유는 이 때문입니다. 가다가 코스모스도 보고, 사람도 만나고, 발자국도 남기며, 그 자체를 동력 삼아 이끌어 가는 거죠. 그런 일하는 자세를 갖는 게 필요하겠죠. 커다란 과제이기도 합니다.

　나이든 사람들이 '젊은이들이 버릇없다!'고 하면 제가 이렇게 말해요. '당신은 다 살지 않았나. 다음 세상 만들 젊은이들이니 그냥 지켜보라'고 해요. 누가 뭐라고 한들, 젊은이들이 스스로 포맷하고 만들어 가야죠. 제가 붓글씨를 잘 써요. 출소하고 사회 단체들이 기금 마련전 한다고, 찬조 작품 내라고 해서 '여럿이 함께'를 썼어요. 궁체와도, 훈민정음 판본체와도 다르다고 사람들이 말해요. 그런데 어느 후배 교수가 와서 "'여럿이 함께'는 참 좋은 말이지만 그건 방법론만 말하고 목표 지향성이 없는 것 같습니다"라고 지적을 해요. 그 후로 제가 '여럿이 함께 가면 길은 뒤에 생겨난다'고 썼어요.

　지금까지 우리는 계몽철학이든, 신학이든 어디로 갈 건지만 고민했죠. 여럿이 함께 결정해야 하는 거예요. 뭔가 자기들끼리 시행착오를 겪으면서 가면 길이 생기는 거죠. 선험적이고 이상적인 모델을 미리 상정하고 거기서부터 실천을 내려 받는 것은 거꾸로 된 것이지요. 있는 건축 의지를 허무는 게 필요해요. 여러분의 역량만큼 만들어 나가려는 자신감이 필요합니다. 새로운 세상을 위해서요. 저는 전적으로 신뢰하는 게 옳다고 생각해요.

저는 개인적으로 힘든 일이 있으면 김제동 씨에게 상담을 받아요.

그때마다 김제동 씨가 "제가 겪은 일의 천분의 일 정도 되는 고통이네요. 악플 20만 개 받아봤어요?"라고 하는 거예요. 그런 말을 들으면서, 제 삶으로 돌아오게 돼요. 선생님께서 감옥 말씀을 하실 때는 너무 좋은 이야기이고 겪으신 것들이 엄청난 일이라 과연 내가 범접할 수 있는 경지인가 생각하기도 했습니다. 하지만 이야기를 더해 가면서 청중들과 함께 저도 같은 위치에서 몰입했습니다. 너무 많은 깨달음을 얻는 시간이었습니다.

저는 늘 이야기를 하는 입장이었습니다. 사실, 이야기하고 듣고 가르치고 배우고 하는, 즉 아는 사람이 모르는 사람을 깨우쳐 주는 이런 구도는 없습니다. 모르는 건 아무리 얘기해도 모릅니다. 그래서 저는 가끔 이런 이야기를 해요. "내가 하는 이야기는 내가 겪은 사진을 보여주는 겁니다. 여러분은 여러분의 앨범에서 비슷한 사진을 뽑아서 보시면 됩니다." 모두 아는 이야기라는 거죠. 감옥만 감옥이 아니라, 처한 상황은 비슷합니다. 제가 보여드리는 그림, 여러분이 갖고 있는 그림이 서로 공감하는 거예요. 서로 위로하고 격려하면서요. 작은 약속도 하고요. 그게 바로 이런 자리가 아닌가 합니다.

오늘 이야기는 각자 집에 돌아가셔서 다시 정리하셨으면 합니다. 앨범에 있는 사진들 꺼내보면서요. 명시적이진 않지만 서로가 작은 약속을 했다고 생각해요. 살아가는 삶의 골목에서 작은 것들을 만들어 내는 노력을 지금부터라도 해야겠다고 생각합니다.

오늘 애써 주신 신영복 교수님께 다시 한 번 뜨거운 박수를 주시면서 마치겠습니다.

소소한 기쁨이 때론
큰 아픔을 견디게 해 줘요

대담자　　이진순(언론학 박사·풀뿌리정치실험실 '와글' 대표)
일시·장소　2015년 4월 24일 서울 양천구 목동 신영복 선생 자택
게재지　　『한겨레』 '이진순의 열림' 2015년 5월 9일

스물일곱의 신영복(74)은 육군 중위로, 육사에서 경제학을 가르치는 교관이었다. 1968년 8월 남산의 중앙정보부로 끌려간 후, 그는 '간첩'이 되었다. 대학의 독서회와 연합 서클 세미나를 지도한 이력이 '반국가단체구성죄'로 '구성'되었다. 1심과 2심에서 사형이 선고되었고 우여곡절 끝에 무기형으로 확정되었다. 그로부터 20년 20일 동안 그는 수인(囚人)이었다. 스물일곱 음력 생일날 잡혀 들어간 그는, 마흔일곱 음력 생일이던 88년 광복절에 특별가석방으로 출소했다. 같은 날, 그가 썼던 옥중서신이 『감옥으로부터의 사색』이란 제목을 달고 출간되었다. 고대 설화 속의 바리데기 공주가 자신을 버린 부모를 살리려고 저승길에서 생명수를 구해 왔듯이, 신영복은 자신을 유폐한 세상의 메마른 영혼들을 촉촉이 적셔 줄 정화수(井華水)를 들고 돌아왔다.

　2006년 성공회대에서 정년퇴직을 한 뒤에도 석좌교수로 강의를 계속해 온 그가 최근 '신영복의 마지막 강의'라는 부제가 붙은 책 『담론』을 펴냈다. 그의 고전 해설을 묶은 『강의』를 펴낸 지 10년 만이다. 오랜만의 신

간이 반가우면서도 '마지막 강의'라는 부제에 가슴이 철렁했다. 그가 투병중이라는 소식도 들렸다. 2014년 겨울 학기를 끝으로 강단에 서지 않는다는 그를 어떻게든 꼭 만나고 싶었다. 신영복 선생의 서울 목동 자택으로 찾아간 날, 화창한 햇살 아래 철쭉이 눈부셨다. 그는 단정하게 재킷을 갖춰 입고 우리를 기다리고 있었다.

편찮으시다는 소식 들었는데 안색도 좋으시고 건강해 보이셔서 정말 다행입니다.

담당 의사의 말로는, 어떤 경로로 진행될지 아직 자기도 확실하게 얘기할 수 없다고 하거든요. 조심스럽긴 합니다.

지난해 말 암 진단을 받았다. 몇 군데 전이가 된 상태라고 했다. 다행히 최근에 투약하기 시작한 약이 효과를 발휘해 기력도 회복되고 병세도 많이 호전된 상태다.

많이 놀라셨겠습니다.

그래서 부랴부랴 그동안의 강의 자료들을 모아서 이런 책도 만들었죠. 그 약을 복용하고 난 후에 건강이 훨씬 좋아져서 다시 출판사로부터 원고를 돌려받아서 교정을 한 번 더 봤어요.

그렇게 출간된 『담론』은 성공회대학 강의 녹취록을 바탕으로 그의 사상을 집대성한 책이다. 1부에서는 동양고전을 통해 본 세계 인식, 2부에서는 인간에 대한 이해를 다루고 있는데, 사형수 시절의 절망과 막막함, "반목과 불신, 언쟁과 주먹다짐"으로 "하루가 팔만대장경" 같았던 무기수 시절의 이야기 등 지금까지 잘 알려지지 않았던 그의 진솔한 고백들이 많이 실렸다.

그간 '신영복'이라는 어른의 아우라가 너무 커서 '이분은 우리 같은 세인들하곤 바탕부터가 다를 거야' 하는 거리감이 있었는데, 이 책에서 "나의 20년 수형 생활은 실수와 방황, 우여곡절의 연속이었다"는 대목을 읽으니 왠지 안도가 되던데요.

이 책에서 내 편지글이 그렇게 반듯하게 쓰일 수밖에 없는 사정도 조금 밝혔죠. 본의 아니게 그런(늘 반듯하고 정제된 사람이라는) 선입관을 주게 되어 그간 불편한 점도 없지 않았어요.

그의 책을 읽은 사람들은 '그 긴 징역살이에서 어쩌면 그렇게 흐트러진 모습 한 번 없이 반듯할 수 있었냐?'고 의아해하지만, 실제 그의 징역살이가 편지글처럼 차분하고 평화로웠던 건 아니다. 그렇다고 자신을 염려하는 가족들에게 애달프고 괴로운 사정을 곧이곧대로 털어놓을 수는 없었다. 편지를 검열하는 교도소나 국가 권력 앞에, 좌절하거나 무너지는 모습을 보이고 싶지도 않았다. 일체의 필기도구가 금지된 상황에서 그나마 글을 적을 수 있는 기회가 한 달에 한 번 엽서를 쓸 때뿐이다 보니, 한 달 내내 머릿속에서 썼다 지우기를 반복하며 다듬은 글들이었다.

감옥에서 후회한 적 없으세요? '난 통혁당이 뭔지도 모르는데, 이

© 강재훈

게 뭐 하고 있는 건가' 하는 자괴감이나 회한 같은 건?

처음엔 혼란스럽고 종잡을 수가 없었어요. 중앙정보부에서 취
조 받을 때까진 경황이 없더니, 며칠 뒤 서대문구치소에 들어
갔는데, 거기 '중앙'(사동 가운데 로비)이라고 있어요. 거기서
간수부장 발을, 재소자 하나가 씻기고 있더라구요.

재소자가 교도관 발을요?

노예지 뭐. 교도소 특유의 그 묵직한 악취, 회색 벽과 나이 많
은 간수의 발을 씻기는 젊은 재소자. 그 옆에 내가 쪼그려 앉아
있으면서, '역사가 썩는 듯한 교도소 냄새, 이 끔찍한 풍경 속
에서 앞으로 어떻게 살아가겠나!' 그런 암담함을 느꼈죠. 그때
는 이게 내 '대학 시절'이 될 거라곤 생각도 못했지요.

신영복은 감옥 생활 20년을 "나의 대학 시절"이라고 표현한다. 감옥은 그
에게 '사회학'과 '역사학'과 '인간학'을 가르친 교실이라는 것이다. 24시
간 모든 것이 공개되는 감옥은 "목욕탕처럼 적나라하게" 서로의 실체가
드러나는 공간이며, "멕기(도금) 벗겨진" 인간의 민낯을 "어항 속 붕어처
럼" 들여다볼 수 있는 곳이었다. 그 속에서 첫 5년여 간 신영복은 물 위의
기름처럼 겉도는 존재였다. 그의 눈에 비친 다른 재소자들은 노동 의욕도
변화 의지도 없는 '룸펜 프롤레타리아'일 뿐. 신영복은 최대한 친절하게
그들을 대했지만 동료로 생각하지는 않았다. 그 낌새를 제일 먼저 알아차
린 것도 같이 있는 재소자들이었다. 신영복은 자신만 모르는 '왕따'인 채

로 5년을 보냈다.

5년이 지나면서 어떤 변화가 있었죠?

많은 사람들을 감옥에서 만나고 그들 얘기를 들으면서 서서히
바뀌기 시작했죠. 그 과정이 그렇게 단선적이진 않아요. 방황
하고 실패하고 우회도 하고……. 한번은 이런 일이 있었어요.
그때 내 또래, 마흔한 살짜리 친구가 있었는데 어느 날 이 친구
한테 누가 접견을 왔다는 거에요. 모두 깜짝 놀랐죠. 3~4년간
아무도 온 일이 없었는데.

누가 왔는데요?

누가 왔냐고 물으니, '웬 재수 없는 녀석이 왔다'고만 하고 말
을 안 해요. 나중에 자초지종을 들어보니까 자기가 세 살 때 아
버지가 돌아가셨는데, 엄마가 자기를 삼촌네 맡겨 놓곤 도시로
돈 벌러 나갔대요. 그리고 소식이 끊어졌는데 동네 사람들 얘
기론 '너희 엄마 시집갔다'고 했다고 해요. 근데 오늘 접견 온
남자가, 재가한 엄마가 키운 (의붓)아들이라고 그러더래요. 기
분이 나빠서 '근데 여기 왜 왔냐? 남 징역살이하는 거 확인하
러 왔냐?'고 고함을 지르니까 '당신 어머니를 우리 어머니로
모시고 오지 않았으면 지금쯤 내가 거기 있고 당신이 밖에 있
을 수도 있다고 생각했다. 그게 죄송해서 왔다'고 하더래요.
아, 감동이잖아요. 그럼 나는 뭔가? 나도 쟤와 같은 부모, 그런

환경에서 컸다면 지금쯤 같은 죄명으로 앉아 있을 수도 있는데. 나 자신에 대한 반성, 아주 참혹한 반성이 들었어요.

이후 신영복은 교도소 안에서 금지된 내기 축구를 하다가 다른 재소자들과 '빠따'를 맞았고, 예배 후에 나눠주는 떡 위문품을 받기 위해 줄을 서는 능청스런 '떡신자'가 되었다. 가르치려 드는 인텔리의 완고함에서 벗어나니 도처에 스승이 있고 친구가 있었다. 그는 이 변화를 "머리에서 가슴으로의 긴 여행"이라고 말한다.

그래서인가요? 언제나 쉽고 편안한 구어체나 서간체를 즐겨 쓰시는 이유가? 선생님 글은 여느 교수들처럼 딱딱하거나 현학적이지 않고, 동네 할아버지가 느티나무 아래서 들려주는 얘기처럼 물 흐르듯 편안합니다. 그런 문체도 감옥에서 갈고닦은 노력의 산물인가요?

어려서 대학신문에 글 쓰고 할 때와는 많이 달라졌을 거예요. 지식인의 글쓰기에 대해서 반성 많이 했지요. 글 쓰는 필자들은 독자를 배려해야 해요. 자기 글을 쉬운 글에 담아서 공유하는 노력을 반드시 해야 합니다.

신영복은 낮은 곳으로 다가가 말을 건네고 소통하는 방법을 부단히 고민하고 실험해 왔다. 서화(書畵)는 많은 사람과 깊이 있게 교감할 수 있는 효과적인 매체였다. 그의 서화는 책으로도, 달력으로도 나왔고 손수건이나 티셔츠, 우산으로도 만들어졌다. 그가 직접 그린 삽화에 그가 개발한 어깨동무체 혹은 민체(民體)라 불리는 글씨, 그리고 짧고 강렬한 우화와 잠언들은, 심오한 사상이 아름답고 친근한 예술 작품이 될 수도 있고 일상의 실용품이 될 수도 있다는 점을 일깨워 준다. 원효는 법당에 앉아 경전을 외는 대신, 마을마다 표주박을 두드리고 춤을 추며 불가의 가르침을 담은 노래를 퍼뜨리고 다녔다. 필요한 곳에 서화와 글씨를 헌사하고 토크 콘서트로 전국을 돌아다닌 사상가 신영복의 족적도 그에 뒤지지 않을 것이다.

선생님을 따르는 제자는 많지만 선생님처럼 대중과 직접 소통할 줄 아는 제자는 그렇게 많지 않은 것 같습니다.

본인들이 깨닫고 꾸준히 노력해야겠지요. 앞으로 계몽주의적인 노인 권력이 바탕에 깔린, 그런 글쓰기는 지양될 거라고 난 생각해요.

계몽주의가 왜 나쁩니까?

허허, 그게 잘난 사람들이 하는 거거든요. 계급적 편견이라고 봐야 되죠. 자기 가치를 기준으로 타자(他者)를 끌고 들어가는 거잖아요. 계몽주의 프레임은 허물어야 해요. 그런 면에서 전 '멘토'에 대해서 좀 부정적으로 봅니다.

왜요? 요즘 멘토와 힐링의 시대라는데요.

316

멘토가 계몽주의의 변형이잖아요. 멘토라는 게 대개 연배가 좀 많은 사람들의 경험과 가치를 전하는 건데, 지금 젊은 사람들이 앞으로 20~30년 후에 살아갈 세계에 대해서 20~30년 전의 경험을 기준으로 제시한다는 거 자체가 오히려 진보를 방해하는 거 아닌가요?

많은 이들이 선생님을 '이 시대의 대표적 스승, 대표적 멘토'라고 부르는데요.

거대 담론도 사라지고 존경했던 사람들의 추락도 많이 보고 하니까 뭔가 사표(師表)로 삼을 만한 대상을 성급하게 구하고 싶어 하는 마음은 이해가 가지만, 사표나 스승이라는 건 당대에는 존립할 수 없는 겁니다. 어떤 개인의 인격 속에 모든 게 다 들어간 사표가 있다면 공부하긴 참 편하겠죠. 그렇지만 그건 낡은 생각이에요. 집단 지성 같은 게 필요하고 집단 지성을 위한 공간을, 그 진지를 어떻게 만들 건가가 앞으로의 지식인들이 핵심적으로 고민할 과제예요.

이번 책에서 제시하신 '원형 인식 모델'은 우리 사유의 중요한 전환점이 될 것 같습니다. 토대와 상부구조를 기계적으로 구분하지 않고 음과 양, 화(和)와 동(同), 이상과 현실, 좌와 우를 둥근 원 안의 대칭선상에 놓으셨지요. 대비되는 것들은 서로 적대하는 것이 아니라 서로 보완하는 것이라고 하셨고요. 그 말씀엔 다 고개가 끄덕여지는데 막상 현실을 보면 이게 쉽지가 않아요. 카운터 파트

너가 격이 너무 떨어져요. 어느 정도 격이 맞아야 상호 보완이고
뭐고 하지 않겠습니까? 보수를 자처하는 사람들의 탐욕과 독선이
도를 넘은 지 오랩니다.

차이라는 건 단순히 공존하는 데서 끝내는 게 아니고, 자기 변
화의 시작으로 삼아야 해요. 차이를 자기 변화의 학습 교본으
로 삼고 실천하는 것, 그게 '머리에서 가슴으로의 여행'에 이
은 '가슴에서 발(실천)로의 긴 여행'이지요. 근데 우리 현실에
서 좌-우, 남-북, 진보-보수, 이런 대비 관계가 과연 상생적인
대비 관계를 이룰 수 있을 것이냐? 너무나 비대칭적이어서 도
대체 지양(止揚)을 할 수 있는 상생의 파트너가 아니지 않으
냐? 그럴 수 있어요. 근데 어느 나라 역사에도 그렇게 이상적
인, 완벽한 평형을 유지하는 대비 관계는 극히 드뭅니다. 우리
만 하더라도 분단과 외세, 그리고 임란 이후 한 번도 바뀌지 않
은 노론(老論) 권력의 오래된 지배 구조가 강력한 권력을 행사
해 왔잖아요.

노론 권력이라고요?

예, 임란 이후에 인조반정으로 광해군 몰아내고 나서 지금까지
우리나라 지배 권력은 한 번도 안 바뀌었어요. 노론 세력이 한
일합방 때도 총독부에서 합방 은사금을 제일 많이 받았지요.
노론이 56명, 소론이 6명, 대북이 1명. 압도적인 노론이 한일합
방의 주축이거든요. 해방 이후에도 마찬가지. 국민의 정부, 참

여정부 때도 행정부만 일부 바뀐 거지, 통치 권력이 바뀐 적은 없습니다. 외세를 등에 업고 그렇게 해 왔지요. 대학, 대학 교수, 각종 재단, 무슨 시스템 이런 것들 쫙 다 소위 말하는 보수 진영이 장악하고 있어요.

그러니 어떻게 합니까?

어쩌겠어요? 그렇게 비대칭적으로 자기를 강화하고 군림하는 집단은 다 자기 이유가 있는데. 그런데 그런 중심부 집단은 그게 또 약점이 돼요. 중심부는 변방의 자유로움과 창조성이 없기 때문에 역사적으로 반드시 무너지게 되어 있어요. 인류 문명의 중심은 부단히 변방에서 변방으로 옮겨 왔잖아요. 그런데 이런 역사적 변화는 그렇게 쉽게 진행되는 게 아니에요. 역사의 장기성과 굴곡성을 생각하면, 가시적 성과나 목표 달성에 과도한 의미를 부여하지 말고, 과정 자체를 아름답게, 자부심 있게, 그 자체를 즐거운 것으로 만드는 게 중요해요. 왜냐면 그래야 오래 버티니까. 작은 숲(공동체)을 많이 만들어서 서로 위로도 하고, 작은 약속도 하고, 그 '인간적인 과정'을 잘 관리하면서 가는 것!

그 말씀 들으니 조금 위로가 되네요.

저도 말은 이렇게 하지만 아마 이 선생보다 더 속상할걸요, 속으로는. 근데 엄청난 아픔이나 비극도 꼭 그만한 크기의 기쁨에 의해서만 극복되는 건 아니거든요. 작은 기쁨에 의해서도 충분히 견뎌져요. 사람의 정서라는 게 참 묘해서, 그렇게 살게 돼 있는 거지요.

큰 아픔을 같이 짊어지고, 소소한 기쁨을 같이 나눌 이웃 만들기, 그게 신영복이 주장해 온 '더불어숲'의 정신이다. 그 숲 속, 그의 너른 나무 그늘 안에 우리 모두 오래오래 머물 수 있기를!

청년 시절만은 잃지 마라

이진순이 만난 신영복 선생 – 지난해 5월 못다 쓴 이야기

게재지　『한겨레』 '이진순의 열림' 2016년 1월 23일

지난해 4월 신영복 선생의 목동 자택을 찾아간 날, 봄볕이 투명하고 따스했다. 물오른 신록의 이파리를 투과한 연둣빛 햇살이 거실 창으로 환하게 쏟아져 들어왔다. 화사한 봄 햇살 때문일까, 선생은 투병중인 환자답지 않게 안색이 맑아 보였다. 피부암이 여러 군데로 전이되어 한 차례 혹독한 위기를 겪었는데, 임상실험 중인 표적 치료제를 투약한 뒤 상당히 진정된 상태라고 했다. '힘들면 언제든 인터뷰를 중단하셔도 좋다'고 말씀드렸지만, 선생은 끝까지 흐트러짐 없는 자세로 두 시간 동안 차분하게 내 질문에 응하셨다. 그래서 정말 괜찮으신 줄 알았다. 곧 털고 일어나실 줄 알았다. 암은 파란만장한 그분 생에서 이렇게 지나가는, 또 한 번의 시련일 뿐이라고 믿고 싶었다. 내가 어리석었다. 그분이 떠나신 뒤, 추억의 앨범을 뒤지듯 그날의 인터뷰 녹취록을 꺼내 찬찬히 읽고 또 읽었다. 많은 이들이 우러르는 시대의 지성, 당대의 스승이기에 앞서, 자신의 불민함을 직시하고 자기 안의 틀을 깨기 위해 부단히 노력해 온 인간 신영복의 뒷모습이 거기 있었다.

사람이 큰 병에 걸리면 삶을 다시 보게 된다고 하던데요.

　　그렇죠. 가까운 사람의 죽음이나 본인이 겪는 질병이나…… 그런 계기가 되는데, 전 그런 경우가 참 많았어요.

아! 그렇죠. 사형선고를 받은 게 만 스물일곱 살이니……

이번에도 (암 선고 후 투병 과정을) 겪으면서 대단히 익숙한 기시감 같은 게 있었어요. 그래서인가, 주변 분들보다 비교적 담담하게 지낼 수 있었던 것 같습니다.

호전되신 모습 뵈니 좋습니다. 그간 많이 힘드셨다고 들었습니다.

그래서 부랴부랴 그동안 강의 자료들을 정리해서 이런 책(『담론』)도 만든 거죠. 새 약을 복용하고 난 뒤 건강이 훨씬 좋아져서 출판사에 원고를 도로 달라고 해서 교정을 한 번 더 봤습니다.

처음엔 교정도 못 보고 원고를 넘길 만큼 위급하셨단 얘기군요. 이만하기 정말 다행입니다. 이번에 내신 책 『담론』의 부제가 '신영복의 마지막 강의'라고 되어 있어서 가슴이 철렁했습니다. 그럴 리는 없겠지만, 이게 정말 마지막 강의가 될지도 모른다 생각했을 때, 마음에 걸리거나 아쉬운 점이 있었다면요?

너무 늦게까지 강의했다는 생각이 들었어요.

너무 오래 하셨다고요?

너무 오래 했어요. 전 어려서부터 늘 누군가의 요구나 심부름을 하고 산다는 느낌이 많았어요. 어릴 땐 할아버지 심부름을 도맡아서 하고, 학생 땐 선생님 심부름…… 그러다 우리가

60년대 소위 독서 운동(통혁당 사건에 휘말리게 된 학회 활동)을 시작할 때 그것도 무슨 심부름 같은, 해야 된다는 주변의 어떤 요구 때문에 한 거였고요. 출소 후에도 그렇고, 학교에서 일정하게 자기 공간 지키고 있을 때마저도요. 그래서 아, 이제 핑계도 있으니까 강의도 그만하고, 얼마나 더 남았을지 모르지만 좀 편하게 자유롭게 있는 것도 좋지 않을까, 그런 생각을 했어요.

강의 말고 주어진 시간 동안 꼭 하고 싶으셨던 건 뭔데요?

특별히 없어요. 아무것도 안 하고 싶어요. 아무것도…….

그는 2006년 정년퇴임을 한 이후에도 성공회대 석좌교수로 대학 강의를 계속하고, 전국을 돌며 토크 콘서트를 하고, 독자들과 만나고, 강연을 청하는 사람들을 찾아가고, 그의 그림과 글씨를 원하는 이들의 요청에 답했다. 그가 암 진단을 받고 몸져눕기 직전인 2014년 가을까지도 그는 대학 강의를 쉬지 않았다.

원고 교정을 다시 보셨다고 했는데, 애초에 담고 싶었던 얘기는 다 담으셨나요? 시간이 부족해서 못 담은 이야기는 없습니까?

너무 많죠.『강의』에 비해서 이『담론』에서는 고전의 여러 예시문이나 그 내용들을 많이 취급하지 못했고요. 뒷부분에서는 인간 문제를 다루는 얘기들, 특히 감옥 시절에 관한 이야기를 다 못 했어요. 어떤 분들은 그 시절 이야기를 좀 더 많이 소개해 줄 수 없느냐고 요청하기도 합니다. 저도 고민을 좀 해봤는데, 생각을 정리한다는 건 더 많은 정보를 수평적으로 자꾸 플러스하는 게 아니라고 생각해요. 수평적 사유를 자꾸 확장하기보다는 그걸 수직화해서 깊이 있게 자기 것으로 만들어 가는 게 필요한 거고, 그건 어차피 독자들 개인이 할 몫이겠죠.

이번 책에는 선생님의 인간적 고백이 많이 들어갔지만, 여전히 많은 사람들은 '신영복' 이름 석 자를 견고한 절제와 치열한 사유의 상징으로 떠올린단 말이죠. 그래서 존경하고 숭배하는 대상이긴 하지만 막상 함부로 어깨동무를 하긴 어려운 대상으로……

허허허…… 나를 가까이 본 사람들은 그렇게 생각 안 할 텐데요.

그래도 대부분의 독자는 '근본적으로 나하곤 노는 물이 다르실 거야' 생각하지 않을까요? 선생님도 술 먹고 주정 부리거나 여자 때문에 잠 못 이루거나 그런 적 있으세요?

그런 적 거의 없죠. 술 체질도 아니고요. 대학 다닐 때는 그냥 어울려서 먹기도 했는데, 그 후에 20년간 술을 연습할 기간도 없었고, 이후에도 체질에 잘 안 맞더라고요.

아, 좀 실망입니다. 전 선생님이 모범생이었을 거라는 생각이 환상이길 바랐는데. 지금 보니 모범생 맞는 것 같네요.

아마 20년간 어려운 상황을 견뎠던 그런 내면의 자세 같은 것도 영향이 없지 않겠죠. 20년의 감옥이라는 게…… 보통 사람들이 들을 때는 좀 섬뜩할 거예요. 사실 내가 오랜 수형 생활을 했다는 사실을 모르는 분들과 만날 때는 저도 좀 당황스러워요. 이걸 내가 미리 얘기를 해야 되나? 안 했다가 나중에 그 사람이 알았을 때는 '그런 엄청난 비밀을 숨기고 있었다니!' 하고 배신감 같은 걸 느끼는 건 아닐까…….

더구나 선생님은 소위 '간첩 사건' 출신이라…….

그렇죠.

감옥에 있는 선생님뿐만 아니라 가족들에게도 그건 엄청난 사회적 낙인이었을 텐데요. 가족들이 겪은 고초는 특별히 언급을 안 하신 것 같아요.

힘들었죠. 감옥에서 편지를 쓸 때 형이나 동생의 이름을 피해서 형수, 계수한테 보냈던 것도 가족들이 처한 상황을 이해했기 때문이에요. 사실 나를 가장 무거운 형벌에 처할 수 있는 게, 국가보안법 1조 2항인데, '반국가단체를 조직하고 그 지도적 임무에 종사했다'는 항목이에요. 내가 노동당 가입한 사람도 아니고, 학생 서클 운동을 지도한 것밖에 없는데, 거기에 가장 혐오스러운 이름을 붙이는 거예요. '간첩'이라는……. 조선 시대에도 노론 지배 권력이 정치를 딱 한 개 아이템으로 해요.

'역, 모!' 역모라고 하면 상당히 비판적인 개혁 사람들도 잠잠해져요. 지금 우리에게 '종북'이 그런 거죠. 대단히 교조적인 사회의 연장선에서 대부분의 사람들은 '종북'이라고 하면 바로 조용해져요. 더 이상 논의가 진전이 안 돼요. 종북이 뭔지, 뭐가 나쁜지, 빨갱이가 대체 뭘 주장하는지, 그들이 주장하는 사회가 뭔지, 그런 논의가 절대 없거든요. 그냥 한마디로 끝이에요. 더 이상의 논의를 완벽하게 차단하는 아주 마법 같은 정치 용어가 역모, 종북, 이런 거거든요.

그런데 선생님을 좋아하고 선생님 글을 즐겨 읽는 사람들의 폭은 굉장히 넓은 것 같아요. 워낙 깊이와 넓이, 스케일의 차이가 있어서 그렇겠지만.

공감하는 좌우의 폭이 넓다고 하지만, 우파의 핵심적인 세력들은 바로 그 점에서 저를 굉장히 경계할 거예요. 자기 세력을 뺏긴다고 느끼기 때문에 더 위험시하고……. 여전히 제가 종북 좌파의 배후 같은 그런 강한 이미지로 보일 수도 있겠지요. 저도 그 부분을 일정하게 의식하지 않을 수 없고. 그래서 시민운동 하는 젊은 사람들이 좀 참여해 달라고 불러낼 때에도 저로선 굉장히 조심스럽죠.

88년 출소하셨을 때부터 일관되게 그런 자세를 유지하셨죠. 사회운동권과 일정 거리를 두고.

네, 맞습니다.

88년 같은 시기는 지금보다 시민운동이나 민중운동이 훨씬 고양
되어 있던 때라, 사회운동을 하시는 분들이 선생님께 다양한 제안
을 했을 것 같은데요.

제가 출소해서 후배들 몇을 만났는데, 같은 공간에서 나하고만
얘기하지, 자기들끼리는 말을 안 해요.

아, 그 시절엔 노선 차이 때문에 인간적인 상처까지 주고받는 경
우가 많았지요.

민주화투쟁이 열어 놓은 공간이 분명히 있었거든요. 여러 사회
운동 단체들이 약간씩 차이가 있는데 거기서 많은 정파들이 기
회주의적인 모습을 보이더라고요. '무주공산에 자기네가 먼저
깃발 꽂으면 선점할 수 있겠다' 하는 대단히 기회주의적인 사
고로…… 막강한 보수 구조에 참담하게 패배했죠. 그래 놓고
패배를 합리화하는데 난 아주 경악했어요. '아직은 시기상조
다' 하면서. 합의해서 역량을 모을 생각은 하지 않았으면서, 자
기들의 기회주의에 대한 통렬한 반성 대신 아직은 시기가 아니
라니. 이딴 얘기가 어디 있어요. 근데 그걸 또 비슷한 사람들이
쉽게 동의를 하네. '아, 애들 안 되겠구나' 하는 생각을 제가 일
찌감치 했어요.

그래서 대학으로 가신 건가요?

미리 계획해서 그런 건 아니었어요. 특별한 마스터플랜을 가지고 단계적으로 시작할 만큼 계획적이지도 않고요. 세상 삶이라는 게 그렇잖아요. 하다가, 하다가, 물처럼 흘러가는 거지.

여러 가지 길 중에서 교수직을 맡게 되신 이유가 있나요?

옛날부터(통혁당으로 체포되기 전 육사 교관으로 일할 때부터) 하던 일이기도 하고, 지금 생각하면 우리 집안에 '선생 DNA'가 있는지도 몰라요. 할아버님, 아버님, 다 그런 경향이 있었으니까.

그의 조부는 벼슬에 나가지 않고 후학을 가르친 시골 선비였고 아버지는 초등학교 교장으로 재직했다.

그 유전자가 아드님한테도 이어지나요?

허허허…… 뭔가를 설명하는 걸 아주 잘하는 것 같아요. 공부도 좋아하고.

지금 대학원 다니지요? 주변 친구들 얘길 들으니 '반듯함의 상징'이라고 하던데요. 선생님을 많이 닮았나요?

내가 워낙 늦게 아들을 둬서(그는 출소 후 48살에 결혼해 49살에 외아들 지용씨를 얻었다.) 아이와 오래 함께할 수 없다는 걸 늘 생각했습니다. 그래서 부모가 없어도 독립적으로 잘살 수 있도록 자라는 동안 최대한 관여를 안 하려고 했죠. 고등학교도 자신이 찾아보고 원하는 데로 가고 자기 전공도 그렇게 정했습니다.

신영복 선생의 표정이 눈에 띄게 환해졌다. 그에겐 아들뿐 아니라 자라나는 모든 아이들, 청년들이 늘 희망의 메타포다. 사형선고를 받고 육군교도소 좁은 감방에서 죽음 같은 나날을 마주할 때, 서오릉에서 만난 '청구회' 꼬마들과의 동화 같은 추억으로 마음의 구원을 읽었던 것처럼.

요즘 청년 세대들이 많이 힘듭니다. 청년들에게 해 주고 싶은 말씀 없으세요?

청년들은 정규직에 취업하더라도 5년을 머물기가 힘들고, 비정규직이 거의 상시화되어 있죠. 그래도 어떻게든 '청년 시절만은 잃지 말라'고 당부하고 싶어요. 일생에서 청년 시절이 갖는 의미는 막강한 거거든요. 청년 시절이 있는 사람과 없는 사람의 차이는 엄청나요.

선생님의 청년 시절은요?

음. 그래도 우리에겐 외부로부터 억압이 없는 자유와 이상을 꿈꿨던 청년 시절이 있었죠.

사형수가 되고 무기수가 되었는데도요?

그런 청년 시절이 없는 사람이 자수성가해서 사회적으로 성공했다 하더라도 그건 실패한 인생이라고 난 생각해요. 내가 누구라고 사람을 거론하긴 어렵지만 그런 사람 많아요. 청년 시절이 나중에 인생의 세속적 성공과 연결이 되든 안 되든, 꿈과 이상을 불태운 청년 시절이 있는 사람과 없는 사람의 차이는 엄청난 겁니다. 그래서 난 젊은 사람들에게 당장 역경을 헤쳐 나갈 수 있는 조언은 못하지만 적어도 그건 잃지 마라, 그런 얘기를 합니다.

선생님은『담론』에서, 음과 양, 화(和)와 동(同), 이론과 실천, 좌와 우가 원형 안에서 서로를 마주보며 맞닿아 있다고 하셨습니다. 양 세계는 서로 분절되는 것이 아니고 조화 속에서 서로를 발전시키는 것이라고요. 근데 저는 이명박, 박근혜 정부의 가장 큰 폐해 중의 하나가 진보의 질을 퇴보시킨 거라고 생각합니다. 서로 지양하고 조화를 이뤄야 할 파트너가 너무 격이 떨어져요. 이들이랑 조금만 다르면 자신이 진보인 것처럼 착각하게 되거든요.

진보 자체가 이명박하고 같이 타락했다는 얘기죠? 하하하, 맞습니다. 그런 면이 없지 않아요.

선생님 강의나 책에서, 시민운동, 민중운동이 이렇게 개선되면 좋겠다고 꼬집는 부분이 있는데, 제가 볼 때는 너무 살살 꼬집으세요. 따끔하게 아픈 맛이 잘 안 느껴집니다.

저로선 그럴 만한 이유가 있어요. 왜냐하면 그들은 사회적 약
자니까. 약자들에 대한 비판은 다른 사람들이 보는 공간에선
안 하는 게 좋아요. 우리끼리 있을 때 해야지. 저도 따로 만나
면 여러 가지 이야길 합니다.

좀 더 구체적으로 얘기해 주세요.

진보의 질이 많이 추락했다는 거 인정합니다. 이명박, 박근혜
욕하는 걸로 자위하고 자기 내부에서 강인한 진보성을 발견하
는 건 소홀히 하고 있거든요. 난 지금이 참 중요한 시기라고 봅
니다. 흔히 '너나 잘해' 하는 말이 있는데 정말 우리부터 잘해
야 되는 시기거든요.

어디서부터 시작을 해야 할까요? '우리부터 잘하기' 위해서.

뭔가 개혁을 하려면 정치권력의 탈취가 가장 빠르다, 과거에
이런 생각을 했던 적이 있잖아요. 근데 20세기에 최고로 강력
한 정치권력이 두 개 있어요. 하나는 나치 권력, 다른 하나는
러시아를 중심으로 한 프롤레타리아 독재 권력. 근데 이 두 개
의 막강한 정치권력이 사회변혁에 성공하지 못합니다. 그래서
'사회를 진정으로 변화시키려면, 불가역적으로 그런 사회 변
화를 탄탄하게 만들려면 어떻게 해야 하는가?' 새롭게 고민해

야 합니다. 모든 사회변혁은 사상투쟁에서 시작되어야 합니다. 대학이라는 공간 공동체가 아니어도, 곳곳에 '작은 숲'을 만드는 노력이 필요해요.

작은 숲이란 뭡니까?

숲은 그냥 나무 한 그루 한 그루의 합이 아니에요. 작은 나무, 큰 나무, 늘 푸른 나무, 낙엽 지는 나무가 서로 거름도 하고 의지도 하면서 땅을 지키고 바람을 잠재우고 생명을 품어 나갑니다. 요즘 '이렇게 사는 것도 사는 것인가?' 고민하는 사람들이 많습니다. 대학이 그런 사유의 공간을 만들어 주지 못하니까 대학 바깥에서 만드는데, 그걸 또 장사꾼들이 금방 상품화해요. 그런 작은 단위를 진지화하고 역량화할 수 있는 아주 자유로운 사고가 필요하지 않을까요?

인터뷰를 마칠 시간이었다. 선생은 금식을 한 채로 병원에 검사를 받으러 가야 해서 같이 점심을 할 수 없다고 아쉬워하셨다.

빨리 쾌차하셔서 말씀하신 일들 20년만 더 책임져 주세요. 끝으로 꼭 덧붙이고 싶은 말씀 있으십니까?

음…… 한 사람의 일생을 평가하는 데 여러 가지 기준이 있을 거예요. 그 사람이 세속적 가치에서 얼마나 뭘 이뤄 냈느냐도 중요하지만, 그 사람의 인생에 시대가 얼마나 들어와 있는가도 참 중요하다고 생각해요.

'시대가 들어와 있다'는 게 뭡니까?

그 시대를 정직하게 호흡하고, 시대의 아픔을 함께하는 삶, 아
픔을 외면하지 않는 삶이 가치 있는 삶이 아닐까…… 그런 생
각이 드네요.

날카로운 시대의 비수가 그의 삶을 조각낼 때에도 그는 시대를 기꺼이 심
장에 품었다. 인간의 유한성과 불민함을 인정하면서도 그 불완전한 것들
의 총화가 빚어내는 역동적 조화를 그는 가슴 벅차게 희구했다. 더러는 그
의 등 뒤에 침을 뱉고 악담을 퍼부었지만, 그는 담담한 미소로 자신의 길
을 묵묵히 걸어갔다. 증오하는 자들의 증오에 물들지 않았으니 영원한 그
의 승리다. 그의 유해는 화장 후 수목장으로 숲에 묻힐 거라 했다. 그는 여
전히 '더불어숲'에 우리와 함께 있다.

© 강재훈

모든 이가 스승이고, 모든 곳이 학교

대담자　　　김영철(웹진『다들』의 발행인·서울시평생교육진흥원 원장)
일시·장소　2015년 10월 26일 서울 정동 대한성공회 대성당 성가수녀원 휴게실
게재지　　　서울시평생교육진흥원 웹진『다들: 배움 MENTOR』창간 인터뷰

"세상에, 서울 도심 한복판에 이렇게 예쁘고 고즈넉한 공간이 있었다
니……." 신영복 선생이 인터뷰 장소로 정해 준 서울 정동 대한성공회 대
성당 뜨락에 막 들어섰을 때, 일행 사이에서 작은 탄성이 터져나왔다. 선
생의 안내로 성당 뒤쪽으로 들어서자 한옥으로 단아하게 지어진 사제관
과 잘 가꾸어진 앞마당이 모습을 드러냈다. 가을을 재촉하는 가랑비가 오
랜 가뭄으로 푸석해진 마당을 적시던 2015년 10월 26일 저녁, 사제관을
둘러싼 로마네스크 양식의 성당 건축물들 사이에 옅은 어둠이 스며들었
다. 어둠 때문이었을까? 이국풍의 주변 건축물들이 전통 한옥과 기묘한
조화를 이루고 있었다. 사제관과 마주하고 있는 성가수녀원 건물 1층 휴
게실에서 신영복 선생과 마주 앉았다. 성공회대 인문학습원이 주 1회 강
의실로 쓰는 건물이다. 선생은 인문학습원 초대 원장으로 5년 넘게 일하
다 2013년 같은 대학 신문방송학과 김창남 교수에게 원장 자리를 물려줬
다. 항암 투약 탓인지 조금 수척한 모습의 그는 그러나, 한 시간 넘어 진행
된 인터뷰 내내 특유의 소년 같은 맑은 미소를 잃지 않았다.

병마와 싸우고 계시다는 사실이 알려지면서 많은 분들이 걱정하고 있습니다. 어디가 편찮으시고, 최근 병세는 어떠신지요?

지난해 가을에 암 판정을 받았습니다. 이미 그때, 여러 군데 전이가 되어 수술이 불가능한 상태라고 하더군요. 의사인 후배 교수 두 분이 아주 헌신적으로 보살펴 주고 있습니다. 지금은 중증 암 환자를 대상으로 한 임상 실험 프로그램에 들어가 집중 치료를 받고 있고요.

어떤 암인지, 여쭤 봐도 될까요?

흑색종암이라구요. 햇빛이 귀한 지역에서 발생하는 암이라고 하더군요. 햇빛을 오래 못 받으면 걸릴 수 있다는 거지요. 통상적으로는 잘 발병을 안 한데요.

혹시 감옥 생활, 특히 독방에 오래 계시면서 햇빛을 잘 못 받아 그런 것 아닐까요? 최근 상태는 어떠십니까?

임상 실험 프로그램을 시작한 뒤에는 한동안 많이 좋아졌습니다. 그런데 7~8개월 지나고 약에 대한 내성이 생기면서 다시 조금 안 좋아지고 있네요. 지금은 다른 치료법으로 바꾸는 문제를 고민하고 있습니다.

많은 분들이 빠른 호전을 간절히 기대하고 있습니다. 마음 굳게

잡수시고 투병 생활 잘 하시길 바랍니다.

하도 고비를 많이 넘긴 사람이라, 가족들이나 가까운 사람들 가운데서도 내가 제일 담담합니다.

몇 년 전 방송인 김제동 씨와 했던 인터뷰에서 20년의 감옥 생활을 견딘 힘이 '깨달음'이라고 하셨더군요. '하루하루 찾아오는 깨달음'이라고요. 선생님이 생각하는 깨달음은 어떤 것이기에 그리 큰 힘이 되었습니까?

깨달음은 바깥으로는 세상에 대한 새로운 각성이고, 안으로는 자기 자신에 대한 새로운 성찰입니다. 잘 생각해 보면 이런 깨달음이란 게 우리가 느끼는 가장 깊이 있는 행복이지요. 감옥 가니까 일반수들이 저한테 무기수가 무슨 책을 그렇게 열심히, 많이 보냐고 물어요. 그 사람들한테는 징역 만기 날짜를 기다리는 게 생활의 전부입니다. 돌멩이로 벽에 달력을 그려 놓고는 하루 지나가면 금 하나 긋고 또 하루 지나면 다시 하나 긋고, 그런 식이지요. 오늘이란 게 빨리 지나갔으면 하는 바람 하나로 살아가는 겁니다. 나중에는 그것도 지루하니까 오전에 금 하나 긋고, 오후에 반대 방향으로 다시 금을 그어서 X자를 그리기도 하구요.

무기수는 사정이 다른가요?

338

© 이근원

많이 다릅니다. 무기수는 하루가 빨리 간다고 별로 좋을 게 없잖아요. 다만 오늘 하루가 보람 있는 날이 되어야 한다는 생각뿐이지요. 그 보람이란 게 사람마다 다 다르긴 하지만 제 경우는 세계에 대한 깨달음, 인간에 대한 성찰을 하면서 스스로가 아주 새롭게 변하는 걸 경험했습니다. 기약 없는 세월 속에서 유일한 보람이었지요.

바로 그 보람이 감옥 생활을 견디는 힘이었다는 말씀이군요.

그렇습니다. 에르되시 팔(Erdős Pál, 1913~1996)이라는 헝가리 수학자가 있었어요. 세계적인 수학자인데, 그 사람이 죽기 전에 이렇게 묘비명을 써 놓았답니다. "마침내 나는 더 이상 어리석어지지 않는다." 하루하루 깨달아 가면 모르는 게 더 많아지거든요. 점점 깨달을수록 어리석어진다는 말이 실감 납니다. 그런데 죽으면 더 이상 어리석어지지 않는다는 얘기를 그런 식으로 한 것이지요. 이 무한한 우주에 대해 우리가 알 수 있는 건 아주 미미하다는 표현이기도 하고, 공부하고 성찰할 게 엄청나게 많다는 얘기이기도 합니다. 바로 이런 깨달음이 기약 없는 무기징역을 견디는 힘이었지요.

방금 말씀하신 것들은 감옥에서 읽은 책들의 영향인가요?

나는 감옥에서 책 몇 권 읽고 나왔다, 뭐 이런 얘기를 단 한 번도 한 적이 없어요. 책이 중요하지 않고, 많이 읽는 것도 중요하지 않습니다. 자기의 삶 속에서 스스로 깨달을 수 있는 자기 재구성 능력이 훨씬 중요하지요. 감옥에서는 전혀 예상치도 않게, 자기와는 전혀 인연이 없는 사람들, 밖에 있으면 도저히 만날 수 없는 그런 사람들과 만나게 되지요. 수많은 사람들의, 엄청난 많은 사연들을 접하게 됩니다. 하루하루가 팔만대장경이지요. 기상 한 시간 전인 새벽에, 옆 사람 깨지 않게 무 뽑듯이 몸을 뽑아서 벽에 기대면 냉기가 온몸에 확 퍼집니다. 몸서리가 처지고 정신이 깨어나지요. 바로 그 시간에 어제 많은 사람들에게 들었던 팔만대장경 같은 수평적 사연들을 수직화하는 작업을 합니다. 깨닫는다는 것은 다양한 수평적 정보들을 수직화하는 능력을 필요로 하지요. 절대로 많은 정보를 얻는다고 깨닫게 되는 게 아니거든요. 오히려 혼란만 더하지요. 그 많은 정보를 수직화해서 자기 것으로 만들고, 자기 인식을 심화시키면서 재구성 능력을 높여 가는 게 바로 공부이고 학습입니다.

공부, 학습, 이런 말이 나온 김에 여쭙겠습니다. 최근 들어 '평생교육' '평생학습', 이 두 말이 마구 뒤섞여 쓰이고 있습니다. 'life long education'과 'life long learning'을 혼동해서 사용하는 셈이지요. '교육'이 일방적이고 강압적인 성격이 강한 반면, '학습'은 자발적이고 상호 소통적인 측면이 더한 것 같아서 서울시평생교육진흥원을 설립할 때 '평생학습진흥원'이 더 맞는 거 아닌가 싶었습니다. 그래서 교육부에 유권해석을 의뢰했는데, 법적 용어가 '평생교육'으로 되어 있으니 '평생교육진흥원'이라고 해야 한다는 거예요. 공공 영역으로 갈수록 '평생교육'이란 표현을 많이 쓰는 편이고, 민간이나 현장에서는 '평생학습'이란 말을 흔히 사용하고 있는 것 같습니다. '교육'과 '학습', 의미상 명료한 구분이 가능합니까?

확연히 다른 말이지요.『논어』첫 구절이 "학이시습지"(學而時習之)입니다. 여기서 '습'(習)을 '복습'(復習)의 뜻으로 이해하면 안 됩니다. '習'자를 보면 날개 '우'(羽)자 밑에 흰 '백'(白)자가 있지요? 부리가 하얀 어린 참새가 바깥의 엄마 도움을 받아 막 나르려고 한다는 뜻입니다. 바로 '실천'이라는 의미이지요. 이 구절에서 '시'(時)도 '자주', 혹은 '때때로'라는 의미라기보다 적절한 시기, 여러 조건이 성숙한, 딱 맞는 때라고 해석하는 게 옳습니다. 이렇게 풀이하면 "學而時習之 不亦悅乎"라는 구절은 우리가 흔히 아는 "배우고 때로 익히면 또한 즐겁지 아니한가"라는 풀이보다 "주관적, 객관적 조건이 무르익었을 때 실천하는 게 어찌 즐겁지 않을 수 있겠는가"라고 해석하는 게 맞습니다.

결국 실천의 문제라는 말씀이군요.

그렇습니다. 단순히 배우기만 한다고 기쁜 게 아니라 어떤 형태로든지 개인적, 사회적 실천과 연결이 되어야 진정한 공부라는 거지요. 그래야 참된 기쁨이기도 하구요. 그런 맥락에서 '교육'보다 '학습'이 실천의 의미를 더 많이 함축하는 것이고, 우리가 추구하는 참된 공부이기도 합니다.

감옥에 있을 때, 결코 많은 책을 읽으려 하지 않았습니다. 일체의 실천이 배제된 조건 아래서 책을 읽기보다 차라리 책을 덮고 읽은 바를 되새기려고 했지요. 지식을 넓히기보다 생각을 높이려고 안간힘을 썼습니다.

인터뷰가 꽤 오랜 시간 지속되는데도 선생의 표정에는 지친 기색이 없었다. 말은 명료했고, 말씨는 부드러웠다. 선생의 부드럽고 나지막한 말씨에 실려 온 덕일까? 딱딱하고 낯선 개념어들도 편안하고 쉽게 다가왔다. 하지만 '실천'과 '성찰'을 강조할 때는 어조에 힘이 느껴졌고, 표정에도 단호함이 묻어났다.

무작정 읽기, 목표 없는 지식 쌓기보다 읽은 것, 쌓은 것을 자기 것으로 소화하고 내면화하는 게 참다운 공부, 즉 '학습'이라는 말씀이군요.

그렇습니다. 교육은 그야말로 어떤 대상을 일방적으로 키워 낸다는 의미가 강한 것이고요.

감옥을 대학으로, 감옥살이 할 때를 '나의 대학 시절'로 표현하면서 그 안에서 참으로 많은 걸 배우고 깨우쳤다고 하셨습니다. 영락없는 '평생학습의 원조'인 셈인데요. '원조' 입장에서 우리나라 평생학습이 궁극적으로 지향해야 할 목표랄까 가치는 무엇이라고 보십니까?

공부의 '공'(工)자가 장인 공, 물건을 만드는 사람을 뜻하는데, 하늘과 땅을 연결해서 통합적으로 인식한다는 뜻이 들어 있습니다. '부'(夫)자에서는 하늘과 땅을 연결하고 통합하는 주체가 사람으로 되어 있고요. 갑골문에는 호미 같은 게 '工'자이고, '夫'자는 사람으로 표식되어 있습니다. 사람이 농기구를 가지고 생산한다는 의미이지요. 결국 참된 공부는 사람이라는 주체가 먹고살기 위해서 하는 거라는 뜻입니다. 근대적 세계관에서는 세계가 주체인 나와 관계없이 객관적으로 존재한다는 인식이 있는데, 그건 잘못된 겁니다. 그런 세계는 없어요. 나라는 주체가 먼저 존재한 뒤 세계와 관계를 맺음으로써만 세계가 재구성되는 것이지요. '천지인'(天地人), 그러니까 하늘과 땅과 사람이 서로 통합되어야 참된 공부가 되는 것입니다. 여기서 천(天)은 진리를 뜻하는 '진'(眞)이고, 지(地)는 모든 걸 길러 내는 땅으로 '선'(善)에 해당됩니다. 이 두 개를 조화시키는 사람의 주체적인 능력이 아름다울 '미'(美)구요. 이렇게 진선미를 통합하는 게 진정한 공부입니다.

『담론』에서 공부에 대해 언급하면서 "공부는 머리가 아니라 가슴으로 하는 것이다. 더 나아가 가슴에서 끝나는 여행이 아니라 가슴에서 발까지의 여행이다" 이렇게 말씀하셨지요? 이 대목 역시 실천의 의미를 강조하신 겁니까?

머리로 이해하는 게 소위 말하는 합리주의적 사고입니다. 그런 공부는 텍스트에 밑줄 치고 암기하면서 하는 건데 크게 어렵지 않아요. 가슴까지 와야 한다는 건 공부 대상에 대한 공감과 애정으로 나가야 진정한 공부라는 뜻입니다. 처음 5~6년 감옥살이할 때 함께 징역 사는 숱한 사람들로부터 수많은 얘기를 들으면서 그 사람들을 대상화하거나 분석하곤 했지요. 그러다 차츰 '아, 나도 저 사람 부모 같은 사람 만나 저런 인생 역정을 거쳤으면 똑같은 죄명으로 감옥에 앉아 있겠구나' 하는 생각이 나더라구요. 대상화하고 분석하는 근대적 인식틀이 조금씩 깨져 나갔던 것이지요. 그 사람들과의 공감과 애정, 이런 게 생기면서 내 공부가 가슴까지 온 것입니다. 스스로 대단한 발전이라고 여겼지요. 그런데 여기서 한 걸음 더 나가야 합니다. 『담론』에도 썼듯이 감옥에서 집을 그리는데, 책을 읽으며 머리로만 공부했던 나는 지붕부터 그린 반면, 같이 징역을 산 노인 목수는 집을 짓는 순서 그대로 주춧돌부터 그리더군요.

바로 여기에 중요한 점이 있습니다. 이 대목에서 노인더러 '당신은 주춧돌부터 그리세요, 나는 지붕부터 그립니다' 하면서 '우리 사이의 차이와 다양성을 승인하고 평화롭게 공존합시다' 이렇게 말할 수 있지요. 그럴 듯한데, 이건 말이 안 되는 소리입니다. 서구 근대사회가 도달한 최고의 윤리가 공존과 톨레랑스인데, 톨레랑스에는 강자의 패권적 사고가 스며 있습니다. 차이와 다양성을 인정하고 공존을 승인할 것이 아니라 이 차이를 정확하게 인식해서 자기 변화의 계기를 만들어야 합니다. 차이란 것은 자기 변화의 교본입니다. 이런 변화를 위한 실천으로까지 나아가야 진정한 공부라는 겁니다. 그래서 참된 공부는 가슴에서 발까지의 여행이라고 했던 것이지요.

"스승이란 단지 정보만 전달하는 사람이 아니다. 스승은 비판적 창조자여야 한다"는 말씀도 하셨지요? 우리 시대의 스승, 우리 당대의 사표(師表)는 어떤 사람이어야 합니까?

개인에게서 전인격적인 사표를 찾으면 안 됩니다. 그보다는 집단 지성이 한결 중요하지요. 여러 사람들의 생각을 모아 하나의 종합적인 지혜를 만들어 가는 것, 함께 공부하는 평생학습의 가장 뛰어난 점이 바로 그것 아닙니까? 함께 공부하고 더불어 학습하는 사람들이 서로의 벗이며 스승이 될 수 있다는 모델을 만들어야 합니다. 이런 과정을 통해 집단 지성이 표출되면 그게 바로 우리 시대의 진정한 사표가 되는 것이지요. 중국 명나라 때 이런 얘기가 있습니다. "친구가 되지 못하는 사람은 스승이 될 수 없고, 스승이 될 수 없는 사람은 친구가 되지 못한다."

그래도 많은 사람들은 훌륭한 개인이 우리 시대의 스승 혹은 사표가 되어서 길을 밝혀 주길 바라는데요?

원래 '스승' 혹은 '사표'는 당대 사회에는 없는 법입니다. 당대에서는 개인적인 이해관계나 계급의 이해관계, 혹은 집단 간의 갈등, 모순이 존재하기 때문이지요. 다산 정약용도 당대에는 전혀 사표가 아니었어요. 연암 박지원도 마찬가지구요. 다산 같은 사람이 역사에 실존했다는 게 우리에게 큰 자산이고 교훈이지만, 다산도 당대에는 그냥 죄인이었거든요. 사표와 스승은 세월이 흐른 뒤에야 그 모습을 드러내게 마련입니다.

은평평생학습관에서 진행하고 있는 프로그램 가운데 '숨은 고수'라는 강좌가 있습니다. 실생활의 다양한 분야에서 고수가 된 분들이 자신의 경험과 기술, 지혜, 깨달음 등을 나누는 강좌인데, 아주 인기가 많아요. 이런 강좌야말로 선생님이 생각하시는 평생학습과 많이 닿아 있는 것 같은데요?

필요한 강좌이고 좋은 아디이어라고 생각합니다. 이론적이고 관념적인 사유를 학습하는 게 아니라 살아가는 것 자체가 공부니까요. 모든 살아 있는 것들은 죄다 공부하게 되어 있습니다. 이런 강좌는 참된 공부의 핵심을 꿰뚫고 있는 것 같아요. 하지만 이 역시 이렇게만 끝나면 안 됩니다. 공부는 이 사회를 보다 나은 사회로 변화시키는 데 도움을 주어야 합니다. 당대 사회가 당면하고 있는 모순과 부조리, 변화시켜 나가야 할 것이 무엇인가에 대한 깊은 성찰과 분석이 있어야 되지요. 숨은 고수가 단순한 생활의 달인의 기술 전수이면 안 되는 이유가 거기 있습니다. 공부는 절대 실생활의 실용성에 머물면 안 됩니다.

"모든 살아 있는 것들은 공부하게 되어 있다"고 말씀하셨는데, 풀이가 필요한 말씀 같습니다.

공부하지 않는 생명은 없습니다. 공부는 생명의 존재 방식이니까요. 국화 한 송이가 뿌리를 뻗어 가면서 어디에 물이 있는지

더듬어 가는 것처럼. 지난여름 폭풍우 때 달팽이도 나뭇잎 위에서 생존을 위해 엄청난 공부를 했을 겁니다. 숨은 고수 프로그램처럼 실생활에 유용한 게 공부의 전부라고 생각하면 안 됩니다. 당장 자기에게 무언가를 안겨 주는 유익한 것을 찾는 사람보다 어리석은 사람들이 진짜 공부를 잘하는 법이지요. 사람을 크게 지혜로운 사람과 어리석은 사람, 두 부류로 나누기도 하는데, 지혜로운 사람은 세상에 자신을 맞추는 사람입니다. 반면에 어리석은 사람은 세상을 자기에게 맞출 수 없을까 고민합니다. 역사적으로 보면 세상이 그나마 변화한 것은 지혜로운 사람이 아니라 이렇게 어리석은 사람 때문이지요. 그래서 공부는 어리석게 해야 합니다. 당장의 이익을 쫓지 말구요.

거의 모든 대학들이 평생교육원을 개설하고 있지만 수익을 목적으로 하는 탓에 제대로 된 평생교육에는 한참 못 미친다는 지적이 많습니다. 성공회대 인문학습원은 자타가 공인하는 성공한 평생교육원으로 뿌리를 내렸는데요. 인문학습원 설립자 입장에서 대학이 평생교육에 제대로 기여하기 위해서는 무엇을, 어떻게 해야 한다고 생각하시나요?

사회가 필요로 하는 인재를 교육하고 공급하는 기능도 대학의 중요한 기능의 하나이긴 합니다. 하지만 엄밀한 의미에서 그런 기능은 대학이 아니어도 할 수 있는 곳들이 많습니다. 대학에서는 기본적인 교육만 시키고 기업들이 비용을 들여서 자신들이 필요로 하는 사람들을 만들면 되지요. 기업이 요구하는 사

람을 가르치고 배출하기 위한 대학 교육은 기업이 국가나 학부
모한테 자신들의 책임을 전가시키는 것입니다. 교육 자체를 망
치는 것이지요. 교육은 백년대계라고 하지 않아요? 진짜 대학
교육은 10년 뒤, 100년 뒤 우리 사회에 필요한 대안적 미래 담
론을 만들어 내고 이를 가르치는 곳이어야 합니다. 지금의 대학
들이 당장 돈벌이 되는 것, 사회적 수요가 많은 것들만 뒤따라
가면서 이를 충족시켜 주는 역할을 하는 건 대학의 진짜 사명과
기능이 아니지요. 현재 우리 대학들은 기업들의 막강한 자본력
에 완전히 포획되어 있는 것 같아 너무 안타까울 뿐입니다.

'감옥'이라는 대학에서 20년 동안 공부하다가 졸업한 지 어느덧
30여 년이 가까워 옵니다. 출옥 후에도 지속적으로 공부하고 학습
하신 것으로 아는데, 공부 혹은 학습 장소로 감옥과 사회, 어느 쪽
이 좋습니까?

당송팔대가 가운데 한 사람인 한유(韓愈, 768~824)라는 사람
이 '성인(聖人)은 무상사(無常師)'라는 말을 했습니다. 성인은
정해진 스승이 없다. 성인, 그러니까 깨달은 사람한테는 모든
게 다 스승이라는 말이지요. 사물의 부정적인 측면에서도 배우
고 깨달을 수 있다는 반면교사도 있을 수 있는 겁니다. 한유의
말은 결국 '정해진 학교는 없다. 학교는 도처에 있다' 뭐 이런
말이 되겠습니다. '공부란 이런 것이다' 하는 데 대한 틀에 박
힌 관념을 걷어 내면 사람살이 모든 게 공부가 됩니다. 이 세상
모든 곳이 다 학교구요.

2013년에 제정된 평생교육법에는 '평생교육'을 "학교의 정규 교육 과정을 제외한 모든 형태의 조직적인 교육 활동"이라고 정의하고 있습니다. 법적인 개념이나 정의가 늘 그렇지만 평생교육, 평생학습의 다양한 내용에 비해 너무 메마르고 단조로운 규정이라는 느낌입니다. 평생교육, 평생학습을 신영복 식으로 정의하면 어떻게 될까요?

한마디로 '먼 길을 함께 가는 아름다운 동행'이라고 표현하고 싶습니다. 공부는 여럿이 함께하는 게 맞습니다. 혼자서 하는 공부는 참된 공부가 아니지요. 돌이켜 보면 내 경우에도 선생님한테 배운 건 별로 없는 것 같아요. 동료나 친구, 후배들한테 배운 게 훨씬 많고요. 사실 그렇게 배운 게 더 선명하고 더 직접적입니다. 비슷한 환경과 조건에 있는 사람들 사이의 의견 교환이나 충고, 공감과 교감, 이런 것들이 얼마나 절대적인 영향력을 발휘하는지, 우리 모두 경험으로 다 알잖아요? 여럿이 함께한다는 것은 바로 이런 의미입니다. 게다가 먼 길을 함께 가는 사이라면 더욱 깊은 영향을 주고받게 되고요.

현실을 보면 우리를 압도하는 이런 비인간적 공세가 너무 무지막지한 나머지 이를 극복해 보려는 여러 노력이나 움직임들이 너무 나약하고 실효성이 없는 것 같아 안타깝습니다.

이런 비인간적 가치를 확대재생산하는 게 교육이고, 그게 학벌 사회, 서열 사회를 떠받치는 기둥 역할을 합니다. 보다 많은 사람들이 평생학습에 참여하게 하는 것도 우리 사회의 인간화를 위한 좋은 실천일 수 있습니다. 내 개인적으로는 지배 담론, 기득권 세력에 대항하고 저항하기 위한 방법의 하나로 '음모의 작은 숲'을 만드는 일이 중요하다는 점을 거듭 역설한 바 있습니다. 그래서 내가 붓글씨로 '더불어숲'이라고 쓰고 "나무가 나무에게 말했습니다. 우리 더불어 숲이 되어 지키자"라고 강조하고 다녔지요. 여기서 숲은 질식할 것 같은 상황에서 숨통을 틀 수 있는 공간을 의미합니다. 옛날에 며느리들이 시집살이를 하면서도 우물가에서 빨래를 하며 수다를 떨었잖아요? 그러면서 가슴에 쌓인 것들을 풀어 내고 카타르시스를 하는 건데, 그런 공간, 작은 숲을 생활 속에 계속 만들어 가자는 것입니다. 평생학습의 공간들은 아주 효율적이고 가치 있는 숲이 될 수 있습니다. 이런 작은 숲들이 서로 만나면 상당히 중요한 사회적 역량을 만들어 낼 수 있어요. 평생학습의 작은 숲들이 만나서 새로운 역량으로 증폭되는 곳이 서울시평생교육진흥원이 되었으면 하는 기대를 품고 있습니다.

마지막 질문입니다. 서울시평생교육진흥원의 웹진『다들』의 주요 독자층은 서울에서 평생교육과 관계를 맺고 있는 모든 분들입니다. 정책 담당자들은 물론이고 자치구 일선 현장에서 땀 흘리는 평생교육사 분들, 평생교육을 전공한 학자나 교수 분들, 평생학습을 하고 있거나 평생학습을 통해 동아리 활동을 하고 계신 수많은 시민들도 독자이십니다. 이분들께 선생님의 특별한 격려 말씀을 전해 주시지요.

평생학습이야말로 아름다운 사회를 만들어 가는 가장 중요한 작은 숲입니다. 평생학습을 통해 많은 사람들이 함께 깨닫고, 더불어 실천하는 것이 곧 작은 숲들을 확산하는 일입니다. 질식할 것 같은 우리 사회의 숨통을 트는 일이기도 하구요. 확고한 신념을 가지고, 길게 보면서, 먼 길을 함께 걸었으면 합니다. 저도 그 길에 동행할 것을 약속드리지요.

장시간의 인터뷰를 감당해 주신 선생께 스케치북을 슬며시 내밀었다. 몰염치하게도 『다들』 창간 축하 글씨를 부탁하기 위한 것이었나. 얼마나 자주 글씨 부탁을 받는지, 선생은 아예 속주머니에 붓펜을 가지고 다녔다. 붓펜을 꺼낸 뒤 잠시 생각에 잠기는 것 같더니 곧바로 써 내려갔다. 헤어지기 직전, 일행이 가지고 간 『감옥으로부터의 사색』과 『담론』, 『강의』에 일일이 저자 사인을 해 주는 선생께 슬쩍 물었다.

글씨는 어떤 태도와 자세로 써야 합니까?

잘 쓰려고 해선 안 됩니다. '무법불가, 유법불가'이지요. 글씨 쓰는 법이 없어도 안 되고, 글씨 쓰는 법이 있어도 안 됩니다. 교육과 학습의 이상적 형태도 바로 이런 자유로움과 다양성입니다.